T0270329

Cuando soñé contigo

HOLLY MILLER

CUANDO SOÑÉ CONTIGO

Traducción de
Cristina Riera

LIRA

Primera edición: septiembre de 2022
Título original: *The Sight of You*

© Holly Miller, 2020
© de la traducción, Cristina Riera Carro, 2022
© de esta edición, Futurbox Project, S. L., 2022
Todos los derechos reservados, incluido el derecho de reproducción total o parcial en cualquier forma.

Diseño de cubierta: Taller de los Libros
Imagen de cubierta: Shutterstock - TairA

Publicado por Lira Ediciones
C/ Aragó, 287, 2.º 1.ª
08009, Barcelona
info@liraediciones.com
www.liraediciones.com

ISBN: 978-84-19235-01-5
THEMA: FBA
Depósito legal: B 15567-2022
Preimpresión: Taller de los Libros
Impresión y encuadernación: Liberdúplex
Impreso en España – *Printed in Spain*

Prólogo

1

Callie

«Joel, lo siento mucho. Volver a verte así... ¿Por qué me he subido al tren? Debería haber esperado al siguiente. No habría importado. De todas formas, me he pasado la parada y hemos llegado tarde a la boda.

En lo que ha durado el trayecto hasta Londres, solo he pensado en ti y en lo que habrías escrito en la nota que me has dado. Luego, cuando por fin la he leído, me he quedado mirándola y, al levantar la vista, me he dado cuenta de que habíamos pasado la estación de Blackfriars hacía rato.

Yo también tenía un montón de cosas que quería (y necesitaba) decirte. Pero me he bloqueado en cuanto te he visto. Quizá porque no quería irme de la lengua.

Pero ¿y si ya está, Joel? ¿Y si hoy fuera la última vez que veo tu cara, que oigo tu voz?

El tiempo pasa muy deprisa, y sé lo que me espera.

Ojalá me hubiera quedado, solo unos minutos más. Lo siento.»

Primera parte

2

Joel

Es la una de la madrugada y estoy de pie, con el torso desnudo, ante el ventanal del salón. El cielo está despejado y salpicado de estrellas, y la luna parece una canica.

De un momento a otro, mi vecino Steve saldrá de su piso, justo encima del mío, e irá hacia su vehículo, con la pequeña retorciéndose furiosa en la sillita. Da paseos en coche con Poppy en plena noche y trata de calmarla hasta dormirla con el runrún de los neumáticos y una lista de reproducción de ruiditos de animales de granja.

Aquí viene. El caminar adormilado por las escaleras, los lloriqueos de Poppy. Su brusquedad habitual para abrir nuestra problemática puerta principal. Veo cómo se acerca al coche y mete la llave; duda. Está confundido, sabe que algo que no va bien. Pero su cerebro aún está reflexionando.

Finalmente, cae en la cuenta. Suelta una palabrota, se lleva una mano a la cabeza. Da dos vueltas al vehículo, incrédulo.

«Lo siento, Steve, las cuatro ruedas, todas. Sin duda, te las han reventado. Esta noche no irás a ningún sitio».

Por un momento, bajo la aséptica iluminación de la calle, parece que se ha convertido en una estatua. De repente, alza la vista directamente hacia mi ventanal.

Mantengo la calma. Es prácticamente imposible que me vea si me quedo quieto. Las persianas están bajadas y el piso, oscuro y en silencio, como un reptil en reposo. No hay forma de que me descubra asomado a una sola rendija. Estoy pendiente de todo.

Durante unos segundos, nuestras miradas se cruzan, hasta que la aparta y niega con la cabeza, y Poppy regala un chillido muy oportuno a todo el vecindario.

Se enciende una luz en la casa de enfrente. El brillo contrasta con la penumbra de la calle y la exasperación mana de la ventana:

—¡Venga ya, tío!

Steve alza una mano y luego gira sobre los talones para regresar al edificio. Oigo cómo sube las escaleras, con Poppy llorando a pleno pulmón a medida que avanzan. Steve está acostumbrado a despertarse de madrugada, pero Hayley necesita dormir. Hace poco que se reincorporó a su trabajo en un prestigioso bufete de abogados de Londres, así que estaría bien que no se quedara dormida en las reuniones.

En fin. Ya he completado mi lista de tareas. Las tacho de la libreta, me siento en el sofá y levanto las persianas para ver las estrellas.

Me premio con un chupito de *whisky;* así celebro los momentos especiales. Luego, me sirvo otro y me lo acabo de un solo trago.

Veinte minutos después, estoy listo para irme a dormir. Busco un tipo de descanso muy específico, y todo lo que he hecho esta noche debería ayudarme a conseguirlo.

—Siempre va sofocado —dice mi vecina Iris, de ochenta y tantos años, cuando me presento en su casa unas horas más tarde para sacar a pasear a Rufus: su labrador *beige*.

No son ni las ocho de la mañana, quizá por eso no tengo ni idea de a quién se refiere. ¿A su vecino, Bill, que aparece casi todas las mañanas con un chismorreo o un folleto extraño? ¿Al cartero, que acaba de saludarnos alegremente desde la ventana del salón?

Ay, los carteros. Siempre están o ridículamente felices o tan tristes que parece que van a echarse a llorar. No hay término medio.

—Ha estado durmiendo sobre las baldosas de la cocina para estar fresco.

Claro. Está hablándome del perro. Ocurre más a menudo de lo que me gustaría: estoy demasiado agotado como para seguir conversaciones banales con personas que, como mínimo, me doblan la edad.

—Buena idea. —Sonrío—. Puede que hasta yo lo pruebe.

Me lanza una mirada circunspecta.

—Así no conquistarás a ninguna mujer, ¿eh?

Ah, las mujeres. Pero ¿cuáles? Iris parece convencida de que hay una cola de mujeres en algún lugar, dispuestas a dejarlo todo para salir con un tío como yo.

—¿Crees que podrá mantener el ritmo? —pregunta, señalando a Rufus—. ¿En la calle, con este calor?

He sido veterinario, aunque ahora ya no ejerzo. Pero creo que a Iris la tranquiliza mi trayectoria profesional.

—Hoy hace menos calor —le aseguro. Tiene razón en que las temperaturas han sido cálidas últimamente, y más para estar ya en septiembre—. Iremos al lago de las barcas y chapotearemos un poco.

Sonríe.

—¿Tú también?

Niego con la cabeza.

—Prefiero atentar contra el orden público en horas intempestivas. Así es más emocionante.

Se le ilumina el rostro como si mis bromas pésimas fueran el mejor momento del día.

—Qué suerte tenemos de contar contigo… ¿No es así, Rufus?

A decir verdad, Iris también mola bastante. Lleva unos pendientes con forma de frutas y tiene una suscripción *premium* a Spotify.

Me agacho y le pongo la correa a Rufus, que se levanta sobre las cuatro patas.

—Sigue teniendo un poco de sobrepeso, Iris. Eso no lo ayudará contra el calor. ¿Cómo lleva la dieta?

La anciana se encoge de hombros.

—Es capaz de oler el queso a cincuenta pasos, Joel. ¿Qué te voy a contar?

Suspiro. Llevo ocho años sermoneando a Iris sobre la alimentación de Rufus:

—¿Qué trato teníamos? Yo lo saco a pasear y tú te ocupas del resto.

—Ya lo sé, ya lo sé. —Empieza a echarnos del salón con el bastón—. Pero es que no puedo resistirme a esa carita.

Llego al parque con tres perros a la zaga (además de a Rufus, paseo a otros dos perros de expacientes con movilidad reducida. También hay un cuarto, un gran danés que se llama Bruno. Pero está traumatizado y no socializa bien, y tiene mucha fuerza, así que a ese lo saco cuando oscurece).

Aunque ha refrescado por la noche, mantengo la promesa que le he hecho a Iris de llevarlos al lago de los botes. La alegría se apodera de mí cuando los suelto y, como si fueran caballos, entran al galope en el agua.

Respiro hondo. Una vez más, intento convencerme de que ayer por la noche hice lo correcto.

Tenía que serlo. Prácticamente durante toda mi vida, he tenido sueños proféticos y visiones lúcidas que me sobresaltan y me despiertan. Me revelan lo que va a suceder, tal vez en unos días, meses, años. Y los protagonistas siempre son mis seres queridos.

Estos sueños aparecen, como mínimo, cada semana; la proporción entre los que son positivos, neutros y auténticas pesadillas es bastante equilibrada. Lo peor son las premoniciones funestas: accidentes y enfermedades, dolor y miseria. Por eso siempre estoy nervioso y en alerta máxima. Me pregunto cuándo volveré a cambiar el rumbo del destino, a tener que darme prisa para boicotear los concienzudos planes de alguien.

O peor: salvar una vida.

Sigo con mis obligaciones caninas desde la orilla del lago y me encuentro con un grupo de paseadores de perros, pero les regalo una sonrisa y los rehúyo. Se reúnen casi todas las mañanas junto al puente y, si cometo el error de establecer contacto visual, me hacen señas para que me acerque. He mantenido las distancias desde el día en que empezaron a hablar sobre cómo dormir bien, así como sobre remedios caseros, terapias, pastillas y rutinas (me excusé y desaparecí. No he vuelto a acompañarlos desde entonces).

Es un tema que me afecta mucho. En mi desesperación por pasar las noches sin soñar, he probado de todo: dietas; meditación; frases motivacionales; lavanda y ruido blanco; lácteos bebibles; pastillas para dormir con efectos secundarios; aceites esenciales; ejercicio físico tan agotador que tenía que parar para vomitar; periodos esporádicos de borracheras descomunales cuando tenía veintitantos, bajo la premisa equivocada de que podría alterar los ciclos de sueño. Sin embargo, tras años y años de experimentos, se demostró que mis ciclos eran imperturbables. Nada podrá cambiarlos.

Con todo, las matemáticas dictan que menos horas de descanso significan menos sueños. Así que ahora me quedo despierto hasta altas horas de la madrugada, con la ayuda de las pantallas y un consumo alarmante de cafeína. Solo entonces me permito un breve descanso. He entrenado a mi cerebro para que me despierte al cabo de unas pocas horas.

Y esta es la razón por la que ahora mismo siento la urgente necesidad de tomar un café. Llamo a los perros con un silbido y me dirijo hacia el camino que bordea el río. En la carretera que queda a la derecha, la vida empieza a ponerse en marcha. Tráfico de hora punta, ciclistas, trabajadores a pie, furgonetas de reparto. Una orquesta discordante que se prepara para entonar la banda sonora de una mañana normal de un día laborable.

Me provoca cierta nostalgia de normalidad. Ahora mismo no tengo el espacio mental suficiente como para conservar un trabajo remunerado, amistades o la salud. La preocupación y la falta de sueño me dejan hecho polvo, distraído, nervioso.

Aunque solo sea para evitar que todo esto acabe conmigo, sigo unas normas más o menos laxas: hacer ejercicio a diario, no beber demasiado alcohol y rehuir el amor a toda costa.

En toda mi vida, tan solo he confesado la verdad a dos personas. Y la segunda vez, juré que sería la última. Por eso no puedo explicarle a Steve que ayer por la noche actué para evitar una premonición funesta que atañía a Poppy, mi ahijada, a quien quiero tanto como a mis sobrinas. Lo soñé con todo detalle: Steve, exhausto, se olvidaba de frenar en un cruce y el coche se estampaba contra una farola a cincuenta kilómetros por hora, con Poppy en el asiento trasero. Después del accidente, tenían que seccionarla para sacarla del coche.

Había tomado las medidas necesarias. Por eso me merecía ese *whisky* doble, aunque está mal que lo diga yo.

Vuelvo a poner las correas a los perros y me dirijo hacia sus casas. Tendré que evitar a Steve durante una temporada, al menos. Cuanto más desapercibido pueda pasar, menos probable será que me relacione con lo que ocurrió ayer por la noche.

Una vez haya devuelto a los perros a sus respectivas casas, buscaré una cafetería en la que refugiarme, pienso. Un lugar en el que pueda tomarme un café tranquilamente, en un rincón, anónimo e inadvertido.

3

Callie

—Es imposible que nunca te haya pasado. —Dot y yo estamos limpiando las mesas de la cafetería después de cerrar mientras intercambiamos teorías sobre el cliente que se ha ido sin pagar. Es mi momento preferido del día: cuando termina la jornada y devolvemos un poco de brillo al establecimiento. Al otro lado del ventanal, el aire de principios de septiembre es tan cálido y delicado como la piel de un melocotón.

—Tal vez ha sido sin querer —sugiero.

Dot se pasa una mano por el pelo corto y rubio decolorado.

—En serio. ¿Cuánto hace que trabajas aquí?

—Dieciocho meses. —Me parece más increíble cada vez que lo digo.

—Dieciocho meses y todavía no te habían hecho un «simpa». —Dot niega con la cabeza—. Debes de tener un don.

—Estoy segura de que simplemente se ha olvidado. Creo que Murphy lo ha distraído.

Murphy es mi perro, un cruce de color negro y marrón. Bueno, no es exactamente mío. La cuestión es que vive a cuerpo de rey siendo la mascota residente de la cafetería, porque nunca se acaba la gente que viene y quiere acariciarlo y pasarle comida de tapadillo.

Dot resopla.

—Lo único que se ha olvidado ha sido la cartera.

Nunca había visto a ese cliente. Claro, que nunca había visto a gran parte de los clientes de hoy. La cafetería de la competencia, situada en la cima de la colina, suele absorber la procesión de trabajadores de Eversford, el pueblo comercial en el que he vivido toda la vida. Pero esta mañana ha cerrado sin avisar y los clientes habituales han empezado a entrar en silencio en cuanto hemos abierto, todos de traje oscuro con raya diplomática, zapatos lustrados y oliendo a loción para después del afeitado.

En cambio, este cliente era diferente. De hecho, me da hasta vergüenza admitir lo mucho que me ha llamado la atención. Era imposible que se dirigiera a ninguna oficina: su pelo oscuro acababa de salir de la cama, y el agotamiento lo abrumaba, como si hubiese pasado una noche muy dura. Al acercarme para tomarle nota parecía distraído, pero, cuando por fin ha girado los ojos hacia mí, los ha clavado con intensidad, sin apartarlos.

No hemos intercambiado más que un par de palabras, pero recuerdo que, antes de irse sin pagar (y entre rachas de garabateos en una libreta), había forjado una especie de vínculo silencioso con Murphy.

—Puede que sea escritor. Llevaba una libreta.

Dot me deja claro su desacuerdo con un ruidito.

—Claro… Un escritor que se muere de hambre. Quién sino tú iba a darle un toque romántico a un robo.

—Sí, pero, si fuera por ti, tendríamos uno de esos carteles, los que ves en las estaciones de servicio: «Si no dispones de medios para pagar…».

—¡Oye, eso sí que es buena idea!

—No era una sugerencia.

—Quizá la próxima vez lo tumbe con mi mejor patada giratoria.

Y seguro que lo conseguiría: hace poco que Dot practica *kick-boxing*, pero le dedica una energía envidiable. Siempre está haciendo algo; corriendo indómita por la vida como una criatura salvaje.

En cambio, cree que yo me he guarecido del mundo; acurrucada en un rincón para protegerme de su brillante luz. Quizá tenga razón.

—No pueden usarse movimientos de artes marciales con los clientes —digo—. Política de la empresa.

—Bueno, tampoco habrá próxima vez. Me he quedado con su cara. Si lo veo por el pueblo, le exigiré que nos pague diez libras.

—Pero si solo ha tomado un café.

Dot se encoge de hombros.

—Digamos que es el extra a pagar por un «simpa».

Sonrío y me dirijo hacia la trastienda, pasando por su lado, para imprimir el albarán de la entrega de mañana. Solo llevo un minuto detrás cuando oigo que le grita a alguien:

—¡Hemos cerrado! ¡Vuelva mañana!

Al asomar la cabeza por la entrada del despacho, reconozco la silueta que hay en la puerta. Y, al parecer, Murphy también: está olfateando los goznes con expectación al tiempo que menea la cola.

—Es él —observo, y noto que el estómago se me encoge un poco. Alto y delgado, camiseta gris y vaqueros oscuros. Una piel que revela que ha pasado el verano en el exterior—. El chico que se ha olvidado de pagar.

—Ah.

—Qué capacidades deductivas tienes, eh, ¿Sherlock?

Con un resoplido, Dot abre el cerrojo de seguridad, gira la llave y abre solo una rendija. No oigo lo que dice, pero supongo que ha venido para saldar la deuda, porque Dot quita la cadena, abre la puerta y lo deja pasar. Sin dejar de menear la cola y patalear, Murphy retrocede mientras él entra.

—Me he ido sin pagar —dice, con aspereza y un arrepentimiento que me desarma—. Ha sido totalmente involuntario. Toma. —Le entrega a Dot un billete de veinte, se pasa la mano por el pelo y me mira. Tiene unos ojos grandes y oscuros como la tierra húmeda.

—Ahora te doy el cambio —respondo.

—No, no hace falta. Gracias. Lo siento mucho.

—Llévate algo. ¿Otro café, un trozo de tarta? Como muestra de gratitud por ser tan decente. —Hay algo en él que parece suplicar un poco de amabilidad.

Todavía queda un poco de *drømmekage,* un bizcocho danés muy esponjoso con coco caramelizado por encima; se traduciría por algo así como 'pastel de ensueño'. Coloco un trozo en una caja y se la ofrezco.

Titubea un instante, se rasca la mandíbula con una barba de tres días, vacilante. Luego, acepta la caja y sus yemas rozan las mías.

—Gracias. —Agacha la cabeza y se va; una oleada de aire cálido y aterciopelado se cuela en la tienda.

—Bueno —tercia Dot—. Es un hombre de pocas palabras.

—Creo que lo he desconcertado con la tarta.

—Sí, ¿a qué ha venido eso? ¿Cómo que «otro café»? —repite—. ¿«Un trozo de *drømmekage»?*

Me resisto como puedo para no sonrojarme.

—Al menos ha vuelto para saldar las cuentas. Lo que demuestra que eres una cínica irremediable.

—Qué va. Con ese pedazo de *drømmekage* apenas hay beneficios.

—Esa no es la cuestión.

Dot alza una ceja tatuada.

—Puede que el jefe no esté de acuerdo. O, como mínimo, el contable.

—No, Ben te diría que debes tener más fe en la humanidad, dar una oportunidad a las personas.

—Bueno, ¿qué vas a hacer esta noche? —Le brillan los ojos con picardía cuando pasa a mi lado en dirección a la oficina para buscar su chaqueta—. ¿No dormirás para ayudar a los demás? ¿Abrirás un comedor de beneficencia?

—Qué graciosa eres. Puede que me pase por casa de Ben un rato, a ver cómo lo lleva.

Dot no me responde. Piensa que mi preocupación por Ben es un escollo, que paso demasiado tiempo absorta en mis recuerdos.

—¿Y tú?

Reaparece, con las gafas de sol colocadas en la cabeza.

—Haré esquí acuático.

Sonrío. «Claro, ¿cómo no?».

—Deberías venir.

—No, soy torpe por naturaleza.

—¿Y? El agua es blandita.

—No, será mejor que…

Me acalla con una mirada.

—Ya sabes lo que opino, Cal.

—Sí.

—¿Te has descargado ya Tinder?

—No. —«Por favor, no me des la lata».

—Podría presentarte a alguien…

—Lo sé. —Dot puede hacer cualquier cosa—. Pásatelo bien hoy.

—Te diría lo mismo, pero… —Me guiña el ojo con cariño—. Te veo mañana. —Y, entre una bruma de Gucci Bloom, desaparece.

Después de que se haya ido, apago las luces una por una y me siento, como suelo hacer, junto al ventanal para inspirar el aroma cada vez más débil del pan y los granos de café. Como si fuera un reflejo, saco el teléfono del bolsillo, busco el número de Grace y llamo.

«No. No puedes seguir así. Para».

Interrumpo la llamada y bloqueo el móvil. He intentado dejar la costumbre que tengo de llamarla, pero me anima ver su nombre en la pantalla, es como un repentino rayo de sol en un día gris y plomizo.

Dejo que mis ojos divaguen y se pierdan a través del ventanal y, de improviso, me topo con la mirada observadora y azabache del hombre de la libreta. Con un sobresalto, empiezo a sonreír, pero es demasiado tarde: clava los ojos en la acera y se transmuta en una sombra que se aleja a toda prisa y se difumina en la tenue luz de la tarde.

No lleva la caja de tarta. O se la ha comido ya o la ha tirado en la primera papelera que ha visto.

4
Joel

Me despierto de repente a las dos de la madrugada. Salgo de la cama lentamente y, tratando de no molestarla, agarro la libreta.

La calidez de la semana anterior se ha disipado y el piso está un poco frío. Me pongo una sudadera con capucha y unos pantalones de chándal, y voy a la cocina.

Sentado ante la barra americana, lo apunto todo.

Mi hermano pequeño, Doug, estará encantado. He soñado que su hija Bella ganaba una beca deportiva para la escuela privada del pueblo el año que cumpla los diez. Será una nadadora pija y excepcional, al parecer, y ganará montones de medallas cada fin de semana. Es curioso cómo funcionan las cosas. A Doug le prohibieron meterse en la piscina municipal cuando era niño por tirarse demasiadas veces de bomba y hacerles la peineta a los socorristas.

Bella todavía no ha cumplido los tres. Pero Doug es de la opinión de que nunca es demasiado pronto para explotar el potencial de los niños. Ya tiene a Buddy, de cuatro años, jugando a tenis, y mira *Britain's Got Talent* en busca de inspiración para seguir siendo un padre agobiante.

Claro que mi sueño ha confirmado que valdrá la pena. Escribo una nota y la subrayo tres veces para hablarle de clubes de natación en cuanto pueda.

—¿Joel?

Melissa me contempla desde el umbral, quieta como una espía.

—¿Una pesadilla?

Niego con la cabeza para indicarle que ha sido un buen sueño.

24

Melissa lleva una camiseta que es mía, y lo más probable es que se la ponga en su casa también. Le parece que hacerlo es cuco. Yo, en cambio, preferiría no tener que estar haciendo inventarios de mi propio armario.

Se me acerca y se encarama a un taburete. Cruza las piernas desnudas, se pasa la mano por la melena de color rubio rojizo.

—¿Salía yo? —Me dedica un guiño que es tan tímido como escandaloso.

«La verdad es que es imposible que salieras», me gustaría decirle, pero no lo hago. Desconoce la naturaleza de mis sueños, y así es como va a seguir.

Hace ya tres años que Melissa y yo nos vemos una vez al mes, más o menos, sin que haya demasiado contacto entre un mes y el siguiente. Steve charla con ella más a menudo de lo que me gustaría; parece creer que vale la pena conocerla. Incluso a Melissa le hace gracia y ha empezado a hablar con él en el pasillo, solo para chincharme.

Alzo los ojos para observar el reloj de la cocina. Reprimo un bostezo.

—Es plena noche. Deberías volver a la cama.

—Qué va. —Suspira desganada, se mordisquea una uña—. Ahora ya estoy despierta. También puedo quedarme aquí contigo.

—¿A qué hora comienzas a trabajar? —Melissa lleva la relación con la prensa de la división londinense de una empresa minera africana. Sus turnos de mañana suelen empezar a las seis.

—Demasiado pronto —responde, girando los ojos con desagrado—. Llamaré y diré que estoy enferma.

Tenía intenciones de pasear a los perros con mi amigo Kieran a primera hora, y esperaba poder ir a desayunar a la cafetería. He vuelto allí varias veces, tras la anécdota del «simpa» de la semana pasada.

Al principio, tengo que reconocerlo, sentía una especie de deber moral que me impelía a regresar. Pero ahora voy más por el perro residente y el buen café. Y por la cálida bienvenida que me brindan, a pesar de haber sido un cliente para nada ejemplar el primer día.

—Es que… ya he hecho planes. —El estómago se me revuelve de la culpa mientras lo digo.

Melissa inclina la cabeza.

—Todo un detalle. No entiendo cómo sigues soltero.

—Tú también estás soltera —señalo, como hago cada vez que viene.

—Sí. Pero yo quiero estarlo.

Esta es una de las teorías de Melissa. Que estoy desesperado por tener una relación, que me muero por ser el novio de alguien. Llevaba cinco años soltero cuando la conocí, hecho en el que se recrea, como haría un gato con un ratón. A veces, incluso me llama «pegajoso» cuando le mando un mensaje para ver si le apetece cenar algo en casa tras llevar un mes haciendo bomba de humo.

Está equivocada. Dejé las cosas claras desde el principio, le pregunté si le parecía bien que no hubiera nada serio. Se rio y me dijo que sí. También me dijo que era un creído.

—Mira, un día voy a abrir esa libreta mientras estés dormido y voy a ver qué es lo que escribes tanto.

Suelto una leve carcajada y bajo los ojos, no me fío de mí mismo para responderle.

—¿Es algo que podría vender a la prensa?

Tal vez sí: aquí está todo. Un sueño cada semana desde hace veintiocho años, y hace veintidós que los apunto.

Lo escribo todo por si fuera necesario intervenir. Pero, de vez en cuando, tengo que presenciar cómo se desarrolla una pesadilla. Dejo que transcurran si son menos serias o si no veo de qué forma podría actuar. Ninguna de las dos opciones es la ideal para un hombre con mi modo de pensar.

Aun así, como diamantes entre el barro, los sueños más felices refulgen entre las pesadillas. Ascensos, embarazos, pequeños golpes de suerte. Y luego tengo otros tediosos, que tratan sobre la cotidianidad de la vida, lo mundano: cortes de pelo y tiendas de comida, tareas domésticas y laborales. Puede que sueñe lo que Doug va a cenar (¿vísceras, en serio?). O que descubra si papá llegará al primer puesto de la liga local de bádminton, o si mi sobrina se va a olvidar el equipo de educación física.

Tengo muy presentes las fechas y épocas correspondientes cuando me despierto. Son datos tan relevantes como mi propio cumpleaños o qué día de diciembre es Navidad.

Presto atención a todo, incluso a lo más insulso. Llevo un seguimiento de todo gracias a la libreta. Por si hubiera algún patrón, alguna pista en alguna parte, algo que no pueda permitirme pasar por alto.

Echo un vistazo al cuaderno, en la encimera. Me preparo por si Melissa quisiera hacerse con él. Me da un golpetazo y, con una sonrisa almibarada, me dice que me relaje.

—¿Quieres un café? —le ofrezco, para tratar de apagar el brillo de sus ojos. De todas formas, siento una punzada de remordimientos. A pesar de su actitud fanfarrona, estoy seguro de que no le importaría venir al menos una vez y dormir unas buenas ocho horas como una persona normal.

—¿Sabes? Con todo el dinero que tienes, podrías permitirte comprar una cafetera como Dios manda. Ya nadie toma el instantáneo.

De la nada, mi mente evoca la cafetería. A Callie trayéndome la bebida, y la vista de la calle adoquinada desde la silla junto al ventanal. Me inquieta un poco y me la quito de la cabeza. Con la cuchara sirvo café en dos tazas.

—¿A qué dinero te refieres?

—Me encanta cómo finges ser pobre. Eras veterinario y ahora ni trabajas.

Es cierto, pero solo en parte. Sí, tengo ahorros. Pero solo porque me di cuenta a tiempo de que mi trabajo pendía de un hilo. Y los ahorros no durarán para siempre.

—¿Azúcar? —le pregunto, para cambiar de tema.

—Yo ya soy lo bastante dulce.

—Discutible.

Me ignora.

—Así que, ¿lo harás?

—¿El qué?

—Comprar una cafetera como Dios manda.

Me cruzo de brazos y me vuelvo para mirarla.

—¿Para una vez al mes, que es cuando vienes?

Me guiña un ojo.

—Si empezaras a tratarme como toca, tal vez tendrías la oportunidad de que esto fuera a alguna parte.

Le devuelvo el guiño y entrechoco la cuchara con la taza.

—Pues seguiremos tomando café instantáneo.

Tuve el primer sueño premonitorio con siete años, cuando mi primo Luke y yo éramos uña y carne. Nacidos con una diferencia de tan solo tres días, pasábamos cualquier rato libre juntos: juegos de ordenador, paseos en bicicleta, ir a dar vueltas con los perros.

Una noche, soñé que cuando Luke tomaba su habitual atajo por el parque de camino al colegio, un perro negro que salía de la nada se le lanzaba encima. Me desperté a las tres de la madrugada, justo cuando el perro hundía las fauces en la cara de Luke. En la cabeza, palpitando como si tuviera migraña, tenía la fecha en la que iba a ocurrir todo esto.

Solo disponía de unas horas para evitarlo.

Ante un desayuno que no toqué, se lo expliqué todo a mi madre y le supliqué que llamara a la hermana de papá, la madre de Luke. Se negó con suavidad, tranquila, y me aseguró que solo había sido una pesadilla. Me prometió que me encontraría a Luke esperándome en la escuela, sano y salvo.

Pero Luke no estaba en la escuela sano y salvo. Así que me fui corriendo a su casa, a tanta velocidad que noté el sabor a sangre en la lengua. Un hombre que no conocía me abrió la puerta. «Está en el hospital», me dijo con aspereza. «Lo ha mordido un perro esta mañana, en el parque».

Mamá llamó a mi tía por la noche y conocimos todos los detalles. Un perro negro había atacado a Luke de camino al colegio. Necesitaría cirugía estética en la cara, brazo izquierdo y cuello. Tenía suerte de haber sobrevivido.

Después de colgar el teléfono, mamá me llevó al salón, donde nos sentamos en silencio en el sofá. Papá aún no había regresado. Todavía recuerdo el olor de la sopa de pollo y fideos que me había preparado. De arriba llegaba el sonido extrañamente reconfortante de mis hermanos peleándose.

—No ha sido más que una coincidencia, Joel —no dejaba de decir mamá (ahora me pregunto si no trataba de convencerse a sí misma)—. Sabes lo que es una coincidencia, ¿verdad? Es cuando algo ocurre por casualidad.

Por aquel entonces, mamá trabajaba en la empresa de contabilidad de papá. Se ganaba la vida de la misma forma que él: empleando la lógica, observando los hechos. Y los hechos estipulaban que las personas no podían predecir el futuro.

—Pero sabía que iba a ocurrir —protesté, entre sollozos, inconsolable—. Podría haberlo evitado.

—Ya sé que lo parece, Joel —me susurró—, pero no ha sido más que una coincidencia. Tienes que tenerlo presente.

No se lo contamos a nadie. Papá me habría dicho que sufría alucinaciones, y mis hermanos eran demasiado pequeños para entenderlo, o para que les importara, siquiera. «Quedará entre nosotros», me indicó mamá. Y eso hicimos.

Incluso ahora, el resto de mi familia sigue sin saber la verdad. Creen que tengo ansiedad y que soy un paranoico. Que mis avisos incomprensibles y mis intervenciones de maníaco son fruto del dolor sin digerir por la muerte de mamá. Doug cree que debería tomarme alguna pastilla, porque está convencido de que existe una pastilla para todo. (Y, por desgracia, no es así).

¿Sospecha Tamsin, mi hermana, que no es eso? Puede. Pero los detalles que doy son imprecisos a propósito, y no me insiste.

No puedo decir que no me haya sentido tentado de explicárselo todo. Pero si alguna vez me embarga ese impulso, solo tengo que recordar la única vez en la que fui lo bastante ingenuo como para recurrir a un profesional. La burla que vi en sus ojos y su expresión desdeñosa fueron suficientes para prometerme que nunca volvería a confiárselo a nadie.

5

Callie

La noche de un viernes de mediados de septiembre llega acompañada de una llamada descorazonadora de mi agente inmobiliario.

—Me temo que tengo malas noticias, señorita Cooper.

Frunzo el ceño, le recuerdo a Ian que puede llamarme Callie (suficientes tratos hemos tenido a lo largo de estos años).

Repite mi nombre lentamente, como si lo estuviera escribiendo por primera vez.

—De acuerdo, entonces. A ver, el señor Wright nos acaba de informar de que va a vender su propiedad.

—¿Qué propiedad? ¿Cómo?

—Tu piso. El 92 B. No, espera... el C.

—Sé cuál es mi dirección. ¿De verdad me estáis desahuciando?

—Preferimos decir que se te está notificando. Dispones de un mes.

—Pero ¿por qué? ¿Por qué lo vende?

—Ya no es viable comercialmente.

—Soy una persona. Soy viable. Pago el alquiler.

—Venga, tranquila.

—¿Crees que... se lo vendería a otro propietario? Podría quedarme como inquilina en posesión. —Me gusta como suena, al menos: mejores derechos, hacer exigencias al propietario y no al revés, para variar.

—Ah, no. Quiere echarte sí o sí. Tiene que arreglar todo el piso.

—Bueno es saberlo. Pero no tengo adónde ir.

—No recibes prestaciones, ¿verdad?

—No, pero…

—Tenemos muchas propiedades disponibles ahora mismo. Te enviaré un correo.

No hay nada que vaya tan bien como que te desahucien, pienso, para hacerte sentir como una completa fracasada.

—Qué buena forma de empezar el fin de semana, Ian. —Me pregunto si hace todas las llamadas de desahucio los viernes por la noche.

—¿Sí? No hay de qué preocuparse.

—No, era… Mira —entono, desesperada—. ¿Podrías encontrarme un sitio con jardín de verdad? —Ahora vivo en el último piso, así que no puedo acceder al jardín que hay, pero, aunque lo hiciera, sería como salir a una chatarrería. Está asfaltado casi todo, y lleno de diversos trastos: tumbonas oxidadas, un tendedero con un cordel rotatorio y roto, una colección decrépita de sillas de cocina y tres carretillas inútiles. No me importa que esté destartalado, que haya un poco de desorden (es mucho mejor que un jardín estéril de una propiedad de muestra), pero es que este en concreto es un hervidero de tétanos.

Ian se ríe.

—¿El presupuesto sigue siendo el mismo?

—Menos, en todo caso.

—Qué graciosa. Ah, y Callie: supongo que solucionaste lo de las abejas, ¿verdad?

—¿Abejas? —repito, con tono inocente.

Ian vacila. Oigo cómo teclea con fuerza.

—Sí, aquí lo tengo. Entraban y salían entre los plafones que hay junto a la ventana de tu salón.

Y así era, la pareja que vivía enfrente fueron los que avisaron, creo. Me quité a Ian de encima cuando me llamó, le dije que tenía un amigo que podría ayudarme. Y no me sorprende nada que solo se haya acordado de preguntarme ahora, cuando ya hace meses de eso.

Estaba desesperada por proteger la casita feliz que las abejas estaban construyendo. No hacían daño a nadie, a diferencia de sus detractores, que habían llenado el jardín de enfrente de ladrillos y sustituido todo el césped por uno artificial tras acabarse de mudar.

—Ah, sí —digo con tono jovial—. Todo solucionado.

—Perfecto. No queremos que hibernen ahí.

Sonrío. La colmena debe de estar vacía, hará mucho tiempo que las abejas se han ido.

—De hecho, las abejas no…

—¿Qué dices?

—Nada, no importa.

Tras colgar, apoyo la cabeza en el sofá. De patitas en la calle con treinta y cuatro años. Bueno, es de las mejores excusas que he oído para sacar el bote entero de helado.

Había un espino en el jardín de los vecinos antes de que la pareja lo arrancara para hacer espacio para el coche. En ese momento, estaba completamente florecido. La nube de pétalos que se formó cuando lo lanzaron al contenedor que habían alquilado me hizo pensar en los días primaverales y ventosos de mi niñez y la dulce alegría de echar a correr entre el confeti de la naturaleza, espoleada por mi padre.

También me recordó al espino que veía desde el escritorio de la empresa de botes de pintura donde trabajaba antes. Me encantaba, ese solitario brote de vida en un extremo de hormigón del complejo industrial. Tal vez lo plantó un pájaro o alguien que estaba tan desesperado como me sentía yo en esa época. A lo largo de los años, lo contemplé durante el paso de las estaciones, admiré los capullos que anunciaban sus flores en primavera, la profusión de verde en verano y el esplendor rojizo del otoño. Incluso me encantaba en invierno, la geometría de sus ramas desnudas se me antojaban tan preciosas como una escultura de una galería.

A las horas del almuerzo me acercaba siempre, a veces solo para tocar la corteza o admirar las hojas. Los días más cálidos, me comía el sándwich bajo él, encaramada al extremo del borde. El tercer verano que estaba allí, se hizo evidente que le había dado pena a alguien, porque habían dejado un viejo banco de madera ahí fuera.

Pero a principios del sexto verano, cortaron el árbol para construir un espacio cubierto para fumadores. Me removió el estómago de una forma inexplicable al ver que, donde había habido hojas y ramas, ahora había un corrillo de rostros grises que observaban inexpresivos el vacío, cobijados bajo una cúpula exánime de metacrilato.

Observo por la ventana el lugar en el que se erigía el espino de los vecinos. Debería agarrar el ordenador y ponerme a buscar otro sitio en el que vivir. Es curioso lo fácil que es para alguien arrancar de raíz la vida de otra persona justo cuando esta menos se lo espera.

6
Joel

Cerca del río, me pongo a pensar en lo que ha ocurrido antes. O, más bien, en lo que no ha ocurrido. Es difícil de decir con exactitud.

Ha sido extraño cuando Callie me ha traído el doble expreso en la cafetería, nada más llegar. Nuestros ojos se han encontrado y se me ha erizado la piel mientras luchaba por apartar la mirada.

Iris del color de la avellana, moteados, como un rayo de sol sobre la arena. Pelo largo y suelto del color de las castañas. Una tez de la vainilla más pálida. Y una sonrisa inesperada que es imposible que me la dedicara a mí.

Pero, al parecer, así era.

Callie ha señalado a Murphy con un gesto de cabeza, apoyado en mi rodilla y disfrutando de que le rascara la cabeza.

—Espero que no te esté molestando.

Durante mis visitas casi diarias a la cafetería, a lo largo de la semana pasada, hemos forjado un lazo bastante fuerte, el perro y yo.

—¿Este bonachón? Qué va. Hemos hecho un pacto.

—¿Ah, sí?

—Claro. Él me hace compañía y yo le tiro migas de pastel cuando no miras.

—¿Te apetece un trozo? —Una sonrisa afable—. Tenemos una hornada recién hecha de pastel de ensueño.

—¿Perdón?

—El *drømmekage*. Es danés, literalmente significa 'pastel de ensueño'.

Qué nombre tan horrendo. Pero, siendo sinceros, ese pastel es el equivalente culinario del *crack*.

—Pues sí que me apetece, la verdad. Gracias.

Ha regresado casi al momento y me ha colocado delante un plato con un trozo más grande de lo habitual.

—Que lo disfrutes.

Nuestros ojos se han vuelto a encontrar. Y de nuevo, no he podido apartar la mirada.

—Gracias.

No se ha ido de inmediato. Se ha puesto a toquetearse el collar. Es de oro rosado, delicado, con la forma de una golondrina en pleno vuelo.

—Bueno, y dime, ¿tienes un día muy ajetreado? ¿Vas al trabajo?

Por primera vez desde hace mucho tiempo, me ha frustrado no poder responder que sí. No tener ni una sola cosa interesante que contarle sobre mi vida. Ni siquiera estoy seguro de por qué quería eso. Será que tiene algo. Su forma de moverse, el brillo de su sonrisa. La sonoridad de su risa, llena y dulce como el aroma de la primavera.

«Vamos, contrólate, Joel».

—Tengo una teoría sobre ti —me ha dicho entonces.

Durante unos segundos pienso en Melissa, que ha llegado a elucubrar tantas teorías sobre mí que podría escribir una amplia tesis sin sentido.

—Creo que eres escritor. —Callie me ha señalado la libreta y el bolígrafo.

De nuevo, he sentido la necesidad de impresionarla. De cautivarla, de alguna forma, de decir algo irresistible. Como era de esperar, no lo he conseguido:

—Solo son divagaciones incoherentes, me temo.

No ha parecido demasiado decepcionada.

—Entonces, ¿a qué te…?

Pero de pronto, a nuestras espaldas, un cliente estaba tratando de llamar su atención. Cuando me he vuelto, he visto a Dot corriendo entre las mesas con una mueca de disculpa.

Callie me ha sonreído y ha señalado el mostrador con la cabeza.

—Bueno, será mejor que…

Han sido muy extrañas las ganas que me han entrado de alargar la mano cuando se ha ido, de atraerla de nuevo hacia mí, de sentir la calidez de su presencia otra vez.

Hace mucho tiempo me obligué a no obsesionarme con atracciones pasajeras. Pero, esta vez, va más allá; es una sensación en el pecho que no había tenido desde hace años. Como si Callie hubiera resucitado una parte de mí que creía que había enterrado para siempre.

Me he ido poco después. Me he resistido al instinto de mirarla al salir.

—¡Joel! ¡Eh, Joel!

Todavía estoy tratando de sacarme esta mañana de la cabeza cuando me doy cuenta de que alguien me está siguiendo. No suele ser la mejor forma de lograr que te preste atención, pero he reconocido la voz: es Steve, y viene detrás de mí.

Lo he estado evitando desde que le reventé los neumáticos la semana pasada. Y ahora, al parecer, ha llegado el momento de la verdad.

Me planteo salir corriendo hacia el lago de las barcas, tratar de huir a pedal seguido de cerca por mi reducida manada de perros. Pero, entonces, recuerdo que Steve es capaz de correr más que yo, tirarme al suelo y obligarme a rendirme en unos diez segundos, como mucho.

Steve es entrenador personal, da clases en horribles campamentos al exterior para personas con tendencias masoquistas. Debe de haber acabado una, porque está sudado y va dando tragos a un batido de proteínas de tamaño descomunal. Lleva pantalones de chándal y zapatillas de deporte, y una camiseta que parece que hayan pulverizado sobre su cuerpo.

—Hola, chuchos —le dice a mi variopinta pandilla de tres, al alcanzarnos.

Parece relajado, pero podría ser debido a las endorfinas. Sigo caminando con determinación, en guardia. Si me pregunta sobre los neumáticos, negaré saber nada.

—¿Qué pasa, tío?

O mejor no digo nada de nada.

Steve va directo al grano, porque es así de eficiente.

—Joel, sé que fuiste tú quien me pinchó las ruedas la semana pasada. —Habla en tono bajo pero firme, como si yo fuera un niño al que ha pillado robando cigarrillos en la tienda del barrio—. He estado investigando, le pedí a Rodney que comprobara las cámaras. Está todo grabado.

Ah, Rodney. Los ojos de nuestra calle. El testigo determinante en cualquier crimen vecinal. Tendría que haber sabido que sería mi perdición. Era evidente desde hacía meses, desde que el verano pasado instaló banda ancha solo para poder tuitear con la policía.

Qué descuidado. Quiero decir algo, pero no sé qué. Así que hundo las manos en los bolsillos y sigo caminando.

—¿Sabes? —prosigue Steve—, después de hacerlo, apoyaste la cabeza contra el arco de la rueda. Te sentiste mal, ¿verdad?

Pues claro, a pesar de las razones que tenía. Porque, durante muchos años, para mí Steve no ha sido tanto un amigo, sino familia.

—Sé que no querías hacer lo que hiciste, tío. Así que dime, ¿por qué?

Solo pensar en tener esta conversación me hace sentir como si estuviera al filo de un precipicio. El corazón se me acelera, se me eriza la piel, la lengua se apergamina y la boca se me llena de serrín.

—Se lo he tenido que decir a Hayley —insiste Steve, cuando no consigo explicárselo.

No me sorprende: estos dos funcionan como una máquina bien engrasada. Se lo cuentan todo, no se esconden nada.

—Está molesta. De hecho, está que echa chispas. No entiende en qué demonios estabas pensando, porque, encima, yo iba con Poppy...

—Los neumáticos estaban completamente desinflados. No podrías haber arrancado el coche, por mucho que hubieras querido.

Steve me agarra del brazo y me detiene. La fuerza con la que lo hace me deja indefenso: me veo obligado a mirarlo a los ojos.

—Joel, eres el padrino de Poppy. Lo menos que puedes hacer es decirme por qué.

—No fue... Te prometo que fue por una buena razón.

Espera oírla.

—No puedo explicártelo. Lo siento. Pero no fue por maldad.

Steve suspira y me suelta.

—Mira, Joel, todo esto... Se podría decir que nos ha dado un último empujón a Hayley y a mí con algo que llevamos pensando desde hace un tiempo. De todas formas, necesitamos más espacio, ahora tenemos a Poppy, así que debería decírtelo... Lo haremos. Nos mudamos.

Un jadeo de arrepentimiento.

—Lo siento. —Necesito que lo sepa—. De verdad, lo siento mucho.

—Lo más probable es que no lo vendamos. No al principio, al menos, por ahora lo alquilaremos. La hipoteca ya está casi pagada, así que... —Hace una pausa, me mira como si se le hubiera escapado algo muy ofensivo—. Acabo de escuchar lo que he dicho. He sonado como un imbécil de clase media.

Steve y Hayley son personas prácticas y sensatas, y compraron el piso al dueño de nuestro edificio cuando los precios todavía eran razonables.

—Para nada. Habéis trabajado mucho. Conservad la propiedad.

Asiente despacio.

—Solo me gustaría que me pudieras contar qué pasa, tío. Me... me preocupas.

—Está todo controlado.

—Joel. Creo que tal vez podría ayudarte. ¿Te he contado alguna vez que…?

—Lo siento —lo corto enseguida—. Tengo que ir tirando. Los perros no se pasean solos.

Sí lo harían, claro. Pero ahora mismo son la única excusa que puedo esgrimir.

He vivido en Eversford toda la vida, y llevo casi una década siendo el vecino rarito del piso de abajo de Steve y Hayley.

Traté de evitarlos cuando se mudaron aquí, pero Steve es un hombre muy difícil de eludir. Siempre ha sido su propio jefe, lo que le daba tiempo para hacer cosas como sacar mis cubos de la basura, recoger paquetes o intimidar al dueño por la profunda grieta que había en una pared lateral del edificio. Y así fue como pasamos de vecinos a amigos.

Vicky, la que era mi novia entonces, estaba muy predispuesta a alimentar la nueva relación. No dejó de hacer planes con Hayley que nos incluían a los cuatro: tomar algo en el jardín trasero, barbacoas en días festivos, celebraciones de cumpleaños en el centro. Sugirió celebrar la noche de Guy Fawkes en el parque del barrio e ignorar a los niños disfrazados durante la noche de Halloween con la ayuda de ron, ventanas cerradas y películas de terror.

Vicky me dejó el día de su cumpleaños, tras tres años juntos. Me ofreció una lista que había confeccionado, una diminuta columna de pros frente a una larga letanía de contras irrefutables. Mi desapego emocional encabezaba la lista, pero no menos relevantes eran mi disfunción general y mi constante estado de tensión y nerviosismo. También mi reticencia a soltarme aunque fuera solo por una noche y mi aparente incapacidad para dormir. La libreta que nunca le dejaba mirar también figuraba en la lista, igual que mi permanente aire distraído.

Nada de aquello era una novedad, como tampoco era injusto. Vicky se merecía mucho más en una pareja que las medias tintas que yo le ofrecía.

No ayudaba, estoy seguro, que no le contara lo de los sueños. Pero Vicky siempre me había recordado un poco a Doug, en el sentido de que no era famosa por su empatía. Aunque tenía muchas cualidades que admiraba (ambición, sentido del humor, energía), también era el tipo de persona que se encogería de hombros si atropellara a un conejo.

Cuando se fue, me di a la bebida durante unos meses. Ya lo había intentado antes, en los últimos dos años que estuve en la universidad, tras leer sobre los efectos disruptivos que el alcohol tenía sobre dormir. Sabía que no era la solución, en realidad. Que no iba a funcionar de verdad. Pero supongo que me convencí de que las cosas tal vez saldrían de otra forma, esa vez.

No lo hicieron, así que lo dejé. Justo a tiempo, seguramente, ya que había empezado a sucumbir a la peligrosa calidez de la dependencia. Y pensar en tener que resolverlo, además de lo que ya tenía encima, me parecía tan apetecible como cruzar a nado el canal de la Mancha o buscar pelea en la asociación local de kung-fu.

En los años que siguieron a la ruptura con Vicky, Steve y Hayley me parecieron más familia que amigos. Fue como si abrazaran mi dolor. Y cuando este año nació Poppy, creo que pensaron que convertirme en su padrino podría ser positivo para mí.

En el bautizo, sostuve con orgullo a Poppy para la fotografía. Era como un cachorrito que se removía en mis brazos, cálida y adorable. La miré, noté su delicado peso y me abrumó tanto amor.

Furioso conmigo mismo, se la devolví. Me emborraché, rompí dos copas de cristal. Tuvieron que meterme en un taxi antes de tiempo y mandarme a casa.

Con eso bastó. Desde entonces, la relación ha sido más bien tensa.

7

Callie

A finales de mes, Ben sugiere que vayamos una noche al *pub* donde el amigo de un amigo celebra su cumpleaños. Estoy muy cansada al salir de trabajar, pero últimamente me resisto a fallarle: su progreso todavía es muy vacilante, como si empezara a despertarse tras hibernar durante el más crudo de los inviernos.

Joel ha sido uno de los últimos clientes en irse hoy, y durante una milésima de segundo, mientras cerraba la puerta al marcharse, me he planteado salir corriendo tras él e invitarlo a venir. Joel es, sin ninguna duda, lo mejor de trabajar en la cafetería ahora mismo: es capaz de animarme con solo una sonrisa, aturullarme con una simple mirada. He acabado esperando a verlo cada día y preguntándome qué puedo decirle para que se ría.

Pero, al final, he desistido, porque estoy bastante segura de que invitarlo a venir al *pub* sería pasarme de la raya. El pobre hombre debería poder disfrutar de su café en paz sin que la camarera lo acose para quedar. De todas formas, alguien tan encantador como él seguro que no está disponible (por mucho que, tal como Dot me ha señalado, esté siempre solo).

La verdad, me recuerdo, es que en realidad no nos conocemos, solo lo justo para intercambiar sonrisas y comentarios, como estrellas de galaxias contiguas que destellan guiños de un confín al otro del cielo infinito.

41

La fiesta de cumpleaños se celebra en la terraza; por suerte, aún hace un tiempo lo bastante cálido como para estar fuera. Diviso a mi amiga Esther y a su marido Gavin, y a un montón de personas que conocíamos un poco mejor cuando Grace estaba viva. Si siguiera entre nosotros, estaría ganándose a toda la terraza. El timbre terrenal de sus carcajadas sería como los compases de una melodía familiar y cálida.

Durante unos segundos, me detengo para aguzar el oído, esperando escucharla. Porque, bueno, por si acaso.

Me siento en el banco junto a Esther y Murphy se acomoda a mis pies. Una cascada de madreselva brota de la pérgola que nos cubre las cabezas, de un verde vibrante con flores cremosas.

—¿Dónde está Ben?

—Se ha retrasado en el trabajo. Creo que no está muy animado.

—¿Muy animado o nada animado?

—Bueno, está de camino. Así que supongo que algo animado sí está. —Esther, con los brazos al aire gracias a una blusa sin mangas de color mantequilla, empuja una pinta de sidra en mi dirección.

Conocí a Esther y a Grace el primer día de colegio. Desde el principio me sentí a gusto quedándome a la sombra, admirándolas, pero sin igualar nunca su coraje. Las dos compartían una franqueza que a menudo hacía que las echaran de clase y que se manifestó años más tarde en las noches que pasamos ante el televisor viendo los debates de *Question Time,* mientras ellas gritaban su parecer sobre política gubernamental, cambio climático y teoría feminista. Se exaltaban la una a la otra, fieras y enardecidas. Y, entonces, nos arrebataron a Grace de repente y Esther se quedó sola luchando por sus principios y sus pasiones más fervientes.

Grace murió hace dieciocho meses atropellada por un taxista que sobrepasaba el límite de velocidad. Dio un volantazo, se salió del carril y Grace murió en la acera por la que iba caminando.

Fue instantáneo, nos dijeron. No sufrió.

Mientras esperamos a Ben, la conversación deriva hacia el trabajo.

—Hoy he hecho un poco el trabajo de tus sueños, Cal —me dice Gavin entre sorbos de cerveza.

Sonrío, un tanto confusa.

—¿A qué te refieres?

Gavin es arquitecto, y, cada año, su equipo hace un voluntariado por una buena causa en nuestra zona. Me cuenta que hoy se ha pasado ocho horas haciendo gestión del hábitat en Waterfen, nuestra reserva natural local, mi refugio privado.

—Puedes imaginarte cómo le ha ido. —Esther me guiña el ojo. Ella trabaja muchas horas a cambio de un sueldo precario como directora de políticas en una organización benéfica de bienestar social—. Ocho horas de curro en el campo con tíos que trabajan en oficina.

Inspiro el aroma de la madreselva y me imagino pasando un día embelesada entre setos, bosques silvestres y cañaverales pardos unidos por una fría franja de río. Esporádicamente trabajo como voluntaria en Waterfen, haciendo informes trimestrales. Es poco sistemático y no está retribuido (estudios de las aves reproductoras, seguimiento del hábitat), pero no me importa. Satisface mis ganas de horizontes no delimitados por edificios, de tierra fértil y sin embarrar por la gente, de aire puro y sin artificios.

Le ofrezco una sonrisa a Gavin.

—Parece interesante.

Hace una mueca con el tipo de repulsión que solo el esfuerzo físico imprevisto tiene el poder de provocar.

—Es una forma de verlo. Aunque digamos que rehacer montones de pilas de troncos que pesan cinco veces más que yo, arrastrar postes y romperme la espalda arrancando yo qué sé qué era eso, no es lo que yo entiendo por divertido. Y eso que creía que estaba en forma.

Me fijo en los arañazos que tiene en los antebrazos. Una ligera capa de polvo propia de la naturaleza se entrevé, también, en su pelo.

—¿Hierba cana?

—¿Qué?

—¿Era eso lo que arrancabais?

—Sí, yo qué sé —masculla, y da un trago a la cerveza—. Ha sido infernal.

—A mí me parecería el paraíso.

—Pues el encargado ha comentado que pronto ofertarán un puesto de trabajo de ayudante. Sería una mejor forma de aprovechar tu titulación en Ecología que sirviendo café. ¿Por qué no te...?

Aunque Esther lo interrumpe con una tos, noto que algo se me remueve en las entrañas. El lento despertar de una criatura adormilada.

—¿Por qué no te qué? —Ben deja caer su cuerpo de jugador de *rugby* a mi lado, con una pinta en la mano, mientras observa nuestros rostros, expectante. Es la viva personificación del fin de la jornada laboral: las mangas de la camisa remangadas, el pelo revuelto, la mirada relajada.

—Nada —respondo enseguida. En el vaso vacío a mi derecha me doy cuenta de que hay una mariquita atrapada en el poso. Meto los dedos hasta tocar el líquido y la rescato. Se aleja revoloteando.

—Pronto ofrecerán un puesto de trabajo en Waterfen —dice Gavin—. ¿Sabes dónde digo, la reserva natural, adonde vas y te torturan a cambio de ser voluntario? Al parecer, es el trabajo con el que Callie siempre ha soñado, así que... —Se detiene y lanza una mirada a Esther, su forma habitual de quejarse por recibir patadas en la espinilla.

Ben se incorpora después de rascar a Murphy en las orejas.

—Creía que te encantaba la cafetería.

Su desconcierto me hiere como si fuera papel de lija.

—Y me encanta —le aseguro al instante. Hago caso omiso de la ceja alzada de Gavin—. No te preocupes. No me voy a ir a ningún lado.

La expresión de Ben se inunda de alivio, y sé lo que significa: que la cafetería esté en buenas manos habría sido lo más importante para Grace. Dejar mi trabajo actual para convertirme en la gerente tras su muerte parecía tan evidente que era casi lógica. Ben se dedicaba en cuerpo y alma a un trabajo en *marketing* que le encantaba, y, en cambio, yo estaba estancada en la empresa de botes de pintura. Llevaba once años… once años de organizar la agenda de mi jefa, de prepararle café, de responder al teléfono. Se suponía que iba a ser un trámite después de la universidad, una forma rápida de ganar dinero para pagar el alquiler, pero al cabo de tres meses se convirtió en un trabajo fijo, y, al cabo de una década, me hizo ganar un premio por antigüedad con el que Grace se carcajeó de lo lindo.

—Diez años siéndole leal a una sola mujer —bromeó cuando me presenté en su puerta con la botella de champán con la que me habían obsequiado—. Es como una especie de matrimonio.

Fue justo antes de que la mataran.

Adopté a Murphy poco después. Había sido el perro de Grace, en realidad, pero en la oficina donde trabajaba Ben no se permitían animales y, en cambio, en la cafetería había mucho amor desaprovechado.

Ser propietaria de una cafetería fue la primera cosa estable que Grace hizo en los seis años que pasaron tras salir de la universidad, pero incluso eso fue fruto de un capricho. Usó una herencia para pagar, guiada por un impulso, el alquiler de una vieja tienda de ropa infantil, y nos pilló a todos por sorpresa. Mientras tanto, había estado recorriendo el mundo, trabajando aquí y allá (como camarera, televendedora, incluso repartiendo folletos disfrazada). De vez en cuando me llamaba desde un país lejano, me hacía reír con sus últimas aventuras y desastres, y cuando colgábamos, me dejaba rebosante de curiosidad y envidia. Fantaseaba con subirme a un avión y sentir el subidón de dopamina al haber salido por fin de mi diminuta parcela de mundo.

A menudo me preguntaba cómo sería irse así, sin más. Me atraían los lugares de naturaleza virgen, de horizontes infinitos, con vistas vertiginosas. Un trimestre, en la escuela, nos hablaron de Sudamérica y, desde entonces, siempre he querido ir a un parque nacional concreto situado en el norte de Chile. Nuestra profesora de Geografía había ido dos veranos atrás, y, cuando acabó la clase, todos teníamos la sensación de haber viajado allí con ella. Esa misma noche, le expliqué a mi padre todo lo que había vivido y le pedí si el verano siguiente podíamos ir de vacaciones a Chile. Se rio y me dijo que se lo preguntaríamos a mamá, y al instante supe que era su forma de decir que no. Seguramente tenía razón en pensar que nadie que estuviera en sus cabales escucharía una petición como esa procedente de una niña de diez años.

Así que viajaba hasta el altiplano en mi mente, me perdía en vistas magníficas e imágenes de volcanes coronados de nieve, y soñaba por la noche con alpacas y llamas, con halcones y flamencos. Se convirtió en mi escapatoria siempre que necesitaba una: me trasladaba a ese rincón de Chile, convertido en una fábula por mi imaginación.

Me prometí que iría. Pero al terminar la universidad tenía pocos ahorros y no estaba segura de que el infame método de Grace de trabajar a medida que viajaba fuera apto para mí. No poseía su atrevimiento, me acosaban demasiadas dudas e inseguridades. Nunca parecía ser un buen momento: o estaba buscando trabajo, o tratando de ahorrar, o trabajando, o conociendo a un chico. Y así fueron pasando los años, y Chile siguió siendo un sueño remoto.

Sé que a Ben siempre le ha parecido que hacerme responsable de la cafetería fue una grata vía de escape de un trabajo en el que me aburría como una ostra. Pero lo único para lo que ha valido es para recordarme que servir café no me apasiona. Sigo viviendo en el pueblo en el que nací, y, entretanto, hay un ancho mundo ahí fuera lleno de posibilidades que no deja de girar.

8

Joel

Medio por casualidad, medio a propósito, me paso por la consulta veterinaria en la que trabajaba. Lo hago, como mínimo, una vez a la semana. No me preguntes por qué.

Tal vez finjo que todavía trabajo allí, que voy a atravesar las puertas giratorias como si nada hubiera cambiado, saludar a Alison en la recepción, detenerme a hablar con Kieran de camino a mi consulta.

Lo diviso en el aparcamiento. Está al otro lado de la puerta trasera con la espalda apoyada en la pared de ladrillo, tomándose un descanso.

Cruzo la calle y me dirijo hacia él. Levanta la mano al verme.

—Eh. —Se endereza—. ¿Cómo estás?

—Bien, gracias. —Asiento como si fuera verdad, aunque ambos sabemos que no lo es—. ¿Y tú?

—Necesitaba tomar un poco el aire.

Me coloco igual que Kieran, contra la pared, y echo un vistazo a su uniforme azul marino. Es idéntico al que tengo en el piso. El mismo uniforme que un día estuve orgulloso de llevar.

Volvemos el rostro hacia el sol de finales de septiembre.

—¿Estás teniendo un mal día? —le pregunto.

—No está siendo maravilloso, precisamente. ¿Te acuerdas de Jet Mansfield?

—Claro. —Un *border collie* sordo cuya propietaria es una anciana adorable, Annie. Adoptó a Jet poco después de que su marido muriera. Los dos se querían con locura.

—Le amputé una pata delantera hace seis meses. Sarcoma.

Lo miro y trato de adivinarlo:

—¿Y ahora le ha resurgido?

—Acabo de contárselo a Annie.

—¿Cómo ha ido?

—Como te puedes imaginar.

—¿Qué crees que hará?

—Por suerte, está de acuerdo conmigo.

«La máxima dosis de analgésico», pienso, «y una cama cómoda».

—Dudo que le quede más de un mes.

Me imagino a Annie llevándose a Jet a casa. Estará esforzándose por fingir que todo va bien. Echará comida en su cuenco mientras trata de no llorar.

—¿Estás bien?

—Supongo. —Kieran esboza una leve sonrisa y me mira—. Me gusta volver a verte por aquí. Como en los viejos tiempos.

No le he contado a Kieran lo de mis sueños: siempre he temido que asumiera que padezco inestabilidad mental, darle pena. Que en privado pensara, incluso, que era una suerte que me hubiese ido.

Como es amigo mío y mi antiguo jefe, valoro mucho el respeto de Kieran. En parte, es una de las razones por las que dimití: me fui antes de que me tuviera que echar.

Fuerzo una sonrisa.

—Sí.

—¿Te apetece un puesto de trabajo?

Mantengo la sonrisa pero niego con la cabeza.

—Tengo demasiadas cosas ahora mismo.

—Sí —dice Kieran—, tienes pinta de ser un hombre con una agenda muy apretada. Solo pasabas por aquí, ¿no?

—Exacto —replico, incorporándome, y me aclaro la garganta—. Y, hablando de eso, debería irme ya.

—Llámame cuando quieras —me grita Kieran mientras cruzo el aparcamiento.

Levanto la mano y sigo caminando.

La ruta me lleva ante la cafetería. A medida que me acerco, veo que Callie está fuera, cerrando, con Murphy tras de sí.

Me he pasado por la cafetería casi cada día desde la primera vez que vine, hará ya tres semanas. A veces es Dot quien me atiende, otras es Callie. Pero siempre espero que sea Callie. Un par de veces incluso he tratado de hacer tiempo, como un adolescente, hasta ver que está libre. He fingido estar buscando la cartera o no saber decidirme entre un sándwich o un *croissant*.

Me he dado cuenta de que, cuando estoy cerca de ella, pierdo la cabeza.

Esta mañana me he sentado junto a un cliente que, pobre atrevido, ha osado manifestar su desacuerdo con Dot sobre la definición de *brioche* (la postura de Dot es que no es un pastel). En pleno debate, me he topado con los ojos de Callie, que estaba sirviendo a otra mesa. Nos ha costado reprimir la risa, hasta que al final se ha visto obligada a refugiarse tras el mostrador. Yo, por mi parte, he enterrado la cabeza en las manos por miedo a perder por completo la compostura.

Cuando por fin ha venido a tomar nota, he simulado pensármelo antes de pedir un *brioche* con voz alta y clara. Y, entonces, ha vuelto a echarse a reír.

Ha pasado mucho tiempo desde la última vez que me reí así con alguien.

Y por eso ahora titubeo. Observo cómo gira la llave, comprueba que esté cerrado y examina por última vez la parte delantera de la cafetería. Es el momento perfecto para acercarme a ella e invitarla a tomar algo después del trabajo. Pero, justo a tiempo, me freno.

Una imagen de la lista de pros y contras de Vicky resplandece como un relámpago en mi memoria. También pienso en Kate, antes que Vicky, en la cama con otro.

Mi vida hasta la fecha: destellos intermitentes de normalidad (escuela, universidad, novias, trabajo) entre tandas de inestabilidad (experimentos desaforados, consumo excesivo de alcohol, soledad).

Sinceramente, en cuanto a lo de tener una cita con una persona tan encantadora como Callie…, no sabría ni por dónde empezar.

«Olvídalo. ¿Qué sentido tiene? Qué tontería».

Además, no hay nada que indique que pudiera estar interesada. Para ella, lo más probable es que yo solo sea un cliente más, uno un tanto peculiar.

Así que me limito a observar, como si estuviera contemplando otra vida por el ojo de una cerradura. Callie se ha puesto una chaqueta vaquera de un tono pálido y se ha recogido el pelo en un moño. Le murmura algo en voz baja a Murphy y se coloca unas gafas de sol. Y entonces empiezan a alejarse.

Me invade un arrebato extraño: ojalá fuera yo quien caminara a su lado; quien le rodeara la espalda con un brazo, embriagado con una risa que se entremezclara con la mía.

9

Callie

A principios de octubre, unas dos semanas después de la noche que pasé en el *pub* con Ben y los demás, me tomo la mañana libre para buscar piso.

Como era de esperar, lo primero que me ofrece Ian es una habitación amueblada en un sótano húmedo donde descubro trampas para ratones en un armario de la cocina.

—No quiero vivir con ratones, pero tampoco quiero tener que romperles el cuello —confieso.

Ian me mira como si nunca hubiera conocido a nadie con tantas pretensiones en toda su vida.

—A este paso, te tendrás que ir a vivir debajo de un puente —me reprende, aunque sonríe como si fuera una broma, pero lo cierto es que a mí ese comentario no me hace ninguna gracia.

En el salón de la siguiente visita (un apartamento en la primera planta de una hilera de casas adosadas cuyo propietario, Steve, quiere conocer a los posibles inquilinos en persona), me fijo en una imagen enmarcada. Es de un perro casi idéntico a Murphy, y está compuesta por centenares de diminutas huellas de perro.

—Es de Hayley —dice Steve, al ver lo que estoy mirando. Es entrenador personal, va vestido de pies a cabeza con ropa de deporte—. Mi esposa. Le encantan los perros. De hecho, eso me recuerda… le he pedido a Ian que lo comprobara, pero no tienes mascotas, ¿verdad?

Cruzo dos dedos y le respondo que no. No tenía sentido pedirle a Ian que me enseñara pisos en los que se aceptaran mascotas. Porque no existen, básicamente.

Con todo, hasta el momento, estoy impresionada. La calle es plácida, tiene un hilera de árboles (lo que augura una buena sinfonía matutina) y está a tan solo dos calles de donde vivo ahora. El alquiler son cincuenta libras más al mes, pero también las costaban la habitación amueblada, y esta, sin duda, es mucho más agradable. El ambiente está un poco cargado bajo las vigas, pero el pasillo comunitario no huele a vómito ni a orina, lo que, con un presupuesto como el mío, no es habitual, por desgracia.

—Hay un espacio exterior —dice Steve, cuando le pregunto si hay jardín—, si sirve.

Ambos sabemos que no sirve (que «espacio exterior» solo es un eufemismo para «sitio en el que colocar los cubos de basura»), pero me obligo a fingir una expresión de interés.

—Ah...

Me conduce a la ventana de la cocina, desde donde contemplo, abatida, otra pesadilla de hormigón, esta vez enlosada de forma irregular, como se solía hacer en los setenta.

Me muero por tener un poco de césped. Algo verde que poder mirar.

—Todo eso es del chico que vive abajo —explica Steve—. Bueno, no le pertenece porque no es propietario, está de alquiler, como tú. Siento que esté tan destartalado. Estoy seguro de que si le pido que lo arregle un poco, no le importará.

—No —intervengo enseguida, porque las hojas muertas y los ladrillos viejos, la madera medio podrida y los estropeados paneles de la verja son lo único que vale la pena de ese patio más grande de lo normal—. No lo hagas. Es bueno para la naturaleza, todo eso.

Steve frunce el ceño.

—¿Los...?

—Sí, para los escarabajos y los insectos. Polillas, arañas. Prefieren un poco de desorden. Les ofrece refugio y... —Dejo de hablar y le ofrezco una sonrisa porque no quiero perder el apartamento por parecer una loca—. Bien, y ¿qué tal es? El vecino de abajo, digo.

Steve hace una larga pausa, lo que me obliga a preguntarme por qué una sencilla descripción como «es majo» o «un chico decente» no podría servir.

—Bueno, es reservado —responde finalmente, y estoy bastante segura de que se trata de un eufemismo para decir que es antisocial—. Lo más probable es que ni lo veas.

Por un instante, trato de imaginarme a esta persona, esquiva como una mofeta, que se escurre entre las sombras, nocturna y ágil. Tal vez un enigma doméstico es a lo que se refiere Dot cuando me dice que necesito cosas emocionantes en mi vida.

Dot arruga la nariz cuando se lo cuento todo esa misma tarde. Fiestera como es ella, no ve el sentido a tener vecinos a no ser que puedas pasarte las tardes en su piso fumando hierba y hojeando su colección de discos.

—No has escrito bien *cappuccino* —señala—. Va con dos ces.

Ha sido una tarde tranquila, tal vez debido a las nubes de tormenta que copan el cielo. Estoy subida a una escalera de mano y reescribo todos y cada uno de los ítems del menú emborronado con un rotulador de tinta blanca y brillante y mi mejor caligrafía.

Acerco el paño a la pizarra, borro la ofensa ortográfica y lo vuelvo a escribir.

—Eso sí —añade Dot—, puede que esté cañón.

—No empieces.

Se encoge de hombros y empieza de todas formas.

—Sigo pensando que deberías dejar que te presente a mi profesor de *kick-boxing*.

—No, gracias. Por lo que dices, parece aterrador. Y por favor, no lo traigas aquí. —No sería la primera vez que Dot invita a un café y un trozo de pastel a tipos que cree que podrían gustarme. Le he dicho que pare, que es muy raro mientras yo estoy trabajando, que no difiere demasiado de tener una cita en el despacho, contarle cuáles son tus aficiones, las mejores vacaciones que has tenido y tus películas favoritas entre tandas de fotocopias.

Cómo no, Dot insiste:

—¿Y qué me dices de ese chico que conocí en las citas rápidas?

—Dot, no voy a salir con ningún tío que hayas rechazado. ¿Tan desesperada me ves?

Dot me mira como si esperara que la pregunta no fuese retórica. Pero antes de que pueda abrir la boca para manifestarlo, nos interrumpe alguien que se aclara la garganta.

Me vuelvo y veo a Joel delante del mostrador. Me sofoca la vergüenza mientras trato de no imaginarme el rato que lleva ahí de pie. Ni siquiera me he dado cuenta de que entraba.

—Siento interrumpir. —Tiene unos ojos maravillosos, casi negros.

Ha venido a la cafetería casi cada día desde hace, al menos, un mes ya, y suele venir por la mañana, aunque a veces al final de la tarde. Siempre se sienta en la misma silla junto al ventanal, nos pregunta a Dot y a mí cómo estamos, juguetea con Murphy, deja propinas generosas y deja la vajilla usada en el mostrador antes de irse. A menudo lo he descubierto recogiendo las migas de la mesa dentro de una servilleta o limpiándola porque ha salpicado un poco de café.

Dot se va para que yo lo atienda; le tiemblan los hombros de la risa mientras se mete en la trastienda.

—Lo siento. —Me aturullo y bajo la escalerita haciendo ruido—. Estábamos… Da igual. Solo cotilleábamos.

—No te preocupes. Solo quería…

—Claro, lo siento. ¿Qué te pongo?

Pide un sándwich de huevo y tomate (es vegetariano, he descubierto, como yo) y un café largo. Va vestido un tanto abrigado, acorde al tiempo, con un suéter de cuello redondo de color carbón, botas marrones y vaqueros negros.

—Citas rápidas —acabo diciendo, poniendo los ojos en blanco mientras tomo nota del pedido—. Menudo infierno.

Joel sonríe.

—Sí.

—Quiero decir: ya es malo de por sí que te juzgue una persona en una cita a ciegas, pero ¿que lo hagan veinte personas, una tras otra, y encima con una tarjeta de puntos? —Finjo un escalofrío—. No se me ocurre nada peor. ¿No sería mejor conocerse de forma natural y luego…? —Al encontrarme con su mirada, pierdo el hilo, y el silencio que nace entonces se alarga demasiado.

Se aclara la garganta y cambia el peso de pierna, como si lo único que quisiera hacer fuera salir corriendo hacia la mesa junto al ventanal.

—Tienes toda la razón.

«Fantástico, Callie. Ahora va a pensar que estás tratando de ligártelo. Hoy parece que la desesperación está a la orden del día, ¿eh?».

—No hace falta que esperes aquí —le indico, apremiante—. Ahora te lo llevo todo a la mesa.

—Estás sudando —se ríe Dot cuando sale de la trastienda después de que Joel se haya alejado seguido de cerca por Murphy, como si hubieran llegado juntos.

Se me escapa una carcajada y luego le entrego el pedido y me subo a la escalerita para terminar de escribir lo que queda.

—¿Qué?

—Te has puesto nerviosa y estás roja. —Agarra unas pinzas y alarga la mano dentro de la vitrina para sacar el sándwich de Joel.

Afuera, la lluvia empieza a apedrear la acera en un repicar de balas neblinosas. Alzo el rotulador y empiezo a escribir.

—No tengo ni idea de a qué te refieres.

—¿Estaba flirteando contigo?

—Te aseguro que no.

—¿Eres consciente de que viene prácticamente cada día?

Me encojo de hombros y me vuelvo hacia Dot, aunque mantengo a Joel en mi visión periférica.

—Creo que se ha encariñado con Murphy.

—Sí, claro —replica Dot y frunce la boca—. Con Murphy. Seguro que es eso. Le encanta, le fascina tu perro.

—No puedes quedarte aquí toda la noche, Cal.

—No quiero despertarlo.

—Pues ya lo hago yo.

—¡No! No lo hagas. Dale cinco minutos más. Hay muchas cosas por hacer todavía.

Dot ladea la cabeza y lo mira, como si estuviera observando una obra de arte con muchos matices.

—Bueno, y ¿qué crees que hace con su vida?

—¿A qué te refieres?

—¿Trabaja? Siempre me ha parecido que tiene un aire como de…

—¿Qué?

—… vagabundo.

Me gusta eso de Joel, ese aire de imperfección sincera.

—¿Acaso importa?

—Ay, cómo se nota que es tu debilidad.

—No lo es.

—Lo que tú digas. Lo apruebo. Podrías haber elegido a alguien mucho peor.

—Gracias, Dot. Ya te puedes ir.

—De acuerdo. Pero, por favor, ¿podrías no quedarte aquí mirando cómo duerme hasta la medianoche?

—Te prometo que no lo haré.

Dot demuestra la fe que tiene en mí cerrando la puerta de un golpetazo al salir y me hace un gesto con los pulgares levantados a través del cristal.

Joel se remueve, así que me dirijo hacia su mesa acompañada de Murphy.

—Estamos a punto de cerrar —le digo con suavidad.

Pestañea y mira en derredor.

—¿Perdona?

—Te has quedado dormido.

Durante unos segundos, me observa antes de incorporarse de golpe y soltar una maldición con voz queda.

—Lo siento. Qué vergüenza.

—Para nada. Pasa muy a menudo.

—¿De verdad?

Titubeo y luego le sonrío.

—No, pero… No pasa nada. De verdad.

—Ay, y tú querrás irte a tu casa. —Se pone en pie a toda prisa, se mete la libreta en el bolsillo y agarra la taza de café y el plato.

—Ya me lo llevo yo.

—No, por favor, deja que…

En un abrir y cerrar de ojos, la taza y el plato se han hecho añicos en el suelo, como cáscaras de huevos resbaladizos.

Joel cierra los ojos un segundo, luego me mira y hace una mueca.

—Los clientes como yo somos un incordio, ¿verdad?

—No pasa nada. —Me río sin querer admitir que, efectivamente, así es—. Vete. Ya lo recojo yo.

Me hace caso omiso y se agacha y empieza a recoger los trozos. Ordeno a Murphy que se quede quieto donde está y me uno a Joel para ayudarlo.

Recogemos los fragmentos que quedan; nuestras yemas se rozan de vez en cuando. Me esfuerzo por no mirarlo mientras el corazón se me desboca.

Una vez la cerámica ha desaparecido del suelo, nos levantamos justo cuando un redoble de trueno retumba afuera. El cielo se ha escindido y las nubes son violáceas como una ciruela.

—¿Me dejas pagar lo que he roto?

—No, para nada. Ha sido culpa mía.

Los ojos de Joel hacen que el estómago me dé un brinco.

—Siento mucho que hayas tenido que echarme.

—Ah, no, no pasa nada. Un día tuve que hacer lo mismo con dos que estaban teniendo una cita.

Parece sorprenderse.

—¿Se aburrieron tanto el uno al otro que se durmieron?

Me río.

—No. Estaban tan… absortos el uno con el otro que no se dieron cuenta de que todo el mundo se había ido.

Veo cómo reflexiona al respecto.

—¿Absortos… en una conversación muy apasionante?

—No precisamente. Digamos que tuve que separarlos.

—Ah, qué bien se lo pasa la juventud.

—En realidad, no. Tenían cincuenta y tantos, por lo menos.

Ahora él también se ríe.

—Por extraño que parezca, ahora ya no me siento tan mal.

Sonrío.

—Bien.

Junto a la puerta, Joel se detiene para acariciar a Murphy unos segundos más, luego se despide y se marcha. Observo cómo se aleja y cruza la calle y se diluye entre la tormenta.

Cuando llega a la acera contraria, vuelve la cabeza. Bajo los ojos enseguida y limpio con ganas una mesa que ya está reluciente.

10

Joel

Estamos todos juntos en la atmósfera viciada de la cocina llena de vapor de papá, preparando la comida de hoy, domingo. Mi sobrina, Amber, recorre la casa a voz en grito vestida con un disfraz de dinosaurio que, debido a una cola impresionante, ha reducido su consciencia espacial a más o menos cero.

—La verdad es que ya raya la ridiculez, a mi parecer —le está diciendo papá a Doug, como si yo no estuviera delante.

—Nadie te ha preguntado —señalo.

Doug ha dado el pistoletazo de salida a la discusión familiar del día preguntándome si ya he encontrado trabajo. Al no responder, ha optado por seguir hablando con papá del tema, como si me hubiese ido de la cocina.

—Estar sin trabajo es la raíz de todos tus problemas, no me cabe duda. —Papá me mira por encima de la montura de las gafas, con el pelador y una zanahoria en las manos—. Cuanto antes vuelvas a trabajar, mejor.

No soportaré otra conversación delicada sobre cómo fui incapaz de seguir; sobre lo mal que me sentí en el quirófano aquella última mañana. (Desconocen la magnitud de los hechos: que había estado bebiendo demasiado otra vez, que tenía resaca y no estaba en plenas facultades, que no había dormido y estaba triste). Había llegado el momento de dejarlo.

A veces me atraviesa como una descarga eléctrica lo mucho que lo echo de menos. Como cuando paseo la manada de perros por el parque, o cuando me cruzo con un gato despatarrado, embriagado de sol, en la tapia de un jardín. Si huelo a desinfectante (sinónimo, siempre, de muchas horas en el quirófano), o cuando paso tiempo con Kieran, riéndome como hacíamos antes.

—Mi puesto no está esperándome, papá. Lo dejé.

Chasquea la lengua en señal de desaprobación.

—Vaya manera de desperdiciar una carrera.

No son sus palabras lo que me abre en canal, sino el desprecio que destilan. Por suerte, un estegosaurio de seis años se acerca a toda velocidad.

—¡Tío… Joel… eres… la caña! —chilla Amber, me embiste y me clava las púas de su columna en las espinillas.

Le sonrío, encantado.

—Mira quién habla.

—Buena suerte —se burla Doug, desde el fregadero, obtuso como una piedra.

—Vuelvo enseguida. Ahora tengo que enfrentarme a un dinosaurio. —Me limpio las manos en un paño de cocina y me lanzo a la refriega con mi mejor rugido de la era Mesozoica.

Más tarde, Tamsin se acerca y se apoya en la nevera mientras termino de lavar.

Su marido, Neil, se ocupa de secar los platos. No es de los que charla porque sí, pero es reflexivo y de buena disposición, y me alegro de que se haya casado con mi hermana.

—Me he enterado de que papá ha sido un poco duro contigo antes —me dice, mordisqueándose una uña.

—Ninguna novedad.

—No lo dice en serio, ya lo sabes.

Tres años más pequeña que yo, mi hermana es casi treinta centímetros más bajita. Igual que Doug, es pelirroja, aunque tiene una mata frondosa y brillante que provoca que a menudo los desconocidos se le acerquen para alabarle la melena. (Me juego lo que quieras a que no le suele pasar demasiado a menudo a Doug y a su corte militar).

Hoy parece cansada, preocupada. Más como yo que como suele ser ella.

—Gracias por intentar suavizarlo —comento—, pero sí que lo dice en serio.

—Solo está preocupado. —(Entre líneas: «Todos lo estamos»).

—Un premio por el disfraz de dinosaurio, por cierto.

Tamsin pone los ojos en blanco, pero sonríe.

—Se lo puso para ir a una fiesta la semana pasada y ahora es su nuevo atuendo favorito. De todas formas, animó la incursión que hicimos ayer al supermercado. Nos gusta ser un poco excéntricos en esta familia, ¿no es así?

«La verdad es que sí».

—Cierto.

—Oye, quería preguntártelo… Hace unas semanas vi el cartel de «Se Alquila» delante de tu casa. ¿No te vas a mudar, no?

Steve y Hayley se fueron ayer por la noche y no se me ocurrió una buena forma de disculparme por haber sido un vecino y amigo de mierda. Así que traté de pasar desapercibido toda la tarde, y tampoco fui capaz de responder cuando llamaron por última vez a mi puerta.

—No —le respondo—. Steve y Hayley se mudan.

—¿Por algo que les has dicho?

—Puede. —Me concentro en eliminar hasta la última gota de salsa de la jarrita.

Noto cómo me observa con atención.

—De acuerdo. Bueno, nosotros nos vamos.

—¿Ya? ¿Seguro que no queréis quedaros? Papá debe de estar a punto de preguntarme por qué no tengo novia, para variar.

Este es el tipo de ocurrencia penosa que normalmente le arrancaría una risa a Tamsin. Pero cuando alzo la vista, la luz de sus ojos se ha apagado.

—Es que… Digamos que…

—No estamos embarazados —dice Neil en voz baja mientras deja el paño. Alarga el brazo para agarrarle la mano a mi hermana—. Nos acabamos de enterar.

Su dolor me anuda la garganta.

—Lo siento.

Tamsin asiente.

—A papá y a Doug les he dicho que me duele la cabeza.

—Claro.

—Voy a buscar nuestras cosas. —Neil sale de la cocina, no sin antes darme unas palmaditas en la espalda.

—No te olvides del dinosaurio —le indica Tamsin cuando este se va. Su voz es tan fina como el pergamino.

—Lo siento, Tam —empiezo, cuando nos quedamos solos.

Asiente, echa la cabeza atrás y la apoya en la nevera.

—Dios. Deseo tanto quedarme embarazada, Joel…

Recuerdo el día en que nació Amber. Fui corriendo al hospital y me pasé la tarde contemplando a mi nueva sobrina en esa cuna diminuta. Estaba henchido de orgullo, pensando: «Mi hermana ha hecho un bebé. Mirad, todo el mundo, ¡un ser humano de verdad!».

—Es que, ¿cuándo llega…, cuándo va a llegar el momento de que…? —Deja escapar un suspiro—. Ya llevamos cinco años. Cinco.

—Llegará —le digo, en voz baja.

—Eso no lo sabes.

«Si tú supieras». Lo sé porque lo soñé hace justo dos meses. Tamsin en el hospital y yo a su lado, sosteniéndole la mano. Y junto a la cama, lo mejor de todo: un bebé, un niño, Harry, dormido en la cuna.

Tamsin todavía no lo sabe, pero llegará en las próximas Navidades.

La agarro de la mano y se la estrecho.

—Sí, sí que lo sé. No abandones, Tam, de verdad. Te prometo que todo llegará.

Tras terminar de lavarlo todo, me alejo unos pasos por el jardín trasero de papá. Estamos a mediados de octubre y el aire está cargado del fresco otoñal. Un abismo sórdido de nubes se abate sobre las casas cercanas y arrojan llovizna.

A mamá le encantaba este jardín, decía que era su santuario. La echo de menos cada día.

Murió de cáncer de pecho cuando yo tenía trece. Lo soñé cuatro años antes, una noche espantosa y helada de noviembre.

La pesadilla me asaltó acompañada de un miedo que nunca había sentido. No le conté a nadie lo que había visto: me aterraba asustar a mamá, hacer enfadar a papá, romper la familia. ¿Me culparían a mí? ¿Era yo el que provocaba que ocurrieran todas esas cosas? Prácticamente, enmudecí: no hablaba y me negaba a sonreír. ¿Cómo iba a estar contento, sabiendo lo que sabía? El color del mundo se apagó. Temía el momento de dormir, me volví casi alérgico a cerrar los ojos.

Nos lo anunció por Navidad tres años después. Nos habían sentado en el sofá, en fila, como una ristra de niños que se habían portado mal. Nunca olvidaré la expresión de su rostro. Porque no miraba a papá, que estaba de pie a su lado, rígido, con las emociones enterradas. Ni a Tamsin, que se había echado a llorar. Ni a Doug, que se había quedado tan quieto que apenas respiraba. Me estaba mirando a mí, porque sabía que yo ya lo sabía. «¿Por qué?», me imploraron sus ojos. «¿Por qué no me lo habías dicho?».

No haberle dado hasta la última oportunidad posible de vivir sigue siendo de lo que más me arrepiento en la vida.

A mis espaldas, la puerta trasera da un portazo. Es Doug.

—Hola, hermanito. —Llamarme así es una broma particular de mi hermano pequeño que solo le hace gracia a él. Se premia con un trago de cerveza.

Reprimo el impulso de soltarle un comentario sobre el suéter que lleva. Estoy seguro de que piensa que es ropa de golf, a pesar de no haber empuñado un palo en su vida.

De la nada, saca un paquete de cigarrillos. Contemplo cómo se enciende uno.

—¿Qué estás…?

—Te voy a decir una cosa. —Aspira y luego exhala—. En realidad es emocionante tener que evitar que me pillen. —Vuelve la mirada hacia la ventana del salón. Su mujer, Lou, está ahí con sus hijos, Bella y Buddy, tratando de convencerlos de que dejen el iPad y jueguen al *Boggle,* el juego que les ofrece papá.

Doug da un par de pasitos disimulados hacia la izquierda de forma que lo cubra el manzano silvestre.

Tengo que reírme.

—Qué lástima. —Mi aliento parece humo en el aire glacial.

—Sí. Últimamente, Lou y yo no nos divertimos mucho, que digamos. Mi vida consiste en trabajar, ir al gimnasio, ver la televisión y dormir. Con algo me tengo que entretener.

«Una vida tranquila y sin sorpresas», pienso, no sin una punzada de celos. «No te la cargues».

—Vaya, así que eres un fumador apuntado al gimnasio —señalo, para entablar conversación—. Se podría decir que es una mala inversión, ¿no te parece?

Me ignora. Da otra calada entrecerrando los ojos.

—Hablando de pasarlo bien…

Espero. La definición que tiene Doug de pasarlo bien casi nunca coincide con la mía.

—Esta «ansiedad» que tienes… —Con los dedos atribuye comillas a la palabra, solo para reafirmar su masculinidad—. Lou quiere que vayamos de vacaciones a Fuerteventura el año que viene. Será la primera vez que salgamos del país con los niños.

Respiro hondo a pesar de las leves palpitaciones que tengo.

—Qué bien.

—Sí, a uno de esos sitios con todo incluido.

Me asalta un pensamiento:

—¿Cómo…? ¿Con cosas para niños? ¿Piscinas y tal?

Doug se encoge de hombres.

—Supongo.

—Pues deberías animar a Bella. Lou dijo que era como un pececito.

Doug suelta una risotada.

—De acuerdo, bueno, gracias por el consejo sobre cómo criar a mi hija. De todas formas, todo depende de si pretendes presentarte en el aeropuerto y prohibirnos subir al avión.

Bueno, lo haría si el avión fuera a estrellarse. Por suerte para Doug, es poco probable. Resulta que sé que las probabilidades que tiene de morir en el accidente de un vuelo comercial son de una entre once millones.

Con todo, creo que me merezco un poco más de fe. Dudo que llegara a ser tan desconsiderado, a menos que fuera una emergencia incontestable. Sí, de vez en cuando les salgo con avisos extraños, consejos peculiares, pero he tratado de ser sutil a lo largo de los años. Como cuando evité que Doug se metiera en una pelea de *pub* que le habría fracturado la mandíbula. Le recomendé a Lou que no fuera a cierto dentista que no era de fiar, porque le habría provocado meses de un dolor de cuello crónico. Los intercepté a los dos antes de que fueran al centro un día, donde les habrían robado. (Denuncié al tipo en cuestión, aunque lo máximo que pude declarar fue «haber sido testigo de un comportamiento sospechoso», una ironía que no me pasó por alto).

—Tal vez unas vacaciones es lo que necesitas tú —dice Doug—. ¿Cuándo fue la última vez que te fuiste por ahí?

No consigo responder. ¿Quién va a admitir, en la era de Instagram, en la que tienes el mundo al alcance de la mano, que no has salido nunca del Reino Unido?

—Ah, sí —prosigue Doug—. A Magaluf, en 2003.

(Mentí, cómo no. Le dije a mi familia que me había ido con los chicos que había conocido el primer año en la universidad. En realidad, me mudé antes de tiempo al piso compartido del segundo curso, y luego presté atención a las historias que contaban cuando regresaron. Se las repetí a Doug como si las hubiera vivido en mis propias carnes).

Doug negó con la cabeza.

—Unas vacaciones con los chicos en la universidad y nada más desde entonces. Y después dices que lo mío da lástima.

—Aquí ya soy feliz. —Con esto quiero decir que me tranquiliza saber que puedo ir rápidamente donde sea si sueño con un suceso aterrador y necesito intervenir de inmediato.

—Oh, sí, claro. Sí que pareces ser muy muy feliz, Joel. —Doug frunce el ceño mientras da otra calada—. ¿Sabes lo que te iría bien? Un buen...

—Ya vale —lo interrumpo, antes de que pueda acabar. Me meto las manos en los bolsillos. Doy patadas al suelo para combatir el frío.

—No es natural estar tanto tiempo sin pareja.

Sin querer, me ha recordado a la conversación que tuve con Callie la semana pasada sobre las citas rápidas. Recuerdo que me fijé entonces en las curvas de su letra mientras anotaba el pedido, en cómo se le soltó el pelo del moño y flotaba con su aliento cuando hablaba, en los pendientes que llevaba: un par de pájaros de plata.

Pero, sobre todo, recuerdo la atracción magnética que ejercían sus ojos. Era tan poderosa que por poco no me incliné adelante para sugerirle que tuviéramos una cita cuando le fuera bien. Pero en el último segundo, me centré. Me volví a toda velocidad y me alejé, por miedo a que me leyera la mente. Por miedo a lo que pudiera significar.

Porque me he protegido de este tipo de sentimientos durante casi una década. Y ahora están brotando sin avisar y me derrumban todas las defensas que he erigido.

—Tú hablas de tener relaciones sexuales, no pareja —le espeto a Doug.

Suelta una carcajada, como si no hubiera la mínima posibilidad ni de lo primero ni de lo segundo.

—Hay pastillas que podrías tomarte, ¿sabes? Cómpralas por internet si te da vergüenza.

Sé que se refiere a mi supuesta ansiedad. Pero no puedo reprimir las ganas de provocarlo:

—Eres un poco joven para estar ya con las pastillitas azules, ¿no?

Se queda inmóvil un segundo. Saca pecho.

—Te digo en serio lo de las vacaciones, Joel. Será la primera vez que subamos a un avión con los niños. Como hagas cualquier cosa para fastidiárnoslas, se acabó. Tengo que priorizar a mi familia.

Trago saliva y asiento, serio de pronto. «Yo solo quiero manteneros sanos y salvos».

—Hace ya veintidós años que perdimos a mamá, tío. Ya es hora de madurar. —Me da unas palmaditas en la espalda. Me ofrece su cigarrillo encendido. Vuelve dentro.

Observo el lugar en el césped donde solía haber la conejera. Durante muchos años, la casa estuvo llena de vida con tantos animales. Perros y conejos, cobayas y patos. Como no podía ser de otro modo, papá se libró de todos ellos después de la muerte de mamá. Y ahora solo se llena de vida cuando aparecen dinosaurios correteando.

El dolor de perder a mamá fue lo peor que he experimentado. Y, aunque ahora me fuera la vida en ello, creo que no podría volver a pasar por eso otra vez.

Me quedo donde estoy durante unos minutos, con el estómago en un puño cargado de arrepentimiento.

11

Callie

Han transcurrido unas cuantas semanas desde que me desalojaron y, con la ayuda de mamá y papá, por fin me he mudado al nuevo apartamento. Me siento un poco culpable: tengo demasiadas cosas, la verdad, suficientes cajas llenas de trastos como para necesitar tres pares de manos. Pero parece que no les importa pasar por alto que tenga tantos cacharros. Creo que, en el fondo, se alegran de que les haya pedido ayuda.

Se van hacia las seis y media para que mamá pueda llegar a tiempo a casa para el club de lectura. Papá regresa al cabo de dos horas con Murphy en la parte trasera del coche.

Lo recibo en la calle oscura, bajo un cielo salpicado de estrellas. Se nos ocurrió que la mejor opción era un intercambio clandestino, al amparo de la noche.

—Gracias por todo, papá.

—No hay de qué, cariño. —Me entrega la correa de Murphy—. Ya sabes que estamos encantados de echarte una mano.

—Aunque siento que soy demasiado mayor para estas cosas —confieso, y el aire frío me cristaliza el aliento—. Me siento como si volviera a la residencia universitaria.

Papá sonríe.

—Anda ya, nunca se es demasiado mayor para necesitar a tus padres.

Le devuelvo la sonrisa. No importa lo inútil que me sienta, mi padre siempre tiene una respuesta tranquilizadora.

Me rodea con el brazo y me arropa contra el muro cálido de su pecho. Inspiro la familiar fragancia de jabón de brea, y dedico un segundo a quererlo y nada más.

—Bien, ¿estás segura de que no necesitas que nos quedemos el perro unos días? —me pregunta—. ¿Y así tienes la oportunidad de comentárselo a tu vecino?

Sería la opción más acertada, pero no soy capaz de separarme de Murphy, aunque solo sea por una noche. A veces lo miro y me pregunto si el pobre estará pensando en dónde estará Grace.

Papá entiende mi expresión cuando se separa y, con delicadeza, me da un apretón en el hombro.

—De acuerdo. Pero ¿no te parece que, al menos, deberías decírselo al agente inmobiliario?

Bajo la mirada hacia Murphy, que pestañea y me observa como si le apeteciera echarse un sueñecito.

—Ian no es el tipo de persona con el que una deba sincerarse, papá.

Papá, hombre de principios como es él, parece plantearse expresar su desacuerdo, pero cambia de idea.

—Gracias por las plantas —le repito, cuando me da un beso para despedirse.

Ha sido su regalo por el nuevo piso: una jardinera llena de plantas de invierno que ha sembrado él mismo, prímulas y helechos, una variante de hiedra abigarrada y un poco de brezo y ciclamen. «He pensado que ayudaría a mejorar las vistas», me ha dicho cuando me las ha dado. Los ojos se me han anegado mientras se lo agradecía e imaginaba el tiempo que habría invertido en encontrar la jardinera, elegir las plantas y colocarlas tal como estaban.

Cuando papá se va, echo un vistazo a la ventana frontal del vecino, pero como tiene las persianas bajadas y todo está a oscuras, supongo que no debe de estar en casa. Sé que no seré capaz de mantener en secreto la presencia de Murphy durante mucho tiempo, así que espero poder hablar con él y conquistarlo de alguna forma.

Al meter la llave en la cerradura de la puerta principal me doy cuenta de que no encaja. Qué extraño. La miro durante unos segundos antes de caer en la cuenta: tanto la puerta del apartamento como la del portal tienen cerraduras Yale, y solo he cogido la del piso.

Retrocedo unos pasos y miro mi ventana. No la he dejado abierta (aunque tampoco es que confíe en mi capacidad de escalar una cañería de plástico). Entonces, me pregunto si, tal vez, el vecino será lo bastante previsor como para infringir los términos del contrato de alquiler y dejar una llave debajo de una maceta. Pero no hay plantas ni nada bajo lo que uno pudiera esconder una.

La resignación hace acto de presencia y empiezo a pensar que tendré que llamar a mis padres y pasar la noche en su casa cuando se abre la puerta principal.

Los dos nos quedamos paralizados, mudos unos instantes.

—Hola. —Me invade una oleada de placer inesperado—. ¿Qué… qué haces aquí?

—Vivo aquí. ¿Qué haces tú aquí? —Se agacha para saludar a Murphy, que se remueve, presa de la excitación, sujeto a la correa—. Hola, tú.

—¿Vi-vives aquí?

Con los ojos centelleantes, Joel se incorpora. Siempre desprende un aire clásico, y hoy no es ninguna excepción: chaqueta azul marino con cuello, vaqueros pitillos, botas marrones.

—Desde hace casi diez años.

Durante unos segundos, me quedo muda de la felicidad antes de darme cuenta de que está esperando a que le explique por qué estoy ante su puerta.

—Me acabo de mudar.

Tarda un momento.

—¿Al piso de Steve?

—Sí.

La sonrisa se le dibuja de forma natural.

—Qué bien.

—No me lo puedo creer.

—Así que seremos vecinos. —Se rasca la barbilla—. Bueno, ¿y cómo has estado? Ya sabes, en las doce horas que llevamos sin vernos.

Esta mañana hemos hablado un poco en la cafetería sobre las dos mujeres que estaban sentadas más cerca del mostrador, cargadas con bolsas de papel de regalo navideño. Tal ordinariez debería prohibirse al menos hasta diciembre, hemos coincidido, antes de darnos cuenta a la vez de que, en realidad, nos encanta la invasión anticipada de huevos de Pascua en febrero.

Ha llegado el momento de sincerarse:

—La verdad es que me he quedado encerrada aquí fuera. Me he olvidado de añadir la llave de esta puerta al llavero.

—Me pasó lo mismo cuando me mudé —me responde con esa voz queda tan encantadora que tiene. Todavía está aguantando la puerta, se hace a un lado para dejarme pasar. Huele de maravilla, a sándalo y especias. Trato de no obsesionarme con la ropa de mudanza que llevo: pantalones de chándal y un jersey gris prehistórico con agujeros en ambos codos. Al menos está oscuro, quiero pensar.

—Gracias. —Me detengo sobre el felpudo—. Por cierto, se supone que no debería tener a Murphy aquí, pero…

—No diré ni mu.

—Gracias —digo, relajando los hombros de alivio. «Gracias a Dios que eres tú».

—Sé que cuesta encontrar propietarios que los permitan.

Me pregunto si hablará por experiencia. Fascinada por su buena relación con Murphy, un día le pregunté si tenía perro, pero me dijo que no. Tal vez lo tuvo, en el pasado.

Consulta la hora en el reloj.

—Oye, lo siento… Iba a salir.

—No te preocupes. No te retrases por mí.

—El jardín trasero está pavimentado, lo siento —me dice—, pero si necesitas sacarlo a última hora, hay algo de césped al final de esta calle sin salida.

—Vaya, no lo sabía. Gracias.

Su boca no varía, una falla en la misteriosa geografía de su rostro.

—Bueno, buenas noches —se despide con suavidad, antes de bajar por el camino de entrada y perderse en la noche.

12

Joel

Cuando regreso de sacar a pasear a Bruno, menos de una hora después de haber conocido a mi nueva vecina, me detengo en el pasillo. Alzo la mirada hacia las escaleras que conducen al piso de Steve.

De Steve, no. De Callie. Ahora mismo, está en el piso que tengo justo encima. Me la imagino moviéndose de un lado a otro y haciéndolo suyo. El pelo largo le acaricia los omóplatos mientras vacía las cajas con esa contención inalterable que he llegado a apreciar tanto. Tal vez se ha encendido una vela, ha puesto algo de música. Un ritmo urbano pero relajado. Me he fijado en el pintaúñas verde botella que llevaba esta mañana cuando me ha traído el café. Me ha cautivado el néctar de su perfume. Me ha invadido la extraña necesidad de agarrarle la mano, mirarla y decirle: «¿Por qué no vamos a algún lado?».

Cierro los ojos. «Deja de pensar en ella. Tienes que parar».

Con todo, no me apresuro. Puede que haya oído cómo se cerraba la puerta principal cuando he entrado. Tal vez asome la cabeza y proponga tomar una copita antes de ir a dormir, o me pida que le deje un poco de azúcar. Me hará reír, quizá, como hace cada día en la cafetería. La reina de las anécdotas mordaces, de las bromas autocríticas.

Pero, entonces, inspiro hondo. Hago un esfuerzo por recuperar la cordura. «Ya pasará», me digo. Como si fuera una borrasca o una marejada. «Parece más de lo que es. Dale tiempo, pasará».

72

La noche siguiente, Callie y Murphy cruzan la puerta principal justo cuando estoy entrando en mi apartamento. He estado en casa de Kieran: nos hemos puesto al día mientras cenábamos *curry* con su mujer Zoë y sus dos hijos.

—¿Algo interesante? —Callie suelta a Murphy de la correa para que pueda salir disparado hacia mí. Su cola azota el aire como si hubieran pasado semanas desde la última vez que me ha visto y no horas.

Estoy hojeando las cartas.

—Siento decir que no, a menos que te pueda interesar mi factura del gas. O pagar un préstamo personal a nombre de Steve.

Callie va cómoda con una parka verde con capucha de pelo y una bufanda gris de punto alrededor del cuello.

—Lo mejor que puedo esperar suele ser un extracto bancario con el estado de mi cuenta. O una circular del antro ese de comida congelada que hay al final de la calle.

Sonrío.

—¿Cómo va por el piso?

—Me encanta. Es mucho mejor que el último en el que estuve. Tengo más espacio, hay menos humedad. —Suspira satisfecha y luego alza una ceja—. Lo que todavía no sé es qué pensar del vecino de abajo, la verdad.

Me río.

—Ya, no me extraña. Yo lo evitaría, si fuera tú. No parece de fiar.

Ella también se ríe y se lanza las llaves de una mano a la otra.

—¿Acabas de llegar del trabajo? —le pregunto—. Es tarde.

—Ah, no, he… he ido a otra parte después.

El motor de mi cerebro va a trompicones.

—Lo siento. Estaba intentando ser un vecino cortés, no parecer tu padre.

—Ah, no te preocupes. Básicamente, yo soy mi madre, pero en joven. Hoy le he dicho a un cliente que iba a agarrar una pulmonía.

—¿Qué te ha respondido?

—Al principio, nada. Luego ha fruncido el ceño y me ha preguntado por qué lo decía. Debería de tener veintipocos, como mucho. Puede que aún fuera estudiante.

Me alivia el hecho de que no parece tenerme en cuenta mi falta de habilidades sociales. Pero dale tiempo.

—Ya. —Alzo el fajo de sobres—. Será mejor que me ponga con el préstamo. Los formularios no se falsifican solos.

Se ríe con educación y recoge una onda caprichosa de pelo tras la oreja.

Titubeo, pero me inclino un poco hacia adelante (porque no hay nada como echarse hacia adelante para aclarar una broma).

—Es broma, sería el peor falsificador del mundo. No puedo ni ir a comprar alcohol sin ponerme a sudar.

Como es evidente, me muero por encerrarme en el piso después de esto.

¿Por qué (¡por qué!) me he puesto a hablarle de alcohol y sudor y delitos financieros?

No me sentía tan torpe desde hacía tiempo. Bocachancla e idiota, tratando de decir algo con sentido. Como un actor *amateur* que no atina con sus frases. No me extraña que se haya reído con tanta educación, que dudara antes de que me fuera como si estuviera esperando alguna suerte de chiste final espantoso.

¿Cómo he llegado hasta este punto? ¿Qué pasó con lo de alejarme de las mujeres por las que siento algo, de las sonrisas que me remueven el estómago, de las miradas que me atraviesan las entrañas?

Me enamoré de Kate hasta las trancas. Tras conocernos a finales del segundo año en la universidad, estuvimos saliendo casi un año. De no haber sido porque estaba en mi curso, dudo que nuestros caminos se hubieran llegado a cruzar. Pero nos veíamos casi a diario y era divertida, amable, cálida.

Kate siempre atribuyó mis defectos al estrés de estudiar, creo. ¿El sueño irregular y el nerviosismo, las épocas de angustia, desaparecer de vez en cuando? Bueno, todo concordaba bastante con ser estudiante.

Pero entonces soñé que se acostaba con otro al cabo de seis años, en nuestro supuesto futuro en común. La vi en un piso que no había visto nunca, desnuda en un colchón que supuse que sería mío en un cincuenta por ciento. El hombre con el que estaba parecía mayor que nosotros (¿un futuro compañero de trabajo?). En cualquier caso, el tipo parecía bastante seguro de sí mismo, una buena elección de vida.

La foto de nosotros dos que había en la mesita de noche fue lo que me reveló que me estaba engañando. Me planteé si quedarme o no, preguntándome si sería capaz de evitarlo. Pero ¿pasarme los siguientes seis años con el corazón en un puño? Se supone que las relaciones no deberían ser así. De todas formas, el daño ya estaba hecho. Hay cosas en esta vida que uno no puede *des-ver*.

Así que puse punto final a la relación. Se me ocurrió una frase de una ironía exasperante: que era incapaz de ver un futuro juntos. Fue una sensación muy extraña, pedirle perdón por romperle el corazón cuando estaba escrito que sería al revés.

Superar a Kate no fue fácil. Tardé un tiempo en dejar de soñar con ella, en que las llamas de lo que había sentido por ella se extinguieran del todo. Pero cinco años después, conocí a Vicky. Era la protagonista de una obra de teatro que fui a ver, y acabamos charlando en el bar después de la función. Cómo acabamos en mi piso esa noche, aún no me lo explico. La competencia era ardua y mucho más culta que yo.

Al principio, traté de esconder cómo era, convertirme en el hombre por el que Vicky debía de haberme tomado. Y durante un tiempo lo conseguí, hasta el día en que nos fuimos a vivir juntos. El contacto cotidiano reveló la persona que realmente había conocido, y Vicky enseguida empezó a perder la paciencia con mi grado de nerviosismo y mis hábitos de descanso, con el tomar notas de madrugada. Con mi contención emocional y mi tendencia a la angustia. Empezamos a discutir. La pasivo-agresividad hizo acto de presencia a medida que nos íbamos desintoxicando de la droga de acabarnos de conocer. La llama comenzaba a apagarse, el globo se desinflaba.

En todo el tiempo que estuvimos juntos, no soñé ni una sola vez con ella. Al cabo de tan solo seis meses, supe qué implicaba eso, y una parte de mí se sintió aliviada. Una relación sin amor no tenía sentido, sí, pero ¿no era mejor así? Que no hubiera amor significaba que no había complicaciones añadidas. No había sueños atroces, ni situaciones que me atormentaran en las que ambos saldríamos perdiendo. No había ni premoniciones ni infidelidad. No amaba a Vicky, y eso casi me tranquilizaba más que si la hubiese querido.

¿Quién sabe? Tal vez, hasta cierto punto, todo aquello era una lección magistral de autosabotaje.

Bueno, la cuestión es que después de que me dejara, tomé una decisión extraordinaria por su simplicidad: nunca volvería a enamorarme.

13

Callie

Estoy sola, sentada en Waterfen, pensando en Grace.

La primera vez que vinimos éramos niñas y nos dedicamos a corretear como liebres por el puente de madera que unía el parque público con la reserva natural. Hacíamos ruido al pisar las tablas, y luego recorríamos los senderos arenosos, metíamos los pies en charcos pantanosos y atrapábamos libélulas con las manos mojadas y brillantes. Grace hablaba mientras yo caminaba tras ella, flotando entre nubes de espuma blanca, ebria como una abeja con la canción suntuosa de la naturaleza. Recorríamos nuestra jungla particular de juncia y juncos, de verde tachonado del resplandor magenta de la adelfa, y nos quedábamos hasta el anochecer mientras el paisaje se enfriaba a nuestro alrededor. Y la cháchara siempre florecía con bromas, la escuela y nuestros sueños.

Por aquel entonces, Grace adoraba Waterfen por lo que suponía: una libertad ilusoria, una prórroga en los deberes. Pero yo adoraba Waterfen por lo que era: un lugar silvestre e indómito, como se supone que debería ser el mundo. Una obra de teatro inmersivo sobre la naturaleza, el paraíso en un escenario.

Fue en Waterfen donde encontramos nuestro árbol. Un sauce vetusto y majestuoso que se alzaba junto a las lindes más lejanas de la reserva; sus ramas se doblaban sobre la ribera como si fueran cabezas de garzas atentas. Escalábamos el tronco estriado, nos convertíamos en sirenas tras su frondosa cascada, nos sonreíamos la una a la otra por encima de las suelas de nuestros pies que colgaban, y los excursionistas pasaban por debajo sin saberlo. Tallamos nuestras iniciales en los roblones rugosos de su corteza.

Escalo el árbol, como solíamos hacer, aunque está húmedo y frío. Las iniciales siguen ahí, cubiertas de musgo y pulidas por la lluvia. Recorro con el dedo el relieve y trato de no evocar el grabado de la lápida de Grace.

Lo escribimos entre Ben y yo.

«Grace Carvey. Adorada esposa, hija, sobrina y nieta. Amante de la vida. Única sin concesiones».

Nunca he revelado la existencia de nuestro árbol. Siempre ha sido solo para Grace y para mí.

Al acabar la universidad, cuando volví a Eversford, al principio sentí que avanzaba sin rumbo. Grace seguía recorriendo el mundo y Esther se encontraba en Londres de forma temporal porque acababa de conocer a Gavin. Y mis padres no podían llenar el vacío que mis amigas habían dejado. Venir a Waterfen fue lo que me hizo seguir adelante: rodearme de verde y seres con alas.

Recuerdo el trabajo en la reserva que Gavin mencionó hace semanas. He estado examinando la página web de Waterfen a diario, sin éxito. De todas formas, sé lo lentas que avanzan las cosas en las organizaciones sin ánimo de lucro; pueden tardar la vida en aprobar el presupuesto más simple.

Pero incluso aunque se ofertara un puesto de trabajo, no estoy del todo segura de que fuera capaz de presentarle mi dimisión a Ben. ¿De verdad sería capaz de traspasar el sueño de Grace a otra persona, deshacerme de él como si fuera una reliquia que ya no quiero?

Y aun así… Yo también tengo mis propios sueños. Como trabajar aquí, en Waterfen, impregnarme del olor dulzón y terroso de la lluvia en un juncal mientras los córvidos graznan y los estorninos surcan el cielo. Mojarme, sudar, mancharme de barro, quedarme sin aliento de trabajar duro y colmarme de felicidad. Retornar solo un ápice de lo que me regala este sitio.

«Lo siento», le susurro al espíritu de Grace. «Sé que la cafetería era tu sueño. Pero dudo que algún día llegue a ser el mío».

Mientras vuelvo caminando a casa, de golpe me siento llena de valor, tal vez por haber estado pensando en Grace o por la posibilidad de dejar la cafetería y evolucionar por otros derroteros. Quiero aprovechar el momento e invitar a Joel a subir a mi piso a tomar algo. Al fin y al cabo, llevamos ya una semana siendo vecinos. Siempre puede decirme que no.

—Qué modesto —dice Joel cuando lo conduzco hasta el salón.

Me desenrollo la bufanda y estoy a punto de tirarla como hago siempre sobre un brazo del sofá, pero me lo pienso mejor, la doblo y la coloco en la consola que hay junto a la puerta. Porque, a ver, si somos realistas, *modesto* bien podría ser un eufemismo de *pocilga*. Todavía no he terminado de vaciar las cajas, debería haber limpiado antes de invitarlo a subir.

Se lo ha pensado, antes de aceptar. He entrado en pánico al instante, temía haberlo incomodado, haberlo obligado a ser educado. Así que he abierto la boca para dar marcha atrás de algún modo, pero antes de que me llegara a inmolar, me ha respondido que sí.

Espero que no creyera que mi apartamento sería elegante o sofisticado. No poseo ningún mueble que no viniera en un paquete plano, ninguna obra de arte que no sacara de un estante, ni adornos brillantes ni accesorios conjuntados. Tan solo un revoltijo de objetos disparejos que he ido acumulando a lo largo de los años, como el futón con el cubrecama de retales que esconde manchas de café y de vino tinto, un amplio abanico de posavasos de corcho desgastado y una selección de tazas con motivos naturales, cortesía de mis amigos y mi familia. Hay dos librerías con capas de un barniz sombrío repletas de libros sobre flora y fauna y naturaleza, algunas baratijas horteras (pájaros y animales silvestres, mis seres queridos insistiendo en el mismo motivo) y una jungla destartalada de plantas en el alféizar interior de la ventana. Nada que indique que soy una adulta con éxito o que triunfa mínimamente en esta vida. Y todo esto sin desembalar las cajas que todavía tengo que abrir y que dificultan la entrada a la cocina.

Hago un rodeo de sesenta segundos hasta el dormitorio para cambiarme, hiperventilar, arreglarme el pelo y pintarme los labios a toda prisa en un tono *nude*. Luego vuelvo al salón y le ofrezco algo de beber a Joel:

—Tengo café, té o… vino normalillo.

Duda un instante y luego me pide una copita de vino.

Mientras Joel se acerca a las librerías con Murphy pisándole los talones, saco la botella de la nevera y lleno dos copas. Contemplo cómo sus dedos acarician lentamente los lomos de mis libros, cómo las mangas del jersey son demasiado largas para sus muñecas. Trato de ignorar sus movimientos pausados, su físico esbelto, el porte comedido y reflexivo que me encantaría conocer mejor.

—*Glosario de plantas. Guía de árboles. Liquen. Polillas.*

—Me temo que soy un poco aburrida —confieso.

De pronto me asusta que sea incluso un eufemismo: cuando era pequeña, siempre tenía la nariz metida en un libro sobre la naturaleza o, peor, los ojos clavados en un documental de animales, junto a mi padre. Salía descalza en cuanto el invierno daba paso a la primavera, recogía tallos, hojas y cáscaras de huevo, me embarraba la cara y acababa con el pelo enmarañado y lleno de ramitas.

A veces, en verano, con el cielo canicular y resplandeciente, papá colocaba una bombilla en el jardín y la dejaba encendida toda la noche, incrustada sobre una caja de madera. A la mañana siguiente, nos maravillábamos de las polillas que habíamos atraído y que habían estado bailando en la oscuridad mientras nosotros dormíamos. Esfinges moradas con tonos rosa chicle, polillas tigre preciosas como una mariposa, y mi favorita, el armiño blanco, con su majestuoso abrigo de pieles. Las añadíamos a la lista y luego las colocábamos, sanas y salvas, en el sotobosque, lejos de picos hambrientos, para que pudieran resguardarse de la luz diurna hasta que volviera a caer la noche.

Mi ex, Piers, solía tomarme el pelo por ser una friki de la naturaleza. Él era de esos que matan las arañas con la zapatilla, aplastan las avispas con vasos de cerveza y espachurran polillas mientras duermen. Y cada vez que lo hacía, moría con ellas un poco del amor que sentía por él.

—No tiene nada de aburrido tener una pasión —dice Joel.

—Es mi afición, la verdad.

—¿No hay posibilidades de convertirlo en una profesión?

Le doy la copa de vino y decido que la historia es demasiado larga.

—Tal vez.

Brindamos con suavidad. Tomo un sorbo frío y noto una oleada en el torrente sanguíneo que sospecho que no se debe enteramente al alcohol.

Joel está ahora inclinado para inspeccionar las hileras de macetas que hay en la parte interior del alféizar.

—¿Qué estás cultivando?

—Las que están en la punta son hierbas aromáticas. El resto solo son plantas de interior. —Le sonrío—. Me gusta la vegetación.

Avanza hacia la otra librería y examina mi pequeña colección de libros de viaje: una guía de Chile, *Aves de América del Sur,* una selección de mapas. Libros sobre los países bálticos (heredados de una antigua amiga de mamá, que los visitó cuando era joven). Supongo que mis padres pensaron que irían algún día, pero es evidente que nunca lo hicieron. Lo más lejos que fuimos cuando era pequeña fue España y Portugal, y una vez excepcional que fuimos de *camping* a Francia.

Me he pasado muchas horas sumergida entre las páginas de estos libros, viajando desde el sofá a reductos vírgenes y paisajes lunares, donde la civilización desaparece y la tierra se rinde ante el cielo.

—Eres una trotamundos —se figura Joel.

Pienso en Grace, en cómo se habría reído de oírlo.

—En sueños, puede.

Parece tragar saliva antes de señalar los libros con la cabeza.

—¿No has…?

—Todavía no. Espero hacerlo algún día. —Tomo otro sorbo—. Hay un… parque nacional en Chile, al norte del país. Se podría decir que siempre he querido ir.

Me observa.

—¿Ah, sí?

Asiento.

—Nos hablaron de él en el colegio. Recuerdo que la profesora dijo que la UNESCO lo había declarado Reserva de la Biosfera. —Me río tras pronunciar las palabras con exactitud para que hagan más efecto—. Sonaba tan exótico, tan emocionante… Como si fuera el espacio.

Joel también se ríe.

—Tienes razón, sí que lo parece.

Una chica de mi curso de la universidad había estado ahí, y sostenía que había visto un ave tan poco común que era casi mitológica. Aquello me hizo tener incluso más ganas de ir, me atraía la idea de que la naturaleza pudiera burlarnos.

—Me fascinan los lugares remotos —confieso—. Esos en los que el mundo se impone y el resto no importa.

Sonríe.

—Sí, es toda una lección de humildad, ¿no te parece? Como cuando miras las estrellas y recuerdas lo pequeños que somos.

Nos trasladamos al sofá. Joel posa la mano libre en la cabeza de Murphy y le empieza a rascar las orejas.

Doy un sorbo de vino.

—Entonces, ¿cuál dirías que es el sitio más interesante en el que has estado?

—De hecho… Nunca he salido del país. —Exhala y parece avergonzado, como si acabara de confesar que detesta el fútbol o que no le gustan los Beatles—. Eso sí que es aburrido.

Aunque me ha sorprendido, también me alivia que no tenga una mochila repleta de historias de cada continente, como

Grace, relatos que hagan que mi vida parezca aún más mundana de lo que ya es.

—Para nada. Tampoco es que yo sea una aventurera. ¿Hay alguna razón por la que…?

—Es complicado. —Me pregunto qué historia hay detrás, pero antes de que se lo pueda plantear, ha cambiado de tema: quiere saber cuánto llevo en la cafetería.

—En realidad, la cafetería era de una amiga, Grace. Se… —Las palabras se me anudan en la garganta—. Lo siento. Murió no hace mucho.

No dice nada durante unos segundos. Entonces, en voz muy baja:

—Lo siento muchísimo. ¿Qué pasó?

—La atropelló un taxista que luego se dio a la fuga. Iba borracho.

La suave dilatación del silencio. Noto cómo me recorre su mirada, con tacto, ofreciéndome el consuelo de una luz en plena niebla.

—¿Lo denun…?

Asiento enseguida.

—Lo condenaron a seis años.

Entonces, se lo cuento todo: lo que le ocurrió a Grace y cómo luego adopté a Murphy. Que dejé el trabajo para ocuparme de la cafetería.

—Era secretaria personal en una empresa que fabrica envases de metal. Latas de bebida, aerosoles, pinturas…, ¿sabes? Bueno, da igual. Me aburro solo de pensarlo. —Me llevo una mano al rostro y me río—. Bueno, ¿y a qué te dedicas tú?

De pronto, parece incómodo.

—Me dedicaba. Era veterinario.

Increíble. Durante unos segundos, no sé qué decir. Mi instinto, de forma irracional, es preguntarle por qué nunca lo ha mencionado, antes de darme cuenta de que no hay ninguna razón por la que debería haberlo hecho.

—¿Pero ahora ya no?

—Me estoy tomando un descanso.

—¿Te quemaste?

—Se podría decir que sí.

—Supongo que ser veterinario puede ser muy estresante. Como ser médico.

—Sí, a veces sí.

—¿Lo echas de menos?

Mira en derredor como si buscara la respuesta y luego me explica que pasea perros como favor a algunas personas ancianas de la zona, lo que le ayuda a aplacar los remordimientos.

Sonrío, complacida de que me haya recordado que todavía hay buenas personas de verdad en el mundo.

Joel da un sorbo de vino; la mano que rodea el pie de la copa es grande. Sí que tiene manos de veterinario, pienso: capaces, dignas de confianza.

—Bueno, ¿y dónde se ha mudado Steve? —le pregunto.

—A la nueva urbanización que hay junto al puerto.

—Vaya, me pasé gran parte de la infancia allí. En la reserva natural.

—¿Waterfen?

—Sí —respondo, encantada—. ¿La conoces?

Asiente y vuelvo a mirar esos ojos brillantes como un charco de tinta.

—Es un sitio fantástico para dejar la mente en blanco, no sé si me entiendes.

—Sí —reconozco.

Charlamos unos minutos más hasta que nos terminamos las copas. Pero antes de que pueda ofrecerle otra, me ha dado las gracias, ha dado unas palmaditas a Murphy para despedirse y se ha ido hacia la puerta, donde duda unos instantes antes de inclinarse y darme un beso en la mejilla.

La caricia de su piel sobre la mía me provoca una oleada de rubor en la que sigo pensando horas después.

14
Joel

En Halloween, Melissa decide venir en coche desde Watford para llevarme a la tienda del barrio (no sé qué dice acerca de que las mandarinas de hace una semana no son suficientes para el «truco o trato»).

Ha pasado una semana desde que tomé algo con Callie en su apartamento. Le he dado muchas vueltas a si devolverle la invitación, y he reproducido la conversación en mi cabeza con la esperanza de suavizarla y naturalizarla.

Pero, entonces, recuerdo todas las razones por las que debo resistirme a lo que sea que me provoca. Cumplir con mi determinación a no comprometerme. Lograrlo no es fácil cuando vivimos en el mismo edificio. Callie es espontánea y encantadora cada vez que me encuentro con ella, y es una vecina mucho más considerada que yo: clasifica el correo, me recuerda que hay que sacar los cubos de basura cuando toca y me he olvidado, y algunos días, al volver de la cafetería, me deja alguna cajita de pastel ante la puerta.

Pero lo que más me gusta de vivir en el piso de abajo del de Callie son las baladas rockeras que resuenan en la ducha casi cada mañana. Es una cantante espantosa, pero he descubierto que no me importa. Resulta que me encanta despertarme con el sonido de su discordancia única y estridente.

Podría dejar de pasarme por la cafetería, supongo. Pero me parece una medida demasiado extrema solo porque me atraiga un poco. Soy un hombre de treinta y tantos, no un chaval de quince.

—Tendríamos que aterrorizar a los niños esta noche —sugiere Melissa mientras caminamos hacia la tienda— y mandarte a ti a abrir la puerta.

—Soy muy simpático con los niños, en realidad.

—Venga ya, si eres la persona menos pro-niños que conozco.

—Te equivocas. Me encantan los niños. Mis sobrinas y mi sobrino darían fe.

—Pero si no te gusta *Toy Story*.

—¿Y qué?

Se encoge de hombros.

—Es raro. A todo el mundo le gusta *Toy Story*.

—¿Sabes qué es raro? Los adultos que ven dibujos.

Melissa se aparta un mechón de cabello rubio platino de la peluca. La fiesta a la que tenía que ir en Watford se ha anulado, pero, y no me sorprende, no ha querido quitarse el disfraz (el personaje de Julia Roberts en *Pretty Woman*. Cómo no. Cuando ha llegado, ha sacado una lata de *spray* plateado para el pelo y me ha preguntado si quería ser Richard Gere. Le he dicho que no).

—Oye, ¿por qué no andas detrás de mí? No quiero que nadie sepa que voy contigo.

—Ja. —Enlaza el brazo con el mío—. Me encanta hacerte pasar vergüenza, Joel. Eres tan serio.

Bueno, eso no se lo discuto.

Pierdo a Melissa en la sección de productos de confitería, y aprovecho que estoy aquí para coger unos cuantos imprescindibles: judías en salsa de tomate, pan blanco, sopa de tomate, *pizza*. Tal vez llegue el día en que descubra cómo cocinar y haga una compra productiva, como la mayoría de las personas de mi edad. Pero, por ahora, me apaño con las latas y la comida precocinada.

—Feliz Halloween, otra vez —dice una voz dulce como la brisa.

Me giro. Es ella. Esta mañana me ha preparado un café con leche y especias, me lo ha traído a la mesa con un fantasmita en la espuma y una sonrisa que aún no me he sacado de la cabeza.

—Bueno —prosigue—, nos hemos olvidado de comentar quién se encargará del «truco o trato» esta noche.

Finjo pensármelo un poco.

—Bueno, la verdad es que no celebro esas cosas.

—Vaya, interesante.

—Mi teoría es que si finges que no existen, se van.

Callie asiente despacio.

—Mi teoría es que tú eres el que está más cerca de la puerta principal. ¿De verdad me vas a hacer bajar y subir cada vez?

Le tomo el pelo alzando la ceja:

—Puede.

—De acuerdo, hagamos que sea justo. —Levanta un par de paquetes Haribo con motivos de Halloween—. Yo compro las chuches. Pero luego nos tenemos que repartir lo que sobre.

Intercambiamos una mirada cómplice. Siento remolinos efervescentes en el estómago.

Pero, de pronto, detecto el perfume de Melissa y noto cómo sus brazos me rodean la cintura. El corazón se me hunde hasta los pies, aunque no sea justo para Melissa. Con todo, en mi defensa diré que va vestida como una prostituta.

—He cogido los Haribo, cielo. Ya podemos irnos.

Me aclaro la garganta.

—Melissa, te presento a Callie.

En los ojos verdosos y dorados de Callie se apaga algo.

—Hola.

—Hola —dice Melissa, imitando el tono de la otra a la perfección—. ¿De qué vas disfrazada?

Callie parece sorprendida y me mira.

Muerto de la vergüenza, niego con la cabeza en dirección a Melissa.

—Tú eres la única que va disfrazada.

—Yo voy a ir tirando —tercia Callie, con educación—. Me alegro de verte.

Melissa me agarra de la mano y me conduce hacia la caja. Las botas le repiquetean sobre el linóleo.

—¿Quién era esa zorra?

—Eh. —Me detengo, le suelto la mano—. Ahí te has pasado.

Se le ilumina la cara.

—¡Joel! ¡Si te estoy tomando el pelo! ¿Ves a lo que me refiero cuando te digo que estás tenso y a la que salta?

—Tampoco es que ayudes mucho.

—Bueno, ¿quién era?

—Mi nueva vecina. Se mudó cuando se fue Steve.

—¿Sabes lo que te iría bien?

—¿Pagar esto e irme a casa? ¿A poder ser solo?

—Ya, claro. Si en realidad me amas.

«No», pienso. «En realidad, no».

Estoy sentado en el suelo del salón, con la espalda apoyada en la pared y una caja de *pizza* junto a las rodillas. Como siempre, he pedido una grande de *pepperoni* para compartir por petición de Melissa. Sin embargo, ella nunca se come más de dos trozos y yo tengo que quitar todo el *pepperoni*.

Se agacha a mi lado, saca un trozo de la caja.

—Oye, ¿sabes que llevamos haciendo esto casi tres años ya?

—¿Tanto?

Esboza una sonrisa escéptica.

—Como si no te acordaras de la fecha exacta en la que me viste por primera vez.

En efecto, no lo recuerdo. Pero sí que recuerdo dónde fue. Una clase de ejercicio por la noche, yo estaba pasando por una fase en la que creía que el *spinning* de alta intensidad podía ser la respuesta a todos mis problemas. (Y casi lo fue, porque por poco no caigo muerto a media clase, la primera vez).

Melissa se me acercó al final, vestida de licra de los pies a la cabeza, la coleta oscilando de lado a lado y con el maquillaje intacto. Justo en ese momento yo estaba encorvado tratando con todas mis fuerzas de no vomitar.

—¿Propósito de año nuevo?

Resulta que era enero. Pero la verdad es que yo no hago esas cosas.

—Solo quiero ponerme en forma —solté, entre jadeos.

—¿Y cómo va la cosa?

—Vamos progresando.

—Madre mía. ¿Tan mal se te daba?

Tras una ducha y un batido de proteínas, fuimos a mi casa. Me sorprendió que me llamara un par de semanas después, pero así continuó.

Sobre nuestras cabezas se oye el crujir de las tablas del suelo del piso de Callie. Me la imagino moviéndose por el piso con una copa de vino en la mano, deteniéndose ante la ventana para contemplar las estrellas.

No puedo evitar preguntarme qué pensará de mí tras habernos encontrado en la tienda antes. ¿Habrá llegado a la conclusión de que Melissa es mi pareja? ¿Que soy tan superficial como poco de fiar?

Tal vez, se me ocurre entonces, lo mejor sería que lo pensara.

—Dominic detesta la *pizza* —dice Melissa mientras se acomoda a mi lado.

No me suena el nombre. Pero sí que identifico la forma en la que lo suelta, como si fuera un paquete que hay que desenvolver. No es la primera vez, y nunca hemos acordado tener una relación monógama. Lo que tenemos nos va bien a los dos. Por eso hemos durado tanto tiempo.

Lanzo tres rodajas aceitosas de salami en la caja y le sigo el juego.

—¿Quién es Dominic?

—Un chico con el que he estado quedando.

—¿Mayor?

—¿Qué te hace pensar eso?

Me encogí de hombros.

—Digamos que te faltaba Richard Gere.

Esboza una leve sonrisa.

—En realidad, no.

—¿Se suponía que hoy ibas a su casa?

Coloca los labios de tal forma que deduzco que sí.

—Hemos discutido. Quiere que me mude con él.

—¿Cuánto hace que…?

—Tres semanas.

Mastico mi ración de carbohidratos.

—Un poco demasiado, ¿no?

Melissa relaja ligeramente la mandíbula.

—No me digas que estás celoso…

—Mira, la verdad, si has conocido a alguien que te gusta, pues…

—Pues, ¿qué?

—Pues que no creo que debiéramos seguir viéndonos. Quiero que seas feliz. Ya te lo dije.

Nos quedamos sentados en silencio un rato. Noto los latidos de un corazón, pero estamos tan juntos que es difícil discernir si son suyos o míos.

—Hoy podemos pasar el rato —le propongo—. No tiene por qué pasar nada.

Se retuerce para darme un beso en la boca.

—Gracias. Pero sí que quiero que pase. Por cierto, sabes a *pizza*.

Ay, Melissa. Siempre puedo contar con que dirá la frase perfecta.

Esa misma noche, sueño una escena tan perturbadora que me deja el corazón en un puño.

Es una noche de sábado de dentro de un año, y me encuentro en la cocina de papá. Ha empezado a quejarse de algo, zarandea el índice en mi dirección. Las palabras salen de su boca cargadas de furia.

Pero son palabras que no alcanzo a comprender.

—¡Si ni siquiera eres mi hijo! ¡Ni siquiera soy tu padre!

Lo repite dos veces durante un monólogo de un minuto. Me quedo quieto y en silencio ante él; entre asustado y aturdido.

Y, entonces, sale a grandes zancadas de la cocina y me conmina a que lo deje solo. En el otro lado de la cocina, a una Tamsin boquiabierta se le cae un bol de gelatina de fresa. Salpica todo el suelo, incluidos mis pies. Las manchas parecen de sangre.

Estoy al pie de las escaleras. Miro arriba y le grito a mi padre:

—¿Papá? ¿A qué demonios te refieres? ¡Papá!

15

Callie

Pocas noches después de la de Halloween, Joel me alcanza en el pasillo.

—Oye, quería disculparme.

Sin previo aviso, el rostro se me enciende y me pregunto si se está disculpando por los ruidos que se colaron entre las tablas el martes por la noche, muy tarde.

Ya estaba en la cama, mirando un documental sobre plástico en el océano. Al principio solo oí unos golpes sordos, los suficientes como para hacerme silenciar el portátil desconcertada, pero entonces, cuando el golpeteo se volvió más rítmico y se entremezcló con gruñidos y jadeos, lo paré todo y me limité a escuchar, inmóvil. No pude evitar imaginarme a Joel y preguntarme qué aspecto tendría, cómo sería estar en la piel de Melissa. Noté que se me erizaba la piel, acalorada, a medida que el pulso se me empezaba a acelerar, y entonces (justo cuando cerraba los ojos para figurarme toda la escena) llegó el final, la exclamación decisiva antes de que el silencio se impusiera. Con un sentimiento de culpabilidad, volví a encender el portátil y me esforcé por concentrarme en las nefastas imágenes de plástico que la corriente llevaba a las costas indonesias. Pero el resto de la noche y los dos días siguientes, la escena se negaba a desaparecer de mi mente.

Entre un fin de semana inesperadamente ajetreado en la cafetería y que apenas estoy en casa, solo hemos intercambiado las cortesías de rigor desde entonces (y ahora, estando ante él, me cuesta mirarlo a los ojos). Espero que no piense que me pareció escandaloso u ofensivo (más bien al contrario, de hecho). Joel parece un tanto avergonzado también, y no se me ocurre por qué más me puede estar pidiendo perdón, así que le sigo el juego.

—No tienes de qué disculparte.

—Habíamos bebido.

—No pasa nada.

—No siempre se comporta así.

—Ya.

—Se vuelve más directa después de…

Alzo una mano.

—Lo entiendo, de verdad.

—Y con ese disfraz, pues…

—De verdad, que no hace falta que…

—Bueno, solo quería decirte que te lo dijo en broma. Pero no debería haberte hablado de esa forma.

—¿Te refieres… a lo que Melissa me dijo en la tienda?

—Sí… ¿A qué te referías tú?

Trago saliva.

—A nada. Nada. Se me han cruzado los cables, ya está.

Es evidente que ahora es imposible que le mencione los gritos que oí más tarde esa misma noche. Resonaron como disparos, me desperté asustada. No detecté voz femenina, así que no debían de estar discutiendo, Joel debía de estar soñando. Pero sacarlo ahora a colación sería muy incómodo e intrusivo, como si yo fuera una especie de *voyeur*, es decir, la peor pesadilla de cualquier vecino.

Joel parece desconcertado, pero sonríe como si no le importara.

—¿Cómo lleva Murphy los fuegos artificiales?

Esta noche se celebra Guy Fawkes y el cielo ya se ha convertido en una discoteca, un local nocturno de petardazos y luces de neón.

—Ben se ofreció a quedárselo. Sus padres viven en el campo, en la Conchinchina. No tienen vecinos cerca.

—Buena idea.

Esbozo una sonrisa.

—Bueno, ¿y tú qué? ¿Tienes planes para Guy Fawkes?

—Qué va —responde, impávido—. No puedo con él.

Se me escapa una carcajada.

—Dot y su grupo de esquí acuático dan una fiesta en el parque natural.

La posibilidad queda flotando en el aire. Quiero invitarlo, de verdad, pero ¿no tiene novia?

Inspiro y busco un poco de coraje en mis entrañas.

—Bueno, si no haces nada…

La sonrisa más paulatina del mundo, la espera más agónica de la tierra.

—De acuerdo —me dice, al final, con voz áspera—. Sí, me apetece.

16
Joel

En realidad, sí que tenía planes: morirme de frío en el jardín trasero de Doug con el resto de mi familia y ser testigo de cómo dos tercios de los fuegos artificiales que ha comprado no logran encenderse. Pero, de todas formas, ya me había planteado no ir. Estoy agotado tras unas cuantas noches de descanso escaso. Además, lo que soñé de mi padre me ha dejado hecho polvo. No he sido capaz de olvidarlo, he estado inspeccionando todas y cada una de las fotos que tenemos juntos, releyendo los mensajes del móvil con lágrimas en los ojos, como uno hace cuando alguien se muere.

Vuelvo a recordarlo ahora: «¡Si ni siquiera eres mi hijo! ¡Ni siquiera soy tu padre!».

No es una frase que uno diga porque sí solo con la intención de hacer daño al otro. Se me ocurren cantidad de defectos que podría haber elegido para herirme.

Y eso solo puede significar que encierra algo de verdad.

Necesito indagar un poco más en lo que han profetizado mis sueños. Pero ¿preguntarle directamente a papá? Tengo la sensación de que la gravedad de esa conversación no la haría viable. Al menos, no de momento. Tengo que ir a su casa cuando él no esté, creo. Y descubrir la verdad por mí mismo.

Me encuentro con Callie ante la puerta principal, diez minutos después. La noche de principios de noviembre está atestada de escarcha y salpicada de estrellas, y la luna brilla como si fuera alógena. Procura cierto carácter veraniego a un cielo que resplandece de luz.

No hay nada que haga pensar que esta noche con Callie sea sinónimo de una cita, me recuerdo. Solo somos vecinos que salimos a disfrutar de los fuegos artificiales. Igual que solía hacer con Steve y Hayley. Una tradición platónica, sin compromisos.

Nos dirigimos hacia el río. El rostro de Callie está parcelado entre el sombrero gris de lana que lleva y la suave bufanda roja que se ha enrollado hasta la barbilla. Llevamos las manos metidas en los bolsillos y, de vez en cuando, chocamos de lado.

—Bueno, ¿y cuánto hace que estás con Melissa? —Parece tener curiosidad sincera, lo que supongo que es natural cuando conoces a Melissa.

Me río, incómodo.

—No… No es lo que parece.

Noto que me mira.

—¿No?

—No sabría explicarlo. Y tampoco sé si quiero.

—¿Por qué no?

—Puede que pienses aún peor de mí.

Damos unos cuantos pasos más.

—¿Amigos con derecho a roce? —supone.

—Exacto.

—No es nada malo.

—Tampoco está bien.

—Pero la vida no es perfecta.

—No —coincido y pienso: «Has dado en el clavo».

En el cielo, retumba un estruendo y luego una cascada de luz nos vuelve tecnicolor por un momento.

Un ritmo apagado nos conduce hasta Dot y su grupo de esquiadores acuáticos, junto al cobertizo para botes del parque natural. Hay una mesa llena de bebidas organizadas de una forma impecable, una hoguera que cumple todas las normas de seguridad dentro de un incinerador idéntico al que mi padre tiene para quemar las hojas secas del jardín. Hace tiempo que no voy a una fiesta en la que haya personas que no sean de mi familia. Pero este panorama tan sano tiene un no sé qué fascinante: hay un hombre tostando malvaviscos, una marabunta de personas que van de un lado a otro cargadas con patatas asadas y niños que bailan con bengalas que encienden el aire.

Dot me rodea con los brazos cuando llegamos. Va vestida como si estuviéramos a principios de los sesenta (y no le queda nada mal): pestañas postizas, pelo peinado hacia atrás. El abrigo que lleva tiene un aire militar, y las joyas, *vintage*.

Me planta un beso en la mejilla izquierda y un vaso de algo en las manos.

—Hola, Cliente. Lo sabía.

—¿Qué sabías? —le respondo, divertido.

—¿Qué bebemos? —pregunta Callie enseguida con las mejillas sonrosadas del frío y el trayecto a pie.

—Ponche de Guy Fawkes. Preparado por una servidora.

—¿Qué lleva?

Dot se encoge de hombros; supongo que así es como preparan ponche la mayoría de las personas que lo hacen.

—Un poco de todo. Pero, sobre todo, ron.

Doy un sorbo. Está bueno, muy dulce y cargado. Como un zumo de frutas tropical alcoholizado. Tenía pensado buscar algo de café, pero supongo que puedo tomarme la dosis de cafeína luego.

—Tengo el ojo puesto en un chico —me confiesa Dot cuando entrelaza su brazo con el mío.

Me encuentro con la mirada de Callie y sonrío.

—Está ahí. Es el rubio que nos da la espalda, ese que está con los malvaviscos. ¿Qué te parece?

Me cuesta juzgar a un hombre que no conozco por el cogote.

—Pues parece servicial. Competente.

Dot se bebe el ponche en silencio.

—Ay, tienes razón —me dice, al final, cuando vuelve a la realidad—. No es para nada mi tipo. Es el tesorero del club, ¡por el amor de Dios! Si solo hay que ver con qué cuidado gira los malvaviscos.

—No quería decir…

—No, no, si tienes razón. ¿En qué estaría pensando? Si no tiene ni un pelo de pirómano, el pobre.

—Lo siento —le digo con suavidad, y me pregunto cómo he sido capaz de desviar la flecha de Cupido tan radicalmente en menos de treinta segundos.

—Bien, más alcohol.

Dot se aleja en dirección al cobertizo.

—¿He dicho algo malo?

Callie se ríe.

—La verdad, tampoco podías decir mucho más.

—Aunque ser pirómano es un plus, al parecer.

—No te preocupes. El criterio que sigue Dot para definir al chico perfecto es inexplicable.

Caminamos unos metros hasta la orilla oscura del lago. En realidad, es una cantera llena de grava, cercada por árboles y caminos arenosos. El agua es como una mancha de tinta, salpicada de la luz de la luna.

—Me gusta el apodo que me ha puesto Dot.

—¿Cliente? Original, ¿verdad?

—Evitará que tenga delirios de grandeza, supongo.

Se vuelve a reír.

—Sabe cómo te llamas. Creo que tiene más que ver con el ponche que otra cosa.

—¿A qué se refería cuando ha dicho «lo sabía»?

Callie suelta un suspiro entrecortado.

—La verdad, no tengo ni idea.

A la distancia reglamentaria del cobertizo, el chico de Dot a cargo de los malvaviscos cambia de tarea. La multitud se junta, oscura como una manada de pingüinos, cuando se declara una explosión de fuegos artificiales.

El cielo se convierte en una obra de arte abstracto, llena de color. Un Jackson Pollock acompañado de una banda sonora atronadora.

—Me siento como una adolescente —dice Callie, cuando la primera ronda de petardos llega al clímax—: estar en el parque por la noche, bebiendo ponche preparado por nosotros.

Finjo que se me enciende la bombilla.

—Ya decía yo que te conocía de algo.

Entre risas, Callie se vuelve hacia mí. Luego, vacila.

—Ay, tienes… pintalabios de Dot en la cara.

—Ah.

—¿Quieres que te lo…?

Antes de que le haya podido responder, Callie se ha sacado el guante y ha acercado la mano a mi mejilla. Despacio, frota con un pulgar firme y cálido hasta que la marca desaparece.

—Ya está.

En mi interior, algo se contrae. Cuando baja la mano, me resisto a las ganas de agarrársela y decirle lo guapa que es.

—Gracias —logro pronunciar.

Entre el grupo se alza una voz que grita el nombre de Callie. Iniciamos el camino de vuelta al cobertizo por la pendiente recubierta de césped.

—¿Te animas? —pregunta Dot, que ha salido a nuestro encuentro.

—¿A qué?

La otra señala el agua.

—A encender las motos acuáticas.

Callie se atraganta con el ponche.

—Estás de coña. Pero si hace un frío horrible.

—Y por eso llevamos trajes de neopreno.

—Dot, has estado bebiendo. ¿De verdad crees que es seguro?

—Pues claro —dice Dot—. Nathan es instructor.

Callie frunce la nariz. Seguramente estará pensando, igual que yo, que Nathan debe de haber recibido solo la mitad de la formación, puesto que es evidente que se saltó el módulo de no ser un idiota irresponsable.

Dot hace un gesto.

—No te preocupes, ha estado tomando gaseosa toda la noche. —Se gira hacia mí—: ¿Qué, te animas tú también, Cliente?

—Ah, no, gracias. No quieres verme en neopreno, hazme caso.

Dot suelta una carcajada.

—Pero si estamos entre amigos.

—Creo que nos quedaremos mirando —dice Callie.

Dot pasa un brazo por encima de los hombros de Callie y le da un beso en el pelo. Me provoca una peculiar punzada de envidia.

—¿Qué te digo siempre?

Callie se encoge de hombros. Dot sale corriendo hacia el cobertizo, imagino que a reclutar más gente para su causa suicida.

Doy otro sorbo de ponche.

—¿Qué te dice siempre?

Callie titubea.

—¿Te apetece dar un paseo?

—Te pido disculpas en nombre de Dot. Cree que soy una vieja aburrida.

Recorremos el camino sinuoso que conduce a Waterfen, la reserva natural. La luna parece brillar ahora con más fuerza: es un enorme agujero en la cartulina del cielo.

Aunque está a mi lado, Callie guía la marcha. Está tan familiarizada con la ruta como un ave que migra; la constelación le marca el rumbo.

—¿Cuántos años tiene Dot? —Me pica la curiosidad.

—Veintitantos —responde Callie, con el mismo tono que mucha gente diría «lunes» o «suegros».

—Entonces, que tú seas «vieja» significa que tienes…

—Treinta y cuatro. —Me echa una mirada—. ¿Y tú?

—Soy aún más viejo: treinta y cinco. Está todo perdido.

Cruzamos la pasarela de madera que señala la entrada a la reserva. Nuestros pasos suenan agudos, huecos sobre los tablones. Las sombras alargan el tronco de los árboles. Sus brazos oscuros se extienden para darnos la bienvenida en la penumbra.

—Dot siempre me dice que… Ay, ¿cómo lo dice ella?

—¿Que vivas la vida, que son dos…?

—Exacto. Quiere que haga *kick-boxing* y esquí acuático.

—¿Y es lo que quieres hacer tú?

Callie sonríe. El pelo que no cubre el sombrero ha empezado a refulgir, perlado por las gotitas de rocío del aire nocturno.

—Digamos que, de momento, lo aguanto.

—Tal vez solo es que eres diferente.

Se queda en silencio unos instantes, como si le estuviera dando vueltas.

—Tal vez.

Nos adentramos en la reserva. La pasarela es una arteria que serpentea a través de su sistema sensorial. Los fuegos artificiales se oyen a lo lejos. Nos hemos sumergido en el sonido nocturno de la naturaleza: el ulular solitario de un cárabo, el susurro de los mamíferos que avanzan a rastras. De la profundidad del bosque surge el esporádico ronroneo de una criatura que se revuelve.

—Solo para que lo sepas —le digo—, ahora mismo no tengo ni idea de dónde estamos. —La oscuridad me confunde, engaña mi sentido de la orientación.

Su risa hace eco.

—No te preocupes. He venido bastante por aquí de noche.

—¿Tienes el sueño ligero?

—A veces —reconoce.

Cambiamos la pasarela por un sendero sinuoso que serpentea junto a una acequia estrecha. Cuando llegamos a un punto en el que los árboles se abren como una cortina, Callie se detiene.

Acerca la cabeza a la mía. Percibo la fragancia de su champú, un penetrante aguijón cítrico que se arremolina en mi nariz.

—Esta es una de mis vistas favoritas —me susurra.

El sendero desemboca en una zona extensa del pantano. Está atestada de juncos, adornada con charcas rutilantes y plateadas. Las aves de caza están diseminadas por la superficie del agua. Sigo el dedo estirado de Callie y diviso una manada de ciervos que pacen. Sus siluetas delicadas son esbeltas y escultóricas bajo la luz de la luna.

Nos agachamos en el sendero para contemplar el espectáculo. La fragancia de lana húmeda que desprende el sotobosque nos da la bienvenida.

—Son preciosos, ¿verdad? —susurra, arrobada.

Asiento porque ¿quién se atrevería a negar su belleza?

Se oye un murmullo de fondo: escarceos de silbidos crepusculares, oleadas dulces de un gorgoteo amistoso. Le pregunto a Callie de dónde provienen.

—Son el ánade silbón y la cerceta, que son unos escandalosos.

Poso los ojos de nuevo en los ciervos.

—Son como una obra de arte.

—Me encanta verlos así. Son animales nerviosos y tienen un don para esconderse. Se ve que son capaces de oler a las personas a cien metros de distancia.

Los contemplamos un rato más, fascinados, como mamíferos camuflados en nuestro nidito de sotobosque. Cuando Callie me sonríe, es la señal silenciosa para partir.

17

Callie

Seguimos hablando, sin apenas pararnos para recobrar el aliento, mientras caminamos el uno junto al otro y el camino se ensancha para luego describir una curva que abraza el río.

Charlo con Joel de mis padres y de a qué se dedican: el negocio de costura de mamá y el cargo de papá como oncólogo. Me pregunta cuánto hace que me apasiona de esta manera la naturaleza y le respondo que, prácticamente, toda mi vida. Fue papá quien me trajo por primera vez a Waterfen, quien creó un huequito en su huerto solo para mí. Sonreía cada vez que le provocaba un ataque a mamá al adoptar invertebrados del jardín, me tranquilizaba cuando llegaba el momento inevitable de las lágrimas al obligarme a despedirme de ellos. Me enseñó a distinguir las ranas de los sapos, a discernir la diferencia entre el águila y el gavilán cuando surcan el cielo. A primeras horas de las mañanas de verano, nos sentábamos en el jardín y me describía la melodía coral matutina, de la primera ave a la última. Construíamos alojamientos para los insectos y casas para erizos, secábamos flores, nos bañábamos en estanques y mezclábamos compost para las lombrices y las cochinillas.

Le explico la carrera que estudié pero que nunca he puesto en práctica, y el puesto de trabajo de ayudante de guarda forestal que aún no he solicitado. Se anunció la vacante en la página web hace un par de semanas, y el período para presentarse termina este viernes.

Joel me pregunta qué me detiene.

Reflexiono unos segundos.

—La idea de cambio, tal vez. Tengo la sensación de que por fin nos estamos estabilizando tras lo de Grace. Y ese trabajo solo es temporal, así que no ofrece garantías a largo plazo.

—Pero ¿te parece que valdría la pena?

Frunzo el ceño.

—Soy alérgica a correr riesgos, podríamos decir. Mis padres siempre han sido… muy cuidadosos, ¿sabes a lo que me refiero? Creo que es la razón por la que nunca he viajado. No cambiar nada siempre me ha parecido más seguro, no sé por qué. Si… si nunca intentas cumplir tus sueños, no te sentirás mal por no haberlos alcanzado.

—Ocuparte de la cafetería seguro que te pareció un riesgo —observa él con gentileza—, dejar el trabajo después de tantos años.

No le falta razón: me lo pareció, pero en aquel entonces, todo lo que pensaba pasaba por el tergiversador filtro del dolor. Prácticamente no sopesé el miedo porque la tristeza era mucho peor, casi rozaba la locura algunos días. Y acceder a ocuparme del café me pareció una forma de honrar a Grace: un acto de fe, actuar por impulso, porque así es como ella había vivido siempre.

Continuamos recorriendo el sendero. Esta noche, Joel está muy mono, protegido de los elementos gracias a un abrigo de lana oscura y una bufanda. El invierno le queda bien, creo, con sus múltiples capas, su atractivo discreto y sus complicaciones sutiles.

Mientras caminamos, le pregunto si le pusieron su nombre por alguien, como, por ejemplo, Billy Joel, y me responde que no, claro que no, que eso sería una locura; pero me pregunta lo mismo a mí, solo que a él no se le ocurre a nadie famoso que se llame Callie.

—De hecho —le contesto—, mi padre propuso llamarme Carrie una noche cuando cenaban, cuando mi madre estaba embarazada. Iban proponiendo nombres uno y otro, pero como es típico en mi padre, tenía la boca llena cuando lo dijo.

—Sonrío—. Tarta de chocolate, me dijeron.

—¿Y tu madre entendió Callie?

Asiento.

—Y a mamá le gustó tanto que no tuvo el valor de corregir-la. Y Callie fue. Papá se lo contó cuando cumplí los dieciocho, hizo un discursito en el restaurante cuando lo celebramos. Y, evidentemente, me hicieron tarta de chocolate en vez de pastel.

—Nunca había oído una historia tan buena para explicar el nombre de alguien.

—Gracias. A mí también me lo parece.

Me intereso por su familia, y se me parte el alma cuando me explica que su madre murió cuando él tenía trece años. No me cuenta demasiado cuando le pregunto: solo que tuvo cáncer y que estaban muy unidos.

Caminamos un poco más hasta que, por pura costumbre, me detengo justo debajo del viejo sauce.

—Grace y yo nos pasábamos horas y horas en este árbol cuando éramos pequeñas. Cuando estás ahí arriba…

—… puedes observar el mundo sin que te vean.

—¿Tú también lo hacías?

Asiente y me invade la calidez de un nuevo vínculo, un palpitar en el vientre.

—Bueno —dice Joel, al cabo de unos segundos—, dicen que los fuegos artificiales se ven mejor desde las alturas.

Así que trepamos, con una torpeza embarazosa, hasta el punto en el que se bifurcan las anchas ramas del sauce, donde le enseño las iniciales que Grace y yo tallamos en la corteza. Más allá de nuestro paisaje privado, las características explosiones de la celebración de Guy Fawkes siguen danzando en el horizonte; la pólvora retumba como si fueran pisadas de gigantes.

Las contemplamos, quizá, unos veinte minutos más, hasta que finalmente se impone el silencio y el cielo se adormece de nuevo.

Estamos a punto de iniciar el descenso cuando una lechuza surge entre las sombras. La pálida trayectoria que traza es tan cautivadora como una nevada. Contemplamos cómo se desliza por el aire antes de virar hacia arriba y esfumarse como el vapor, entre los árboles.

La noche siguiente, cuando regreso a mi apartamento tras cenar en casa de Esther, me encuentro con una caja de cartón blanca sobre el felpudo. Dentro hay un trozo de tarta de chocolate de la pastelería siciliana que hay en el centro y que me encanta, pero que no me puedo permitir. Viene acompañada de una nota:

Tu historia me gustó mucho.
J.

P. D.: No estaba seguro de si me correspondía decírtelo ayer, pero, por favor, piensa en lo que es mejor para ti. Solicita ese puesto de trabajo.

18

Joel

Lo de la tarta de chocolate fue un error. Ahora lo tengo claro. Ir a la pastelería, escoger el trozo que tenía mejor pinta, observar cómo lo guardaban en la caja. El corazón me brincaba de tal forma durante todo el proceso que no me paré un segundo a pensar.

Solo quería hacer algo bonito por ella, hacerla sonreír, alegrarle el día con un detalle. No estoy muy seguro de por qué. Pero he sentido este impulso desde el día en que nos conocimos.

Por eso, cuando no abrió la puerta, me sentí muy decepcionado. Tener que escribirle la nota me dejó un poco abatido.

No fue hasta unos minutos después cuando quise reconocer la realidad, ya en mi piso. Me recordé que si me quedaba un solo ápice de decencia, giraría la espalda a lo que fuera que estuviera naciendo entre nosotros. Porque no ha cambiado nada desde que murió mi madre, ni desde que Vicky se fue o desde que rompí con Kate. Y nunca lo hará.

Pero la realidad es que solo las tablas del suelo nos separan. Y a la mañana siguiente, justo cuando estoy pensando que debería esforzarme más por mantener las distancias, oigo que llaman a la puerta.

Estoy en el salón, a punto de ir a abrir. Pero entonces recuerdo todas las razones por las que no debería y cierro los ojos. Espero a que se vaya.

Mientras paseo a los perros por el parque, a media tarde, escribo a papá para decirle que no podré ir a la comida de este domingo.

Noto un nudo en la garganta cuando le envío el mensaje. Otra relación más que se hace añicos porque sé demasiadas cosas. Otro momento que nunca podré rebobinar.

Lo rememoro todo de nuevo. Recuerdo su rostro cuando me decía:

«¡Si ni siquiera eres mi hijo! ¡Ni siquiera soy tu padre!».

¿Es por eso por lo que casi nunca estoy de acuerdo con él? ¿Por eso siempre he tenido la sensación de que yo era una decepción? Siempre me ha parecido que Doug era el hijo que papá esperaba, pero lo atribuía a las pasiones que compartían: desde las maquetas de trenes hasta la carne roja, pasando por el *rugby* y los números (Doug se hizo cargo de la empresa de contabilidad de papá cuando este se jubiló).

Sin embargo, por primera vez, tal vez haya indicios de que sea algo mucho más sustancial.

Por extraño que sea, ¿no tendría un poco de sentido que fuera cierto? De todos modos, eso comportaría otra pregunta trascendental: ¿quién es mi padre de verdad y dónde está?

19

Callie

La mañana siguiente, tras haberme encontrado la tarta de chocolate, cometo el error de explicárselo a Dot. De pronto, esta se anima planificando estrategias, se emociona proponiendo tácticas, se nombra comandante en jefe de mi vida amorosa.

Pero no quiero usar ninguna táctica con Joel. Las tácticas las necesitaba con Piers, quien, incluso desde el principio, me daba una de cal y otra de arena, como cuando te quemas la lengua comiendo algo riquísimo o te pruebas un atuendo espectacular pero terminas viéndote gorda.

Por contraposición, estar con Joel siempre es fácil y sencillo, agradable. Me llena de calidez, no hay nada de frialdad. Y a eso hay que añadirle que, desde la noche que lo oí con Melissa en su casa, no me cabe ninguna duda de lo *sexy* que me parece.

Me he detenido ante la puerta de su apartamento antes de ir a trabajar esta mañana, pero cuando he llamado no he obtenido respuesta, y tampoco he oído que hubiera movimiento dentro. Así que le he dejado una nota por debajo de la puerta. Decía lo siguiente:

LA TARTA DE CHOCOLATE ME HA GUSTADO (MUCHO). GRACIAS.
C.

P. D.: HE SOLICITADO EL TRABAJO.

20

Joel

Steve me ha invitado a tomar un zumo de esos sanos con él. Ya me lo ha pedido tres veces. La verdad, sería el tipo de invitación que normalmente declinaría, pero todavía me siento culpable por cómo terminó todo. Así que, pocos días después de la celebración de Guy Fawkes, me encuentro con él en la cafetería del gimnasio en el que trabaja. Espero que el mero acto de hacer presencia sirva para resarcirme.

Y no me falta razón: un altavoz en el techo emite un ritmo jaquecoso de música *house* que en otras épocas de mi vida ha hecho que saliera corriendo de algunas discotecas. Y todo esto antes de que Steve me pase, por encima de la mesa, un zumo que tiene un aspecto demasiado parecido a la sopa de tomate.

—¿Qué lleva? —Hoy estoy bastante cansado y espero que, contra todo pronóstico, contenga algo de cafeína.

—Zanahoria y remolacha. Col kale. Zumo de naranja. Es purificante —me dice. Como si eso justificara que se licúen hortalizas crudas y te vendan el resultado por casi cinco libras.

Aun así: he venido a expiarme.

Nos ponemos al día durante los primeros diez minutos, más o menos. Me enseña fotos de su nueva casa. Me recuerda que Poppy cumplirá un año en fin de año y me dice que a Hayley le van muy bien las cosas en el trabajo. Cuesta mucho, mientras me habla, que no me distraigan sus bíceps. Veo cómo se contraen bajo la piel, como si solo pudieran estar lejos de las mancuernas durante un tiempo limitado.

Me siento completamente fuera de lugar, ataviado con tejanos, manga larga y botas.

Llega un momento en el que guarda el teléfono.

—¿Cómo va con Callie?

Mantengo un tono neutro.

—Muy bien. Es una vecina muy agradable. Parece buena inquilina, también. —Pienso en la nota que me ha dejado, que ahora tengo colgada en la cocina, y en lo mucho que últimamente me cuesta pensar en ella en términos platónicos.

—Bueno —dice Steve, con una sonrisa irónica—, pues de nada.

No respondo. Por desgracia, eso me deja solo una opción: tomar otro sorbo de hortalizas pulverizadas.

—¿Y qué? ¿Cómo va todo? La vida, el trabajo, la salud…

—Sin cambios, la verdad.

—¿Sigues sin trabajar? —pregunta, con aire pensativo, como si estuviéramos hablando de otra persona—. Debes de estar gastando todos los ahorros.

Mascullo una afirmación. Es un tema espinoso, sobre todo porque es la realidad. Viví como un monje para acumularlos, y, luego, recibí una herencia de una tía abuela. Soy muy ahorrador (las visitas a la cafetería son el único capricho que me permito). Y tengo la suerte de que el propietario de mi piso es un analfabeto financiero que me ha aumentado el alquiler solo una vez en once años. Pero el dinero no me durará para siempre.

Steve nunca ha tenido reparos en hacer preguntas personales, lo que atribuyo sobre todo a la confianza que debe comportar tener el físico de un gladiador. Pero también exuda cierta calidez. Una afabilidad ejercitada como un músculo más a lo largo de los años gracias a hablar con clientes y oír sus problemas mientras hacen abdominales y tratan de no vomitar.

Steve deja su zumo sobre la mesa. Frota una mancha inexistente. Y, entonces, como si nada, lanza la granada:

—¿Te he comentado alguna vez que tengo un máster en neuropsicología?

Logro decirle que no, que nunca lo ha comentado.

—Lo que quiero decir con esto es que... si en algún momento necesitaras hablar... —Me abre la puñetera puerta y la deja así, abierta de par en par. Pero lo que podría aguardarme detrás parece frío e incierto.

—¿Por qué? Quiero decir, ¿si eres neuropsicólogo, por qué trabajas aquí?

—¿Tiene que haber una razón?

Steve está a punto de reventar la camiseta. Trato de imaginármelo, sin conseguirlo, ataviado con una bata blanca.

—Sí —replico, pestañeando—. Sí, claro que la tiene que haber.

Se encoge de hombros.

—Me apunté a un gimnasio como forma de sobrellevar el estrés de estudiar y entonces me di cuenta de que me gustaba más esto que lo otro. Así que empecé a hacer de entrenador a media jornada mientras me sacaba el doctorado, y sentí que era mi vocación.

Madre de Dios. Un doctorado.

—¿Eres doctor? —¿Por qué su correo nunca lo evidenció ni me alertó de esta hipotética encerrona?

—Qué va. Lo dejé al cabo de tres años. Aunque, a veces, a Hayley le gusta llamarme doctor...

Alzo la mano para que deje de hablar.

—¿Por qué me cuentas todo esto?

—He pensado que tal vez te gustaría saberlo.

—¿Para aprovecharme de tus servicios?

De repente, el médico de cabecera de cuando iba a la universidad me mira con sorna en un rincón de mi mente. Todavía recuerdo su expresión, sentado delante de mí. La mirada desdeñosa, la burla, la irritación inexplicable.

Steve niega con la cabeza.

—No en ese sentido. No soy terapeuta. Pero me refiero a que, si en algún momento te apetece hablar, puede que te entienda más de lo que piensas. No solo me dedico a las pesas.

No puedo decir que lo haya juzgado. Pero nunca habría pensado que era un especialista en neurología, si alguien me hubiera pedido que adivinara su trayectoria profesional previa.

—¿Y nunca te has arrepentido?

—¿Arrepentido de qué?

—De no haberte dedicado a eso.

—Nunca. No habría conocido a Hayley, y no tendríamos a Poppy. —Echa un vistazo a la cafetería—. Y esto es mucho mejor que hacer carrera en un laboratorio anónimo. Así sigo contribuyendo positivamente a la salud mental de la gente. Solo que de una forma más directa.

—¿Por qué nunca me has invitado a entrenar contigo? —(Es más por curiosidad que por otra cosa).

—Supongo que porque nunca me has parecido de esos a quienes les gusta el ejercicio.

—Salgo a caminar —protesto.

—Sin ánimo de ofender, Joel, pero eso también lo hace mi abuela.

—Vaya, ¿motivar no forma parte del curro, también? —He visto otras veces a Steve en el parque, gritándole a los participantes quejosos del campamento de entrenamiento que el dolor no es más que la debilidad del cuerpo.

—Aun así, tienes que querer hacerlo.

Bajo la vista a esa sopa de tomate que tengo a medias. Si Steve ya me considera una causa perdida, entonces esta birria de naranja puede quedarse en el vaso, donde le corresponde.

—Mira, tío, solo quería decirte que si necesitas algo…

—De hecho, sí que hay algo que me gustaría pedirte. —Es un favor relacionado con Callie.

Me voy poco después, desorientado y un poco expuesto. Como si el viento invernal me hubiera arrancado capas. Como si se hubiera llevado una bufanda que nunca voy a recuperar.

Mientras vuelvo a casa, pienso en lo que me ha dicho Steve. En el hecho de seguir un camino determinado antes de arriesgarse y hacer lo que realmente lo hacía feliz.

Y, en mi caso, eso es conocer a Callie. Me hace feliz cuando la veo en casa o en la cafetería. No quiero dejar de pasar ratos con ella. Alcanza partes de mí que he olvidado que existían.

Es mejor conocerla como amiga que no conocerla en absoluto. Aunque, en otra vida, podría haber sido algo más.

La universidad, una época en la que el estudio intensivo, una socialización claustrofóbica y los periodos sin dormir me deterioraron aún más un cerebro ya de por sí destrozado. Me saltaba muchas clases, o me presentaba agotado. Sacarme la carrera parecía estar en riesgo cuando apenas había empezado, y tenía que hacer algo.

Así pues, cuando empezó el segundo trimestre, decidí pedir cita con el médico.

Tardé un par de meses en decidirme. El incidente de Luke y la muerte de mamá aún me acuciaban, como si temiera que se me pudiera considerar responsable con efecto retroactivo. O, tal vez, porque temía que se me diagnosticara un trastorno mental, que se me internara en un psiquiátrico en contra de mi voluntad. (Me imaginaba la reacción de mi padre, el rey de «hay que guardar las apariencias», en caso de que ocurriera).

Nunca había ido al médico de cabecera de la universidad. Era un hombre mayor, lo que podría haber sido tranquilizador si no hubiese parecido tan impaciente antes incluso de que me sentara en la silla.

La consulta estaba en penumbra, cercada por persianas verticales. Olía a clínica. A desinfectante y desinterés.

—Insomnio —fue su resumen de la historia que le había contado sin resuello durante dos minutos. Llegado a ese punto, estaba embriagado de esperanza, sobre todo porque había logrado cruzar el umbral. Ahora, sin duda, iba a recibir la ayuda que tan desesperadamente necesitaba. Tal vez el doctor conociera una cura, incluso.

—Sí —repliqué—. Por culpa de los sueños que tengo, de las premoniciones.

Entonces, dejó de teclear y entrecerró los ojos. Supongo que no le hacía gracia dejar constancia de esa parte. Una sonrisa le aleteó en los labios, pelados como la estepa.

—¿Tiene amigos, señor Morgan?

—¿Disculpe?

—¿Tiene muchos amigos aquí o le está costando? Encajar, digo.

La verdad es que siempre me ha costado. Me aislé de todo el mundo en la escuela después de lo que le ocurrió a Luke. Me volví un lobo solitario. La fuerza mental que necesitaba para socializar se me iba toda en los sueños, así que podía contar los amigos que había hecho en la universidad con una sola mano. Pero ese era el puñetero síntoma, no la causa. Un doctor, precisamente, debería haber sido capaz de verlo.

—¿Fármacos? —continuó, al no responderle yo.

—Si hubiera alguno que pudiera funcionar, estoy dispuesto a probarlo.

Una sonrisa condescendiente.

—No. Me refiero a fármacos ilegales o drogas. ¿Consume?

—Ah. No. Nunca.

Me miró a los ojos, y con ese gesto me reveló que no me creía.

—No toma ningún medicamento.

—No —insistí, de nuevo—. Escuche, soñé que mi madre se iba a morir. Y entonces, se murió. Se murió de cáncer. —Me atraganté con las palabras.

—Aire fresco —me cortó, como si no hubiera dicho nada—. Haga ejercicio, deje de beber y tómese esto. —Garabateó una receta y me la entregó.

—Ya hago ejercicio, y apenas bebo.

—Son para el insomnio. Lea bien el prospecto.

—Pero el insomnio… —dije, con voz temblorosa—… no es el problema, en realidad. Sería más bien un efecto secundario.

Se removió en el asiento y carraspeó.

—¿Ha conseguido sentarse en la sala de espera cuando ha llegado, señor Morgan?

—Sí, he…

—Pues ha tenido suerte. A veces, la sala está tan llena que algunos se quedan de pie. Los alumnos tienen una salud muy débil. —Se inclinó hacia adelante y le dio una puñalada a la libreta con el bolígrafo, como si estuviera enfadado. Como si yo hubiera desafiado de forma deliberada una norma que todo el mundo tenía clara menos yo—. Solo puedo abordar un problema por visita. —La expresión de su rostro era de absoluto desprecio. Me quemó las entrañas como si fuera ácido.

No sé a qué se debió (un mal día, problemas personales), pero mi presencia esa tarde en la consulta lo importunó. De pronto, me recordó a mi padre.

Se impuso entonces un silencio interminable, alargado por el tictac del reloj que tenía en el escritorio. De plástico barato y blanco, con el logotipo violeta de una farmacéutica estampado.

Pero tenía que intentarlo, aunque fuera una última vez. Me había costado tanto pedir esa cita y hacer acopio de valor para cruzar la puerta de la consulta y repetir las palabras que llevaba días practicando delante del espejo del baño…

—¿Podría ser neurológico…? ¿Podría ser que hubiera algo dañado en el cerebro? Las premoniciones y…

Me interrumpió una carcajada. Una carcajada genuina. Contra todo pronóstico, se le iluminó el rostro inexpresivo.

—Bueno, no puede predecir el futuro, eso es evidente. No sé si se trata de alguna broma o es fruto de una apuesta, pero me está haciendo perder el tiempo. Fuera de la consulta.

21

Callie

Cuando ha pasado alrededor de una semana desde la celebración de Guy Fawkes y veo a Joel a primera hora de la mañana en la cafetería, tengo claro qué voy a hacer. He estado practicando cómo planteárselo, pero ahora se me ha secado la boca y me siento un tanto aturdida, lo que no es de mucha ayuda.

Le dejo en la mesa el doble expreso con la mano temblorosa.

—Buenos días.

—Hola. —Alza la vista. Aunque tiene la mirada cansada, me regala una sonrisa cálida.

Tengo el corazón en un puño y trata de romperme la caja torácica desde dentro.

—Ayer por la noche recibí un correo. Me han citado para una entrevista en Waterfen.

Se le ilumina el rostro.

—Vaya, felicidades. Qué buena noticia.

Me lanzo a por la siguiente pregunta: «No le des más vueltas, hazlo y punto».

—Bueno, y he oído unas críticas estupendas del nuevo restaurante italiano que hay junto al río. Se ve que hacen unos *spaghetti al pomodoro* alucinantes. ¿Te apetece ir a probarlos esta noche y me ayudas a preparar la entrevista?

Parece un tanto desconcertado. Puede que se deba a que son las nueve de la mañana, en el mostrador se acumulan los clientes que quieren café para llevar y yo estoy entreteniéndome en su mesa para charlar de espaguetis.

Entonces, sin previo aviso, la mujer que hay en la mesa contigua se inclina hacia nosotros y mete cucharada:

—Yo fui anoche. Es un restaurante de primera. Os lo recomiendo. —Hace el gesto de besarse los dedos.

Me entran ganas de darle un beso a ella. Pero me limito a sonreírle, vuelvo a mirar a Joel y espero, sumida en una agonía silenciosa de retortijones estomacales.

Al fin, traga saliva y me ofrece la respuesta que estaba suplicando:

—Vale, de acuerdo. ¿Por qué no?

Mientras esperamos a que nos conduzcan hasta la mesa en el restaurante, Joel me explica cómo ha ido su paseo vespertino con los perros:

—… y Campanilla, que es la maltesa, sale corriendo hacia las papeleras. Voy corriendo tras ella, la llamo sin parar… —Imita la situación. Me hace tanta gracia que se me saltan las lágrimas—. Es una matona con aspecto de fregona. Es muy autonomista.

—¿Autonomista?

—Ah, es el término técnico para decir «que te den, yo me piro».

—Bueno, tampoco tiene la culpa. —Me seco los ojos con la punta de la bufanda—. Quiero decir, para Campanilla no debes de ser más que otra dosis de vacuna con patas.

Él también se ríe.

—Bien visto. No me lo había planteado.

—Aún no me creo que pasees a los perros de la gente gratis. ¿Las dueñas son muy guapas o qué?

—Pues, mira… Una es Iris, que tiene ochenta y cinco años. Y Mary va camino de los noventa. Si yo tuviera cincuenta años más…

Todavía riendo, alzo la mano.

—Sé que he empezado yo, pero ahora preferiría no haberlo hecho.

Se nos acerca un camarero para conducirnos a la mesa.

—Lo siento —sonríe Joel—. A partir de ahora moderaré el humor; estaba rozando el límite.

—No, no —le pido—. Me encanta el humor que está ahí, en el límite.

«Lo noto», pienso cuando ya estamos sentados a una mesa íntima y agradable en un rincón. Joel me regala una calidez placentera que nunca he sentido. Aunque me cuesta entenderle. No estoy segura de si me manda mensajes contradictorios, pero la verdad es que no sé si me ve como algo más que una simple amiga. A veces, cuando me encuentro con sus ojos y noto el aguijón magnético en las entrañas, pienso que, tal vez, sí me ve como algo más. Pero, entonces, es como si su mente cambiara de idea, se guardara todo lo que siente y lo enterrara, bien hondo.

Además, todavía no tengo claro qué hay entre él y Melissa. Joel me dijo que eran amigos con derecho a roce, pero eso podría significar miles de cosas. Quiero preguntarle, pero no estoy segura de si seré capaz. A veces tengo la sensación de que erige un muro, y lo último que quiero es ofenderlo.

—Me encanta beber vino en estos vasos —digo, cuando el camarero deja en la mesa un escanciador con vino tinto y dos vasos de lados planos—. Me hace sentir como si estuviera en la terraza de un bar cerca del Mediterráneo.

Joel sonríe mientras nos sirve.

—Por cierto, quería darte las gracias —prosigo—, por haber hablado con Steve.

Joel quedó con él durante el fin de semana, le explicó lo que ocurría con Murphy y lo arregló todo para que no tuviera que preocuparme por si me pillaban.

—Ya me diste las gracias.

Es cierto, lo hice cuando me lo dijo, pero de forma entrecortada, con frases farfulladas mientras se me empañaban los ojos.

—Bueno, este es mi agradecimiento oficial.

Alza el vaso de vino con un brillo en los ojos.

—No, estas son tus felicitaciones oficiales.

—Me parece un tanto precipitado —confieso—. Aún tienen que darme el trabajo, y no ayuda el hecho de que se me den fatal las entrevistas.

—No me lo creo en absoluto.

—Que sí, de verdad. Me pongo a temblar, a sudar... De todo. No descarto que en cuanto me digan «¿Por qué quiere dedicarse a la conservación de la naturaleza, señorita Cooper?», me eche a llorar.

Noto cómo sus ojos se posan en mí.

—Bueno, si te ocurre —me dice—, solo servirá para demostrarles lo apasionada que eres.

Aunque fuera hace mucho frío, la temperatura del restaurante es cómoda y calentita, y Joel se ha quitado el jersey. Está precioso con los brazos desnudos al otro lado de la mesa, tan sosegado. Tras reflexionarlo un poco, he decidido optar por vestirme con un estilo elegante pero informal: los vaqueros más bonitos que tengo y la blusa de seda con estrellas que Grace me convenció para que comprara pocas semanas antes de morir.

Doy un sorbo al vino.

—¿Qué dijiste tú en tu entrevista cuando te preguntaron por qué querías ser veterinario?

—No me lo preguntaron, en realidad. Al menos no para mi trabajo. —El vaso le cubre parte del rostro—. Se centró más bien en las especialidades, el equipo y los certificados.

—Pero debieron de preguntártelo para la carrera en la universidad. —Le doy un suave toque en la rodilla con la mía—. Por favor, dímelo. Necesito toda la ayuda posible.

—De acuerdo, pero recuerda que ya no ejerzo como veterinario. ¿Qué sabré yo?

—Venga, va.

—Pues crecí rodeado de animales. A mi padre no le hacían mucha gracia, pero accedía a cualquier cosa que hiciera feliz a mamá, y a ella le encantaban. Teníamos conejos, cobayas, patos, gallinas. También hacía de voluntario en el refugio de animales de mi zona: limpiaba las jaulas. Allí adoptamos a nuestro perro, Pillo. Era mi mejor amigo. Siempre íbamos juntos, explorábamos el bosque y nos pasábamos horas junto al río. Siempre me seguía. Éramos inseparables.

»A Pillo le encantaba correr. Nunca traté de impedírselo porque nunca se alejaba mucho rato. Pero, una tarde, habíamos salido por una pista forestal y salió corriendo tras un conejo, algo que hacía a menudo, solo que esta vez no volvió. Empecé a llamarlo sin parar, pero… nada. —La voz de Joel adopta un tono más grave—. Me quedé hasta tarde buscándolo y luego fui a casa a pedir ayuda a mamá. —Hace una pausa—. Al final, lo encontramos. Había tratado de cruzar un alambrado de púas y se le habían clavado todas al cuerpo. Perdió tanta sangre que… Bueno, no se podía hacer nada para salvarlo. Pero fue como si hubiese estado esperando a que lo encontráramos. Le costaba respirar, y me miró como si quisiera pedirme perdón por haber salido corriendo. Al cabo de pocos segundos, murió en mis brazos.

Noto que los ojos se me anegan de lágrimas.

—Bueno, le dije que lo quería. Y lo abracé hasta que su cuerpo perdió todo su calor. Ese día supe que quería dedicarme a cuidar a los animales. En la entrevista, no tenía que ponerme sensiblero ni decir que me encantaban los animales. Tenía que hablar de mi experiencia laboral y mis planes de futuro, de las habilidades que poseo y que son perfectas para el cargo. Pero, para mí, no había otra forma de explicar cómo me sentía. Si lo hacía de cualquier otro modo, me habría quedado muy corto. Fue por amor. —Suspira y alza la vista para mirarme.

Sonrío con suavidad, aunque tengo el corazón hecho añicos.

—Creo que sigues siendo un veterinario de los pies a la cabeza.

Entre montones de pasta y *ciabatta*, Joel echa un vistazo por el restaurante.

—¿Sabes? Me da la impresión de que Italia no es… como en estos frescos falsos.

Me río. Los intentos de templillos y *piazzas* de las paredes no le harían sombra a Miguel Ángel por mucho que quisieran.

—Deberías añadir Roma a la lista —me sugiere mientras parte un trozo de pan y lo moja en aceite—. Se ve que es una de las ciudades más verdes de Europa.

—Ya he estado, de hecho. Una vez. Y es preciosa.

—¿De vacaciones con la familia? —me pregunta, como quien no quiere la cosa. Percibo que me ofrece la respuesta equivocada con la esperanza de obtener la correcta.

—No, fui con mi ex, Piers.

Joel da un sorbo de vino y no hace ningún comentario.

Trato de pensar qué decir, cuál es la mejor manera de describir unas vacaciones que fueron tan maravillosas como espantosas.

—Fue… Pasé mucho tiempo explorando la ciudad sola, los parques, las ruinas, dando paseos junto al río. Descubrí una jardín de rosas increíble… —Recuerdo ese día de cielo despejado, con el aire saturado de la fragancia de los rosales—. En fin, Piers casi no salió del hotel. Se pasó la mayor parte de las vacaciones en la piscina. Éramos polos opuestos, la verdad. Él era un poco donjuán, iba muy rápido. Roma fue nuestra tercera cita, en realidad. Fue idea suya, no mía.

Joel sonríe.

—Sí que era rápido, sí.

—Con él siempre había drama, ¿sabes a lo que me refiero? Que si disputas, que si deudas… Desaparecía de vez en cuando. Siempre estaba peleándose con gente, iba de crisis en crisis. Al principio, creía que debía estar con alguien que no fuera para nada mi tipo… —Se me apaga la voz—. Fue un error. Resulta que si tenemos tipos es por una razón.

Joel enrosca los espaguetis con el tenedor con una expresión ensombrecida.

—¿Quieres decir que es mejor ir sobre seguro?

Durante unos segundos, no sé cómo responderle.

—O al menos evitar tanto drama, supongo, sí.

Un pensamiento que soy incapaz de reconocer le aletea en el rostro, pero desaparece con la misma rapidez con la que ha aparecido.

22

Joel

Cuando regresamos del restaurante, ayer por la noche, contemplé la posibilidad de invitar a Callie a casa a tomar un café. Durante unos segundos, tuve las palabras en la punta de la lengua.

Pero, en el último segundo, me frené.

Callie me dijo que no quiere dramas: otro recordatorio apabullante de por qué esto no puede ir más allá. A lo largo de toda mi vida, mis días y mi humor han respondido siempre a mis sueños, y se han manifestado como una montaña rusa. Tal y como señaló Vicky, encarno lo contrario a la estabilidad, soy la antítesis de la seguridad.

Así que dejé que las palabras se me disolvieran en la boca, dulces y breves, como un sorbete.

Y, cómo no, hice una actuación espantosa en el momento de despedirme. Vacilé, torpe, y opté por dos besos para los que ni ella ni yo estábamos preparados. Para colmo, farfullé algo inexplicable sobre Europa cuando nos entrechocamos con la nariz.

He tratado de pasar desapercibido desde entonces.

He acudido a casa de mi padre con la esperanza de descubrir la verdad en relación a lo que soñé. Por suerte, se pasa cada viernes en la otra punta de la ciudad, absorto en su afición a la carpintería. Vuelve a casa cubierto de serrín y virutas, oliendo a madera cortada.

Una vez soñé que se cortaba un dedo, y lo desconcerté cuando, poco después, le regalé unos guantes resistentes a los cortes. Al final, todo salió bien, porque papá ha llegado a esa edad en la que va alternando los guantes: de cuero para conducir, de látex para la estación de servicio, de goma para limpiar y un par con muñecas más largas para fregar el váter.

Tiene cajas en las que guarda las cosas de mamá, en la antigua habitación de Tamsin. En raras ocasiones he posado los ojos en ellas desde que las metió ahí, y ahora recuerdo por qué.

Papá clasificó en categorías la persona que era mamá. Tal vez se vio obligado a hacerlo. Se dice que el luto es un proceso, y ya lo creo si lo procesó: «ROPA», «LIBROS», «ZAPATOS», «VARIOS», «PAPELEO».

Dejo la taza de café y saco la caja que reza «VARIOS». Tengo que darme prisa: como conmigo, uno puede fiarse de que papá se ciña a sus hábitos y rutinas, pero tiene un sexto sentido policíaco para pillar a la gente.

La caja está llena de fotografías atadas con gomas elásticas y artículos viejos que mamá arrancó de diarios y revistas. Recibos y otros recuerdos, como el platito de cristal artesanal que papá le regaló un año, por Navidad. Cajas de joyas, e incluso un par de perfumes. (No me atrevo a tocarlos, menos aún alzarlos. Me da demasiado miedo reencontrarme con su fragancia, volver a sentir el aroma de su abrazo. Durante la quimioterapia, la piel se le volvió tan sensible que no podía echárselo, y no dejaba de decir que no se sentía ella misma sin el perfume. Durante mucho tiempo, después de que muriera, la casa tampoco parecía la misma. No cuando su fragancia se había extinguido para siempre).

Paso las fotografías. Son fotos de la familia que no fueron seleccionadas para ocupar los álbumes que tenemos abajo. Ninguna me ofrece ninguna pista. Así que me acerco a la caja denominada «PAPELEO». Supongo que espero encontrar una partida de nacimiento o un fajo de cartas. Algún rastro de papeleo relacionado con mi pasado, quizá. Pero no hay nada. Solo páginas y páginas de correspondencia financiera y de seguros, una pila enorme de facturas del hospital. Es extraño ver la primera, la carta dirigida al médico de cabecera de mamá de parte del especialista en la que confirma los resultados de la biopsia.

Unas pocas palabras en una página, y nuestras vidas cambiaron para siempre.

Vuelvo a mirar en mi libreta lo que me decía papá en el sueño. La tristeza se arremolina y borbotea en mi interior, potenciada todavía más por los recuerdos que acabo de hojear.

Entonces, abajo, se oye un portazo.

—¿Joel?

Es mi hermana. Me relajo.

—Hola —le respondo a gritos.

—He visto el coche.

—Un momento.

Devuelvo todas las cosas a las cajas y las dejo donde estaban, sobre la alfombra. Bajo al trote las escaleras para encontrarme con mi hermana. El abrazo que nos damos me brinda apoyo, y recuerdo la noticia que nos contará en primavera. Me ayuda un poco pensar en vida nueva cuando, por enésima vez, vuelvo a hundirme en el dolor.

—¿No deberías estar en el trabajo?

—Es la pausa para comer. —Levanta una bolsa de plástico. Lleva las mangas de su blusa fucsia arremangadas hasta los codos—. Solo voy a dejar unas cositas en la nevera.

—¿Como cuáles?

—Comida para calentar.

La miro de hito en hito.

—¿Cuánto llevas haciéndolo?

—No pasa nada. —Se aleja y se mete en la cocina. Abre la nevera y empieza a llenarla de cajas de plástico.

—¿Desde que te fuiste de casa?

Se encoge de hombros.

—Ay, puede. Empecé entonces, supongo, y… Nunca he querido dejar de hacerlo. Me parecía mal.

He visto esas cajas infinidad de veces. Siempre he supuesto que papá estaba un poco obsesionado con su nutrición personal. Nunca se me había ocurrido preguntar.

Es algo que hacen los hijos, cuidar de sus padres cuando estos se hacen mayores. ¿Puede que nunca se me ocurriera preguntar porque, en cierta manera, presentía que algo no terminaba de cuadrar?

Me inunda una oleada de tristeza. Ahora la noto a nivel físico, al mirar a Tamsin. Puede que solo seamos hermanastros: ¿por eso somos tan distintos físicamente? Tamsin y Doug, con su pelo bermejo y los ojos del color del cielo de un día de verano, en oposición a mí, pelo azabache como una sombra. Alguna vez recibí comentarios por parte de los compañeros de clase cuando era pequeño, pero mamá me aseguraba que ella tampoco se parecía en nada a su hermana. Para mí, fue explicación suficiente. Así que lo acepté, y se convirtió en mi réplica cada vez que alguien me tomaba el pelo. No le di más vueltas.

Trato de ocupar mi cabeza con pensamientos más alegres. Como la próxima actuación estelar de Amber en la obra de la Natividad. Y la bicicleta que recibirá por Navidad, cosa que aún no saben ni los propios Tamsin y Neil.

Mientras Tamsin termina de organizar los contenidos de la nevera, trato de centrarme.

—Oye, Tam, ¿sabes si alguna vez pasó algo raro entre papá y mamá?

—¿Raro en qué sentido? —Se incorpora.

Su expresión confusa me hace sentir descuidado. No puedo dejar que piense que he descubierto indicios de una aventura amorosa ni nada parecido. Tampoco es que tenga pruebas.

—Da igual. No te preocupes. No debería haber dicho nada.

—¿Sabes? —comenta, con aire pensativo—. A veces me pregunto si deberíamos convencer a papá de que tenga citas.

Fuerzo una sonrisa.

—No me imagino a papá echando una cana al aire.

Me devuelve la sonrisa.

—No sé de qué me suena.

Cambio el peso a la otra pierna.

—Quiero que encuentres a alguien. —Se me acerca con sigilo y me da un apretón en el brazo—. Con lo encantador que eres.

—Y con lo poco objetiva que eres tú. De todas formas, estoy feliz soltero y sin compromiso. —Cuanto más lo diga, puede que antes empiece a creérmelo.

—Quiero que encuentres el amor. —Tamsin parece más decidida en este sentido de lo que me gustaría.

—No me interesa. En serio.

—Bueno, querrás conocer a alguien. Doug dice que casi practicas el celibato.

«Ya he encontrado a una chica, Tam. Y es encantadora, y seductora, y preciosa como una mariposa. Pero hay demasiadas razones por las que no podría funcionar».

—Doug dice muchas cosas.

—Entonces, ¿no es verdad?

No me apetece profundizar con mi hermana pequeña en los detalles de la relación que mantengo con Melissa.

—Vale, que te quede claro: no vamos a hablar de este tema.

—Ha pasado mucho tiempo desde que estuviste con Vicky.

Pensar en el rostro de Vicky me recuerda lo injusto que sería arrastrar a Callie al abismo de mi disfuncionalidad.

—Vicky está mejor sin mí.

Tamsin insiste.

—¿Te he hablado alguna vez de Beth? Trabajo con ella y es un encanto. Te la podría presentar…

Mientras Tamsin sigue deshaciéndose en alabanzas sobre Beth, recibo un mensaje en tono desenfadado de Callie: ha recogido un paquete que iba a mi nombre. Ha añadido emoticonos. Me alivia ver que el desastre de los dos besos de anoche no la ha desalentado de seguir conociéndome.

Le doy un beso en la mejilla a mi hermana.

—Te quiero, Tam.

Salgo de la cocina y bajo las escaleras.

—¿Qué dices que estabas haciendo aquí? —me pregunta.

—Investigar —mascullo, seguro de que no me va a oír.

23

Callie

Ha pasado una semana desde la noche que fui a cenar con Joel, desde que me hizo emocionar con la historia de Pillo. Tuve presente ese momento durante la entrevista que hice ayer en Waterfen, y traté de hacer honor a lo que me dijo sobre la pasión.

Estoy comprando por el centro cuando recibo la llamada y mantengo una conversación que me hace estallar de alegría.

Tengo intenciones de hacer una incursión en mi piso y cepillarme el pelo antes, al menos, pero cuando llego a casa, la necesidad de llamar a la puerta de Joel es demasiado fuerte.

Está chorreando cuando abre, y tan solo lleva una toalla atada en la cintura. La piel, sedosa por el jabón, está perlada de gotitas que parecen rocío.

Me quedo en blanco y trato de centrarme en lo que he venido a contarle:

—Lo siento —me dice él antes de que pueda abrir la boca—. Quería abrir la puerta antes de que...

—Joel, me lo han dado.

—¿Qué te han dado?

—Fiona me acaba de llamar. Me han dado el trabajo en Waterfen: contrato de un año.

—Callie, es increíble. ¡Felicidades!

Cuando nuestros ojos se encuentran (solo un instante, justo antes de que a él se le escape una leve carcajada y clave la vista al suelo), me doy cuenta de lo mucho que me gusta, lo bastante como para que no me importe si esto es o no es lo correcto.

Alza la cabeza cuando doy un paso adelante. Vacilamos unos segundos; nuestros rostros están tan cerca que casi nos tocamos con la punta de la nariz. La sangre me hierve de excitación. Podría medirme el pulso en kilovatios. Me pongo de puntillas para besarlo y él me lo devuelve, con suavidad al principio, como si preguntara, y luego con más ímpetu y vigor mientras nuestras bocas se entrelazan. Noto la calidez de su mano entre el pelo y nos pegamos aún más. Siento su cuerpo templado, firme y mojado de la ducha. Percibo cómo se estremece de placer, y durante un breve instante no puedo pensar en otra cosa que no sea su sabor, la presión húmeda de sus labios sobre los míos, la dulce fragancia de su gel de baño.

Al final, me separo y tomo aire.

—Lo siento —murmura, y echa un vistazo a mi blusa, mojada ahora por el contacto con su piel.

Afuera ha empezado a llover, un ritmo percutido y tranquilizador sobre los capós de los coches y las losas de la calle, sobre el esqueleto desnudo de los árboles.

Sonrío y me muerdo el labio.

—No pasa nada.

—Callie, eh… —Abre un poco más la puerta para dejarme pasar—. ¿Podrías darme unos… cinco minutos? Debería ponerme algo de ropa primero.

De pronto, me invade la timidez. El corazón me va a mil, como un pistón.

—Tengo que sacar a Murphy, de todas formas. Voy a hacerlo.

Joel asiente.

—Dejaré la puerta sin cerrar.

24
Joel

Me observo en el espejo del baño, en la ventana que he dibuja-do en el vapor que llena la estancia.

Me está costando recobrar la respiración, como si alguien me hubiera rodeado los pulmones con un cordón y tirara fuer-te de él.

«Quiero parar esto, pero no puedo. Soy incapaz de seguir resistiéndome. Me gusta demasiado».

Me apoyo en el lavamanos y agacho la cabeza. Pensar en Callie y yo, juntos… Parece natural e inevitable. Como el pri-mer cielo claro de primavera, como un árbol que se alza impo-nente en el bosque.

Y ese beso… Bueno, lo he revivido infinitas veces en el lapso de estos escasos minutos.

Sin embargo, todavía siento que voy sin rumbo, sin salvavi-das. Vuelvo a pensar en la promesa que me hice hace años para proteger mi corazón y mi cordura.

Y su corazón y su cordura.

Alzo la cabeza y contemplo lo que queda de mi reflejo. Y ahora sí: llega el reflejo que me he entrenado a tener, similar a pisar el freno de mi cerebro. Pienso en lo poco que me conoce. En cómo cambiaría su expresión si se lo contara todo.

Y aun así… Toda la lógica del mundo no es capaz de con-trarrestar ese beso. Y esa es la razón por la que, cuando oigo el timbre, aunque todavía me estoy vistiendo, salgo disparado a responder.

Porque, a pesar de todo, cinco minutos sin Callie ya me parecen eternos.

Pulso el interfono.

—Hola.

—Hola, cielo.

El corazón se me hiela de golpe.

—¿Melissa?

Se ríe.

—Joel.

—¿Qué haces…?

—¿En serio lo has olvidado?

Me asalta un escalofrío. Apoyo la frente sobre el interfono. «Por favor, por favor, que no sea hoy su cumpleaños».

—¿Me vas a dejar entrar o no? Está diluviando.

Cierro los ojos. «¿De verdad quiero ser ese tipo de tío?».

—Lo siento. Un momento. —Le abro para que entre y así, al menos, me pueda explicar.

No la veo desde la noche de Halloween, hace casi un mes. Recuerdo vagamente que mencionara su cumpleaños cuando empezamos a besarnos y nos enzarzamos en nuestra rutina habitual. Incluso puede que exista la posibilidad de que le murmurara algo referente a que podía venir aquí esta noche. Todo esto es por mi culpa.

Abro la puerta del apartamento.

—Me vas a echar, ¿verdad? —De pie en el pasillo, se baja la capucha. Se abre el abrigo. Tiene la piel del tono caramelo típico de las vacaciones de verano.

Niego con la cabeza.

—Lo siento. Es que… He hecho otros planes.

Hasta hace diez minutos no era cierto, técnicamente. Así que me siento el doble de mentiroso por decírselo así.

—Otros planes… ¿con otra chica, quieres decir?

Mi mirada se lo confirma.

—Pero, de todas formas, has dejado que viniera hasta aquí.

—Lo había olvidado —admito, al fin—. Lo siento.

131

No dice nada. Durante unos segundos, creo que se va a poner a llorar. Nunca he visto llorar a Melissa; de hecho, a veces me he preguntado si sabría hacerlo.

Se recupera en un instante.

—Bueno, ¿puedo entrar para hacer pis, al menos? Voy a reventar.

—Claro. Lo siento. Claro, pasa.

Y justo cuando me hago a un lado para dejarla pasar, alzo la mirada. Callie está en el rellano de las escaleras, inmóvil como una gacela asustada, y junto a ella, Murphy.

Pero antes de que pueda abrir la boca para pronunciar su nombre, ha desaparecido.

Segunda parte

25

Callie

«Dime que con el tiempo será más fácil echarte de menos. Creía que lo sería, pero parece que cada vez es más duro.

Quiero oír tu voz en la vida real, no solo recordarla. Quiero reírme contigo y besarte. Explicarte todo lo que he estado haciendo. Que me abraces, sentir tu rostro junto al mío.

Pero sé que escribir esto será lo más cerca que estaré de conversar contigo. Así que, por ahora, fingiré que estás aquí, junto a mí, y que estoy hablando contigo. Tal vez me ayude a dejar de querer verte, aunque sea una última vez.

Ojalá estuvieras aquí, de verdad. Te echo mucho de menos, Joel, más de lo que soy capaz de soportar».

26
Joel

Melissa está en el baño con la puerta entornada, en pleno sermón, y, mientras parlotea, no dejo de dar vueltas por el salón. Me muero por subir las escaleras corriendo y decirle a Callie que no es lo que parece. (Incluso me pregunto si me daría tiempo a hacerlo mientras Melissa acaba lo que está resultando ser el pis más largo de la historia).

—... es que, a ver, tú nunca te olvidas de nada. Nunca. Pero si incluso recuerdas qué día es el cumpleaños de mi madre, por favor.

Por fin, la cadena, y luego, el ruido del agua corriente.

—Bueno, ¿y quién es? —Reaparece, se detiene en el umbral y se cruza de brazos. El corazón se me encoge cuando advierto la elegancia de su vestido y los rizos que se ha hecho.

—Es la vecina de arriba, ¿verdad? La que nos encontramos en la tienda. Vi que te gustaba por cómo te pusiste conmigo.

Entonces me viene a la cabeza Dominic, el tipo con el que Melissa ha estado quedando a principios de mes. Tampoco es que quiera echárselo en cara. Pero el entendimiento que tenemos siempre ha sido eso: un simple entendimiento.

—¿Por qué quieres hacerme sentir mal?

—No quiero. Quizá es que tú te sientes mal.

—Lo siento, Melissa.

—¿Y ahora tengo que coger el coche y hacer todo el camino de vuelta a Watford con este tormentón?

Un torrente de lluvia explota contra el cristal justo entonces, como un aplauso sarcástico dedicado a mí.

Devuelvo la mirada a Melissa y pienso en todas las veces que ha recorrido la M1 para verme, y en que yo nunca lo he hecho porque detesto alejarme de casa. Pienso en cómo ha aceptado todas mis rarezas y casi nunca ha cuestionado mi comportamiento.

Con o sin entendimiento, Melissa me ha dado mucho más de lo que yo le he devuelto.

Suspiro.

—Claro que no. Puedes quedarte. Pero tendría que…

Me ofrece una sonrisa sardónica.

—No la plantes por mi culpa.

Se produce un momento de tensión.

—Escucha, Melissa… No va a pasar nada esta noche. Entre tú y yo, digo.

Su sonrisa se ensancha, como si acabara de decirle una cucada.

—Ay, si ahora resultará que tienes principios, y todo.

—Tampoco te creas. —Me miro los pies.

—Creía que no querías tener una relación. Creía que lo que querías era estar sin compromisos.

—Sí, pero entonces… —Titubeo. Me encuentro con su mirada justo cuando no debía.

Se produce una larga pausa.

—Bueno, pues debe de ser una persona muy especial —añade. Acto seguido, se enciende un cigarrillo y se dirige a la cocina a servirse una copa de vino.

27

Callie

Una vez he cerrado la puerta a la escena con la que me he topado, me hundo en el cárdigan de lana más cómodo que tengo y me hago una trenza. Entonces, vierto un chupito de *whisky* en la taza de aves marinas de Escocia —el recipiente limpio que tengo más a mano— y trato de saborear la quemazón cuando me lo bebo todo de un trago.

Justo en ese momento, oigo que llaman a la puerta.

Con cautela, la abro.

—Lo siento mucho, Callie. —Joel parece desolado—. No tenía ni idea de que iba a venir.

Ahora lleva unos vaqueros y una camiseta y el pelo alborotado, como si se hubiese limitado a pasarse la toalla por la cabeza. Trato de no recordar cómo estaba tras abrirme la puerta: el pecho al descubierto, la piel cálida, la respiración entrecortada y un deseo inapelable de mí.

O eso creía yo.

—No pasa nada. —Me he permitido verter unas pocas lágrimas en silencio con el *whisky*, y ahora me preocupa que Joel lo note—. Sabía que estabas con ella y he preferido ignorarlo.

—No me parecía que fuera de esos, pero he tenido todos los indicios delante de las narices.

—No, Melissa y yo... no estamos juntos. De verdad. Lo nuestro es... es...

Mientras su voz vacila hasta dar paso al silencio, me doy cuenta de que he estado esperando que dijera algo más paliativo.

Lo vuelve a intentar con tono bajo.

—Le he dicho a Melissa que podía quedarse, solo por esta noche. Viene de lejos. Pero te prometo que no va a pasar nada.

Reprimo los recuerdos de oírlos juntos, la noche de Halloween.

—De verdad que no tienes que...

—No, Callie, si tú me gustas mucho...

Lo corto con un asentimiento, pero no digo nada. Ya no estoy segura de lo que significan sus palabras.

Arriba, la lluvia repiquetea en la claraboya del hueco de las escaleras, como si tratara de terciar.

—¿Puedo venir mañana?

Frunzo el ceño.

—No sé si...

—Por favor, Callie. —Inspira de forma entrecortada, como si cada palabra fueran esquirlas de cristal—. Solo ha sido una mala coincidencia. Nada más.

—Voy a salir —le digo con un hilo de voz, aunque hasta ahora no lo sabía—. Será mejor que vaya a vestirme.

Parece tan afligido que de pronto me invade la rabia por que se eche todo a perder. Aparte de lo demás, ese beso ha sido, con diferencia, el mejor de mi vida.

Suspira con un silbido.

—De acuerdo. Bueno, que te lo pases bien.

—Lo intentaré.

Sin embargo, no se vuelve para irse, y no me deja otra opción que decirle buenas noches y cerrarle, con mucha suavidad, la puerta en las narices.

28

Joel

Aunque me asalta la necesidad acuciante de asestarle un puñetazo a lo que sea, logro resistirme a partirme los nudillos en la pared que tengo más a mano. Quiero volver a llamar a la puerta de Callie, volver a intentar explicarme mejor. Pero me ha dado una oportunidad que no he aprovechado. Así que bajo las escaleras con ganas de tener tiempo para pensar.

Cuando entro en mi apartamento, descubro que Melissa se ha quitado el vestido. Exhibe sus piernas desnudas bajo una de mis camisetas, con el pelo de color caramelo suelto sobre los hombros. Me obliga a detenerme en la puerta con una copa de vino tinto en la mano. Me acaricia el pómulo con el dedo y acerca el rostro pecoso al mío. Huele a humo de cigarrillo y a un perfume que me es tan familiar que lo asocio solo al hecho de besarla.

—No se lo diré a nadie, guapo.

Con todo el tacto del que soy capaz, me alejo y me dirijo a la cocina.

—No es una buena idea.

Se acomoda en el sofá y se sienta con las piernas cruzadas, de forma que, si la miro, vea su ropa interior.

—¿Puedo hacerte una pregunta?

—¿Tienes hambre? ¿Quieres que pida una *pizza*?

—¿Qué tiene ella que yo no tenga?

«No es tan sencillo», quiero responderle. «Lo mucho que me gusta Callie no va de pros y contras, ni de comparaciones ni preferencias».

Aunque suene demencial, la conexión que siento con Callie parece más primaria que todo eso, innata y natural, como un relámpago o una ola. Un huracán de sentimientos.

Evoco cómo me ha mirado Callie hace escasos segundos, con los ojos despedazados con sus motitas verdes y doradas, una belleza rota.

—¿De *pepperoni?* —pregunto, con delicadeza, para no tener que responderle.

29
Callie

Salgo del apartamento poco después. He quedado con Esther en el centro para tomar unos mojitos en una cita improvisada. No habría soportado oír otra vez a Joel y Melissa haciéndolo. Al menos, si me voy a tomar algo con ella, no estaré celebrando que me han dado el trabajo yo sola en la cama con los tapones puestos.

Nos sentamos en la barra y bebo con prisa, como hace la gente cuando trata de suavizar un golpe, y durante casi una hora ni siquiera menciono a Joel.

Pero, al final, llega el momento en que Esther pregunta, así que le cuento lo de Melissa.

—Espera un momento: ¿que no es una prostituta? —pregunta Esther, con la memoria enturbiada ahora por los mojitos.

—No, solo se disfrazó de prostituta por Halloween.

—¿Cómo te disfrazas de prostituta por Halloween?

—Por *Pretty Woman*.

Esther hace una mueca de desaprobación, tanto por la película como por lo de Halloween.

—¿Y se va a quedar a dormir en su casa?

Su expresión refleja tanta lástima que es casi humillante.

—Por favor, dime que no te lo crees. Es como Piers, la historia se repite.

—Joel no es Piers. No podrían ser más opuestos.

Esther ataca un cubito de hielo con la pajita.

—¿No te acuerdas de la vez que Piers anuló la cena porque su «prima» se quedaba a dormir, y resultó ser una chica que había conocido en el campo de golf?

Me encojo de hombros y doy un sorbo en un intento por aliviar el escozor de ese recuerdo. No funciona tan bien como me esperaba.

Esther trata de insuflarme algo de sensatez con un apretón en la mano.

—Es que no estoy segura de que estar con él sea bueno a largo plazo, Cal.

—¿Por qué no? —le digo, desesperada porque se le ocurra un solo argumento que yo pueda refutar de forma convincente.

Acerca su cabeza a la mía con la solemnidad de la embriaguez.

—Te ha dejado plantada por una chica que se ha presentado por sorpresa en su casa.

La verdad, yo también estoy un poco borracha, lo que hace que sea aún más difícil refutarlo.

A la mañana siguiente, descubro que no me queda café, pero como no puedo arriesgarme a toparme con Melissa, me siento junto a la ventana del salón y espero a que esta se vaya. Hoy, el cielo es del tono gris de las plumas de ganso y el aire desprende el aroma de la lluvia de finales de noviembre. De un árbol cercano que florecerá en primavera surge el grito de alarma del petirrojo. Contemplo cómo el mundo se despierta y estira los músculos. Las cortinas se abren y la calle se despereza acompañada de la acostumbrada sinfonía de pasos, puertas que se cierran y motores que se estremecen. Las siluetas se tornan nítidas a medida que el cielo va cobrando fulgor y luminosidad, atravesado por el vapor de las chimeneas.

Antes de lo que me esperaba, hace acto de presencia, esquivando charcos, con el pelo color melaza suelto y bailando sobre los hombros. Lleva uno de esos abrigos con cuello de pelo sintético y un coche que debe de costar veinte veces mi alquiler. Abre la puerta y entra en el coche sin volver la vista atrás.

Me pongo en movimiento en cuanto las luces de freno titilan desde el extremo de la calle.

Por desgracia, no se ha ido muy lejos, porque me topo con ella en las neveras de la tienda del barrio. Es una de esas terribles personas que no necesitan maquillaje para atraer todas las miradas, de esas que tienen el tono de piel perfecto, las pestañas magníficas y una estructura ósea espectacular.

Para mi sorpresa, me sonríe, y es una sonrisa mucho más agradable que la última que me dirigió. Espero que no sea porque acaba de pasar la mejor noche de su vida, aunque debo reconocer que existe tal posibilidad.

—No puedo conducir sin esto —me dice, y alza el envase de café helado. Supongo que es lo que la gente suele hacer en situaciones incómodas: entablar conversaciones banales sobre lo que sea que estén haciendo—. Se ha quedado sin leche, y no soporto el café solo.

«Se ha quedado…», pienso. «No hace falta ni decir su nombre. Las dos tenemos en mente al mismo hombre».

Transcurren unos segundos y me doy cuenta de que Melissa está esperando a que yo diga algo.

—Oye, de haber sabido que erais…

—Nunca dijimos que tuviéramos nada serio. Joel no es de esos, la verdad.

Soy incapaz de percibir si le importa o no.

—Claro.

—No te lo ha contado, ¿verdad? Los… problemas que tiene.

Respondo que no, porque supongo que lo sabría si me lo hubiese contado. Mientras Melissa inclina la cabeza y baja la voz, me atenaza la culpa porque, con excepción de los sucesos de la noche anterior, Joel ha sido encantador conmigo. Sin embargo, aquí estoy, chismorreando sobre él *in absentia*. Me hace un gesto para que me acerque, retándome a cruzar esa línea.

No se lo pido, pero ella me lo cuenta de todas formas:

—Es un lobo solitario, Joel. Tiene... problemas emocionales. Está terminantemente en contra de tener cualquier tipo de relación. ¿Te has fijado en la libreta que lleva consigo a todas partes?

Quiero irme de aquí, pero no deja de echarme migajas de información a modo de cebo.

—¿Sabes lo que escribe?

Y así, me pesca. Pico:

—No.

Vacila, sin duda a propósito, y se muerde el labio.

—Ay, quizá debería dejar que fuera él quien te lo contara.

Me domina la urgencia repentina de agarrarla del brazo y obligarla a continuar, pero, en el último momento, me resisto. «Si hay algo que Joel tiene que contarme, tiene que ser él».

—Vale —digo. Me encojo de hombros y trato de dejarla atrás.

—Es un poco una locura. No me creerías si te lo contara.

La miro a los ojos.

—No quiero saberlo. ¿Me dejas pasar?

Una sonrisilla de satisfacción.

—Tienes razón. Si yo fuera tú, también preferiría vivir en la inopia.

—Perdona —le digo con un hilo de voz—. Tengo prisa, llego tarde.

Observo la puerta de Joel al volver a casa, pero no me detengo. Voy directa hacia mi apartamento.

30

Joel

Steve apoya unos glúteos sólidos como una roca en el extremo de una mesa del diminuto despacho del gimnasio.

—Has tenido suerte. El próximo cliente no me llega hasta las doce.

Me quedo junto a la puerta, con las manos en los bolsillos traseros, y lamento no haberme puesto más capas. El gimnasio de Steve no tiene calefacción, puesto que es uno de esos lugares a los que la gente va a sudar de verdad.

El pulso me va a toda velocidad, equiparable al ritmo de la música *house* que resuena al otro lado de la puerta, y no por culpa del café que me acabo de meter entre pecho y espalda. «Ha llegado el momento. No hay vuelta atrás. Por favor... créeme, Steve».

—Necesito saber que puedo confiar en ti.

Steve se cruza de brazos. Toda una hazaña cuando tus bíceps se asemejan a bolas de bolos.

—Claro.

—No, en serio. Necesito saber que lo que te voy a contar no llegará a otros oídos. Incluidos los de Hayley.

Me mira con recelo, como si le acabara de pedir que me convierta en Arnold Schwarzenegger.

—¿Estás metido en algo ilegal?

—No.

—De acuerdo. Entonces no llegará a otros oídos.

Vuelvo a sentir que estoy al borde del precipicio. Solo que esta vez, voy a saltar. Lo noto a nivel físico: el peso abrasador de la náusea. Es la primera vez desde la universidad, desde que el médico me echó entre burlas de su consulta.

—Cuando estudiabas… ¿te encontraste alguna vez con casos de personas que fueran videntes?

Se produce un silencio cargado de tensión.

—Depende de a qué te refieras con «videntes» —contesta Steve, al final.

—¿Qué… qué opciones hay?

Cambia el peso.

—Videntes de la tele. Clarividentes a los que llamar con la tarifa máxima…

—No. Me refiero a personas que de verdad son capaces de predecir el futuro.

Se toma unos segundos para reflexionar. La pausa es más larga esta vez.

—¿Tú puedes?

El estómago se me encoge. Me tiro por el precipicio.

—Sí.

—¿A qué te refieres? ¿A cosas que pasan en el mundo? ¿El número de la lotería?

—No, no. Yo… sueño.

—¿Qué sueñas?

—Veo lo que le va a pasar a las personas que quiero.

Hasta ahora, no sabía que el silencio podía ser tan inquietante. Mi corazón se desploma al vacío mientras examino su expresión en busca de indicios de incredulidad.

Ocurre el milagro y no detecto ninguno.

—Sigue.

Me cuesta asimilar que aún no se haya reído o haya insinuado que salga a dar un buen paseo. Su serenidad llega a tal punto que por poco me olvido de lo que tengo que decir.

—Venga, Joel. Te escucho.

Así que inspiro hondo y me pongo a hablarle de Poppy, su hija, mi ahijada. Le describo el sueño que tuve: la espeluznante escena en la que Steve se olvidaba de frenar en un cruce y se estrellaba contra una farola. Y todo lo que vino después. Le explico que por eso le pinché las ruedas en septiembre.

Suelta una maldición en voz baja y aprieta la mandíbula. Mira por la ventana como si le apeteciera sacarla del marco a puñetazos.

—¿Qué más?

Continúo: le cuento lo de Luke, y luego paso a mi madre y su cáncer; al futuro embarazo de mi hermana. Le explico lo que ocurrió con Kate, y lo de mi padre.

Le ofrezco la libreta para que la vea. Es la primera vez en mi vida que se la enseño a alguien. Es como si Steve pudiera hurgar directamente en mi cerebro abierto: mis sueños, pensamientos, planes, angustias e ideas. Cualquier cosa medianamente relevante está en esas páginas.

¿Pensará que estoy loco? ¿Se reirá, como hizo mi médico de cabecera hace años? ¿Me recomendará que me someta a algún tipo de examen de salud mental?

¿Y qué haré, entonces? Porque más verdad no puedo ofrecer ya.

Steve hojea con aire vacilante la libreta.

—¿Has detectado algún patrón?

—No. Suelo tener un sueño la mayoría de las semanas. Puede ser bueno, neutro o malo. Nunca sé cómo será.

No debería sorprenderme, supongo, que vea más cosas buenas o neutras que malas. Refleja el equilibrio de la vida de mis seres queridos. Pero lo malo, cuando hace acto de presencia, supera con creces al resto.

Estoy desesperado por conseguir que todo esto pare. Porque quiero estar con Callie.

Steve se vuelve y arranca la primera página del calendario motivador que tiene en el escritorio. La frase del día me indica que para presumir hay que sufrir.

Agarra un bolígrafo y se pone a escribir.

—¿Te ha estudiado algún médico?

—Solo uno, en la universidad.

—¿Y qué te dijo?

—Que saliera de la consulta y no volviera.

Sin dejar de garabatear, Steve alza una ceja.

—¿No sugirió que podría estar relacionado con la ansiedad?

—No sugirió nada. Pero, Steve, aunque tuviera ansiedad… Es que soy capaz de predecir el futuro.

—¿Alguna vez has soñado algo que no se haya hecho realidad?

—No se hacen realidad si intervengo. Todos los sueños que tengo… son proféticos.

Steve no para de escribir. Pero he empezado a desanimarme, porque todavía no ha propuesto la razón que estoy desesperado por encontrar.

En el fondo, creo que sabía que Steve no sabría qué hacer. Que salir de aquí con una solución instantánea habría sido un milagro.

—¿Alguna vez has tenido una enfermedad grave?

—¿Cuenta esto?

—No.

—Entonces, no.

—¿Alguna lesión cerebral? ¿Algún golpe en la cabeza que recuerdes, aunque sea?

—No. Ninguno. ¿Por qué?

—Estoy un poco oxidado, pero me pregunto si podría estar relacionado con tu lóbulo frontal y temporal. Tal vez con el hemisferio derecho. —Agita el bolígrafo por la frente, como si eso pudiera ayudarme a entenderlo.

Y lo entiendo, en términos generales, gracias a las clases de neurociencia veterinaria de la universidad. Pero nunca he sido capaz de tender un puente entre mi conocimiento médico y los sueños. Es lo que esperaba que Steve fuera capaz de hacer.

Steve baja el bolígrafo.

—Mira, Joel, no he estudiado el tema en veinte años. Podría decirte algunas cosas generales, pero la verdad es que serían suposiciones. Lo que sí puedo ofrecerte son algunos contactos. Me pregunto si Diana Johansen podría ayudarte con esto.

—¿Quién es?

—Ahora es una de las neurocientíficas más importantes. Estudié con ella. Estoy seguro de que podría conseguirte una visita con ella. Lidera un equipo de investigación en la universidad, tiene contactos en todos sitios.

—¿Crees que podría investigar?

—Tal vez. No sé muy bien cómo funcionan estas cosas ahora. Para cualquier cosa oficial, tendrá que solicitar fondos. Tendrán que firmarse autorizaciones del comité de ética, y tal vez tengas que someterte a exámenes médicos minuciosos.

—Con eso quieres decir —intervengo, con tono grave— que no existe ninguna solución rápida.

—No pensarías que habría una pastilla para esto, ¿no? — Su tono se suaviza, como si estuviera consolando a un bebé al que le están saliendo los dientes.

Entonces, siento un peso en el pecho: la desesperanza, pesada como una mancuerna.

—Supongo que no.

—Oye, haré todo lo que pueda, te lo prometo. —Steve me mira a los ojos—. Y, por cierto… Gracias, Joel, por confiar en mí.

Asiento en reciprocidad y pasamos unos segundos en silencio.

Steve se rasca la barbilla.

—También tengo que decir que esto me ha tranquilizado.

—¿Te ha tranquilizado?

—Bueno, ahora entiendo muchas cosas. ¿Por eso te cerraste en banda con Vicky?

—Puede.

—¿Y qué pasa con Callie?

Pestañeo a toda velocidad.

—¿Qué?

—Has venido por ella, ¿verdad?

—¿Qué te hace pensar eso?

—La llamé la semana pasada para ver cómo le iba, si había algo que pudiera hacer por ella. Le pregunté cómo os llevabais y… —Sonríe—. Bueno, digamos que no hubo manera de hacerla callar.

Sé que oír esto debería alegrarme. Pero ocurrió antes de lo de ayer por la noche. Antes de que el dulzor del beso se agriara enseguida.

Todavía no hemos hablado. Esta mañana me he ido de casa una hora después de que se fuera Melissa, pero no he visto ni rastro de Callie.

—¿Se lo has contado?

—No.

—¿Y quién más lo sabe?

—Solo tú. Y ese médico de la universidad.

—¿No se lo has contado a tu familia? ¿Ni a amigos?

—No, a nadie.

Steve suelta el aire en un silbido.

—Oye, Joel, yo no tengo mucha idea, pero sé que hablar las cosas siempre es bueno.

—Solo con las personas adecuadas. Por eso he venido.

—Pero si se lo cuentas a Callie, puede que lo entienda. No lo sabrás hasta que lo intentes.

No respondo.

—De acuerdo. —Se lleva una mano a la nuca. ¿Le pesarán los hombros, me pregunto, de todo lo que le he explicado?—. Deja que hable con Diana; ese será el primer paso.

—Gracias.

—Oye, debería ser yo el que te diera las gracias. Aquella noche salvaste a Poppy de… —Pero el resto de lo que quiere decir se esfuma, y entiendo por qué. Porque ya es demasiado duro imaginarse ciertas cosas, más aún verbalizarlas.

Nos quedamos en silencio, mirándonos, mientras la música animada resuena al otro lado de la puerta del despacho. Es como si fuéramos dos borrachos que han echado de un bar cualquiera, tratando de recordar por dónde se vuelve a casa.

—Entonces, ¿me crees? —Incluso ahora, no estoy seguro de si me atrevo a confiar en la realidad.

—Sí —contesta con delicadeza—. Te creo, Joel.

En mi interior, un nudo tenso desde hace años empieza a deshacerse.

—Ojalá pudiera darte las respuestas que buscas. Pero llamaré a Diana esta misma tarde. Estoy de tu parte, Joel. Lo resolveremos, te lo prometo; será un trabajo en equipo.

Y es esa mención, el «trabajo en equipo», el que aguijona mis pensamientos. La perspectiva de convertirme en un sujeto de investigación, en un experimento de laboratorio. ¿Steve ha mencionado pruebas médicas, autorizaciones del comité de ética? Tal vez hablar con Diana atraiga publicidad, llame la atención. Tal vez la convierta en una de esas científicas que se vuelven famosas y aparecen en lugares que no tocan, como en concursos de televisión y programas de radio en los que se debate la subida del precio del inmueble.

—Deja que me lo piense —le digo—. No llames todavía a Diana. Hay unas cuantas cosas que tengo que hacer antes.

Fiel a mi palabra, le doy vueltas durante todo el camino de regreso a casa. Steve tiene razón. Debería confiar en Callie y contárselo todo.

Pero es mucho más que eso: por primera vez en mi vida, creo que de verdad quiero hacerlo.

31

Callie

A las tres en punto, aparece.

—Hola —dice, al otro lado del mostrador. Exuda firmeza y honestidad, como un tronco robusto, con su abrigo gris ceniza y el gorro negro de lana—. ¿Tienes cinco minutos?

—Tiene toda la tarde, si quieres —oigo que dice Dot antes de que pueda responderle. Me vuelvo y esta me señala el reloj—. En serio. Quedan dos horas para cerrar y prácticamente no hay nadie. Solo ese. —Señala con la cabeza al señor mayor que lleva una boina y está junto a la ventana—. Anda, hazme feliz y ve, por favor. Te prometo que te llamaré si la cola llega a la calle.

Dot no sabe nada de lo que ocurrió anoche. Ni siquiera le he contado que nos besamos.

Cuando miro a Joel siento que la tristeza florece en mi pecho: es una pena no verlo sonreír.

—Tengo una variedad interesante de perros fuera —se aventura—. ¿Te apetece traerte a Murphy y dar un paseo?

En la calle, presento a Murphy a los perros de Joel, a quienes les encanta saludarse a su manera: olisqueándose los traseros.

—El labrador rubio es Rufus. La maltés es Campanilla y el dálmata es Lunar. Hay otro más, Bruno, pero no se le da muy bien socializar, así que a ese lo paseo por separado.

Empezamos a caminar por la calle mientras los perros tiran de las correas. Una neblina invernal suspendida en el ambiente hace que todo el mundo parezca estar sumergido bajo el agua; el sol no es más que un puntito blanco y brillante en el cielo.

—Bueno, Callie... ¿Por casualidad, no te gustará el paseo pastelero?

—¿Te refieres a las tiendas de pasteles?

—No, es otra cosa. Hay quien diría que es incluso mejor.

A mi pesar, sonrío.

—¿A ver?

—Bueno, pues básicamente consiste en que un idiota te invita a un trozo de tarta acompañado de un paseo por el parque para disculparse y tratar de explicarse.

Recuerdo a Melissa y lo destrozada que me quedé ayer por la noche cuando los vi juntos. Pero solo con ver la expresión de Joel, sé que debo escuchar lo que quiere decirme.

Nos detenemos en la pastelería siciliana y luego nos dirigimos hacia el parque, donde dejamos sueltos a los perros. Se dispersan como hurones que salen de la jaula y se embarran en sus correteos.

—Toma, el último trozo para ti. —Joel me tiende la bolsa de papel como una ofrenda de paz.

Me como la última *sfincia* (una especie de bollo siciliano cargado de ricota, rebozado en azúcar y de un dulzor narcótico).

Se limpia el azúcar de los dedos.

—Bueno, no pude llegar a felicitarte como Dios manda por el trabajo. Es una noticia fantástica, genial.

Lo miro de reojo y, de pronto, me invade la timidez.

—No lo habría solicitado de no ser por ti. Y lo que me dijiste de que la pasión es importante me ayudó mucho.

Mientras caminamos, el aire me trae el aroma especiado de Joel. Al instante, me hace evocar el beso de anoche y la emo-

ción del momento, ardiente y penetrante. Un beso que esperaba que hubiese significado un momento mágico para los dos.

—Siento mucho lo que ocurrió ayer, Callie.

—¿El beso?

—¡No! Eso fue… increíble. Me refería a Melissa. Olvidé
que iba a venir. Hacía semanas que habíamos quedado.

Me está contando la verdad. Solo hay que ver la tensión
que refleja su rostro.

—Me la he encontrado esta mañana en la tienda —confieso—. No hemos hablado mucho rato. He… Me he ido corriendo.

Ante nosotros, los perros dan brincos y vueltas entre ellos.
Sus ladridos traviesos son el contrapunto a la gravedad que
pesa en el aire.

—Y no lo siento solo por Melissa, hay más cosas relacio-
nadas con todo lo que ha pasado. Y quiero contártelas, pero…
sé que no quieres dramas. Después de lo de Piers. —Parece
buscar serenarse y cierra un instante los ojos—. Lo siento, no
quería decirlo así. No tienes por qué comerte este marrón.

—No pasa nada —le aseguro en voz baja mientras me pregunto qué será lo que quiere contarme—. Puedes explicarme
lo que quieras.

Joel suelta el suspiro tranquilizador de un hombre que está
a punto de saltar de un trampolín muy alto.

—Lo siento. Está… está siendo más duro de lo que creía.

—No quiero hacerte sentir incómodo.

—No me haces sentir incómodo. Estoy más cómodo contigo de lo que me he sentido nunca con nadie.

Nos encontramos junto al embarcadero, donde se acumulan los botes de pedales encadenados durante el invierno. La
neblina baja fluctúa como el aliento sobre la superficie del lago,
como un camuflaje espectral para el ánade real en celo y los
gansos que cacarean. En la orilla contraria, el cobertizo de la
noche de Guy Fawkes se alza inmóvil y desierto.

—Tengo… —Joel se interrumpe y se frota la nuca—. Lo
siento. Me cuesta mucho.

Alargo la mano y le toco el brazo para que sepa que todo estará bien. Pero, en realidad, empiezo a sentir el mismo miedo que exuda Joel.

—Sueño cosas, Callie. —La voz le tiembla, como una radio con interferencias—. Sueño... lo que le va a ocurrir a las personas a las que quiero.

Los segundos transcurren lentamente.

—Eh... yo...

Joel se atreve a esbozar una sonrisa.

—Ya sé cómo suena.

Trato de pensar.

—Cuando dices que sueñas lo que va a ocurrir...

—Puedo ver el futuro. Días, meses, a veces años antes de que ocurra.

—¿Estás...?

—¿Haciendo una broma? —Me mira—. Por desgracia, no.

—No, te iba a decir que...

—Lo siento. Te he interrumpido. Dos veces.

—No pasa nada. Te iba a decir si estabas seguro de que los sueños... no son mera coincidencia.

—Ojalá.

Estamos de pie a orillas del lago. No tengo ni la más remota idea de qué hacer o decirle ahora. ¿Cómo puede ser verdad? Con todo, Joel me parece una de las personas más sinceras que he conocido nunca.

—Solo para que lo sepas, si te estás planteando salir corriendo —dice, señalando con la cabeza la dirección de la que provenimos—, no te lo reprocharía, de verdad. Puedo... volver a ser el rarito de abajo, si lo prefieres. Sin rencores, te lo prometo.

Me apresuro a tranquilizarlo.

—Para mí nunca has sido el rarito de abajo. —Pero aun así... Lo que me ha contado es sísmico, una fisura enorme en el campo de la lógica, y no tengo ni idea de qué hacer ahora con esto—. A ver, Joel, lo que me has dicho... desafía a la ciencia, a la realidad.

—Ya. Pero puedo tratar de explicártelo.

Así que retomamos el paseo mientras me habla de su primo Luke y el ataque del perro, que su madre murió de cáncer, de su familia, de lo que ha perdido y lo que no por los pelos, y de las noches atormentadas que se pasa elucubrando. Me explica la terrible experiencia que vivió con el médico de cabecera de la universidad. Me confiesa que detesta alejarse de casa por miedo a soñar algo espantoso en lo que necesite intervenir, y me doy cuenta de que esa debe de ser la razón por la que nunca ha viajado lejos.

Cuando menciona un sueño que tuvo la noche de Halloween, en el que su padre afirmaba no ser su verdadero padre, las piezas de pronto encajan.

—Te oí —le confieso—. Te oí gritar esa noche, cuando dormías.

Su consternación es casi palpable.

—Lo siento. En el sueño… lo llamaba a él a gritos.

—No, no te preocupes. Solo digo que… Oí lo afectado que estabas. ¿Has…?

—¿Hablado con él? No.

—¿Por qué… por qué no?

Aunque se ríe con suavidad, me fijo en que tiene los ojos humedecidos. Necesita unos segundos para responder.

—¿Y qué demonios le digo?

Después, sigue hablando durante diez minutos, y cuando al fin termina, intercambiamos una mirada que me eriza la piel.

—Callie, sé que todo esto no es fácil de entender, ni de creer siquiera. Ni yo mismo me lo creí durante mucho tiempo. Necesité años para aceptarlo. Así que no espero que te lo creas todo ahora mismo, hoy.

—No es que no te crea.

—Oh. —Su rostro se relaja de alivio—. Bueno, es más de lo que me esperaba.

En el lago, dos cisnes alzan el vuelo; el batir de sus alas me recuerda a los latidos acelerados de una ecografía.

—Bueno, y… ¿quién más lo sabe?

—Casi nadie. Steve. Tiene una amiga que tal vez podría ayudarme, pero tampoco tengo muchas esperanzas.

Recuerdo lo que Melissa me ha dicho esta mañana en la tienda.

—Creo que Melissa lo sabe.

—No se lo he contado nunca, cree que tengo insomnio.

Al repetir lo que me ha dicho, siento un aguijón inesperado de culpabilidad por haberla desacreditado. No ha sido antipática conmigo. Un poco territorial, quizá, pero es comprensible.

—Me ha preguntado si sabía qué ponía en la libreta.

—Te ha mentido —me dice—. No la pierdo ni un momento de vista.

Charlamos un poco más. Me explica que su hermana Tamsin estará embarazada el año que viene (me cuesta mucho concebir que lo sepa antes de tiempo), y luego esboza el funcionamiento de sus ciclos de sueño sobre la palma de mi mano con un dedo, mientras mis intestinos hacen carambolas. Me enseña su libreta y me cuenta que ha tratado de automedicarse: con lavanda y leche caliente, emborrachándose hasta desmayarse, con infusiones de hierbas, pastillas para dormir, suplementos y ruido blanco. Pero nunca le ha funcionado nada.

Para conservar la cordura, ahora limita las horas de sueño y ha reducido el consumo de alcohol. También cree que hacer ejercicio lo ayuda a estar más animado.

—¿No hay nada que puedas hacer? —le pregunto entonces—. Para que los sueños… ¿dejen de hacerse realidad?

—Si son accidentes, solo puedo evitarlos si llego a tiempo. —Traga saliva—. Con cosas como un cáncer es más complicado. O imposible.

Le agarro la mano y noto el peso de su cruz como si fuera mía.

Mucho más tarde, cuando ya hemos vuelto a casa, Joel me dice, sin venir al caso:

—Si quieres, yo puedo cuidar de Murphy cuando empieces a trabajar en Waterfen.

La mente me da un vuelco. He estado buscando información a regañadientes sobre guarderías de perros.

—No puedo.

—¿Por qué no?

Bajo la vista y me encuentro con la mirada de Murphy.

—Es pedir demasiado.

—No me lo estás pidiendo, me estoy ofreciendo yo. Siempre estoy por aquí. Lo vigilaré y lo sacaré a pasear con los otros perros. Le va a encantar.

Me enternece y me conmueve.

—No sé qué decir.

—Di que sí.

—Eh… Pues sería…

—No es ninguna molestia, de verdad.

Una imagen de Joel el veterinario cobra vida en mi cabeza. Seguro que es de los calmados de mano firme, tranquilizadores y amables.

—Te acabo de imaginar como veterinario —le digo.

Baja los ojos a la moqueta del pasillo y se mete las manos en los bolsillos.

—Yo de ti no lo haría —replica, con tono áspero—. No se me daba demasiado bien.

—¿A qué te refieres?

—¿Recuerdas el día que me dormí en la cafetería? Así iba siempre a trabajar. La única diferencia en este caso fue que me fui antes de que me invitaran a hacerlo.

—¿Cuánto hace que lo dejaste?

—Tres años. —Se aclara la garganta—. Coloqué hasta el último penique que tenía en una cuenta de ahorro, antes de dimitir. Pensé que tal vez algún día lo necesitaría. Un fastidio.

—No es ningún fastidio ahorrar para ser libre.

Sonríe como si fuera lo más bonito que nadie le ha dicho. Y de repente, me inclino para besarlo. Se me enciende el cuerpo entero cuando me entrego a él, a su cuerpo, y dejo que su boca me recorra el cuello, la clavícula y regrese al cuello. Le levanto la camiseta, acaricio la firmeza de su vientre y noto la calidez de su piel bajo las yemas. Los besos se tornan más impetuosos, y nos desplazamos hasta la pared, entrelazados los cuerpos y unidos los labios. Cada movimiento es un arrebato febril que informa al otro de lo mucho que lo deseamos.

Supone un esfuerzo sobrehumano separarnos, minutos después.

Con la respiración entrecortada, me echo el pelo hacia atrás.

—Debería…

El pecho de Joel también se agita. Alarga el brazo y me roza la muñeca.

—¿Nos vemos mañana?

La promesa más emocionante de todas.

—Sí. Nos vemos mañana, sí.

32

Joel

Necesito un par de minutos para volver en mí cuando me despierto. No he soñado.

Aliviado, giro hasta quedar de espaldas y contemplo el techo, el punto en el que termina mi dormitorio y empieza el de Callie.

—Tal vez, el universo quiera darnos la oportunidad de explorar esto —le susurro al pedazo de techo destartalado donde imagino que debe de estar su cama.

Soy consciente de que me muero de ganas de verla, de llamar a su puerta, de ofrecerle ir a tomar un café o hacer un *brunch*. Me muero por volver a experimentar la euforia de besarla.

Siguen vigentes todas las razones por las que no debería: terminar enamorándome de ella, temer lo que podría llegar a soñar, en tal caso, y todo lo que eso conlleva.

Pero todas las razones por las que sí debería comienzan, poco a poco, a contrarrestarlas.

Sabe lo que sueño. Me he abierto en canal ante la primera persona que de verdad me importa después de Kate. He expuesto mi alma ante Callie, que me ha insuflado esperanza. Y, sin embargo, ayer por la noche me paró los pies mientras nos besábamos en el pasillo. Hay una fuerza que nos atrae el uno al otro, tan poderosa como la gravedad. Y ahora, tras estas semanas, puede que por fin esté listo para dejar que gane la gravedad.

He sido testigo de cómo esta posibilidad llegaba y se alejaba a lo largo de los años, vínculos que me he obligado a no establecer. Como con la prima de Kieran, Ruby, que se puso a juguetear con los pies conmigo, bajo la mesa, a los cinco minutos de habernos conocido. O la enfermera veterinaria tan lista con la que acabé charlando una noche en un bar sofisticado, una vez que Doug me convenció para salir. O la chica que atiende el mostrador en la oficina de correos, cuyo chiste verde en referencia a tamaños de paquete aún me hace sonreír y evitar esa oficina en la misma medida.

Pero Callie las eclipsa a todas.

Vuelvo el rostro a la almohada y me permito esbozar una sonrisa. Y cuando lo hago, se oye el golpeteo perezoso de las tuberías de agua de Callie, que comienzan a desperezarse. El ruido del agua de la ducha es como una ovación del techo. Y ya empieza: los primeros versos desafinados de la canción de esta mañana.

I want to know what love is.

«Quiero descubrir qué es el amor». Ni yo lo habría expresado mejor.

Logro contenerme y no llamar a su puerta durante al menos veintitrés minutos.

—Buenos días —dice con timidez cuando no soy capaz de resistirme más. Lleva vaqueros y zapatillas, y un jersey de punto holgado del mismo color que la niebla matinal.

«Ay, caray, está preciosa. ¿Qué había venido a decirle?».

Le regalo una sonrisa.

—¿Tienes hambre? En una escala del uno al diez.

Se muerde el labio inferior y se recoge un mechón de pelo húmedo detrás de la oreja.

—Un nueve, al menos.

—¿Me dejas que te invite a desayunar?

—Siempre.

—¿Qué te apetece?

Se sonroja levemente.

—Eh... Las tortitas son mi perdición.

—Qué bien, porque conozco el sitio perfecto.

La cafetería especializada en tortitas es diminuta. Hace poco que la han abierto, pero ya tiene una retahíla de fieles que hacen cola ante la puerta incluso los domingos de finales de noviembre. Hoy tenemos suerte y podemos sentarnos en los últimos dos taburetes libres que quedan ante el escaparate. Callie está entusiasmada, dice que ha querido venir desde que abrieron.

La camarera que nos ha indicado el sitio es tan seca como la crudeza del invierno, pero le aseguro a Callie que las tortitas harán que valga la pena.

—Pobrecita. Yo también estaría irritada si tuviera que atender tantas mesas un domingo por la mañana —confiesa Callie. Me he dado cuenta de que es innato en ella: siempre concede a los demás el beneficio de la duda. Inclina la cabeza hacia la mía—: He de decir que estoy un poco nerviosa por las tortitas ahora.

El estómago se me contrae del hambre y de algo más.

Callie echa un vistazo en derredor.

—Mira lo lleno que está. Si tuviera vena de mujer de negocios, les tendría envidia.

—No es más que una ilusión óptica. El local es microscópico.

Me da un codazo suave.

—Ayer no estuvo mal. Ya sabes.

La esperanza enarbola su bandera en mi estómago cuando Callie me sostiene la mirada. Sin embargo, tengo que preguntárselo:

—No estuvo mal comparado con... ¿una visita al dentista? ¿Hacer la declaración de la renta?

Se ríe y hace una mueca a la vez.

—Lo siento. «No estuvo mal» es una forma desastrosa de definirlo.

—Teniendo en cuenta todo lo que te conté, la verdad, que no estuviera mal me parece una forma fantástica de definirlo.

Las tortitas llegan al cabo de unos minutos, una pila enorme de esponjas ocres bañadas en sirope. Pegajosas y acarameladas, están embadurnadas de mantequilla montada.

Callie las analiza con fervor.

—Vale… Ahora entiendo las colas.

Empezamos a comer. Trato de calibrar su actitud, de interpretar las luces y sombras de su lenguaje corporal como si fuera un reloj de sol. ¿Está tan contenta y relajada como aparenta? ¿O incluso como si nada hubiera pasado, a pesar de todo lo que le dije ayer? Me cuesta creer que no le haya afectado.

Al final, con el pecho tirante como una cuerda, le pregunto si ha tenido tiempo de pensar en lo que le expliqué.

Se limpia la boca y se vuelve para quedar frente a mí.

—Sí. Y no dejaré que eso nos impida tener esto. Nosotros.

Me invade una oleada de alivio, pero…

—Sé que puede costar de creer lo que te dije, Callie.

Me agarra la mano.

—No, si…

—He estado pensando de qué forma demostrártelo.

—No tienes por qué.

—Pero quiero hacerlo.

Toma un sorbo de café y espera.

—Mañana por la noche, habrá un reventón en la cañería de agua principal que pasa por la calle Market. En plena hora punta, y paralizará todo el tráfico. El atasco pillará a mi hermana, y no llegará a su clase de yoga.

Veo cómo cavila la mente de Callie. «Dejando de lado las consecuencias», está pensando, «es imposible que pueda provocar un reventón en la tubería principal, por muy loco que estuviera».

—Joel, de verdad que no tienes por qué…

—Sí —insisto—. Solo para que sepas que no estoy loco.

Mientras nos estamos terminando el café, Callie me pregunta por Vicky. De pronto, agradezco estar de cara a la ventana y no tener que mirarla a los ojos.

—Rompimos hace ocho años.

—¿Cuánto tiempo estuvisteis juntos?

—Tres años.

—¿Erais felices?

Clavo la vista en la calle helada.

—Al principio.

—¿Quién cortó?

—Ella. Creo que por aquel entonces lo único que quería era alguien normal.

Callie rodea su taza con las manos. Espera a que me explique.

—No fui muy buen novio —admito—. Estaba muy centrado en mis cosas, angustiado. Creo que no era muy agradable estar conmigo.

—Estás siendo muy sincero. —Parece impresionada.

—¿No te preocupa nada de lo que te digo?

Se gira para mirarme de frente, con una expresión tan transparente como una gota de lluvia.

—No tienes que ser perfecto para que alguien te quiera.

—No —coincido—, pero lo ideal sería que tuvieras más pros que contras.

No le cuento que me quedé la lista que Vicky me dio al final. Todavía soy capaz de recitarla palabra por palabra.

—¿Alguna vez soñaste con Vicky?

—¿Te refieres a si la quería?

El rostro de Callie parece contraerse de pronto con timidez.

—Sí.

—No. Nunca soñé con ella.

—Entonces… ¿Has estado enamorado alguna vez?

A nuestras espaldas, guían a un grupo de estudiantes hasta su mesa. Pasan corriendo, un remolino de energía y optimismo que me hace evocar una peculiar sensación de nostalgia. ¿Nostalgia de qué? No estoy muy seguro.

—Una vez. Hace mucho tiempo. —La miro y me aclaro la garganta. Le ofrezco un breve resumen de mi relación con Kate—. Puedes salir corriendo en cualquier momento —le digo, cuando termino.

—No dejas de decírmelo.

—No estoy intentando quedar bien. —«Tampoco es que creyera que llegaría el momento en que quisiera».

Desliza la palma sobre mi mano. Aunque tiene la piel cálida, me provoca un escalofrío.

—Pero sí que lo estás haciendo.

Me encuentro con sus ojos. Y en algún rincón de mi vientre, se eleva un ancla.

33

Callie

Tengo los ojos como platos mientras leo en internet las noticias de última hora en la página web del periódico local de Eversford.

«Una fuga en una cañería principal de agua está provocando importantes retenciones esta tarde. El tráfico está completamente colapsado en la calle Market y calles adyacentes, los conductores informan de retrasos de hasta una hora…».

Exhalo. No es que no creyera a Joel, pero esto lo ha hecho real e irrefutable. Me entran ganas de atraerlo hacia mí, rodearlo con los brazos y no soltarlo nunca.

No estoy segura de por qué, pero quería verlo con mis propios ojos (casi me parecía un milagro), así que he llamado a la puerta de Joel y le he preguntado si le apetecía algo de comida rápida. Nos hemos instalado ante el escaparate de una hamburguesería de la calle Market, asientos de primera fila al caos.

—¿Soy mala persona?

Joel hunde la patata en el kétchup.

—¿Por qué? ¿Porque has querido venir aquí a cotillear?

Hago una mueca.

—Quiero dejar claro que no habría querido venir si hubiese habido un accidente o…

—Oye, no pasa nada —me dice y me da un empujón suave con el codo—. Yo también lo hago, a veces.

—¿Solo para comprobar que no es un sueño?

Suelta una carcajada y comemos en silencio durante un ratito.

—Bueno —interviene, al cabo de unos minutos—, en todo caso, no podrás decir que no sé cómo hacerte pasar un buen rato. Comida rápida y un atasco en hora punta, ¿qué más se puede pedir?

—No te atribuyas méritos: he sido yo quien lo ha propuesto. —Vuelvo a pensar en la razón por la que estamos aquí—. Aunque es una locura, ¿verdad? ¡Sabías que esto iba a pasar!

Su sonrisa se diluye.

—Créeme cuando te digo que la fascinación del principio se desvanece rápido.

Afuera, en la calle, se abren puertas de coche. Se produce un altercado entre dos conductores que dan rienda suelta a su frustración acumulada.

Cuando se encaran, hinchando pecho y blandiendo los puños, Joel agarra su bebida.

—¿Y si vamos tirando? Creo que esta parte no quiero verla.

—No es culpa tuya. Lo sabes, ¿verdad? —le digo mientras salimos de la hamburguesería y nos alejamos con las bebidas en la mano—. Es un reventón. No podrías haber hecho nada por evitarlo.

—Sí que podría: tal vez llamar a la compañía del agua para que hicieran una revisión.

—No ha habido heridos —le recuerdo con gentileza.

—No —coincide—. Y, además, demostrarte que no te he mentido me parecía más importante.

34

Joel

Regresamos al piso de Callie. Me alivia haber podido demostrarle la verdad, aunque no me lo hubiese pedido. Sin embargo, el incidente me ha dejado un poco inquieto, de modo que cuando entramos, cambio de tema y le pregunto cómo le ha ido el día.

Me explica que al mediodía ha informado a Ben de que deja el trabajo en la cafetería.

——¿Cómo se lo ha tomado?

—Mejor de lo que pensaba. Va a ascender a Dot, creo, y luego buscará a alguien que ocupe su puesto. —Suspira—. La verdad es que ha sido muy comprensivo. Me ha animado, y eso me ha hecho sentirme peor, como si estuviera dándole la espalda, o a Grace, incluso.

Estamos sentados en el sofá, pero solo hay contacto a través de la mirada. Al otro lado de la ventana, el medallón de la luna está suspendido en la oscuridad. El cielo está plagado de estrellas.

—Te ha dado ánimos porque es un gran paso para ti —le aseguro—. Es el comienzo de un nuevo capítulo.

Callie se ha hecho una trenza que le descansa sobre un hombro. Expone su cuello esbelto y los pendientes con forma de gota con flores prensadas.

—Supongo que, tarde o temprano, tenía que pasar. Me entró miedo, justo después del funeral de Grace. Me despertaba en plena madrugada y me preguntaba qué diría la gente de mí si me muriera. Me obsesioné. Esther creía que trataba de evitar pensar mucho en Grace, que esquivaba la tristeza y me centraba en mis propios fracasos.

En ese momento recuerdo a mi madre. Pienso en lo mucho que empecé a obcecarme con los sueños después de que muriera. Fue entonces cuando comencé a tomar notas como si no hubiera un mañana y a dejar constancia de hasta el último detalle que veía.

—Me preocupaba que mi epitafio pareciera un currículum —prosigue Callie—. «Muy responsable. Ganadora del premio a la larga trayectoria profesional en Eversford Metal Packaging. Puntual, trabajadora…». Supongo que fue lo que me dio el último empujón para dejar el trabajo y ocuparme de la cafetería. Creo que la cabeza se me fue un poco durante unos meses.

—¿En qué sentido?

Se encoge de hombros.

—Tomé todas las malas decisiones que se me ocurrían. Por ejemplo, decidí que necesitaba hacerme un corte de pelo radical, con flequillo, que no me gustó nada, evidentemente. Entonces, se me ocurrió pintar todo el piso de color gris oscuro, pero era espantoso y me dio un ataque en pleno proceso al pensar en la fianza, así que tuve que repintarlo todo. —Suelta un suspiro cargado de reproche—. ¿Qué más? Me metí en una aplicación para ligar: un desastre. Me emborraché y… —Se interrumpe.

—No… —Me río—. No pares ahora. Te emborrachaste y… ¿te casaste en secreto? ¿Te arrestaron? ¿Bebiste tanto que la factura subió a cinco cifras?

La voz se le transforma en un susurro:

—Me hice un tatuaje.

Sonrío.

—Qué maravilla.

Silencio.

—Bueno, ¿y qué es?

—¿Qué es qué?

—El tatuaje.

Se muerde el labio.

—Nada, nada.

—¿Cómo te lo hiciste, cuándo y dónde?

—Es una historia muy larga.

Finjo que consulto un reloj que no llevo.

—Ah, tengo tiempo.

—De acuerdo. Bueno, pues me emborraché y entonces... fui a hacerme un tatuaje. —Exhala y coloca las manos con aire recatado en el regazo.

No voy a claudicar tan fácilmente.

—Eso ya me lo has dicho. Lo siento mucho, pero creo que necesito más detalles.

Vuelve a morderse el labio. Se vuelve a meter un mechón rebelde en la trenza.

—Bueno, tenía en mente que quería un pájaro... pero estaba borracha y no conseguí hacerme entender. Quería una golondrina, porque así sería elegante y bonito. Delicado, ¿sabes? Traté de dibujarla, pero se me da fatal y...

—¿Dónde lo llevas?

—En la cadera.

Alzo una ceja.

—¿Me dejas verlo?

—De acuerdo, pero no te rías.

—Te lo prometo.

Se baja la pretina de los vaqueros en la medida justa.

Miro. Y luego a ella.

—Es... uau.

Sí que es una golondrina. Creo. Pero una golondrina que ha tomado esteroides. De un rojo y azul vibrante, y de un tamaño considerable. Fortachona y rellenita, tiene las mismas curvas que un dibujo animado. Lleva un rollo desplegado, en blanco, en el pico, y su expresión es tan intensa que solo puedo suponer que ha sido fortuito.

O tal vez el tatuador iba drogado.

—Es... A ver, es...

Abre los ojos de par en par.

—No tienes que ser amable, de verdad. Me eché a llorar cuando lo vi serena. Me puse a buscar por internet eliminación de tatuajes con láser y me prometí que no volvería a hacer nada atrevido.

—¿Qué se suponía que iba en...? —Me aclaro la garganta—. ¿En el rollo?

—Ah, creyeron que lo querría para poner el nombre de alguien. Me sorprende que se lo inventaran y lo pusieran sin preguntar.

—Madre mía. Estoy alucinando.

Me lanza un cojín.

—Me has prometido que no te ibas a reír.

—No me estoy riendo. Me parece bonito.

—No es bonito. Es un grafiti permanente. Estoy ahorrando para que me lo eliminen con láser.

Alargo el brazo y le agarro la mano.

—Creo que deberías llevarlo con orgullo. A la mierda el láser. Forma parte de tu historia.

Se echa a reír, los labios sonrojados se estiran sobre los dientes.

—¿Lo dices en serio?

—Y tanto. Hiciste una locura, fuiste valiente. Cuando mires el tatuaje deberías alegrarte. —Echo otro vistazo a su cadera. Pero cuando alzo la vista me invade la felicidad, una oleada sináptica y repentina—. No dejes de hacer locuras —le digo, y le aprieto la mano.

—¿De verdad? ¿Locuras como este tatuaje?

Sonrío.

—¿Por qué no? Siempre y cuando sea una locura de las buenas. Una locura tuya, genuina.

—Tengo la sensación de que Waterfen será un poco locura. Para mí, al menos —tercia, entre risas—. ¿Qué será lo siguiente..., que te vengas conmigo a Chile?

Soy consciente de que habla en broma. Pero estar con Callie es lo más parecido a escapar de la realidad. Es como pasar tiempo en un país extranjero, un lugar que siempre me ha despertado curiosidad pero que nunca he tenido el valor de explorar.

Nos inclinamos hacia adelante en el mismo instante. Nos besamos y nos elevamos al cielo.

35

Callie

Es el cumpleaños de Esther, y nos ha invitado a mí y a Joel a una fiesta que celebra en su casa.

—Hace años que no voy a una fiesta en una casa —me confiesa mientras nos preparamos.

—¿Y eso?

—No es que sean mi hábitat natural, que digamos. —Comenta que se debe a la pérdida progresiva de amistades y su perenne sensación de ser diferente.

Me estoy planchando el vestido que llevaré esta noche, el azul marino con cinturón que me abraza las caderas en su punto justo. Queda de maravilla con los tacones de punta redonda y un pintalabios atrevido.

—No te preocupes. Nadie lo va a notar.

Me da un beso.

—Sigue soñando.

—Bueno, no me importa si lo notan —murmuro.

Tengo la sensación de que el hecho de que me presente acompañada de Joel será la comidilla de la noche, pero lo veo nervioso, así que decido no comentarle nada y guardármelo para mí.

Esther nos recibe en la puerta ataviada con una chapa que reza: «CUARENTONA Y GUAPETONA».

—Gavin, que quería ser irónico —dice mientras nos saluda con besos—. Cumplo treinta y seis.

—Me llamo Joel —se presenta, y le ofrece la mano.

A Esther se le ilumina el rostro como si fuera lo más gracioso que ha oído en todo el año.

—Pero qué divertido eres. Venga, ven. Les encantarás.

Mientras recorremos el pasillo, sigo esperando a que Grace aparezca tras cualquier puerta, con las mejillas sonrosadas y los ojos chisporroteantes, y con un vaso de ginebra en cada mano y una ración ilimitada de besos para todo el mundo.

Lo bueno de Joel es que su calidez natural oculta su mentalidad de eremita. Acabamos de servirnos una bebida cuando Gavin lo enfrasca en una conversación sobre sostenibilidad en el ámbito arquitectónico que al final se convierte en un debate con Esther sobre los intentos de la clase media de rifarse sus casas, y después de eso no puedo volver a hablar con él en mucho rato. Cada vez que le echo un vistazo para ver si está bien, está absorto en una conversación con alguien nuevo, y llega un momento en que lo pierdo entre un grupo de gente que no conozco. Sin embargo, nuestros ojos se van encontrando como satélites que orbitan en un mismo sistema solar, y cada vez que nuestras miradas se cruzan, el estómago me titila como las estrellas.

Cuando noto la caricia de una mano que me rodea la cintura me doy cuenta de que, tal vez, han pasado una o dos horas.

Es Esther.

—Solo quería decirte lo orgullosa que estoy de ti.

—¿Orgullosa?

—Sí, por querer cumplir tus sueños. Debería haberte animado más a lo largo de estos años.

Y lo ha hecho, creo. Me dijo que no me diera por vencida cuando la primera ronda de entrevistas y solicitudes tras salir de la universidad quedó en nada, y no quiso dejarme echar por la borda todos mis sueños. «Eres la única persona que conozco que es capaz de reconocer a un ave solo a partir de su vuelo», me decía cualquier mañana fría y despejada de invierno, cuando le señalaba la bandada de patos rabudos que cruzaba el cielo, una hilera de puntadas en la tela arrugada del cielo. «¿Y quién más es capaz de identificar un árbol solo mirando su corteza? Deberías dedicarte a tus pasiones, Cal. La vida está para vivirla».

Pero, para entonces, mi confianza ya había recibido demasiados golpes con esa primera ronda de negativas. El mundo de la ecología era tan competitivo que me pareció más seguro y menos desgarrador postergar mis aspiraciones y asegurarle a Esther que pronto volvería a buscar en el mismo ámbito. Y así, al cabo de un tiempo, dejó de sacarme el tema.

—Lo hiciste —le respondo—. Pero creo que, en aquella época, no estaba lista para hacerte caso.

—Me encanta este collar —me comenta, y señala mi clavícula con la cabeza—. Iba con ella cuando te lo compró.

Es una bellota de plata, un regalo de Navidad que me hizo Grace cuando no hacía demasiado que había conocido a Ben. Creo que quería mandarme un mensaje sobre bellotas y robles y sobre dejarme un poco más tranquila.

Esther vuelve a abrazarme y se va con largas zancadas a buscar a Gavin.

Más tarde, encuentro a Joel charlando con Gavin y Esther en la cocina del sótano. Me alivia ver que no parecen guardarle rencor por la forma en que empezamos y todos los malentendidos con Melissa. O que, al menos, han optado por esperar hasta mañana para incordiarme al respecto por WhatsApp.

—Hola. —Rodeo a Joel con los brazos. Se ha quitado el jersey, y su piel suave está cálida con solo una camiseta. Su fragancia ya me resulta familiar, como el perfume de las flores que vuelven a brotar—. Te he perdido.

—Hola. Creo que he sido yo quien te ha perdido.

—Cuelga tú. No, cuelga tú —tercia Esther. Sus labios están teñidos del bermellón del vino tinto.

Sonrío.

—¿De qué hablabais?

—De Ben —responde Esther—. Se plantea dejar su trabajo, vender la casa y mudarse lejos.

—¿En serio? —Esta noche no he charlado demasiado con él, pero me ha parecido que iba bastante achispado cuando me lo he encontrado en la cola del baño de la planta baja.

—Estábamos tratando de decidir si deberíamos disuadirlo o no —tercia Gavin.

—No, ¿por qué?

Esther se mordisquea una uña.

—Bueno, por si es solo un arrebato.

Estrecho con más fuerza el torso templado de Joel.

—Pero ya hace dos años que perdimos a Grace —digo, con un hilo de voz.

Todos necesitamos unos segundos de silencio.

—Quiero decir que está bien, ¿no? —prosigo—, ¿si Ben por fin tiene ganas de hacer cosas? No se ha mostrado así de optimista desde que murió.

—Siempre y cuando esté siguiendo adelante y no huyendo —observa Esther sabiamente, cuando, cerca, un vaso se hace añicos.

Gavin asoma la cabeza por la puerta de la cocina para echar un vistazo.

—Es Ben. Ay, madre, está vomitando.

—Dios, ten huéspedes —comenta Esther, que me guiña el ojo y se acaba el vino. Sale con Gavin de la cocina y nos dejan solos a Joel y a mí.

Afuera, el patio crea un eje negro tras el cristal de la ventana del sótano. El aire nocturno está empañado, lechoso por la neblina.

—¿Crees que estará bien? —me pregunta Joel.

—Ah, sí. Esther gestiona de maravilla las crisis. —Frunzo el ceño—. Solo espero…

176

Joel aguarda.

—… que Ben no esté preocupado por la cafetería. No me refiero al hecho de que yo lo haya dejado, sino… a que cambien las cosas. A que sigan adelante.

Joel tiene un aire pensativo.

—Pero tal vez, a la larga, está bien que cambien. Si ya se está planteando empezar de cero…

Trato de sonreír.

—Ya… Hablaré con él. Cuando se haya recuperado de esta noche.

Joel deja que sus ojos se paseen por la cocina.

—Esta casa es una maravilla.

—Lo sé. —Acaricio las muescas y las estrías de las viejas encimeras de roble—. Es muy acogedora y tradicional.

Asiente.

—Es una buena casa familiar.

—Estaban buscando un bebé —digo de pronto, sin saber muy bien por qué—. Esther y Gavin.

—Ay, lo siento, no quería decir…

—No, lo sé, solo que…

—Entonces, ¿lo estaban…?

—¿Buscando? Sí. Antes de que Grace muriera. Pero entonces lo dejaron de intentar.

—Supongo que es un efecto secundario de la muerte. Te obliga a hacer balance, a darle al *pause*.

Siento que mi sonrisa es tan endeble como el agua.

—Siempre y cuando te acuerdes de reanudar tu vida en algún momento.

Nos quedamos quietos y en silencio unos instantes, escuchando la angustia del gimoteo del *blues* que se filtra por los tablones del suelo, antes de que Joel se incline y me bese. Es magnífico estar aquí abajo con él, parapetados en las cálidas entrañas de la casa, como marsupiales a cobijo del mundo exterior.

—Te he manchado —me dice cuando nos separamos un momento.

Tiene los labios teñidos de rojo tinto.

—Lo mismo digo.

Y, entonces, me inclino y lo vuelvo a besar. Apremiantes y apasionados, nuestros cuerpos se entrelazan y las bocas se unen, húmedas y candentes. Nos convertimos en las pulsaciones del otro allí mismo, en la palma abierta de la estancia, templados por el aliento de la cocina Aga y guarecidos por las elevadas paredes que crujen con suavidad.

36

Joel

Callie se ha quedado dormida a mi lado en la cama, con la ropa arrugada y el pelo alborotado. Decidimos proseguir en casa el beso que empezamos en la cocina de Esther. Desde el escalón de la entrada principal, donde me ha costado meter la llave, y luego por el pasillo. Después, al cruzar la puerta de mi apartamento, hicimos una parada en el sofá hasta que por fin lo trasladamos al dormitorio. Entrelazados, caímos sobre la cama mientras nos explorábamos con manos fervientes, latidos retumbantes y la piel húmeda. En cierto momento, tiré la lámpara de la mesita de noche al suelo de una patada (¿cómo estábamos tan arriba?) y nos dejé a oscuras. Noté cómo se le contraía la pelvis al reír y me volvió loco de deseo.

Ha pasado una semana desde la primera vez que nos besamos, y me estoy enamorando de ella. Pero quiero hacer las cosas bien. Ir despacio. Tomarnos nuestro tiempo. Callie significa tanto para mí que ir sin prisas me parece lo más acertado.

Y así es como ha terminado acurrucada sobre mi cadera, como una gata, mientras yo miro una charla TED sobre estampidas humanas con los auriculares.

Tal vez me siento así debido a Melissa, porque mi cerebro trata de dibujar una línea entre ella y Callie, de alguna forma. O tal vez es que necesito creer que no voy a meter la pata antes de que hagamos más cosas aparte de besarnos.

Sea como sea, conformamos una imagen peculiar, me parece, si uno nos mira desde el techo. Yo, en mi mundo particular. Callie, dormida a mi lado, vestida de pies a cabeza.

37

Callie

El sol es una llamarada anaranjada en lo alto de un cielo fresco de principios de diciembre. Es el primer día que trabajo en Waterfen, y me encuentro en plena zona pantanosa, botando en el asiento de un tractor que, por extraño que parezca, estoy conduciendo yo. Mi nueva jefa, Fiona, se encuentra a mi lado, en el asiento desplegable, y arrastramos un remolque lleno de postes mientras un pequeño batallón de trabajadores y voluntarios siguen a pie las profundas marcas de los neumáticos que dejamos.

Aprieto y relajo los dedos sobre el volante unas cuantas veces solo para comprobar que esto está pasando de verdad y que no me he colado en uno de los sueños de Joel.

Cuesta no dejarse distraer por el paisaje mientras avanzamos. La naturaleza titila, invernal, y la luz del sol arranca destellos al suelo cristalizado. En dos ocasiones, divisamos la mancha parda de un ciervo que huye entre la maleza y un aguilucho pálido que describe círculos en el azul despejado del cielo.

—Es imposible que los tractores queden encallados, ¿verdad? —Nos estamos acercando a una parcela de suelo brillante por la humedad que guarda un parecido alarmante a una ciénaga.

—Oh, sí, sí que pueden quedar encallados —dice Fiona con alegría. De pelo oscuro y mejillas rubicundas, tiene la actitud firme y eficiente propia de una comadrona.

—¿Y qué haces si ocurre?

—No lo haces.

—¿No haces qué?

—Quedarte encallada —responde, con una sonrisa—. Como te quedes encallada, estás jodida.

No aparto los ojos del cenagal que nos aguarda enfrente.

—Ya. Vale.

Se ríe.

—Tranquila. Es igual que con el coche. Notarás que empiezas a perder agarre. —Noto que me mira—. Porque conduces, ¿no? He olvidado comprobar tu carné antes.

Sonrío y le confirmo que estoy capacitada para conducir. Tras casi dos años trabajando en la cafetería, donde la mínima gota derramada parecía el posible detonante de un alud de críticas en TripAdvisor, la actitud relajada de Fiona es como tener permiso para respirar. Noto que mi cerebro empieza a cambiar de carril, que cambia de marchas. Me emocionaría, incluso, si no fuera porque soy la encargada de la maquinaria agrícola y la responsable de evitar que caigamos de lleno en la zanja más cercana.

Fiona me asegura que, con el tiempo, llegaré a adorar el tractor. Me describe unos veranos hipnóticos dedicados a la poda y expurgación de maleza, y unas tardes meditabundas dedicadas a dar vueltas a las praderas del pantano, con el aire moteado de sol y salpicado de mariposas. Me comenta que he llegado en el peor momento del año.

—De hecho es bueno —añade—, porque, para mí, el tiempo de ahora en adelante no hace más que mejorar.

—Bueno, a mí me gusta el invierno —le explico.

Su sonrisa derrocha lástima.

—Todavía no hemos empezado a vaciar y reparar el sistema de acequias.

Pasamos la mañana erigiendo un cercado con postes y alambre a prueba de ganado, que es aterrador debido a su alta tensión. Me atenaza el miedo de hacerlo mal y mandar a uno o más compañeros a la camilla de una ambulancia. Pero el temor también me espolea: es un estimulante inesperado tener que concentrarme tanto en no decapitar a nadie, o conducir el tractor directo a un lodazal, o perder pie y caerme a una acequia. Es la inyección de adrenalina que necesitaba desde el día que empecé a trabajar en la empresa de envases metálicos.

Almorzamos sobre pilas de juncos, en pleno corazón del pantano. Acalorados y resollando tras el trabajo de esta mañana, nos quitamos las chaquetas y los polares, aunque la temperatura roza la congelación. Contemplamos el giro y el descenso en picado de un cernícalo mientras el aire frío nos acaricia la piel sudorosa como si fuera agua. De una hilera cercana de árboles desnudos surge el gorjeo de las grajillas.

Mientras nos deleitamos con las sopas y los sándwiches, la conversación vira hacia el deseo de conocer mundo de cada uno. Dave, un voluntario que se acaba de graduar en ecología, se marcha la semana que viene para trabajar en un proyecto de conservación en Brasil en el que se monitoreará y se investigará la fauna y la flora de una reserva natural estatal. Estoy maravillada desde que me lo ha contado.

Fiona nos pregunta adónde nos gustaría ir.

—A Letonia —responde Liam. Franco y de espaldas anchas, con el pelo del color de la miel, es el ayudante fijo de Fiona. Llegó aquí hace cinco años tras darse cuenta de lo mal que se le daban las auditorías financieras—. Belleza, paz y tranquilidad, y nadie que te moleste.

—Ya has estado en Letonia —señala Fiona—. Esa no cuenta.

Sonrío y pienso en las guías que tengo en casa, y me pregunto si Liam y yo tenemos más cosas en común de las que creo.

Liam se encoge de hombros.

—No quiero ir a ningún otro sitio.

—¿Ni a un sitio que sea más exótico? —pregunta Dave, aunque la sonrisa que le baila en los ojos me dice que ya han tenido esta conversación—. ¿África, quizá?

—Qué va. Ya sabes que soy de sangre fría. De todas formas, ya he visto el mundo que quería ver.

Fiona se vuelve hacia mí.

—¿Y tú, Callie? ¿Adónde sueñas con ir?

—Al Parque Nacional Lauca —respondo—. Está en…

—Chile —acaban todos a coro.

Me inclino un poco hacia adelante.

—Se ve que hay un ave…

Dave se echa a reír.

—Ay, el famoso chorlitejo cordillerano.

Liam suelta una risotada y apura la bolsa de patatas.

—Verás antes una pantera de las nieves.

—O un unicornio —se carcajea Dave.

—Yo conozco a una persona que lo ha visto —interviene Fiona.

Asiento con entusiasmo mientras recuerdo a aquella chica de la universidad.

—Yo también.

Dave sonríe.

—Bueno, pues si alguna vez le haces una foto, mándamela.

Fiona me mira a los ojos.

—No les hagas caso. Mi amiga dice que el parque es espectacular, que hay que ir al menos una vez en la vida. Encontrar ese ave es como encontrar un tesoro.

—Claro —comenta Liam, que aplasta la bolsa vacía y consulta el reloj—. Muy bonito todo, pero la cerca está esperando a que la acabemos.

—Te acostumbrarás a él, no te preocupes —me dice Fiona, y me guiña el ojo—. Es como un husky. No puede parar quieto.

Liam me cae bien, parece de los míos. Así que soy la primera en ponerse en pie de un salto y seguirlo hacia la cerca.

Llamo a la puerta de Joel cuando regreso a casa con una sonrisa de oreja a oreja, y me da un abrazo que me eleva del suelo.

—Lo siento: estoy toda sudada y hecha un desastre.

—Sudada y preciosa —insiste—. Cuéntamelo todo.

Le explico cómo me ha ido el día y le enseño las ampollas que me salpican las palmas de las manos.

—No era consciente de la baja forma en la que estoy. Pero la parte buena es que he aprendido a conducir un tractor.

—¿El primer día? Eso sí que es arrojarse a los leones.

—Ya. Pero, bueno, al menos no he tenido tiempo de entrar en pánico.

—¿Son majos?

—Sí, mucho. Son fantásticos. —Le sonrío a Murphy—. ¿Cómo se ha portado?

—Al principio te echaba de menos. Pero me lo he ganado con una buena combinación de paseos, jugar con la pelota, chuches y caricias en la barriga. —Sigue con un susurro—: Que quede entre tú y yo: creo que tiene debilidad por Campanilla.

Me río.

—Campanilla es demasiado mayor para él. Tiene casi diez años.

—Oye, no lo juzgues. Le ha ido de maravilla distraerse.

El nudo de tensión que tenía en la barriga se afloja, como una vela que se comba cuando pasa la tormenta.

—Muchas gracias.

—De nada. ¿Te apetece algo de beber? —Se dirige a la nevera, saca una botella y busca el sacacorchos.

El apartamento de Joel deja el mío en evidencia: siempre está limpio y ordenado, es un remanso de paz. En el salón, solo hay un sofá de dos plazas con un cobertor del color de la cerceta, un televisor de tamaño decente, un altavoz Bluetooth y nada más (excepto una suculenta en la chimenea y una mesita de centro en la que suele estar su libreta y un bolígrafo).

Me dejo caer en el sofá.

—Has comprado vino bueno.

—¿Cómo dices?

—Si lleva corcho, es pijo. ¿O me lo he imaginado?

—Bueno —responde mientras sirve las copas—, es positivo, al parecer. Para los bosques de los que se extrae el corcho. He estado informándome, ahora que trabajas en el campo de la conversación natural, y tal. —Cruza la estancia y me ofrece una copa helada—. Toma, tú ve bebiendo mientras yo te preparo un baño.

«Ay, madre mía. Qué maravilla».

—Gracias —consigo articular, pero ya ha desaparecido dentro del cuarto de baño para abrir el grifo del agua caliente. Contemplo la robustez de sus hombros, la oscuridad de su pelo mientras se va, y me invade un deseo vivo e íntimo.

Tras unas cuantas semanas intensas juntos, Joel y yo aún no hemos tenido relaciones sexuales. Sé que no quiere ir con prisas y que su percepción de las relaciones es complicada, que duda de su propia valía en asuntos del corazón. Por eso no me importa ir despacio. Lo que estamos haciendo parece lo correcto para nosotros.

Cuando la bañera está llena y entro en el cuarto, Joel ha encendido una vela y ha colocado una toalla limpia en el riel para que se caliente. Es como bailar una balada de gestos llenos de ternura, todas las cosas que yo solía hacer por Piers y que él nunca hacía por mí, supongo que porque no creía que mereciera la pena.

Hasta ahora, lo más probable es que Joel no tuviera ni una vela en casa, menos aún la bomba de baño de lavanda que ha echado al agua. Es como si llevara años esperando a que llegara alguien por quien poder hacer todo esto.

38

Joel

Callie ya lleva media semana en Waterfen y estamos volviendo al apartamento tras haber cenado en casa de mi exjefe Kieran y su esposa, Zoë. Tras la calidez de su calefacción por suelo radiante (viven en un chalet de ladrillos claros en una de las avenidas más caras de Eversford), el mundo exterior parece un congelador.

—¿Kieran es el único amigo de verdad que tienes? —me pregunta Callie con tacto mientras caminamos. El aliento se nos hiela al entrar en contacto con el aire de diciembre.

—Steve también es un buen amigo. —Mejor que la mayoría, teniendo en cuenta lo que ha tenido que aguantar conmigo.

—¿Por qué?

—¿Por qué, qué?

—¿Por qué Kieran y Steve son los únicos amigos de verdad que tienes? —Me rodea el brazo con el suyo y me lo pregunta como quien no quiere la cosa. Pero sé por dónde va. Supongo que se está preguntando si un hombre que no tiene ningún defecto grave de la personalidad puede llegar a los treinta y tantos sin un buen grupo de amigos. Sin la típica «noche sin mujeres». Doug, que tiene su propio séquito fiel (antiguos amigos de la escuela, compañeros de *rugby,* colegas del trabajo, amigos de su mujer), nunca se lo ha planteado. Siempre está tomándome el pelo por mi falta de invitaciones a barbacoas para mi cumpleaños, por los veranos desprovistos de invitaciones a bodas. Por los Mundiales que veo sin un grupo con el que poder brindar.

—Creo que después de empezar a tener los sueños —admito—, no me centré mucho en hacer amigos. A veces sentía que exigía demasiado esfuerzo, tratar de recordarlo todo sin perder la cabeza. Sigo teniendo esa sensación, la verdad.

Lo de ayer por la noche es un buen ejemplo de ello. Soñé que duplicaban la tarjeta de crédito de un familiar cercano y le vaciaban la cuenta corriente. Pasará en unos meses, pero ¿qué hago? ¿Le digo que solo pague en efectivo hasta junio, que aumente su ciberseguridad? Lo he estado reflexionando toda la mañana, y al final he optado por mandarle un correo electrónico. Me he inventado que tengo un amigo que sabe mucho de esto. Lo que haga con lo que le he dicho, depende de él.

Cuando he vuelto a despertarme, ya casi era mediodía. Ni recordaba que Callie se había ido a trabajar. No he dedicado tiempo a besarla cuando se ha despertado, a prepararle un café, a preguntarle si le apetecía que hiciéramos algo este fin de semana. Pequeñas oportunidades de conectar que se me escapan entre los dedos.

—Es una pena —me dice Callie ahora.

Me aclaro la garganta.

—No echas de menos lo que nunca has tenido. Y no es fácil tener amistades cuando debes callarte todo lo que te define.

—Tal vez no tiene por qué definirte.

«Pero lo hace», pienso. «No tengo ni voz ni voto en eso».

Seguimos caminando por delante de barandillas de hierro forjado engalanadas con jazmín amarillo.

—Bueno, a mis amigos les encantas —dice Callie—. Me avasallaron a mensajes el día siguiente de la fiesta de Esther.

Sonrío.

—Qué bien. —Porque si no puedes ser normal, dar una buena impresión es lo mejor a lo que puedes aspirar, supongo.

—¿Sabes? La percepción que tienes de ti mismo no siempre coincide con la percepción de los demás.

Saboreo la dulzura de sus palabras, y le aprieto la mano con el interior del codo.

—Por cierto…, ¿la percepción que tienes de ti misma es la de una concursante secreta de *Mastermind?*

Se echa a reír.

—¿Qué dices?

—¿Cómo puede llegar alguien a acumular tantos conocimientos generales? Es que lo sabes todo. —Hemos jugado a preguntas y respuestas después de cenar. Y, en resumen, Callie nos ha machacado a todos.

Pero ella es pura modestia.

—Qué va. Solo se me han dado bien las de ciencias y naturaleza.

—Y geografía. ¿Cómo sabes tantos datos aleatorios de Perú? Y tampoco conozco a nadie que sea capaz de decir cuál es la capital de Tanzania sin pensar.

Callie hunde la barbilla en la bufanda.

—Ja. Piers odiaba eso de mí.

—¿Qué odiaba? —Me cuesta imaginar que Callie posea alguna cualidad odiosa.

—Que supiera tantos datos aleatorios. Creía que trataba de dejarlo en evidencia.

—Como un niño pequeño —observo, sin mucho interés por ponerme a criticar. El tío se cargó su oportunidad de estar con la mejor mujer del mundo. Suficientemente mal estará ya.

—Digamos que si hubiera perdido como has perdido, habría estado de morros una semana.

Finjo indignación con las cejas.

—Un momento: ¿cómo que «como he perdido»? Peor lo ha hecho Zoë. Ni siquiera sabía quién inventó el teléfono.

Callie se echa a reír. Me agarra del brazo con un poco más de fuerza.

—¿Sabes que se moría por decir «señor Teléfono»?

—Sí, y se ha contenido solo porque Kieran no dejaba de darle golpecitos.

Presas de la alegría, nos miramos a los ojos. Empezamos a temblar de la risa. Un hombre solitario que pasea su perro nos esquiva y mira por encima del hombro mientras se aleja hacia el silencio del resto de la calle.

No le explico a Callie que Kieran me ha emboscado en la cocina esta noche, mientras lo ayudaba a limpiar los platos (Tamsin me enseñó hace años que, cuando uno tiene hijos, son los detalles como este los que agradeces).

—¿De dónde la has sacado?

Era una pregunta retórica. Callie ya se lo había contado mientras tomábamos crema de chirivía y me agarraba la mano, con el pie entrelazado con mi tobillo. Así que me he limitado a sonreírle.

—Me alegro por ti, tío.

—Gracias.

—Parece que, por fin, las cosas empiezan a mejorar.

Entonces, se ha puesto a meter los platos en el lavavajillas. Desde el salón llegaban las risotadas de Zoë por algo que Callie le había dicho y el salpicar del vino que se sirve en una copa.

Me he vuelto hacia Kieran.

—Siento haberte fallado.

—Joel. —Con un tono de voz afable, ha alargado el brazo y ha apoyado una mano en mi hombro—. Ya lo hemos hablado.

A lo largo de los años que trabajamos juntos, Kieran demostró ser la influencia estabilizadora que no era consciente de necesitar. Tranquilo y firme, siempre fue el ojo crítico ante mis clientes más difíciles y mis decisiones clínicas. Tras un duro día de trabajo, íbamos a tomar una cerveza o a jugar al billar. Y siempre esperaba ver las arrugas de felicidad que se le dibujaban en los ojos antes de entregarse a la alegría. Porque siempre que aparecían, yo también me entregaba.

Le aparecieron otras arrugas en el rostro, más adelante. Pero eran líneas de frustración por ver cómo me alejaba cada vez más de la vida que había construido. Sin embargo, nunca perdió la paciencia conmigo. Solo aguardó, como si estuviera esperando a que la corriente que me alejaba diera un giro e hiciera el trayecto de regreso a la orilla.

Después, he sacado la bandeja superior del lavavajillas y he comenzado a colocar los boles de sopa. Kieran ha apartado la mano.

—Solo fue una vez, Joel. —Como si necesitara decírmelo.

«Y fue demasiado».

—Lo que ocurrió no fue culpa tuya.

Hay cosas que pueden decirte miles de veces y tú seguir sin creértelas. Como que un ave vuela desde Alaska a Nueva Zelanda sin detenerse una sola vez a descansar. O que alguien a quien quieres te deje mientras duerme, contigo a su lado, cogiéndole la mano.

Durante unos instantes, la cocina quedó en silencio absoluto.

—Oye, ¿puedes hacerme un favor? —me ha dicho entonces Kieran—. Está relacionado con Callie.

Lo he mirado con recelo.

—¿«No la jodas»?

Kieran se ha encogido de hombros.

—Exacto. Me gusta cómo te mira. Como si fueses lo más importante que hay. Y eso no es fácil de encontrar.

Entonces me he agarrado a la encimera con la esperanza de que Kieran no se diera cuenta.

—Dime cómo no cargármelo.

Se ha dado cuenta.

—La verdad es que es muy sencillo.

—Ilumíname, por favor. —Aunque no puede, claro que no puede. Porque no tiene ni idea de lo que alimenta mis temores más ocultos.

—Tienes que comprometerte. Lanzarte de lleno, sin reservas.

Nos hemos reencontrado con Zoë y Callie en el comedor, luego. Pero durante el resto de la noche, lo único en lo que he pensado ha sido: «¿Cómo demonios te comprometes con una relación cuando te aterra enamorarte?».

39

Callie

Después de trabajar dos semanas en Waterfen, noto que una llama se reaviva en mi alma.

Nunca me he sentido tan conectada con mi cuerpo. Me maravilla la contracción y flexión de ligamentos aletargados mientras la sangre me bulle, los pulmones se me expanden y los músculos, poco a poco, comienzan a despertar. Levanto troncos, remuevo juncos y camino por el agua mientras saboreo la tosca magia de quedarse sin aliento. Me río de lo absurdo que es estar sudando con temperaturas bajo cero y disfruto la satisfacción que me da el suave vaivén de la guadaña. Y empiezo a ansiar la oleada opiácea del agotamiento que me invade por la noche, el torrente de analgesia cuando me dejo caer sobre el sofá de Joel y este me masajea con los pulgares los nudos que tengo en la espalda.

Recuerdo que Piers se reía de mí cuando me costaba abrir botes de mermelada o sacar el corcho de una botella de champán. «Pues mírame ahora», le digo en mi imaginación cuando cargo el remolque con troncos de veinte kilos, con la quemazón en la espalda cuando arranco maleza de las acequias y las echo a un lado para hacer montones altos: torres de pisos para los ratones.

Cada día, el mundo gira entre mis dedos, sobre mi cabeza y bajo mis pies. Me invade una sensación terrenal de haber encontrado mi hogar.

El viernes por la tarde, Fiona me pregunta si estoy casada. Aquí es difícil de adivinar, supongo, ya que ninguno llevamos anillos por miedo a que acaben formando parte del ecosistema.

Estamos cortando juncos en el pantano. Me encargo de alzarlos con Fiona después de que Liam y un par de voluntarios hayan pasado con la desbrozadora. Hoy, el viento es crudo y tuerce la llovizna, pero trabajar es acalorado y me he quedado solo con una camiseta.

También me he sentido tan viva y enérgica gracias a Joel, claro. Me atrae muchísimo y de una forma que es nueva para mí. Cuando siento que sus manos exploran mi cuerpo y su boca la mía, es como tener una dosis diaria de dinamita en las entrañas.

Sin embargo, todavía quiere esperar antes de ir más allá. Me lo susurra a veces, cuando estamos juntos y se separa antes de llegar a un punto de no retorno: «No quiero ir con prisas. ¿Te parece bien? Significas mucho para mí».

Es distinto a Piers, o a cualquier otro hombre que haya conocido. Y aunque es cierto, me muero de ganas de acostarme con Joel, y, al mismo tiempo, el autocontrol y la contención hacen que la tensión sea aún mayor.

—No —le respondo a Fiona—, no estoy casada.

—¿Vives con alguien?

Con una sonrisa en los labios, me aparto el pelo de los ojos.

—Más o menos. Salgo con el chico que vive en el piso de abajo.

Fiona clava el rastrillo en los juncos como si los estuviera ensartando para la cena. Envidio su técnica, perfeccionada a lo largo de los años: es capaz de levantar el doble de lo que levanto yo, y sé que la estoy ralentizando.

—¿Ah, sí? ¿Y cómo es?

Empiezo a describírselo (me encanta hablar de Joel, saborear su nombre en mi lengua). Pero en cuanto las palabras salen de mi boca, me invade la sensación de que estoy siendo infantil, como si le estuviera hablando de un amigo imaginario. Fiona debe de pensar que un mes apenas cuenta como capricho, menos aún como relación, aunque es difícil estar segura. Hay muchas menos posibilidades de interpretar el lenguaje no verbal cuando estás dedicándote de lleno a limpiar una cama de juncos.

—¿A qué se dedica?

—Era veterinario.

No responde durante unos segundos. Y entonces:

—Un momento. Joel... ¿No será Joel Morgan?

—¡Sí! ¿Lo conoces?

Asiente, blandiendo el rastrillo.

—Salvó la vida de mi perra, un pastor alemán. Se comió un anzuelo con cebo en la playa y se lo tragó, con sedal y todo.

—Ay, pobrecita.

—Sí, y tampoco le caen demasiado bien los hombres veterinarios. Pero Joel lo gestionó de maravilla. Muy tranquilo, un chico fantástico. Nunca me olvido de lo bien que se portó con ella.

Me encanta aceptar un cumplido en su nombre.

—Me cuadra con Joel.

—Volví al cabo de una semana para darle las gracias como debía, pero me dijeron que se había ido.

Seguimos enarbolando los rastrillos durante unos minutos. Respiro entre silbidos, y las palmas me arden de las ampollas, a pesar de llevar guantes gruesos.

—¿Y qué hace ahora, entonces?

—Se está tomando un descanso —respondo, con tanta despreocupación como soy capaz, como si no fuera nada del otro mundo—. Pasea perros como un favor, para aquellos vecinos que no pueden salir mucho.

—Oh. Bueno, pues dile que espabile y vuelva. Era un veterinario fantástico. Hay muy pocos como él.

—Gracias, se lo diré.

—Y si es tan atento con las personas como lo es como los animales, creo que has encontrado a uno de los que valen la pena.

Unas cuantas horas después, me encuentro con Joel en el centro para cenar en un restaurante chino. Tengo un hambre voraz tras cargar peso durante todo el día.

—Me he pasado por la cafetería antes. Dot te manda recuerdos —me dice. Ahora va con menos asiduidad, puesto que me he ido. Parece cansado; esta semana no ha dormido demasiado, pero su mirada es cálida y diáfana, y busca en mi rostro saber cómo me ha ido el día.

—¿Quieres decir que aún no se han declarado en bancarrota?

—Oye, solo hace unas semanas que lo dejaste. Tiene que pasar tiempo para que una empresa quiebre.

Con una sonrisa, bebo un sorbo de agua.

—¿Es raro que yo no esté?

—Un poco. Sobre todo cuando Dot acerca una silla a mi mesa y no quiere irse.

—¿Has conocido a Sophie? Dot me dijo que empezaba esta semana. —Sophie es el nuevo fichaje de Ben que, según Dot, ya ha sugerido llevar uniforme, eliminar el servicio a la mesa y (con palabras de la propia Dot) «profanar el menú metiéndole aguacate».

Grace era alérgica al aguacate. Le provocaba unos retortijones tan dolorosos que tenía que hacerse un ovillo.

Joel me acaricia la pierna con el pie y me mira fijamente con esos ojos oscuros.

—Sí, aunque no tiene ni punto de comparación contigo, claro. Es un poco… brusca.

Frunzo el ceño mientras abro un rollito de primavera con los dedos. Grace quería que la cafetería fuera un lugar agradable, en el que resultara sencillo pedirse un café y donde uno pudiera ir solo sin cohibirse.

A veces oías su risa desde la calle; llenaba el aire como si fuera confeti. Luego, salía y se ponía a charlar con los transeúntes mientras limpiaba las mesas de la terraza. Grace se entregaba por completo al mundo que la rodeaba: como una ventana iluminada en plena noche, no podías pasar por un sitio en el que ella estuviera y no sentir su calidez.

Cuando Joel me pregunta cómo me ha ido el día, le explico la historia de la perra de Fiona.

—Dice que salvaste la vida de su pastor alemán una semana antes de dejarlo.

Nos rellena los vasos con el agua de la jarra. El mío primero, luego el suyo.

—¿Por un anzuelo?

—Exacto. —Me parece impresionante pensar que si alguien trajese a un perro con un anzuelo clavado, ahora mismo, Joel sabría qué hacer.

—Era muy buena, que yo recuerde.

—Se ve que no le hacen mucha gracia los hombres veterinarios.

—¿A Fiona o a la perra?

Sonrío.

—A la perra.

—Ah, se portó muy bien. Esos perros suelen ser así por miedo.

—Tal vez lo sabía.

—¿Qué sabía?

—Que eras de los buenos.

Joel se remueve en la silla, incómodo por recibir un cumplido.

—Fiona me ha pedido que te diga que no tardes en volver. Dice que eras excelente; lo ha dicho ella, no yo. Aunque da la casualidad de que yo también lo creo.

—Sírvete un poco de *chow mein* —farfulla, con timidez, y me lo señala con un palillo—. No dejes que se enfríe.

40
Joel

Callie y yo acabamos de salir de unos grandes almacenes con sección de jardinería tras pasar una hora sufriendo una agresión óptica y acústica constante debido a una decoración de Navidad más iluminada que la ciudad de Blackpool. Era Navidad con alucinógenos, una psicosis sobreexcitada. Panderetas revestidas de cascabeles, la atmósfera cargada del aroma del café con jengibre, una infantería de vendedores elfos.

Suelo impregnarme del espíritu navideño a través de mi hermana. Pero cuando Callie descubrió que podía alquilar un árbol en la sección de jardinería y luego devolverlo a los productores para que se reutilice el año que viene, me preguntó si me apetecía acompañarla.

Le dije que sí. Pero eso fue antes de ayudarla a mover un abeto a través de un aparcamiento repleto de coches, tres días antes de Navidad.

—Y por eso la gente los compra falsos —resuello.

—Pero los de plástico son muy tristones.

Señalo con la cabeza la sección de jardinería.

—Nunca he estado en un sitio más triste que ese. Que, por cierto, creo que se promocionan demasiado.

—Creo que solo estás disgustado porque no has podido hablar con Santa Claus.

—Te aseguro que no. Que el hombre llevaba gafas de sol.

—¿Habría demasiada luz?

Niego con la cabeza.

—Demasiadas copas que se tomó ayer. Tenía resaca, estoy cien por cien seguro.

Callie se echa a reír.

—Pobre. Imagina qué suplicio.

—Trato de no hacerlo: niños chillando, música navideña en bucle, la sensación constante de querer vomitar... Ahora que lo dices, sí que me recuerda un poco a pasar la Navidad con mi familia.

Por fin, llegamos al coche y apoyamos el árbol sobre el parachoques. Me llevo las manos a las lumbares e inspiro aire fresco. Steve se horrorizaría si viera la poca fuerza que tengo en la parte superior del cuerpo. Dudo mucho que durara más de cinco minutos en el trabajo de Callie (a diferencia de mí, a ella apenas le ha aparecido una sola gota de sudor).

—Bueno. —Apoya un pie en la rueda trasera, lista para tratar de subir el árbol al techo del coche—. Lo mejor de tener un árbol de verdad es que hará que tu piso huela de maravilla.

—Pero ¿en qué momento hemos dicho que iría en mi piso?

Sonríe.

—A ver, cómo te lo digo...

—Crees que no podré subirlo por las escaleras, ¿no?

Y la verdad es que Callie no iba desencaminada. Así que colocamos el árbol en el mirador de mi salón. Adornamos las ramas con espumillón y figuritas, luces y chocolatinas. Me hace sentir un poco nostálgico de otra época.

Mi padre abandonó prácticamente la idea de la Navidad después de que mamá muriera. Nunca más hubo decoraciones, ni comida especial en la nevera. El máximo esfuerzo que hacía era comprarnos tarjetas regalo para ir al centro comercial.

Creo que fue un alivio para todo el mundo que Amber naciera y Tamsin propusiera celebrar la Navidad en su casa. Heredó el gusto de mamá por las fiestas, al fin y al cabo. Supe que las cosas mejorarían cuando me confesó piripi, en mi casa, que quería «montar una buena para Navidad». El sentimiento, al menos, era el adecuado.

Por fin, terminamos de poner todos los adornos brillantes. Me coloco detrás de Callie y la rodeo con los brazos. Se apoya sobre mi pecho y yo descanso el rostro en la fragancia floral de su pelo. Nos quedamos en esta posición unos segundos, un solo latido. «Debes de notar el mío desbocado», quiero decirle. «Me estoy enamorando de ti, Callie».

—¿Sabes? —susurra—. Empiezo a pensar que este año, tal vez, podamos disfrutar de la Navidad.

La comprendo a la perfección.

—Supongo que la anterior fue dura.

Se vuelve para mirarme. Sus ojos titilan como una vela.

—Debe de ser una época complicada para ti también.

—Es más fácil desde que llegaron mis sobrinos. Ahora lo hacemos por ellos.

Sonríe.

—Seguro que les encanta.

—En realidad, es todo cosa de mis hermanos. Yo solo aparezco con los regalos, dejo que los niños se me suban encima y trato de no beber demasiado.

—Ay, el tío guay.

—Ah, y también pongo paz. El año pasado casi llegan a las manos jugando a adivinar con mímica.

—¿Qué pasó?

—La pista era «Good Vibrations», la canción de los Beach Boys. Mi hermano estaba borracho y se le ocurrió darle un significado guarro.

Callie empieza a reírse.

—Ay, no.

—Sí, fue bastante divertido. Tamsin y yo tapamos los ojos a los niños. Papá no había bebido ni una gota y estaba horrorizado. Acabaron en el jardín y tuve que intervenir.

Callie sonríe como si le acabara de contar una historia conmovedora.

—Me encantaría conocer a tu familia.

—Es duro… estar con ellos ahora mismo. —Trato de tragarme la tristeza, atrapado en una trampa de nostalgia que pronto podría comportar nuevas implicaciones. Aunque todavía no he destapado nada sobre mi padre, sigo sin poder olvidar la potencia de aquel sueño—. Sabiendo lo que sé sobre mi padre, o lo que creo que sé, no estoy seguro de cómo he de sentirme.

Me ofrece un apretón de ánimos en la mano.

—Pero es Navidad —reconozco—. Así que tendré que verlos en algún momento, y tú deberías acompañarme.

—Me parece bien.

Nos sentamos juntos en el sofá. Al otro lado del salón, la chimenea arde con lava líquida.

—¿Y tú? ¿Vas a ir a casa de tus padres?

—El día de Navidad solemos ir a casa de mi tía. Es tradición familiar. Pero mis primos son un pelín repelentes. No estoy segura de que vaya a pasármelo muy bien con ellos.

Me da un vuelco el corazón cuando aflora una idea.

—Oye, ya que los dos preferimos evitar a nuestras familias… ¿por qué no pasamos el día juntos?

Me da un beso.

—Me encantaría. Solo tengo que… decírselo a mis padres.

—No quiero que suponga un…

—No, no pasa nada —añade, enseguida—. No será ningún problema, te lo prometo.

Pasan unos segundos. Entonces, se levanta y se acerca a la ventana. Baja la persiana y me pide que apague las luces. La complazco. Callie se agacha y enciende las lucecitas que hemos colocado alrededor del árbol. Emerge una supernova que baña las paredes con un fulgor multicolor.

—Tal vez este será el año en que empezaremos a ver la Navidad de un modo diferente —susurra Callie.

Acallo todos los pensamientos que tengo sobre el futuro y el pasado. Porque, justo ahora, esta noche, siento más felicidad de la que he sentido en mucho tiempo.

—Puede que tengas razón.

41
Callie

Al final, el único modo de lograr pasar el día de Navidad con Joel fue aceptando celebrar la Nochebuena en casa de papá y mamá para que pudieran conocer a ese hombre misterioso. Creo que una minúscula parte de mamá dudaba de que existiera.

Joel les encantó, por supuesto. Hizo las preguntas perfectas, se rio de las bromas de papá y habló con mamá con ternura.

Antes de irnos, mientras Joel estaba en el cuarto de baño, mamá me susurró:

—Ay, me ha parecido encantador, cariño. Muy centrado y con los pies en la tierra.

Por su parte, papá, que rodeaba a mamá con el brazo, añadió:

—Es un buen muchacho.

Y su sonrisa de complicidad en ese momento era toda la aprobación que necesitaba.

Me despierto la mañana de Navidad con el repiqueteo de los platos en la cocina. Me dirijo hacia allí y me encuentro a Joel descalzo, con vaqueros y una camisa de cuadros mirando de hito en hito una cacerola. Murphy está sentado a sus pies con aire esperanzado.

Joel alza la mirada y sonríe.

—Te iba a preguntar cómo te gustan los huevos, pero hay un pequeño problema con el plan.

Me subo a un taburete.

—¿Cuál?

—Que no tengo ni idea de hacer huevos. —Esboza una sonrisa y me ofrece un vaso con una mezcla de zumo de naranja y champán—. ¿Lo compensa esto? Feliz Navidad.

La comida comporta menos contratiempos que el desayuno, sobre todo porque Joel ha tenido la previsión de comprar todos los artículos del pasillo de congelados del supermercado, así que solo es cuestión de repartirlos entre el horno y el microondas. Noto una punzada de placer prohibido al pensar en lo que mi madre (defensora acérrima de la comida casera) diría si supiera que estamos haciendo patatas congeladas, salsa de carne a partir de polvos y salsa de pan de un paquete que pita cuando está hecha. Hay algo en todo esto que me parece de una rebeldía magnífica.

Cuando se lo explico, sentados en el sofá después de comer, Joel sonríe.

—Si usar microondas para ti es sinónimo de rebeldía, a tus padres les tocó la lotería contigo.

—Bueno, aún no han visto el tatuaje.

—¿Crees que no lo aprobarían?

—Recuerdas cómo es, ¿verdad?

Durante unos segundos, me mira a los ojos; luego, responde con delicadeza:

—No estoy seguro. Tal vez necesito que me lo vuelvas a enseñar.

El vientre me arde cuando le sonrío y le hago caso. Me bajo los tejanos hasta que quedan al descubierto esos centímetros de piel tintada. Joel se inclina y sus labios acarician los míos, en un beso muy sentido, antes de apartarse y ponerse a recorrer la silueta del ave con un dedo. Transcurre al menos un minuto antes de que, despacio y con cuidado, deslice la mano por dentro de los vaqueros y empiece a bajar cada vez más sin dejar de mirarme a los ojos ni un segundo. Deja que sus dedos acaricien el borde de mi ropa interior, una y otra vez, una provocación tan sutil que casi es insoportable. Y entonces, por fin, baja las manos a mi entrepierna, momento en el que echo la cabeza hacia atrás, cierro los ojos y toco el cielo.

—Tengo algo para ti —murmura más tarde, y su aliento dulce y cálido me acaricia el pelo mientras, con un dedo, sigue trazando el contorno de la tinta en mi cadera.

Agarra un regalo de debajo del árbol. Me incorporo y noto su mirada mientras lo abro; se me dibuja una sonrisa en los labios. Es un escanciador y dos vasos, idénticos a los que nos pusieron aquella noche en el restaurante italiano, antes de hacer mi entrevista de trabajo en Waterfen.

—Para que siempre puedas estar en una terraza —me dice— en algún punto del Mediterráneo.

Me emociono tanto que casi se me llenan los ojos de lágrimas. Me inclino hacia adelante, lo beso y le susurro mi agradecimiento.

—Ay, y también… esto.

Abro un segundo paquete y me encuentro con una camiseta suave y blanca de algodón en la que aparece un tractor y reza «Y, ADEMÁS, CONDUZCO UN TRACTOR». Me echo a reír.

—Es perfecta.

—La vi y pensé en ti.

—¿La viste por casualidad?

—Bueno, no. Pedí que la hicieran expresamente en la tienda de serigrafiado.

Claro.

—Gracias. Me encanta.

Me agarra la mano.

—De acuerdo. Venga. Creo que ya está lo suficientemente oscuro.

—¿Debería… estar nerviosa?

Se ríe.

—Te diría que, conmigo, nunca está de más.

Y así, con la mano de Joel cubriéndome los ojos, camino a trompicones, como un potrillo recién nacido, hasta el jardín. Disfruto de la sensación: la calidez de su palma sobre mi rostro, su guía firme y segura por la oscuridad.

Al final, noto el gélido aguijón del aire exterior y Joel retira la mano. Inspiro hondo. La cerca negra brilla con cientos de lucecitas; una pequeña galaxia de luciérnagas.

—Esto… sí que es toda una hazaña —murmuro al cabo de unos segundos—, hacer que un jardín tan horroroso sea tan bonito.

—Sí —dice, con suavidad—. No ha quedado mal, ¿verdad?

Pero antes de que pueda responder, me agarra de la mano y me lleva hasta el cobertizo. Hasta ahora, su puerta ha estado soldada por un muro impenetrable de hiedra. En estos momentos, sin embargo, hay un ponedero de madera nuevo que se asoma bajo el alero.

—Se me ocurrió que podríamos ver si criaban algunos polluelos. Petirrojos, tal vez.

«Llevo toda mi vida esperando conocerte», pienso, y lo atraigo hasta mí para darle un beso.

Más tarde, Joel sale a pasear con Murphy. A veces dan una vuelta a la manzana, por la noche: otro recurso, supongo, para no dormir.

Mientras no está, llamo a Grace. Ya sé que es una locura, pero siempre hablábamos el día de Navidad, así que, al menos, tengo que marcar su número. Ha sido una de las cosas más duras de perderla: obligarme a decir adiós a todos estos reflejos cotidianos.

Imagino, como siempre, que la de esta noche será la vez que me responda. Que le preguntaré dónde ha estado todo este tiempo, y que ella me dirá que se ha quedado hablando con tal y con cual, algunas de las infinitas personas que la queríamos.

Pero solo oigo el monótono pitido de su buzón de voz.

—Feliz Navidad, Gracie. Por aquí va todo muy bien. Ojalá hubieras podido conocer a Joel. Creo… que te gustaría. Bueno, solo quería decirte que… te quiero.

Y entonces, durante un ratito, me permito llorar, porque la echo de menos y porque es Navidad.

42
Joel

Es la madrugada tras el día de Navidad y sigo despierto. Callie está acurrucada a mi lado y tiembla mientras duerme, como un animal que sueña.

Antes me ha embargado la rabia. No hacia Callie, sino hacia mí mismo. Por no haber sido capaz de disfrutar del regalo que me ha dado. Ni del panfleto, ni del vale, impresos en un papel tan grueso y cremoso que parecía más bien una invitación a una boda.

Una escapada a un centro de bienestar durante una semana, con comida y gastos incluidos. Solo para mí, no para ella. Supongo que no podía permitirse el *pack* para dos.

Su principal especialidad es la terapia del sueño, me ha dicho con tanto entusiasmo que se le trababa la lengua. (No he tenido el valor de recordarle que no quiero dormir profundamente, ni ahora ni en el futuro). Me enseñarán a meditar, a hacer yoga. Me ha preguntado otra vez por Diana, y me ha comentado que tal vez debería hablar con Steve para empezar todo el proceso. Me ha dicho que el año que viene será el año en el que todo mejore.

He olvidado cómo era hacerse ilusiones, tener esperanzas de cambio. La perspectiva ahora se me antoja extraña. Como estar mirando desde el espacio un sitio en el que viví. Rememoro el tiempo y dinero que he invertido en experimentos a lo largo de los años. La lavanda, el ruido blanco, las pastillas para dormir, el alcohol y Dios sabe qué más compré por internet. Nada sirvió. «Este problema no tiene solución, Callie».

Desde hace un tiempo, la droga que supone para mí pasar tiempo con ella ha anestesiado mi miedo a las consecuencias. Pero (aunque fuera bienintencionado) lo único que ha logrado su regalo es recordarme que mis sueños no desaparecerán.

Después de que se haya quedado dormida, he buscado por internet el lugar del retiro. En silencio, el corazón se me ha partido en dos: le ha costado casi tanto como tres meses de alquiler.

Me vuelvo hacia la mesita de noche y agarro la felicitación navideña que me ha regalado. Dos osos polares se frotan la nariz; firmado en el interior: «Con amor».

Me quedo mirando estas palabras hasta que me arden las retinas.

43

Callie

La mañana de San Esteban nos encuentra tumbados en la cama mientras la luz glacial que entra por las rendijas de la persiana inunda el dormitorio. Acaricio el torso desnudo de Joel, sin prisa. Recorro las curvas de sus músculos, las preciosas laderas de sus costillas. Tiene la libreta cerrada en el regazo y el bolígrafo sostenido por la goma elástica que la cierra, así que supongo que esta noche debe de haber tenido uno de sus sueños.

—¿Cómo te sientes por lo de hoy? —le pregunto. He intentado, sin conseguirlo, imaginarme estando en el lugar de Joel: teniéndome que cuestionar, de pronto, la identidad de mi padre.

—Bien. Me hace ilusión que te conozcan.

Ocho miembros de una nueva familia: tan angustiante como estar delante de un grupo de entrevistadores para un puesto de trabajo que ansías. Recuerdo cómo impresionó Joel a mis padres en Nochebuena y yo espero hacer lo mismo.

Aun así...

—No, me refería... a ver a tu padre.

Se vuelve para mirarme.

—Bueno, estar diez horas con él siempre es todo un reto.

Me da la sensación de que está evitando la pregunta. Tal vez es demasiado doloroso.

—No será duro contigo en Navidad, ¿no?

—Espero que ayude el hecho de que tú también estés. —Hace una mueca—. Aunque debería avisarte de que mi hermano y su mujer seguro que se pelean después de comer.

—Ah, ¿por…?

—Lo he soñado —me explica en voz baja—. Por racionar, o no, el chocolate que comen los niños. Pero si nos vamos a fregar los platos, lo esquivaremos.

—Buena idea. —Pero, aunque le ofrezco una sonrisa, por dentro estoy anonadada: su capacidad de ver el futuro me deja atónita siempre.

Pero Joel no le da más vueltas. Exhala y mira el reloj que tiene en su mesita de noche.

—Deberíamos empezar a prepararnos.

—Enseguida —susurro, y dejo que el dedo se demore en su pecho antes de bajar, de curva en curva, hacia su estómago.

—Sí, tienes razón —murmura y cierra los ojos—. Es Navidad. No hay que ir con prisas.

Las diferencias entre Joel y sus hermanos, cuando me los presenta, son difíciles de pasar por alto. No solo en los gestos, también a nivel físico: azabache ante bermejo, como una flor que brota cuando no toca, un ave rara que regresa a su tierra natal.

Me doy cuenta de que se produce un sutil cambio en su comportamiento cuando llegamos. Mientras contemplo cómo se agacha para dar besos a sus sobrinos, cómo le estrecha la mano a Neil y cómo da unas palmaditas en la espalda a su hermano, me doy cuenta de que no hay rastro de inquietud. Me recuerda lo muy habituado que está a guardarse sus sentimientos para sí.

Tamsin ha traído la comida: un festín copioso de sobras de ayer, lleno del sabor que solo se acumula cuando se dejan reposar las cosas en sus jugos durante la noche. En cuanto nos sentamos, el pie de Joel encuentra el mío por debajo de la mesa mientras, por encima, nuestras miradas se enlazan. «Gracias por venir», parece decirme.

Mientras comemos, caen algunas pullas, sobre todo por parte de Doug. «¿Y no tienen sentimientos también las plantas?», es su reacción al saber que soy vegetariana, como su hermano.

Y, entonces, cuando hablo de usar motosierras: «Seguro que sales corriendo cuando el árbol cae». Más tarde, sin embargo, se impone un segundo de silencio en la mesa cuando Lou me pregunta sobre mis padres y le explico que mi padre era oncólogo.

Después de comer, mientras Doug empieza a pasar cajas de bombones, Joel y yo huimos a la cocina a limpiar. Una vez ahí, no puedo evitar aguzar el oído en busca de una discusión... Y enseguida empieza. Se alzan voces, se oyen portazos y, llegados a cierto punto, alguien que corre a la planta de arriba.

Al final, alguien plantea la opción de ir a dar un paseo, supongo que con la esperanza de que el aire fresco tranquilice a todo el mundo. Así que me ofrezco a enseñarles un campo cercano en el que sé que hay milanos silbadores que buscan dónde posarse para pasar la noche. Los niños parecen emocionarse de una forma desorbitada hasta que Tamsin les explica con una sonrisa que no, que no habrá silbatos, que son pájaros. Me siento fatal, como si acabara de proponer ir al cine y luego lo hubiese convertido en una escapada al supermercado. Con todo, estoy segura de que las aves los conquistarán.

El ocaso besa los pliegues vellosos del campo y la penumbra persigue al sol, que se pierde en el horizonte. En un extremo, recortados sobre la llamarada del cielo, las aves describen círculos sobre un bosquecillo y planean a lomos de la brisa. Se esparcen como el humo y se incrementa su número, primero dos, luego ocho, luego veinte. Veinticinco, treinta. Al lado de Joel, me agacho junto a Buddy, que acaricia la cabeza de Murphy, y le explico los trucos y artimañas de la prodigiosa destreza de los milanos. Embelesado, Buddy contempla cómo el viento los transporta como motas de hollín sobre el ocaso hasta que, poco a poco, uno por uno, empiezan a descender del cielo.

Y así es como paso la noche de San Esteban: presentando la majestuosidad sutil de la naturaleza a Joel y a su familia. No podría haber sido mejor.

44
Joel

Al final fue asombroso de tan simple, abrir la puerta a una vida completamente distinta. Podría haberlo pasado por alto con facilidad: un destello en la oscuridad del desván de papá, donde había ido para buscar dos sillas más para la comida del día de San Esteban.

Vi, entonces, la única concesión de mamá al lujo, un bolso de piel grande de color mazapán. Lo llevaba a todos sitios: en una rápida escapada a la tienda, en el trayecto en autobús hasta el centro, en el coche al ir a ver a nuestros abuelos en Lincolnshire. Y, por último, en su trayecto final al hospital.

Me fijé en el logo de la bolsa protectora. Era idéntico al de color dorado que tan bien conocía. Al levantarla, me pareció más pesada de lo que debería. Así que la abrí, y luego abrí el bolso de piel.

Me atraviesa el corazón la fragancia. Cuero de hace décadas, recuerdos enmohecidos. Aún contenía las cosas que se había llevado consigo para el último ingreso. Papá nunca las sacó.

El camisón suave de algodón con el estampado de flores rosas. Lo alcé ante los rayos de luz que entraban en el desván y recordé mi barbilla apoyada sobre el cuello de la prenda, la última vez que la abracé. Un cepillo de dientes con las cerdas torcidas (muy propio de mamá, tan maniática con la higiene que haría que le sangraran las encías). Y sus gafas. Les di vueltas entre los dedos. Le recogían el contorno de su rostro tan a la perfección que parecían magnificar su buen corazón.

También encontré el libro que estaba leyendo. Era una novela de suspense de un autor que no me sonaba, aunque sí recuerdo que intentó terminarlo durante meses, sin conseguirlo. Una de las páginas estaba doblada: casi dos tercios. Debía de ser el punto en el que estaba cuando murió.

Lo hojeé en vano y luego terminé en la portada interior. Y ahí estaba.

Más tarde, conduzco yo de vuelta al apartamento. Callie apoya los pies en el salpicadero, exhibiendo sus calcetines con motivos de Papá Noel (gracias, papá).

Hay mucho tráfico esta noche, pero no me importa. Me gustaría quedarme en el coche con Callie para siempre, sin prisa por llegar. En este lento rebullir de emociones agradables.

Ha sido un día bastante bueno. El caos de la Navidad y la hiperactividad de los niños han supuesto un respiro de las preocupaciones que me atosigan respecto a la situación con papá. Además, me anima el hecho de que, después del sueño de ayer por la noche, lo más probable es que no tenga sueños en los próximos días. Es la sensación que más puede parecerse a estar relajado.

—¿Quieres saber un secreto sobre Doug?

—Claro —responde Callie.

—Tiene fobia a los árboles.

Callie se ríe, la reacción habitual de la gente cuando esto sale a relucir.

—Le da miedo que las ramas le caigan en la cabeza. Trabaja desde casa cuando hay viento fuerte. Se ve que padece dendrofobia de forma oficial. —Le echo un vistazo—. Así que todo aquello de que cuando cortas árboles seguro que sales corriendo en dirección contraria, era su masculinidad frágil hablando. Se ha puesto gallito.

Callie sonríe con aire soñoliento y apoya la mejilla en la ventanilla salpicada de lluvia.

—Algo así me había parecido. Tu hermano es un poco macho alfa, ¿verdad?

Asiento y pongo mala cara.

—Pero no funciona así, ¿verdad? ¿No cortas y sales corriendo, no?

—Si haces bien el corte, deberías saber justo dónde va a caer.

—Bien —digo, tal vez con demasiado entusiasmo.

Ante nosotros, la carretera se convierte en un río de luces rojas de neón.

Callie me coloca una mano en la pierna cuando freno por el tráfico.

—Joel, ¿alguna vez has pensado…? —El tono es lánguido ahora, en la calidez del coche—. Quiero decir… ¿Alguna vez has pensado que tus sueños podrían ser… un don?

—¿Un don?

—Sí… Es decir… Ser capaz de ver el futuro es un don poderoso. —Sus dedos juguetean sobre mi muslo—. Ese reventón de la tubería, en el centro, me hizo pensar.

—¿Y qué pensaste?

Noto su mirada.

—Que, en cierto modo, tus sueños te colocan en una posición de privilegio. Sabes cosas que nadie más sabe.

—No. —Mi tono es cortante—. Nunca me lo he planteado así.

—Lo siento —dice, al cabo de unos segundos—. No quería quitarle importancia a lo que suponen para ti.

El tráfico avanza.

—No, no. Entiendo lo que quieres decir. —Como siempre, tengo una contradicción de pensamientos y sentimientos—. De todas formas, gracias por lo de hoy. Conocer a la familia de alguien siempre es intenso la primera vez.

—Yo te hice conocer a la mía. Y me lo he pasado muy bien, tienes una familia fantástica.

—Los niños se han enamorado de ti. Te pido disculpas por lo de Buddy. —Se ha negado a separarse de Callie (y no de mí)

212

cuando nos íbamos. Todavía lloraba a todo pulmón cuando nos hemos metido en el coche.

—No tienes por qué. Es monísimo. Y Amber y Bella también. Siempre me han encantado los niños. Estaba entre educación infantil o conservación de la naturaleza cuando salí de la escuela. —Se ríe—. Qué curioso que no acabé haciendo ni lo uno ni lo otro.

—No importa. Lo estás haciendo ahora.

—Cierto. —Suspira con alegría—. Bueno, ¿y qué has dicho que has encontrado antes, en el desván?

Noto el ardor del tesoro escondido en el bolsillo de mi abrigo.

—Un libro, dentro de la bolsa que llevó mi madre al hospital. Hay un número de teléfono y una inicial.

—¿Cuál es la inicial?

—W.

—¿Es de alguien que conozcas?

—Creo que no. He buscado de qué zona es el número: es de Newquay. Nunca he estado. Creo que nadie de la familia ha estado.

—Tal vez compró el libro en una tienda de segunda mano o se lo dejó algún amigo.

—Sí, tal vez.

Giro tras pasar por la clínica. Le echo un vistazo rápido, como si quisiera comprobar que sigue en pie. Ya casi estamos en casa.

—¿Crees que mi padre es un viejo cascarrabias? —le pregunto.

—Qué palabra tan buena, *cascarrabias*.

Sonrío.

—No, creo que es muy franco y directo. Pero te mira con los ojos llenos de amor.

¿De verdad es lo que Callie ha visto? Mi propia perspectiva está demasiado distorsionada ahora.

—Será el brillo de la decepción —le comento—. ¿Cuántas veces ha dicho que ya no soy veterinario?

—No es decepción. Es que no lo entiende.

—Tal vez. Pero estoy bastante seguro de que habría preferido tener dos como Doug.

—¿Cuánto hace que te sientes así? —Suena destrozada por mí.

—Toda mi vida. Me hace pensar...

—Di —me insta, al cabo de unos segundos—. ¿Qué te hace pensar?

—Que tal vez sea cierto que en realidad no soy su hijo.

45

Callie

Cuando han pasado un par de semanas desde Año Nuevo, voy a Cambridge a una despedida de soltera. Alana es una antigua compañera de la empresa de envases metálicos, aunque era una de esas personas ambiciosas que no duran mucho tiempo en un mismo sitio, lo que explica por qué ahora se encuentra unos cuantos peldaños por encima del puesto en el que empezamos.

Ahora cazatalentos para servicios financieros, debe de haber olvidado que ya no trabajo en la empresa, porque hasta dos veces me pone su tarjeta comercial en la mano y me insiste en que puede conseguirme otro. La primera vez que lo ha hecho he pensado que eran drogas o algo por el estilo, y me he puesto tan nerviosa que era incapaz de abrir la mano.

Una despedida de soltera es uno de esos acontecimientos en el que no soy capaz de decir si todo el mundo, en el fondo, se desprecia. Hay seis damas de honor, pero miran más el teléfono que a los demás, y la dama principal ha reservado un paseo en barca en la que nos sirven cócteles: no habría pasado nada de no ser porque es mediados de enero y Alana le tiene terror al agua. Así que lo hemos anulado y hemos ido en busca de un bar, donde la dama principal ha ido directa al baño a perder los estribos y ha obligado al resto del grupo a sumirse en largas negociaciones para aplacarla.

Yo organicé la despedida de soltera de Grace, con un circuito de conducción con todoterreno cerca de Brighton, en un intento por recrear (al menos en parte) su legendario paseo en todoterreno por las dunas en Dubái. Después comimos *curry* y luego tomamos cerveza en un *pub* como Dios manda, las dos cosas que Grace siempre decía que echaba más de menos cuando viajaba. Y la guinda fue que llovió, pero era la lluvia buena, la lluvia británica. Fría, implacable. El aguacero de *Cuatro bodas y un funeral* siempre fue el preferido de Grace.

Se inclinó hacia mí cuando llevábamos media pinta de cerveza John Smith. Tenía el rímel corrido de lo mucho que nos estábamos riendo. Recuerdo pensar que tenía que comprarle uno resistente al agua para que no terminara pareciendo la novia cadáver el día de la boda.

—Quiero que te cases, Cal.

—¿Qué?

—Quiero que te cases, pero tanto…

—¿Por qué?

Echó un vistazo por el *pub*.

—Para poder prepararte todo esto.

Le limpié un poco de negro del pómulo con la yema del dedo.

—Cuando conozca al hombre con el que me quiero casar, serás la primera en saberlo.

Por aquel entonces, no había conocido a Piers siquiera, aunque tampoco es que el matrimonio fuera una posibilidad en nuestra relación. Antes de él, solo había tenido ligues, algunas citas que habían progresado un poco antes de ver que no llevaban a ninguna parte.

Aún me entristece recordarlo y pensar que Grace nunca llegará a conocer al hombre con el que me quiero casar.

La despedida de soltera va de mal en peor, y cuando todo el mundo empieza a pelearse por quién ha tenido la idea de reservar el paseo en barca, me escabullo afuera para llamar a Joel.

—¿Cómo va?

—Horrible, la verdad. Es la despedida de soltera más pasivo-agresiva en la que he estado.

—No pinta bien para la boda.

—Ni que lo digas. Me estoy planteando irme. ¿Quieres acompañarme?

Percibo cómo sonríe al otro lado del teléfono.

—Siempre. ¿Crees que no les va a importar?

—Alana está a punto de pelearse con su dama principal, así que lo dudo mucho. —Titubeo—. ¿Qué te parece una noche en un hotel de ninguna estrella?

Tengo una habitación en un alojamiento asequible en las afueras de la ciudad. Lo eligió la dama de honor, por el descuento que se aplicaba al reservar para un grupo, pero Alana se puso lívida al verlo. Es el tipo de hotel que solo podría parecer decente si cierras los ojos y te gusta que todas las superficies tengan una pátina pegajosa.

—¿Ninguna estrella, dices?

—Tiene muy malas reseñas en TripAdvisor.

—No digas más. Enseguida estoy ahí.

Aproximadamente una hora después, Joel llama a la puerta de mi dormitorio.

—Uau —dice, cuando le abro—. Estás espectacular.

Entusiasmada por la oportunidad de colgar las botas de agua y el polar, esta noche he hecho un esfuerzo: me he puesto un vestido negro y un tacón muy alto, me he rizado el pelo y le he dado una longitud nada desdeñable al delineado de los ojos. Ahora el efecto es menor: no llevo los zapatos y el pelo ha perdido volumen, así que es aún mejor que Joel piense que estoy guapa.

—Estoy tratando de descubrir si es bueno o malo que el chico de recepción ni siquiera haya pestañeado cuando he pasado a toda velocidad por delante —me explica Joel mientras me rodea con los brazos.

Sonrío y le doy un beso para saludarlo.

—Yo diría que bueno, sin duda. Gracias por rescatarme.

—Ah, yo solo he venido porque dan galletas gratis.

Hago una mueca.

—Lo siento, solo había una galleta de mantequilla y tenía un poco de hambre.

—Ah. ¿Y cómo estaba?

Me río.

—Rancia.

Juntos, nos hundimos sobre el colchón. O, al menos, eso intentamos, antes de que se haga evidente que el bastidor de la cama es un asesino de coxis.

Joel hace una mueca.

—Uf, no quieren que te estires, ¿eh?

—Lo siento. Es peor de lo que pensaba. Ni siquiera se merece media estrella.

Trata, sin éxito, de aplastar el colchón con la palma.

—No, no seas tan dura. Es muy práctico, te ahorra poner el despertador por la mañana, ¿ves?

La cama, en realidad, está formada por dos individuales (el grupo de la despedida era impar, así que cuando la dama de honor me lo preguntó, le dije que no me importaba no compartir habitación). Por lo tanto, las he unido, y solo he conseguido que parezca aún más desastroso que antes.

Examino la estancia otra vez.

—Uf, es el sitio más frío e impersonal en el que he estado. Y las cortinas… ¿son de plástico?

—No, yo no diría que es frío. —Se inclina para besarme—. Espera aquí un momento. Y no te bebas toda la leche. Volveré en dos segundos.

Regresa al cabo de quince minutos y asoma la cabeza por la puerta.

—Cierra los ojos. Y será mejor que la leche siga donde la he dejado.

Me río y obedezco; me llevo las manos al rostro para no estar tentada de mirar. Se me aguzan los sentidos y oigo sus pasos, el crujir de un mechero y un grifo que se abre. Después, el ruido de algo que se desgarra y el suave repiqueteo de la música. Finalmente, un chasquido, y se hace la noche al otro lado de mis párpados.

—De acuerdo, ábrelos.

Hay velitas en el escritorio y un ramo mustio de flores en una taza. Su teléfono emite una música suave, y en la mano tiene una botella de champán lista para abrir. Se encoge de hombros.

—Resulta que cambiar lo frío que es depende de ti.

—¿Cómo has...?

—Bueno, he sustraído las velas del comedor. Pero el champán lo he comprado, y luego le he pedido a un encargado de mantenimiento muy simpático si le importaba donar su mechero para una buena causa: el romanticismo. Ah, y las flores son del vestíbulo. —Me guiña un ojo—. Es que, ¿a quién no le gusta un clavel de nylon? Perdón, tienen un poco de polvo.

No estoy segura de que alguien me haya hecho reír y llorar al mismo tiempo, en el pasado, pero así estoy cuando me bajo de la cama y le rodeo la cintura con los brazos.

—Acabas de convertir una noche desastrosa en la mejor de mi vida.

Nuestras narices casi se rozan. Estamos a punto (pero todavía no) de besarnos.

—¿Quieres que mejore aún más? —me susurra.

—Sí. —La palabra se me funde en la boca—. Sí, por favor.

Se inclina para besarme, y es un beso cargado de fuegos artificiales, de expectativas acumuladas a lo largo de semanas. En un segundo, nuestros cuerpos avanzan a toda prisa: las manos se mueven con frenesí, agarrándose a los brazos, arrancando ropa y tirando del pelo. Presas del delirio, nos desvestimos en lo que parece un instante antes de caer entrelazados en la cama improvisada. Y, entonces, empieza a retirar mi ropa interior de seda, listo para el apogeo final (tras tantas semanas de espera) que sé que hemos estado imaginando durante tanto tiempo.

—Callie —jadea, con su rostro sobre el mío—, lo eres todo para mí.

—Y tú para mí —le respondo, en un suspiro, y le doy la vuelta, extasiada. Quiero decirle que lo quiero (porque lo quiero, lo sé desde hace semanas), pero opto por cerrar los ojos y sentir cómo entra en mi interior. Ahora mismo, eso es todo lo que quiero.

46

Joel

—Oh, no. Rufus también odia San Valentín. —Callie se ríe cuando el perro de Iris levanta la pata ante una parada de autobús. El póster anuncia una comedia romántica que se estrena el 14 de febrero.

—¿Por qué? ¿Quién más odia San Valentín? —le pregunto.

—Todo el mundo que conozco, y con saña.

—Odiar con saña... Me parece injustificado. ¿Por qué?

—Bueno, porque, ya sabes, es un ardid cínico y empresarial, además de una chorrada comercial. Es el símbolo del consumismo absoluto. ¿Te he contado ya que Esther celebra una fiesta anti-San Valentín cada año?

Trato de no echarme a reír.

—Pero si yo creía que Esther tenía una colección de películas de Hugh Grant.

—No está en contra del amor, solo de su comercialización.

—Porque, claro, esas películas se hicieron, sin duda, sin ánimo de lucro.

—Esther te diría que ella decidió comprarlas...

—Las treinta de la colección.

—Mientras que San Valentín es impuesto. Se nos impone, a todo el mundo.

—Entonces, ¿qué hacéis en la fiesta? ¿Quemar rosas? ¿Echar bombones por el váter?

Callie se detiene para desenredar la correa de Murphy de su pata delantera.

—No exactamente. Pero son intensas. Hay… que implicarse mucho.

—¿Y qué hacéis? ¿Sentaros en círculo y entonar cánticos sobre lo mucho que detestáis San Valentín?

Se yergue, con expresión impávida. Es imposible saber cómo le ha sentado la broma.

—Bueno, tienes que compartir tu opinión al respecto, al menos. Y siempre es temática. El tema del año pasado fue: zombis.

—¿También da una este año?

—Sí. El tema es «El metal a lo largo de los años».

—Vaya. —Me rasco la barbilla e intento sonar despreocupado—. ¿Y de qué irías disfrazada? Si fueras a la fiesta, digo.

La boca se le contrae, como si estuviera resistiéndose a sonreír.

—No estoy segura. Todavía no he dicho si voy a ir.

Al final, no va. Dos semanas antes, decide pedirme que me reserve la noche. Me pide que me encuentre con ella en la cafetería, a las ocho, la noche de San Valentín.

Es la primera vez que lo celebro de verdad. Si alguien me lo hubiera preguntado en otra época de mi vida, me habría puesto de parte de Esther y habría renegado del día por completo. La idea de celebrar el amor siempre me ha parecido complicada.

Pero, entonces, conocí a Callie.

Llego quince minutos antes, con una botella de vino y un montón de flores. Y digo «montón» porque resulta que nadie quiere que parezca que se está esforzando demasiado el día de San Valentín: ya no quedaban flores normales cuando he ido a la floristería. Así que he terminado con un ramo del tamaño de un planeta pequeño que contiene quince tipos distintos de flores y plantas exóticas y que parece que tenga su propio microclima. Tampoco podía presentarme con las manos vacías, así que me he tenido que llevar ese.

Las persianas de la cafetería están bajadas, pero la luz titila dentro, tentadora como la de una cabaña en el bosque.

Callie se ríe cuando abre la puerta.

—No te veo la cara.

—Ya. Solo para que quede constancia, sé perfectamente que un ramo tan disparatado como este debería ser motivo de ruptura.

Se asoma para mirar el ramo.

—Eso dependerá de quién lo traiga.

—Un idiota desorganizado. Lo siento. Lo he dejado para cuando era demasiado tarde. Tíralas a la papelera si quieres. Ha sido toda una experiencia ir por la calle con el ramo en la mano el día de San Valentín. He recibido comentarios y todo.

—Puede que seas la única persona que conozco que me pediría disculpas por regalarme flores.

—Oye, está justificado.

—No, me encantan.

—Bueno, tienes suficiente para empezar tu propio jardín botánico. —Dejo el ramo sobre el mostrador—. Por cierto, estás preciosa.

Lleva el pelo recogido en un moño alto. Centellea con un top metálico sin mangas de una tela tan fluida como el oro líquido.

—Gracias. Ya tenía preparado el conjunto para la fiesta de Esther, así que he pensado: ¿por qué no? —Hace un gesto de exhibirse con las manos.

Parte superior dorada, pendientes dorados con forma de flamenco. Los párpados espolvoreados de oro. Me cuesta unos segundos:

—«El metal a lo largo de los años»... Vas de oro.

—He decidido reinterpretar la temática.

—Me alegro. —Echo un vistazo a mi propia vestimenta: una camisa lisa azul y vaqueros negros. Sin arriesgar—. Ahora siento que no voy vestido para la ocasión. Deberías habérmelo dicho.

—¿Por qué? ¿De qué habrías venido vestido?

223

Me agacho para saludar a Murphy.

—Bueno, tengo un mono de lamé dorado, pero lo guardo para ocasiones especiales.

—¿Más especiales que esta?

—Lo único que diré es que las noches de bailoteo en el Archway son difíciles de superar.

—Pagaría por verlo.

—Me da la sensación de que he vuelto al pasado. —Me levanto y me quito el abrigo—. Vengo a la cafetería con ganas de verte.

Esboza una sonrisa tímida.

—Yo también tenía ganas de verte siempre.

En mi habitual mesa junto al ventanal, Callie ha colocado velas, cubiertos y copas. Hay un cubo lleno de hielo en el que se mantiene fría una botella de vino, y Ella Fitzgerald ameniza el ambiente.

—Le he preguntado a Ben si podíamos venir aquí esta noche. Me pareció que podría estar bien, ya que fue donde nos conocimos. Lo siento si te parece cursi.

Le doy un beso.

—Para nada. Me parece todo un detalle.

—¿Sí? Te prometo que no te serviré café ni tostadas con huevos.

—¿Has cocinado tú?

—Bueno, no… No se puede cocinar con una plancha para sándwiches y un microondas. He hablado con los del restaurante que hay al final de la calle.

Atacamos las tartaletas de queso de cabra, suculentas y doradas y recién salidas del horno del restaurante. Las copas están llenas y las velas titilan y crean una atmósfera romántica.

—¿Sabes qué? —le digo a Callie—. En Navidad, cuando estaba husmeando en el desván de mi padre, encontré un recibo de su luna de miel, hace treinta y cuatro años.

Su rostro se agria como si en vez de «recibo» hubiese dicho «cachorro abandonado».

—¿Un recibo de qué?

A través de los altavoces de la cafetería, Ella muestra su respeto a Etta James.

—Una comida elegante en Christchurch. ¿Sabes a cuánto ascendió el total? Fueron tres platos más bebidas.

Sonríe.

—¿Veinte libras?

—Ocho libras con treinta y nueve.

—Qué maravilla. Es como tener en la mano un pedazo de la historia de alguien.

—Mamá era una sentimental. Guardaba cosas así. Una vez nos enseñó el billete de autobús que papá le compró cuando terminó su primera cita.

—Era una romántica de las de antes.

—Al menos lo intentaba, supongo. Papá era mucho menos sentimental que ella. —Sonrío y sacudo la cabeza—. Ah, ¿y sabes qué? El día de San Valentín siempre era una pesadilla cuando trabajaba en la clínica.

—No, ¿de verdad? ¿Por qué?

Los recuerdos me inundan la mente.

—Perros que se comían bombones, gatos que se tragaban flores. Papel de envolver y celo que acababan en estómagos. Velas que los animales tiraban al suelo. La lista era interminable.

Callie bebe un sorbo de vino y baja la copa. Podría quedarme todo el día admirando sus ojos sin querer pestañear ni una vez.

—Uf, suficiente para convertir a cualquiera en un escéptico de San Valentín.

—Casi —replico—, pero no del todo.

Tras el postre, le agarro la mano.

—Ha sido una noche fantástica.

—Sí.

—Me da miedo sentirme tan bien.

Nuestros dedos se estrechan en un lazo sólido e indisoluble.

—¿Por qué?

—Porque nunca he… —Callie sabe algunas de mis opiniones sobre el amor. Pero no que decidí evitarlo, el romántico al menos, para siempre. Y justo ahora no sería el mejor momento para explicárselo.

—Me encanta estar contigo, Joel —susurra.

—A mí… también.

—En realidad —dice, con más aplomo—, te quiero. No me da miedo decirlo. Te quiero, Joel.

Tal vez en un acto reflejo miro la mesa. Ha dibujado un corazón en la salsa de chocolate del plato de postre que hemos compartido, y lo ha rematado con nuestras iniciales.

La «C» va primero.

—Te quiero —vuelve a susurrar, como si necesitara asegurarse de que lo sé con certeza.

—Te da miedo decirlo, ¿verdad?

Creía que Callie se había dormido. Estoy tratando de permanecer despierto escuchando a medias una charla TED mientras la otra mitad de mí observa el libro que he encontrado en casa de papá. Llevo semanas preguntándome qué hacer con él. ¿Debería hacer algo con lo que he encontrado, o dejar que el pasado se quede donde está, en el pasado?

Podría buscar la dirección asociada al número y descubrir quién vive ahí. Pero luego, ¿qué? Ahora que tengo la oportunidad de ir más allá, me invade el miedo. Por lo que pudiera encontrar y por lo que pudiera comportar.

Al principio, no oigo lo que me dice. Me quito los cascos.

—Te da miedo decir «te quiero».

Callie lleva mi vieja camiseta Nike y el pelo enredado alrededor de la cara. Tiene un aspecto tan tierno y vulnerable que, por unos segundos, me pregunto si estará hablando en sueños.

—No me da miedo estar contigo. —No es del todo cierto. Pero, al menos, ahora siento curiosidad por el futuro, ya no estoy paralizado.

Aun así, el amor…, el amor es aquello a lo que no me atrevo a sucumbir.

—Te da miedo quererme. Crees que traerá mala suerte que lo digas.

—Ya sabes lo que siento por ti. —Pero incluso cuando aún lo estoy pronunciando, me muero de vergüenza. ¿No seré yo el que verbalice un sentimiento de la manera más penosa?

Sé que Callie quiere que explore esta posibilidad. Me ha preguntado ya un par de veces si voy a pedir cita con Diana, si he reservado mi plaza en el retiro que me regaló para Navidad (aunque sé que sería inútil). Y no la culpo, claro.

Tal vez ni siquiera debería estar durmiendo con ella, si no soy capaz de decirle ni que la quiero.

Busco su mano bajo las sábanas. El dormitorio está frío esta noche de San Valentín, pero su piel está cálida como un edredón.

—Ya sé que me quieres. —Su voz se convierte en un murmullo—. No tienes que tener miedo.

«No tengo miedo», pienso. «Estoy aterrado».

47

Callie

Con el transcurso de las semanas, la primavera llama a la puerta y el mundo empieza a llenarse de color y de esperanza. Tras tanto tiempo aplastada por el invierno, la tierra parece estar desarrollando dimensiones. Sus pulmones se van llenando poco a poco del nuevo coro matinal y el follaje engrosa las ramas. Las mariposas son centellas diseminadas entre explosiones de narcisos ocres y en Waterfen germina la época de cría. Me encanta oír cómo los mosquiteros trinan mientras trabajo, el archibebe se tambalea y el avefría molesta al aguilucho en el cielo infinito.

Aunque hay muchas cosas que adoro del invierno, tras pasarme semanas limpiando acequias y chapoteando con botas de pescador es un alivio notar que la tierra se endurece bajo los pies a medida que la luz se alarga y el sol calienta cada vez un poco más, como un ave a punto de romper el cascarón. El aire se ha desembarazado del aroma a tierra y aguas estancadas, y lo ha cambiado por la fragancia dulzona del florecer de abril y del néctar. Mientras la naturaleza se restaura, nosotros hacemos lo propio: guardamos las motosierras y las desbrozadoras y empezamos a arreglar vallas y a mantener la maquinaria. Disfrutamos de las tareas más agradecidas, como arrancar cardos del suelo y segar los prados. Me fascina investigar las aves en reproducción, y me paso horas alzando los ojos al cielo o aguzando el oído entre la maleza mientras espero ver un destello al vuelo, la reveladora aparición de una pluma, el trozo sosegado de una canción.

En el ponedero que tenemos en el cobertizo del jardín se han acomodado dos petirrojos. Joel y yo vemos a la hembra de vez en cuando, un precioso borrón anaranjado con el pico siempre cargado de hojas secas y musgo, preparando el nido para los huevos. Es un privilegio contemplarla, como si confiara en nuestra compañía y en la casita de madera que Joel eligió. Espero poder ver a las crías en unas semanas, esos polluelos pardos y patosos que se abren camino en el mundo a trompicones.

Y cerca del río, el sauce se robustece y se colma de verde. A veces, después de trabajar, lo trepo, solo cinco minutos, para sentir la calidez de la corteza y el confort de su tronco, para volver a estar cerca de Grace y contemplar cómo nuestras iniciales se han suavizado en el transcurso de otro invierno. Con el paso de cada estación, me preocupa que desaparezcan, como una hoja otoñal que absorbe la tierra, que las marcas se alisen y los colores se apaguen hasta que su carácter y su complejidad no sean más que polvo.

Siempre le digo que la quiero cuando estoy encaramada al sauce. Me siento como cuando se lo digo a Joel, en el sentido de que espero una respuesta que puede que no llegue nunca.

Nos estamos preparando para ir a la presentación de un libro que ha escrito un amigo de Zoë cuando decido sacar el tema. Llevo pensándolo un tiempo (desde Navidad, de hecho), y aunque supone un riesgo y sé que el tiro podría salirme por la culata, voy a hacerlo.

Tenía pensado pedírselo mañana durante el desayuno, en un espacio largo y pausado durante el café, para que pueda reflexionar su respuesta, sin presión. Pero mientras me rizo el pelo con las piernas cruzadas delante del espejo del dormitorio de Joel y él se abrocha la camisa, me parece el momento oportuno. Porque somos la viva imagen de lo que podríamos llegar a ser: en una casa, cómodos, juntos.

—No te agobies —empiezo.

«Vaya manera de empezar, Callie».

En el espejo, Joel me sonríe.

—Para nada.

—Pero he estado pensando…

Asiente como si quisiera animarme a continuar.

—… si estaría bien que… A ver, ¿si tendría sentido…? —Entonces, me quedo muda. Soy incapaz de encontrar las palabras, ahora que su reflejo me mira y esos ojos negros como el carbón analizan mi rostro.

Joel aguarda.

—Sigo sin agobiarme…

Inspiro y me lanzo.

—Estaba pensando en si, tal vez, deberíamos vivir juntos.

En el espejo, se queda inmóvil. Los segundos se alargan.

—¿Es…? ¿Es lo que te gustaría?

Lo miro a los ojos. «Ay, se está agobiando». Pero decido ser valiente y asiento para hacerle saber lo que siento.

—Sí. ¿Y a ti?

—La verdad es que no me…

—Es demasiado pronto —conjeturo.

—No, no es eso…

—No te preocupes —le digo con dulzura—. No tienes por qué decirme algo ahora.

Hay un pedacito de mí que espera que proteste y me ofrezca un sí o un no, pero no lo hace. Solo se limita a responder:

—De acuerdo. Gracias.

Estamos apelotonados en la librería sin ventilación en la que se presenta el libro, así que cuando Joel me agarra de la mano justo cuando parece que los discursos van a llegar a su fin y me susurra que necesita salir a tomar el aire, me siento aliviada.

—¿Tenemos que comprarnos un ejemplar? —me pregunta cuando estamos en la acera, satisfechos de estar en el exterior.

Ha hecho un día cálido, y la brisa de finales de la tarde sigue cargada de sol.

Con suavidad, le doy un empujoncito en el brazo.

—¡Claro! Es la presentación de un libro. ¿Para qué hemos venido, si no?

—Es que no termino de pillarlo. ¿Es ciencia ficción o erótica?

Sonrío.

—Tienes que verlo como ciencia ficción erótica.

Suelta una carcajada.

—Claro. Sabía que habría un buen término para definirlo.

—Evidentemente. Los robots también necesitan un poco de amor.

Gente recién salida de su trabajo nos adelanta por la calle. Hay una pareja que come helado y un chico que se pasea con una camiseta y unas Ray-Ban. Verlos me embriaga del optimismo exclusivo de la primavera, como las aves que construyen sus nidos o los capullos que florecen.

—Lo siento, Cal —dice de pronto Joel—. Lo de antes. La verdad es que... Madre mía, lo he gestionado fatal.

Ah, lo de vivir juntos. Ha sido un error, ahora lo sé.

—No, lo he soltado sin previo aviso. No tienes que...

—He estado pensando en lo que has dicho. —Se aclara la garganta—. ¿Qué te parecería... mudarte a mi piso?

Me brotan alas en el corazón.

—¿Al tuyo?

—Sí. A ver, no me malinterpretes, me encanta tu piso, pero ¿no tiene más sentido mudarnos al mío, que tiene el jardín para Murphy, y...?

No puedo reprimir la sonrisa.

—¿Estás seguro? No tienes por qué.

—Ya lo sé. Pero creo que es lo correcto.

—Yo también.

—Siempre y cuando te parezca bien... Bueno, todo.

—Si no, no te lo habría pedido. —Sí, a veces está inaccesible por las mañanas, entre la toma de notas y las secuencias de monosílabos. Y si pasamos la noche juntos, raras veces nos

231

dormimos a la par: suele salir con Murphy cuando yo ya me he ido a la cama, o se mantiene despierto para evitar soñar. A veces, el descanso se ve interrumpido por un sueño que lo despierta. Pero ¿y qué? Ninguna imperfección puede perjudicar lo mucho que lo quiero.

Agacha la cabeza y acerca su boca a la mía.

—Todo esto si no odias mi piso, claro.

—En realidad, me gusta más que el mío.

—Entonces, ¿nos mudamos?

—Nos mudamos.

Durante un instante, justo antes de que me bese, parece que quiera añadir algo más. Pero mientras contengo el aliento para escucharlo, sus labios se posan sobre los míos y la vida sigue.

48

Joel

Callie tiene el rostro salpicado de tierra, y varios mechones de pelo se han liberado de su coleta. Está apoyada sobre mí en el sofá, satisfecha tras un día soleado de trabajo en Waterfen. Me alegro por ella, después de tantas semanas lastrada por el invierno, con los dedos congelados, la ropa rígida y llena de barro. Aunque nunca se ha quejado.

Al otro lado de la ventana, la luz del viernes abandona el cielo.

Murphy ha posado el morro sobre la rodilla de mi hermana y ha clavado los ojos en su rostro, como si supiera exactamente lo que ha venido a decir:

—Estoy embarazada.

Me pongo en pie de inmediato y abrazo a Tamsin. Espero que no vea que, aunque la alegría es sincera, la sorpresa es fingida. Porque ya he conocido a Harry en sueños, ya le he besado la frente impoluta y me he maravillado de su frescura neonata; ya me ha henchido de amor.

—Eres la mejor madre que conozco —murmuro, con la cabeza hundida en su pelo—. Felicidades.

Abro un brazo para que Callie se nos una. Los tres nos abrazamos de pie, riendo y secándonos las lágrimas.

Mientras Callie va a buscar más bebida, le pregunto a Tamsin de cuánto está. (Ya sé que está de unas ocho semanas, claro. Siempre me incomoda ser conocedor de la información personal de alguien antes de que lo sepa siquiera esa persona).

Sonrío cuando me lo confirma.

—Neil debe de estar muy contento.

—Bueno, ya conoces a Neil. Si nos tocara la lotería, tan solo diría: «Qué bien». —No deja de acariciar a Murphy—. Pero sí, creo que es una de las pocas veces que lo he visto emocionarse.

—Bueno, un bebé para Navidad. —Callie ofrece a Tamsin otra infusión. (Las compré expresamente para esto, en cuanto soñé con Harry)—. Qué emoción.

Tamsin suelta una carcajada.

—Recuérdamelo cuando cumpla un año, y todos los cumpleaños siguientes. Lo hemos planeado fatal.

—¿Querrás saber qué es?

—No, quiero que sea sorpresa.

Le dirijo una sonrisa a Callie y enseguida aparto la vista. Me parece un error que nosotros sepamos lo mejor («Tendrás un niño al que vas a llamar Harry») siete meses antes de que lo haga Tamsin. Aunque ya noto la habitual oleada de miedo: «Solo quiero soñar cosas buenas sobre él».

Tamsin da sorbos a la infusión. Lleva un vestido de algodón de cuadros azul marino y crema y unas sandalias con suela de esparto. Las gafas de sol que lleva en la cabeza le sostienen la melena pelirroja.

—Mamá estaba embarazada de ocho semanas de Doug, creo, cuando se casó con papá.

Hay una fotografía un tanto incómoda en alguna parte. Salgo yo, que aún no he cumplido los dos años, apretujado entre mis padres, rígido, en las escaleras del juzgado de paz.

Y ahora, la incomodidad muta en mi cabeza. ¿Parecen incómodos porque el niño que había junto a mamá era hijo de otro hombre? ¿Lo sabía papá con certeza? ¿O solo era una sensación inconsciente?

«¿Qué ocurrió, mamá? ¿Por qué nunca hablamos de esto?».

—Este nació fuera del matrimonio —le dice Tamsin a Callie. Me guiña un ojo—. Por eso creemos que está un poco… descarriado.

La piel se me eriza. «Fuera del matrimonio… ¿O el hijo de otro?».

Tamsin se lleva una mano al vientre aún plano y mira a Callie.

—Estoy que no me lo creo. Hemos estado buscándolo a rachas desde que Amber cumplió un año. De verdad que ya no creía que volveríamos a tener un bebé.

—Nos alegramos mucho por vosotros —dice Callie.

—Solo espero… —Se le corta la voz.

Se me encoge el estómago.

—No —le susurro.

—Pero es que hace tanto tiempo que lo esperamos… ¿Y si hay algo…?

—No va a pasar.

—No lo sabes.

—Sí, sí que lo sé. —Más despacio, mis ojos se lo repiten: «Sí. Sí que lo sé».

—¿Cómo lo sabes?

Callie me agarra la mano. Me obligo a adoptar una expresión neutra. Hoy no soy yo el protagonista, sino Tamsin.

—Tú confía en mí, ¿de acuerdo? —le digo—. Todo saldrá bien, te lo prometo.

Parece suficiente. Tamsin asiente, solo una vez. Usa el pañuelo que Callie le ofrece para secarse algunas lágrimas escurridizas.

—Supongo que es lo que ocurre cuando quieres algo con todas tus fuerzas.

—No pasa nada por querer algo con todas tus fuerzas.

Logra esbozar una sonrisa.

—Bueno, ¿y por aquí, qué?

—¿Qué pasa aquí?

—Vosotros dos. ¿Me vais a hacer tía, o qué?

No suelto la mano de Callie, pero le respondo impasible:

—Tam, solo han pasado seis meses.

Callie todavía no se ha mudado conmigo de forma oficial, aunque se lo ha notificado a Steve. Y han empezado a emerger montoncitos de cosas suyas por mi apartamento. Echo un vistazo a sus hierbas aromáticas y sus plantas de interior, alineadas ahora en la repisa. Las trajo ayer, junto con la jardinera de la ventana, y la repentina vegetación ha sido como una bocanada de aire fresco. Esta semana ha comprado plantas para llenar el patio con macetas y plantarlas con flores de verano para las abejas y las mariposas.

—Cosas más raras han pasado —replica Tamsin.

«Han pasado y pasan, constantemente». Y, entonces, de improviso, me asalta un pensamiento. Un pensamiento que implica a Callie embarazada y a mí presa de la felicidad.

A pesar de todo lo que me aterra el amor, no puedo evitar pensar que sería una maravilla peculiar, pero una maravilla al fin y al cabo, poder ver el vientre de Callie y saber que nuestro hijo o hija está cómodamente acurrucado en su interior.

Pero lo único que digo es:

—Ten hermanas para esto. —Deshecho la idea y entierro el rostro en la taza.

Después de que Callie se quede dormida esa misma noche, saco a Murphy a dar un paseo alrededor de la manzana. Mientras estoy fuera, recibo un mensaje. Es de Melissa. Me pregunta con qué ando liado, me dice que ha pasado demasiado tiempo. Me pide que no desaparezca.

No es la primera vez que lo hace. Se puso en contacto conmigo en Navidad, y luego otra vez en febrero. Ambas veces redacté una respuesta, pero no apreté el botón de enviar. Aunque parezca ilógico, mandarle un mensaje para poner punto final a la relación se me antojaba más cobarde que no decirle nada en absoluto.

Pero ahora sé que fue una estupidez. Tengo que contestarle. Y eso hago, con tanta neutralidad con la que soy capaz. Le explico cómo me van las cosas con Callie y le digo que será mejor que no nos escribamos más. Quiero hacerlo con tacto, pero no quiero ser ambiguo.

Se lo explico todo, lo envío y me invade la vergüenza. Por cómo la he tratado y por cómo han acabado las cosas entre nosotros. Espero que un día sea capaz de perdonarme.

49

Callie

A principios de junio, Joel propone que celebremos el día en el que oficialmente me he mudado con él saliendo al centro a comer *pizzas* al horno de piedra. Son tan grandes que casi no somos capaces de terminárnoslas, pero, aun así, después nos dirigimos a un restaurante especializado en postres.

—Nos lo merecemos, después de tantas cajas —le aseguro a Joel ante porciones gigantescas de tarta de chocolate y tarta de queso—. Siento que hubiera tantas. Juraría que cuando me mudé aquí no traje tantísimas.

—No te preocupes. Pero creo que mañana me dolerán músculos que no sabía que tenía.

—A mí también. Creo que los músculos se me han encogido desde que hace tan buen tiempo. Últimamente solo llevo el tractor, casi ni sudo ya.

—No está mal trabajar así.

—Ya, no está mal. Supongo que habrá que disfrutarlo mientras dure.

Joel ataca su tarta de queso. Esta noche está tan guapo como siempre, con una camisa vaquera de tono claro y las mangas arremangadas hasta los codos.

—Exacto. Tiene que ser mejor que el invierno, al menos.

Me lo pienso unos segundos, en los que parto una esquina de la tarta de chocolate con la cuchara.

—No lo sé. El invierno tiene un no sé qué… Como si…, como si hubiera belleza entre tanta desolación. —Sonrío y me

237

encojo de hombros porque no soy capaz de explicarlo del todo. La gente, en general, odia el invierno, los cielos grises y la llovizna ladeada. Esa necesidad constante de tiritar—. El invierno parece más salvaje, en cierto sentido. Y me encanta. El paisaje azotado por el viento, reductos a la intemperie... son lo mío.

Joel sonríe.

—No tiene nada de malo que te guste algo tan concreto.

Con una sonrisa en los labios, le explico las vacaciones de mi infancia, cómo papá y yo siempre salíamos a explorar, hacíamos excursiones y recogíamos objetos por el camino.

—Por eso supongo que siempre me ha atraído tanto Chile: la idea de esos paisajes interminables, de adentrarte en plena naturaleza. —Sigo contándole a Joel lo espectacular que es Letonia, y me entusiasmo como si fuera una experiencia propia cuando le explico lo mucho que le encanta a Liam.

—¿Y por qué no lo has hecho nunca, Cal? —Joel frunce el ceño—. Tienes todos esos libros en casa y tantos sitios que quieres ver...

Aunque sé que no tenía intenciones de que sonara como una crítica, me empequeñezco un poco.

—Es que nunca me ha parecido un buen momento. Soy prudente por naturaleza y mi mundo siempre ha sido muy... seguro, incluso de pequeña. Y cuando traté de tomarme la vida como Grace, de hacer las cosas de forma distinta, todo salió muy mal. —Evoco el tatuaje y el horrible impulso que acabó en desastre.

—No hay ninguna razón por la que no deberías seguir intentándolo.

—Lo sé. Y me gustaría ir a Chile y otear ese pájaro algún día, aunque solo sea para demostrar que Dave y Liam están equivocados.

—¿Tan poco común es?

Me saco la cuchara de la boca.

—Es casi un enigma. —En mi cabeza, asoma un recuerdo—. Mi padre divisó un ave poco común, una vez. Mi madre y yo estábamos de compras y papá la llamó como loco y le imploró que le llevara una cámara. Así que tuvimos que subir al

238

coche de inmediato e ir corriendo a casa a buscar una cámara, y luego media hora de trayecto a toda velocidad para encontrárnoslo en el lago, junto a la carretera de circunvalación... Mamá iba entrando y saliendo del tráfico... —Me río—. A ver, no soy observadora de aves, pero por aquel entonces solo tenía siete años y fue muy emocionante. Siempre me acordaré. Me daba la sensación de estar en una especie de serie policíaca.

Joel me mira a los ojos.

—Bueno —me dice—, tal vez ha llegado el momento de que encuentres tu ave poco común.

—Ahora no, que acabo de conseguir el trabajo que siempre he soñado —replico con firmeza—. Viajar tendrá que esperar.

Lo que no le digo es que no solo se trata del trabajo, evidentemente. Es la idea de separarme de Joel, mi particular descubrimiento maravilloso, una persona excepcional a la que admirar aquí mismo, en casa. Sería un error darle la espalda ahora. Aunque solo sea por un par de semanas. Aunque fuera por cumplir un sueño.

Cuando regresamos a casa, busco a tientas las llaves de la puerta principal y noto que Joel me rodea con los brazos y apoya la sonrisa en mi cuello. Me susurra algo que no entiendo, así que me aparto, le pregunto qué ha dicho y me responde que puedo hacer todo lo que me proponga, que nunca crea que no soy capaz.

Nos adentramos entonces en el pasillo, entrelazados, y me arrincona contra la barandilla mientras la sucesión de besos se entretejen con jadeos. Empezamos a tirarnos de la ropa sin molestarnos en quitarnos las chaquetas, y nos limitamos a desabotonar y bajar las cremalleras de lo estrictamente necesario. No sé cómo terminamos sobre la moqueta, mirándonos a los ojos, cargados de deseo y con el cuerpo temblando de la anticipación. Y cuando se inicia el movimiento, noto el peso absoluto y atómico del amor que siento por él, como si el corazón me acabara de estallar en miles de estrellas fugaces.

50

Joel

He aceptado ser el acompañante de Callie en la boda de Hugo, un viejo amigo de la familia Cooper.

No me ha llevado mucho tiempo descubrir por qué los padres de Callie prefirieron eludirla. Resulta que, en lo que respecta a su personalidad, mudarse a Suiza al terminar la universidad y dedicarse al capital de riesgo privado no ha sido demasiado positivo para Hugo. Hasta en dos ocasiones, después de que llegáramos a la fiesta celebrada en su mansión jacobea, ha llamado a Callie por el nombre que no es y me ha preguntado si yo formaba parte del servicio de *catering*. (Supongo que por el traje, tal vez demasiado elegante. Pero como da la sensación de que carece de un sentido del humor mínimamente decente, uno no puede estar seguro).

La nueva esposa de Hugo, Samantha, es decente (si acaso un poco inconsciente, puesto que se está casando por voluntad propia con ese imbécil. Que tenga buena suerte).

Mi negativa percepción de Hugo se torna incluso peor cuando se nos sienta en la mesa de los familiares más ancianos. Ninguno de ellos tiene pleno uso de sus facultades mentales, así que Callie y yo tenemos que entretenernos solos. Con todo, tampoco es una desgracia. Solucionar el tema de nuestro menú vegetariano, por ejemplo, demuestra ser todo un desafío intelectual:

—Tiene que tratarse de un error. Esto es carne. —Callie habla con los dientes apretados y los ojos clavados en el solomillo Wellington en miniatura que hay en su plato. La sonrisa forzada parece haber sido programada.

Llevo todo el día sin dejar de admirarla, de querer besarle la clavícula y acariciar los suaves recovecos de su cuerpo. Se ha recogido el pelo en un moño desenfadado, y el vestido es una maravilla en verde intenso. Los pendientes que lleva tienen forma de hoja y están tachonados de esmeraldas, un regalo que le hice cuando vi su vestido.

Hará un par de semanas, entré en el dormitorio mientras se probaba distintos conjuntos. Este, en particular, acabó en el suelo, un charco sedoso verde trébol, al cabo de tan solo unos segundos.

Pero no puedo estar pensando en estas cosas rodeado de octogenarios. Son una tropa impredecible. Uno acaba de ponerse a bailar a destiempo de la música que toca el cuarteto de cuerda, cuya canción actual se parece de una forma alarmante a «Toxic», de Britney Spears.

Callie echa un vistazo para buscar algún camarero.

—En el cuestionario puse que éramos vegetarianos.

—¿Cuestionario?

—Sí, sí. Teníamos que rellenar un cuestionario, como si fuera una solicitud de trabajo. Y la lista de regalos parecía la de un rey.

Bebo un poco de vino.

—¿Cuántas despedidas de soltero dijiste que tuvo Hugo?

—Tres.

Me inclino hacia ella.

—¿Cuántas bodas?

—Dos. Esta y otra en Zúrich.

—¿Cuántas lunas de miel?

—Dos. Una a lo grande y otra más modesta.

Alzo la copa.

—Para que nunca nos parezcamos a Hugo.

—Brindo por eso.

Entrechocamos las copas y bebemos.

—¿Te he dicho ya lo preciosa que estás con este vestido, por cierto?

—Seis veces. Siete, si cuentas la noche que terminó en el suelo.

—Lo digo de verdad. No solo trato de seducirte.

Baja una mano hasta mi rodilla.

—No me importa. ¿Te he dicho ya lo elegante que estás con este traje?

Sonrío al recordar cómo entramos tambaleándonos, al probarme el traje, en los probadores de los grandes almacenes. Mientras nos peleábamos con las cremalleras y los botones, me pregunté si nos arrestarían. Pero me di cuenta de que no me importaba en absoluto.

Aparece un camarero.

—¿En qué puedo ayudarle?

Callie se inclina hacia él y le susurra que somos vegetarianos.

El hombre se queda petrificado, como si la belleza de Callie lo hubiese dejado pasmado, algo por lo que puedo perdonarlo.

—Me temo que no recibimos ninguna petición de menú vegetariano.

«¿Ninguna? ¿Para una boda de más de ciento cincuenta invitados?».

Esperamos a que se le ocurra algo, pero lo único que hace es mirarnos de hito en hito. Es evidente que espera que Callie le diga que no pasa nada, que nos convertiremos en carnívoros por hoy, o tal vez se imagina que están haciendo ojitos.

—Ah. —Es todo lo que dice Callie, al final.

Y el camarero tiene el descaro de guiñarle un ojo antes de alejarse.

—Madre mía. —Sonrío—. Los vegetarianos raros son su tipo.

Se le arruga la frente.

—¿Qué quieres decir?

Me encorvo hacia ella.

—Creo que le gustas.

—No, solo estaba confundido.

Inconsciente, como siempre, de lo guapa que es.

Callie se dobla sobre el plato y toquetea el solomillo Wellington con el tenedor.

—¿Qué crees que deberíamos hacer?

—Creo que solo nos queda una opción.

—Di.

Alzo la copa recién rellenada.

—Dieta líquida.

—Menudo almuerzo de bodas.

—Tanto monta.

Al final terminamos evitando cualquier comida y acabamos siendo los primeros en ocupar la pista de baile en cuanto las luces se diluyen. Callie se ríe y me lleva de la mano. Su sonrisa es como un foco en la estancia oscurecida.

Bailamos, cantamos y nos reímos hasta marearnos. El día perfecto.

Huimos a medianoche, electrizados y con el pelo alborotado. Hace una noche despejada y el aire está cargado del sabor del verano. Los zapatos de Callie le cuelgan entre los dedos mientras cruzamos las praderas húmedas hacia el ala en la que nos espera nuestro dormitorio. El vestido le oscila mientras camina sobre el césped perlado de rocío, con su mano entrelazada a la mía.

Alzo la mirada al cielo plagado de estrellas y grabo el momento en la memoria. «Creo que nunca he sido tan feliz como ahora».

Callie está hablando de un libro que está leyendo sobre natación en plena naturaleza de un escritor que le encanta. La cruzada de un hombre que quiso cruzar a nado las islas Británicas.

—Me entran ganas de meterme en el próximo río que vea. Es la mejor época para hacerlo, ¿no? No puedes unirte más a la naturaleza que nadando en ella.

Llegamos a la cumbre de otra larga extensión de césped.

—Vaya. —Hago que se detenga—. Mira.

—¿Qué?

—Tu oportunidad perfecta.

Al pie de una hondonada natural en la pradera, se extiende un lago decorativo del mismo color que la medianoche, tentador como una limonada fresca. Hace calor: incluso a mí me parece una buena idea.

—¿Lo dices en serio?

Le suelto la mano y me saco la americana. Dejo que caiga al suelo y me agacho para quitarme los zapatos.

—Joel, no podemos. —Echa un vistazo alrededor—. Nos echarán.

Empiezo a desabrocharme la camisa.

—Pues será mejor que nos demos prisa.

Callie suelta una carcajada. Echa la vista atrás.

—De acuerdo.

—¿De acuerdo?

—De acuerdo —repite, esta vez con más aplomo.

Se lleva la mano a la espalda y se baja la cremallera del vestido. Deshace las tiras y deja que caiga, como si fuera líquido, sobre el césped. Está preciosa con la ropa interior de un tono verde botella, la piel llena de marcas acarameladas tras pasarse cada jornada laboral bajo el sol. Se me acerca contoneándose y se ocupa de terminar de desabrocharme la camisa. No dejamos de reírnos; desnudarme se convierte ahora en un trabajo de equipo.

Me quito los zapatos a patadas mientras Callie me desabrocha los pantalones y el cinturón. Echamos a correr agarrados de la mano por la inclinada pendiente hacia el lago. Impulsados por la bajada, no nos detenemos antes de arrojarnos al agua. Está tan fría como el océano, es una bofetada de nitrógeno líquido. Cuando volvemos a salir a la superficie, jadeamos y nos desternillamos de la risa, sin dejar de patalear. Chapoteamos como peces que se resisten a ser pescados. Pero, aunque estamos empapados y nos está costando coger aire, nos miramos a los ojos y nos echamos a reír de nuevo. Nos reímos tanto que corremos peligro de ahogarnos, así que empezamos a impulsarnos hasta la orilla.

Al final, tocamos barro. Nos impulsamos para subir a la orilla, con las pantorrillas decoradas con plantas acuáticas. Nos falta el aire, no podemos articular palabra.

Quedamos boca arriba y contemplamos las estrellas. Jadeamos como animales mientras nuestro cerebro y nuestro torrente sanguíneo se recuperan de la impresión.

Soy el primero en abrir la boca.

—¿Qué te ha parecido?

—Alucinante.

Giro la cabeza. Tiene el pelo empapado y brillante sobre el césped, como si fueran algas sobre la arena.

—¿De verdad? ¿Tanto te ha gustado?

—Vamos a ir a nadar en plena naturaleza —me dice—, tú y yo. Nos apuntaremos a alguna asociación. ¿Existe alguna de este tipo? Podríamos hacerlo cada fin de semana, solo nosotros.

La beso y, al acariciarle el cuerpo, me detengo en ese tatuaje tan estrambótico que me hace adorarla todavía más.

—¿Tienes frío?

Se estremece mientras le retiro un alga de la pierna.

—Sí. —Y entonces—: Quiero que esto dure para siempre. Este momento, ahora mismo, contigo. Te quiero mucho.

Se me eriza la piel, me cosquillea.

Alza el rostro para acercarlo al mío.

—No dejes que diga nada más.

Le aparto un mechón mojado de la cara.

—¿Por qué no?

—Porque no quiero asustarte.

Quiero hacerle saber que no hay nada que pueda decirme y que pueda asustarme. Pero no estoy seguro de que sea verdad.

El lejano palpitar de los altavoces de la fiesta llega desde el vestíbulo. Se ve que han hecho venir en helicóptero a un *DJ* de Italia.

Callie se lleva una mano a la nuca. Ladea la cabeza hacia la oscuridad, como si estuviera buscando la Vía Láctea en el cielo.

—Porque asusta, todo lo que siento por ti. —Lo anuncia con voz clara y nítida en la noche cálida.

—Lo sé. —Me inclino para volver a besarla—. A mí también me asusta.

51

Callie

Al día siguiente, la luz matutina me abrasa la piel como un sable que hiende el aire a través de las cortinas entreabiertas. Joel tiene la libreta apoyada en la cadera, así que supongo que ayer por la noche tuvo un sueño. Nunca me los cuenta, a no ser que quiera, y yo no siempre le pregunto.

—He encontrado una asociación —me susurra.

—¿Eh? —Noto el cerebro como si me lo hubieran amasado. Acabo de prepararnos, como he podido, una taza de café de sobre con la poca leche que hay, antes de volver a meterme en la cama.

—Una asociación de natación en la naturaleza. Mira. —Alza el iPad para que lo vea—. Quedan todas las mañanas de domingo durante el verano.

Cierro los ojos.

—Madre mía, ya me acuerdo.

—¿Del lago?

Gruño.

—¿Y de lo que hiciste cuando volvimos a la habitación?

Reabro los ojos de sopetón.

—¿Cuando decidiste colgar la ropa interior en la ventana, para que se secara? —apunta.

—Ay, no. ¿Está...?

—Ay, sí —dice, como si estuviera reprimiendo la risa—. Bajé con el albornoz para tratar de salvarla.

—Por favor, dime que lo conseguiste.

—Lo siento, Cal —empieza, y ahora sí que se está riendo—. Recuperé la parte de abajo, pero el sujetador cuelga de una gárgola. Es imposible alcanzarlo.

—¡Pero qué dices! —Me incorporo a pesar del dolor punzante que me invade la cabeza, como si tuviera un conjunto de planetas en el interior—. Por favor, dime que es una broma.

Se está tronchando.

—Ojalá.

—Entonces tenemos que irnos. ¡Tenemos que dejar la habitación ya!

Joel baja de la cama y se acerca a la ventana guillotina, levanta el marco inferior y asoma la cabeza por la abertura.

—Sí, creo que tienes razón. Ya ha salido el sol. Es imposible que ahora esa belleza pase desapercibida. El verde resalta mucho sobre el edificio. Pero míralo por el lado positivo: se está secando.

Le lanzo un cojín, pero, a pesar de los distintos grados de sufrimiento que experimento, me río.

—De verdad que tenemos que irnos.

—¿No crees que podríamos pedir el desayuno?

—¡No!

—¿Y si vuelves a interpretar «Agadoo» desde la ducha? Ayer por la noche lo bordaste.

Me invade el horror más absoluto al recordarlo.

—Nos vamos. Ahora mismo.

Nos paramos en una cafetería de regreso a casa, una parada en la autovía donde solo sirven café soluble en una sola medida, pero quince tipos distintos de huevos fritos.

Al otro lado de la vidriera, la carretera es un circuito de carreras y los coches, un borrón veloz.

Joel parece cansado, pero en el buen sentido: ese tipo de cansancio que me hace evocar besos en la cama, de madrugada, o noches que se alargan acompañadas de música y una conversación a la luz de las velas.

En cambio, no quiero saber qué aspecto tengo yo ahora mismo. Estaba tan desesperada por salir del hotel que he omitido el secador por completo. Lo mismo he hecho con el maquillaje, con la sola excepción de un toque de rímel y una reconfortante rociada de perfume.

—¿Sabes que fuiste la sensación de la pista de baile, ayer? —le digo a Joel.

—¿Que hice el ridículo, quieres decir?

—¡No, de verdad! Para ser un autoproclamado ermitaño no se te dio nada mal.

—Oye, a ti tampoco.

—Venga ya, si soy una patosa. ¿No viste que casi me caigo encima de la banda?

Se termina el rollito de primavera y se limpia los dedos.

—No pareció que les importara. Creo que les gustó tu entusiasmo.

—Creo que sería más fiel a la realidad decir que se alarmaron un poco.

—Y tuviste mucho éxito con los niños.

No le falta razón. En cierto momento, acabé rodeada por un grupo de niños a los que enseñé a bailar el *twist*. Tras unas cuantas protestas, Joel se nos unió, y durante los siguientes veinte minutos, más o menos, estuvimos bailando todos juntos (nosotros dos y un montón de niños con el azúcar por las nubes). Y, entonces, me asaltó un pensamiento: «Seríamos unos padres maravillosos. Nos lo pasaríamos tan bien... ¿Cuántos niños deberíamos tener? ¿Dos? ¿Cinco? ¿Diez?». Estaba demasiado cansada y feliz como para contener mi imaginación, así que me dediqué a alimentar esa idea, disfruté de la ilusión, me embriagué de ella.

Dibujo figuras aleatorias en el antebrazo de Joel con el dedo índice.

—¿Dónde aprendiste a bailar?

—Me enseñó mi madre. Bailábamos un poco en el salón al volver de la escuela, mientras esperábamos a que papá volviera de trabajar.

Un nudo me arde en la garganta y la quemazón me sube hasta los ojos.

—Qué bonito.

—Uy, pues deberías decírselo a mi hermano.

Clavo la vista en la mesa. La Formica está aquejada de manchas amarillas que me hacen pensar en residuos de *curry*.

Joel deja la taza encima y se pasa una mano por el pelo que huele al champú del hotel.

—¿Sabes? A pesar de ser un imbécil redomado, Hugo ha logrado montar una buena fiesta.

—¿Quieres saber mi opinión?

A través del café humeante, me mira a los ojos.

—Di.

—Creo que fuimos nosotros los que hicimos que fuera buena. Estoy segura de que tú y yo seríamos capaces de pasárnoslo bien incluso en un campo de forraje.

—Bueno, nunca lo he intentado. Pero podríamos buscar uno ahora mientras volvemos, si quieres.

Recuerdo el lago y niego con la cabeza.

—Basta de desmadrarse al aire libre.

—Sí, estamos más seguros en el coche.

Sigo dibujando formas sobre su piel.

—Estaría bien repetirlo más a menudo. Ha estado bien, ¿no? ¿Pasar la noche fuera?

—Sí —responde, aunque parece casi sorprendido, como si no se lo hubiera planteado hasta ahora—. Ha estado bien.

—Entonces... ¿te gustaría? ¿Repetir?

—Sí —dice, comedido.

Pero cuando gira la mano para agarrar la mía, sus ojos son como una película muda, una historia de amor sin palabras.

52

Joel

Y, entonces, al cabo de un mes, ocurre. Lo que siempre he temido que pasara.

Es un sueño desgarrador, tan real que es como si me partiera un rayo.

Callie me susurra que me despierte, pero ya estoy despierto. Me desembarazo de ella, me giro y le doy la espalda. Entierro el rostro en el colchón.

«Por favor, Callie, no».

«Así no».

«No. No. No».

Tercera parte

53

Callie

«Todavía pienso en nosotros, Joel. Puede que más de lo que debería. Hasta el detalle más ínfimo me recuerda a ti.

Anoche fui a la piscina y me recordó a aquella vez en que nos tiramos al lago. Hace un par de semanas hice un *drømme-kage* y me puse a llorar en plena preparación. Me han invitado a una despedida de soltera y no he podido dejar de pensar en Cambridge y en la increíble noche que pasamos.

Incluso he empezado a leer aquella novela de ciencia ficción (¿te acuerdas?), y la verdad es que ¡está bastante bien! Deberías darle una oportunidad. (La página setenta y nueve me arrancó una carcajada, por cierto. Trata de imitar la voz cuando lo leas. Sabrás a lo que me refiero cuando llegues). Espero que aún tengas tu ejemplar cuando leas esto. Si no, puedo dejarte el mío.

Ha pasado tanto tiempo desde la última vez que reímos juntos… Es lo que me ayuda a seguir adelante, a veces: pensar en lo bien que lo pasamos juntos, lo viva que me hacías sentir cada día».

54
Joel

Afuera, el cielo está encapotado con tormentas de principios de agosto. Estoy de pie ante la ventana de mi dormitorio, esperando a oír que el agua de la ducha deja de correr.

«Es peor de lo que nunca habría creído posible».

En el techo, cruje un tablón de madera. Un nuevo inquilino, Danny, ha sustituido a Callie en el piso de arriba. Trabaja muchas horas, casi nunca está. A veces me lo cruzo e intercambiamos cordialidades antes de volver a desaparecer como un fantasma.

La mudanza de Callie de hace unas semanas ya parece una serie de recuerdos a punto de ser olvidados: su padre ayudándonos a bajar las cajas por las escaleras, dándome consejos para mi seguridad, como si no llevara viviendo aquí una década; la copa de champán en el sofá, la primera noche, un regalo de sus padres; nuestras comidas favoritas en la misma balda de la nevera; las duchas compartidas; una cafetera llena de café; contemplar cómo Murphy va tras la pelota desde el escalón de atrás; mis dedos explorando la novedad que supusieron todas sus cosas; su ecléctica colección de baratijas y adornos, para ella una vergüenza pero para mí tan intrigante como un tesoro.

Yo tengo toda la culpa. Nunca debería haberme permitido relajarme ni aplazar las llamadas a Steve. Porque, tal vez, si hubiera actuado de alguna forma, nada de esto estaría pasando ahora.

55

Callie

Cuando por fin salgo del baño, me detengo junto a la cómoda que ahora rebosa con mis cosas. Me gusta, o, al menos, me gustaba el no terminar de caber, la idea de que ya se nos hubiera quedado pequeño el espacio desde que me mudé, de que no nos alcanzara el mundo que nos rodea.

—Lo siento —dice Joel, de pie junto a la ventana. A juzgar por su expresión, parece dispuesto a tirarse por ella.

Recordar lo que pasó anoche hace que me entren ganas de llorar otra vez. Me duele demasiado pensar en las lágrimas que manaban de la comisura de sus párpados mientras dormía, en cómo aspiraba mi nombre, una y otra vez, como si se estuviera quedando sin aire.

—Joel... No es algo de lo que te tengas que disculpar.

Titubea (está al borde, parece, de inundar el dormitorio con sus emociones). Pero, en el último segundo, se aísla.

—¿Puedes anular lo de esta noche?

Mi mente le va a la zaga. «Esta noche. ¿Esta noche?».

Al final, caigo en la cuenta: hemos quedado para cenar en casa de Ben, junto con Esther y Gavin.

—Es que no creo... —Pero deja la frase inacabada, así que sigo sin saber qué es lo que no cree, y menos aún lo que sí cree.

—Joel, por favor, no lo hagas.

—¿Que no haga qué?

—Cerrarte en banda.

Nos miramos a los ojos, rendidos a la tristeza e incapaces de ponerle freno.

—Cuando te digo que te quiero, lo digo en serio —susurro.

—Ya lo sé.

—Pero no solo a ti, sino a todo lo que implica.

Parece casi aturdido por el dolor mientras el cielo retumba fuera.

—Era sobre mí, ¿verdad? —pregunto—. Lo que soñaste anoche.

Sus ojos son un círculo negro, tan grandes como los de un búho. Me observa sin mediar palabra durante casi un minuto, como si me estuviera alejando de él y lo único que él pudiera hacer es mirar.

Su voz, cuando brota, es amable:

—Vas a llegar tarde. —Es todo lo que dice.

56

Joel

Vuelve antes de las seis. Me he pasado la mayor parte del día en la calle, paseando a los perros, y luego en el jardín con Murphy. Mientras las nubes surcaban el cielo, me he preguntado qué puedo hacer, qué puedo decir.

Mis ojos se posan en las macetas de Callie, atestadas ahora del zumbido de las abejas y el revoloteo de las mariposas. En la jardinera de la ventana también hay un estallido de plantas veraniegas; sus flores están saturadas de néctar. La representan a la perfección: explosiones de color sobre el gris, la vida que sustituye a la apatía.

Los polluelos de petirrojo echaron plumas hace mucho, y el ponedero ahora está abandonado. Pero, durante un tiempo, el macho siguió haciendo acto de presencia, trinando con arrojo desde el ciruelo que hay junto a la puerta. Callie me dijo que así es como enseñaba a sus hijos a cantar. No sé si es verdad, pero me gustó creer que sí: una canción de hace siglos, cuya partitura se escribe en el aire.

—Hola. —Es un *hola* cansado, un suspiro. Deja el bolso, me rodea el cuello con los brazos y me besa. El sudor ha creado una fina marca blanca en su rostro. Sabe a sal y a tristeza.

—¿Cómo ha ido el día? —murmuro sobre su pelo.

—Horrible —responde ella contra mi camiseta. Casi me embarga el alivio, pero solo porque no quiero que me tranquilice, que me diga que todo va bien cuando no va bien. Preferiría que se enfadara, que reconociera cómo estamos.

Que esto es un desastre y que todo es culpa mía.

—No he podido dejar de pensar en tu sueño.

—Tenemos que... —Casi no puedo ni pronunciar las palabras—. Tenemos que hablar de eso.

Se retrae del abrazo.

—Sí. ¿Podemos ir a algún lado?

Preferiría no tener esta conversación en público. Pero ya que estoy a punto de destrozarle la vida a Callie, me parece justo hacerlo cumpliendo sus condiciones.

Optamos por el bar de la azotea con vistas al río. Suena mejor de lo que es. Es caro y se erige en la última planta de un edificio de oficinas, pero siempre ha estado menos frecuentado de lo que uno supondría. Las vistas están bien, aunque no tienen nada de particular: Eversford no puede presumir ni de arquitectura representativa ni de un encanto peculiar, sino que es un mosaico monótono de oficinas y apartamentos, chapiteles de iglesias y tejas. Las épocas se entremezclan, no hay un carácter definido. Sin embargo, se ve el río, un hilo de plata bajo el sol que parece una veta de mercurio líquido. Las tormentas de la mañana se han esfumado. El cielo está despejado y límpido, una bóveda azul pálido sobre nuestras cabezas.

También hay más árboles de lo que era consciente. Brotan entre los edificios como volcanes verdes diminutos.

Nos sentamos en la mesa de un rincón, junto a un panel de cristal que se supone que está ahí para evitar que caigamos al vacío y encontremos la muerte. Tengo que pensar con claridad, así que me pido un café, pero Callie opta por una copa de vino blanco. No la culpo. El vestido de flores que se ha puesto es tan inapropiado de lo alegre que es que casi hace que sea doloroso mirarlo.

Es la primera en mediar palabra.

—Anoche soñaste conmigo, ¿verdad?

Asiento, pero no digo nada. La boca se me ha llenado de serrín.

—No dejabas de decir mi nombre, una y otra vez. Parecías muy afectado. La verdad es que… me afligió mucho verte así.

El pecho se me encoge: ha llegado mi turno. Pero incluso tras pasarme todo el día dándole vueltas, sigo sin saber qué palabras necesito para darle sentido a todo esto.

—Cal, me da miedo que lo que te diga…

Me interrumpe:

—Pues no me lo digas. No tienes por qué decir nada. Yo te pregunto y tú te limitas a asentir o negar con la cabeza.

Inspiro hondo. O tal vez exhalo. Su determinación me ha descolocado.

Al otro lado de la mesa, sus ojos me miran.

—A veces, encontrar las palabras es lo más difícil.

—Esta noche, sí.

Al final, solo hacen falta tres preguntas. Tres preguntas y tan solo unos instantes.

—¿Me moría?

«Sí».

—¿Sabes cómo?

Me obligo a rememorar la imagen: Callie, exánime en el suelo. No hay heridas. No hay sangre. No hay pistas. «No».

—¿Sabes cuándo?

«Sí».

Nos quedamos en silencio, entonces, y los ojos dicen lo que las bocas no. Nos llegan risotadas desde una mesa cercana mientras que, a ras de suelo, el tráfico de Eversford sigue adelante. El mundo se ha negado a dejar de girar. La vida, cruel, se empeña en proseguir.

Sé que tengo que decir algo. Esbozar el borroso plan que tengo:

—Puede que haya algo…

—Espera. —Me cubre la mano con la suya. La noto extrañamente fría—. No digas nada más.

—Pero si…

—Te lo digo en serio, Joel. No quiero que me digas nada más. Quiero que me escuches.

Así que dejo de hablar y poso los ojos en la golondrina voladora que cuelga de su cuello. Es el mismo collar en el que me fijé hace tantos meses, cuando la conocí en la cafetería.

—No quiero saber nada más sobre lo que has soñado. No quiero saber lo que viste, ni cuándo será. Nunca. Nunca querré saberlo. ¿De acuerdo?

La miro de hito en hito. Las lágrimas que llenaban sus ojos se han evaporado y han cedido el paso al acero.

—Cal, creo que no estás…

—Sí. —Su voz corta el aire fresco de la tarde. Retira la mano de la mía—. Sí que lo entiendo. Ahora mismo, lo único que sé es que me voy a morir. No sé cómo, ni cuándo. No me diferencio en nada a cualquier otra persona que esté ahora aquí. —Echa un vistazo al camarero y luego a un grupo escandaloso de bebedores, un par de mesas más allá.

—Pero yo sí que lo sé.

—Sí, y si me lo dijeras, me estarías comunicando una enfermedad terminal, ahora mismo.

—Cal —intervengo—, ¿cómo es posible que no quieras saberlo? Podría haber algo que pudiéramos…

—Pero no lo hay. Ya me has dicho que no sabes cómo. No puedes hacer más que yo, Joel, y lo sabes.

—Callie. —La voz se me quiebra de la emoción—. Por favor, deja que…

—No, Joel. Soy yo quien debe decidirlo. Y no puedo hacer frente a una sentencia de muerte.

Pienso en mi madre, que no dispuso del preciado tiempo necesario para prepararse. Y el hecho de que todos los miedos que me provocaba el amor desde que ella murió estén cobrando forma ahora con Callie es más de lo que puedo soportar.

—¿Lo dices en serio?

Asiente, solo una vez.

Le agarro la mano, con fuerza. Tal vez trato de insuflarle algo de sensatez estrechándosela.

—No puedo vivir sabiéndolo mientras tú no.

—¿Quieres desahogarte?

—No, no es eso. —Pero entonces me pregunto si lo es.

—Sabes lo que esto significa, ¿verdad?

—Muchas cosas.

—Significa que me quieres.

Solo Callie podría ver el lado bueno ahora. Incluso esboza la más leve de las sonrisas.

—Callie…

—Ahora ya me lo puedes decir. Lo peor ha pasado. Ya no tienes por qué tener miedo.

Y entonces se inclina sobre la mesa y me besa.

Pero cuando le devuelvo el beso, lo único que visualizo es su cuerpo tendido en el suelo.

No se produce ni un solo espasmo, ni un solo movimiento, y su piel está fría como la leche.

57

Callie

Durante la semana siguiente a la noche que Joel tuvo el sueño, me cuesta mantener la normalidad. En vez de acompañar a Fiona y a Liam en el patio a la hora de comer, bajo hasta el río y trepo sola el viejo sauce. Hablar con mis compañeros ha tomado otro cariz: es difícil intervenir en conversaciones sobre el programa que dieron anoche en la tele o sobre cómo han aumentado los supermercados baratos cuando Joel y yo nos pasamos las noches devastados por nuestras discrepancias respecto a la fecha de mi muerte.

El viernes por la noche, abatida tras manipular durante horas una segadora industrial por las praderas, trepo el árbol y me quito las botas y los calcetines. Camuflada entre las ramas mientras los caminantes pasean bajo las plantas de mis pies desnudos, me embarga la agradable sensación de la sangre circulando de las pantorrillas hasta los dedos de los pies. Las libélulas pasan zumbando, como diminutos helicópteros centelleantes, y del pantano que hay en la otra ribera surgen los quejidos primitivos del ganado. Ha hecho un día cálido y sin viento, un día sosegado de verano, excepto por la grana ardiente y a punto de explotar que corona el cielo.

Solo puedo pensar en Joel: de sangre caliente y corazón enorme, enmascara las agonías que lo atormentan con un eterno porte contenido. Trato de imaginármelo contándome lo que sabe, las repercusiones sísmicas que tendría que esa oleada me alcanzara. Me planteo la forma en la que cambiarían nuestras vidas, en qué nos convertiríamos.

No hay forma de saber en quién me convertiría yo, si esa información sería tóxica y me transformaría por completo. No es casualidad que estemos programados biológicamente para no saber estas cosas.

Me imagino contando mis días y cómo cambiaría la química de cada experiencia. Tal vez me desharía de todo lo que me importa a medida que el final se aproximase, al acecho, cada vez más cerca, como el dedo negro de un tornado.

No sé cómo podemos esperar, Joel y yo, construir una vida juntos con tanto miedo.

Pero Joel carga con todo eso y no tiene dónde ponerlo. Si de verdad lo quisiera, tal vez lo animaría a que dijera lo que le pesa en el corazón, accedería a compartir su cruz. Porque el amor no solo es elegir lo fácil, las soluciones simples; también es trabajo duro y decisiones difíciles, sacrificios que en realidad no quieres hacer. «Nada que valga la pena tener es fácil», dice mi padre siempre.

Observo los surcos de mi inicial junto a la de Grace sobre la corteza del árbol antes de buscar el móvil, marcar su teléfono y esperar al tono de llamada.

—Estoy en nuestro árbol y estaba pensando en ti. Bueno, estaba pensando en Joel, de hecho. Ojalá pudiera hablar contigo, Grace. Estoy segura de que sabrías qué hacer, o, al menos, sabrías qué decir. Creo que me dirías que siguiera feliz en mi ignorancia y que viviera el momento. ¿Me equivoco?

»Siempre me dijiste que querías morir haciendo algo que te encantara. Siento que no se cumpliera. Pero moriste sin saber que ibas a morir, lo que, al menos, es una buena alternativa.

—Cierro los ojos—. Grace, mándame una señal, algo, ¿por favor? Lo que sea, para saber qué debería hacer… Te habría encantado Joel. Sé que te habría encantado ver lo feliz que me hace. Te habría hecho feliz a ti también, creo.

»Bueno, no te olvides, ¿eh? Tú… mándame una señal.

Cuelgo y me apoyo sobre la rígida columna de corteza durante unos segundos más. Como una tonta, ya la estoy buscando (la señal de parte de mi amiga para hacerme saber que me ha oído). Pero el aire no se altera y el río sigue corriendo impasible.

58
Joel

Han pasado quince días desde la noche en que tuve el sueño. Dos semanas de parálisis. He estado hojeando las páginas de Callie y yo en mi cabeza, como si fuera un libro que siempre he temido abrir. Sé que corro el riesgo de perderla, pero no puedo aguardar a que la marea se la lleve. Tengo que intentarlo todo.

Steve está sin resuello cuando responde al teléfono.

—¿Joel?

Estoy paseando a Bruno. Hasta ahora no se me ocurre consultar el reloj, y veo que son casi las nueve de la noche.

—Lo siento, tío, ¿estabas...?

—Estaba haciendo unas cuantas flexiones antes de ir a dormir. —Suelta una exhalación como un sargento del ejército—. Bueno, estás vivo, por lo que veo.

—Sí, lo siento, he estado...

—Ignorándome.

Durante unos instantes, me siento como un cliente al que está sermoneando por abandonar el campamento de entrenamiento.

—Creo que estoy listo para ver a Diana.

—Ya tardabas.

—Sí, lo siento.

—¿Va en serio?

—Sí, completamente.

—¿Cómo...? Bueno, ¿cómo están yendo los sueños?

—Todo lo mal que podrían haber ido.

Se queda en silencio unos segundos.

—¿Está relacionado con Callie?

—No puedo explicártelo ahora mismo. Pero… ¿puedes concertar la visita?

—Claro, tío, claro.

Cuando cuelgo me doy cuenta, tal vez demasiado tarde, de que es difícil encontrar amigos como Steve.

59

Callie

Me incorporo y busco el reloj con los ojos. Son las dos de la madrugada y me ha sobresaltado el zumbar de mi teléfono.

Joel yace en estado comatoso a mi lado. Alargo la mano libre que me queda y, con cuidado, le aparto los auriculares de la cara. Debe de haberse quedado dormido cuando aún los llevaba puestos.

Observo la libreta cerrada unos segundos y me imagino las palabras escritas sobre mí en su interior. Pienso en lo fácil que sería cambiar el rumbo de mi futuro con solo leer una página.

—He revisado el contestador de Grace —me dice Ben—. ¿Qué querías decir con todo eso de tú y Joel?

«Ay, no. Revisa sus mensajes».

—Lo siento —susurro, mientras me doy un golpecito en la frente—. Bórralo. —Han pasado un par de semanas desde que le dejé ese mensaje y ya lo había olvidado.

Salgo de la cama y paseo por el salón sin hacer ruido, con Murphy a la zaga. La atmósfera nocturna está saturada de humedad, como los vestidores de una piscina. Me asomo entre las macetas de la repisa de la ventana y entreabro las persianas para contemplar el cielo nocturno.

—Necesito saber que estás bien —me dice Ben.

—Estoy bien.

Aguarda unos segundos.

—Tenías razón, ¿sabes?

—¿Sobre qué?

—Sobre lo que decías en el mensaje. Cuando la gente dice que quiere morirse haciendo algo que le encanta, lo que en realidad quiere decir es que no quiere saber cuándo le va a llegar la hora.

Es cierto que Grace siempre lo decía, y por eso a veces me pregunto si debería haber muerto mientras subía a la Montaña de la Mesa con Ben o mientras corría la media maratón en Lanzarote. Sigo sin encontrar la respuesta, aunque tengo claro que no debería haber muerto a manos de otra persona mientras corría por esa calle horrible porque llegaba tarde a pilates. Sin embargo, supongo que esa es la inquietante realidad de la vida: no puedes elegir.

Maldigo mi falta de sensibilidad.

—Lo siento, Ben, lo dije sin pensar.

—Cal, dime que no es asunto mío si quieres, pero... ¿qué pasa contigo y con Joel?

Su pregunta, aunque bienintencionada, es afilada como un dardo.

—Es complicado —respondo, una mala simplificación.

—De acuerdo. Pero deja que te diga una cosa: si has encontrado el amor de verdad, Cal, no lo dejes ir. No tienes ni idea... —Se le entrecorta la voz—. No sabemos lo que tenemos hasta que lo perdemos. Que sí, que es un cliché, pero lo es porque es verdad.

Con la mente como un torbellino, pienso en Joel.

—Ben, ¿puedo hacerte una pregunta?

—Claro.

—¿De verdad crees...? ¿Crees que fue mejor que Grace nos dejara tan deprisa? ¿O hubieses preferido tener más tiempo... para prepararos?

—¿Prepararnos como si fuera... un cáncer?

—Lo siento —murmullo—. No tienes que responderme, si no quieres.

—No, no pasa nada. Si te soy sincero, Cal, en lo que se refiere a Grace, yo diría que no saberlo fue una bendición. Sí, fue un *shock* cuando ocurrió. Desgarrador. Fue como si ese cabrón nos hubiera atropellado a todos. Pero creo que Grace no habría sabido sobrellevar una sentencia de muerte.

—Eso me parecía a mí también.

—No estarás enferma, ¿verdad? —La voz de Ben se tiñe de miedo.

—No que yo sepa.

—Quizá me equivoque —añade entonces—. Quizá Grace habría preferido que la avisaran con unos meses de antelación. Quizá habría aprovechado incluso más la vida, de haberlo sabido.

Sonrío.

—Dudo que hubiese sido posible.

—Ya, yo también.

60

Joel

Diana me ha invitado a una reunión en la universidad en la que trabaja. Estamos a mediados de septiembre, justo antes de que vuelvan los estudiantes. Trato de verlo como una buena señal: un nuevo trimestre, una nueva etapa. La oportunidad de volver a empezar.

—Toma asiento.

El despacho en el que nos encontramos está abarrotado y mal ventilado, con paredes de bloques de cemento y sin la luz suficiente. Tiene un aura penitenciaria, así que ladeo la silla hacia la puerta, por si acaso.

Se presenta y me pregunta en qué puede ayudarme. Aunque no es desagradable, su tono es brusco y habla con rapidez. Debe de rondar los cincuenta y tantos, pero no parece lo bastante excéntrica como para ser catedrática. Dispone de una silla ergonómica, para empezar. Y con esas gafas al estilo Buddy Holly, vaqueros negros ajustados y zapatillas de lona, podría haber acabado de salir de una reunión de *brainstorming* en una agencia publicitaria.

—Steve me dijo que había hablado contigo sobre mi... estado.

Me pone nervioso: ya está tomando notas en un bloc sin mirarme.

—¿Y dices que eres vidente?

—Bueno, no es que lo diga. Es que lo soy.

Asiente una sola vez. No hace ningún comentario al respecto.

Me remuevo incómodo en mi silla, para nada ergonómica.

—¿Es…? ¿Es algo que hayas visto antes?

—No personalmente. ¿Podrías contarme un poco lo que experimentas?

En mi imaginación, vuelvo a estar al borde del precipicio, y reaparece el médico de la universidad, el desdén de sus labios agrietados. Pero ahora estoy aquí. Así que inspiro y me recuerdo que Steve ya se lo ha contado todo a Diana y que, aun así, ha aceptado reunirse conmigo.

Empiezo por algo sencillo: el sueño que tuve anoche. Lo protagonizaban Tamsin, Neil y Amber de viaje durante las vacaciones de mitad de trimestre al parque de safari más cercano, dentro de seis semanas. (Los leones y los tigres no les supondrán ninguna amenaza, pero los monos provocarán daños de poca gravedad en el coche de Tamsin. Supongo que usaré un vídeo de YouTube para advertirles cuando se acerque la fecha).

Prosigo con mis explicaciones y paso a abordar lo que le ocurrió a Luke y a mi madre, luego a Poppy y el accidente, el embarazo de mi hermana. Le cuento que no duermo y que las noches son una tortura. Le hablo de mi padre. Y luego le explico lo de Callie, lo que sé que ocurrirá dentro de pocos años. A menos que Diana pueda ayudarme. A menos que ella pueda hacer algo.

—Solo sueño con personas a las que quiero —insisto.

La científica que lleva dentro se turba.

—Steve mencionó algo sobre… —Miro la libreta. La tengo abierta en el regazo para saber lo que tengo que decir—. Los lóbulos temporales y frontales. ¿Algo sobre el hemisferio derecho?

—¿Alguna vez has sufrido una lesión en la cabeza o una enfermedad grave?

—Nunca.

—¿Alguna vez se te escapa algo? Quiero decir, ¿hay cosas importantes que pasen y que no hayas soñado?

—Sí. Cada dos por tres. No lo sueño todo. Hay muchas cosas que no sé.

—¿Alguna vez has soñado algo que no... se haya hecho realidad?

—Solo si trato de intervenir, si hago algo para evitar que pase.

No ahonda en lo que eso conlleva, sino que me pregunta sobre mi historia clínica.

—Bueno. —Llega un momento en el que baja la mirada a sus notas y rodea algo con un círculo. (Mataría por saber el qué)—. Consultaré algunas cosas con mis compañeros. Podemos estudiar la posibilidad de financiar una investigación, sujeta a aprobaciones del comité de ética.

—¿Cuánto tiempo llevaría?

Elude un poco la pregunta:

—Primero deberíamos mirar los ciclos de financiación y decidir si habría que hacer o no una solicitud interdisciplinaria. Eso siempre y cuando estés de acuerdo con que comparta tu información con mis compañeros y haga algunas consultas iniciales.

—Sí —respondo, sin ánimo. Porque aunque he venido yo a pedirlo, pensar en que se me va a someter a un examen minucioso me hace sentir violento. Como si hubiese estado atrapado en la oscuridad durante tanto tiempo que ahora necesito colocarme bajo el brillo del sol. Trato de volver a centrarme—. Entonces... ¿crees que podrías ayudarme?

Tras todos estos años, todavía no estoy seguro de si me atrevo a creérmelo.

Diana se recuesta en la silla tanto como se lo permite la ergonomía. Con un aire despreocupado que me desconcierta, vuelve a echar un vistazo a sus notas. Da unos golpecitos encima con la punta del bolígrafo.

—Bueno, eso depende de qué quieres decir con ayudarte. Es evidente que no podemos cambiar el futuro. Pero tal vez podamos hacer algo con los sueños.

—¿Te refieres a evitar que los tenga?

—De momento, no sabría decirlo. —Es evidente que no quiere prometer nada tan estrafalario como hacerme ser normal.

Me asalta un pensamiento. He estado tan obcecado con evitar los sueños que no me he detenido a plantearme lo que eso comportaría en realidad.

Porque si Diana no puede ayudar a Callie, ¿tiene sentido siquiera?

Desde que soñé con su muerte, lo único que me preocupa es Callie. No el revoltijo de neuronas desequilibradas que tengo.

—Hay algo que no te he preguntado —dice Diana—. ¿Hay alguien más en tu familia que tenga... esta afección?

En mi cabeza, una llave encaja en la cerradura.

—No... no estoy seguro.

—Me gustaría comprobar tus antecedentes médicos familiares como punto de partida.

Mi respiración se torna rígida, mecánica. ¿Por qué no se me había ocurrido hasta ahora?

«¡Si ni siquiera soy tu padre!».

—De hecho —intervengo, de pronto, al mismo tiempo que cierro la libreta y me pongo en pie—, no se lo cuentes a nadie de momento. Me gustaría disponer de algo de tiempo para pensar en todo esto.

—Tómate el tiempo que necesites. —Su tono implica que tiene un millón de investigaciones esperándola en su escritorio y que preferiría optar por algo que no fuera un dolor de cabeza como este.

—Gracias por recibirme.

—Dale recuerdos a Steve —me pide. Pero yo ya he desaparecido.

Recorro el laberinto de hormigón que constituye el campus de la universidad hacia el aparcamiento. Todo está sumido en un silencio inquietante, salvo por el silbido de la brisa otoñal que sopla entre los edificios.

Las preguntas estallan en mi cabeza.

Me he centrado durante tanto tiempo en encontrar una cura que nunca me he parado a pensar en qué vendría después. Tal vez parar los sueños me dejaría perdido y preocupado. Como el inverosímil anticlímax de un boleto ganador de la lotería, el leve temor de una oferta para una casa que se acepta. Hay que tener cuidado con lo que deseas.

Porque, tal vez, lo que deseo es encontrar la forma de evitar que ocurra el futuro. Y no hay catedrático en el mundo que pueda ayudarme en ese sentido.

La única persona que puede hacerlo soy yo.

61

Callie

El mismo día que Joel tiene su visita con Diana, no tengo un accidente en el trabajo por los pelos. Una cuña de plástico para talar árboles ha salido disparada del árbol que estaba ayudando a talar justo cuando me he alzado la visera del casco. Gruesa y compacta como las de las puertas, pero más afilada, no me roza la cara por milímetros. Llega a pasar más cerca y me habría quedado ciega, o peor: me habría dado en el cuello. Ha sido un error estúpido, una negligencia, y me inquieta.

Me pregunto si siempre estaré intranquila, ahora que el sueño de Joel me ha hecho tomar consciencia de mi propia mortalidad. Tal vez así es como se sienten los supervivientes de derrames cerebrales y ataques al corazón: siempre temerosos de si un nuevo pinchazo en el pecho o un dolor de cabeza es el principio del fin. Tal vez ya siempre esté ahí cuando me despierte por la mañana: un pájaro enjaulado en el estómago, un temblor de miedo leve pero persistente.

He llegado a la conclusión de que debo de ser joven cuando me llega el final. Lo sé por la intensidad de la angustia que martiriza a Joel. Dudo que verme morir con el pelo canoso y los huesos cansados, en paz mientras duermo, lo hubiese atormentado hasta el punto en que lo hizo.

Me planteo todas las formas en que podría pasar: que me aplaste un árbol o que me caiga de lo alto de las ramas que estoy talando. Que me ahogue, que me asfixie, de un coágulo o de un tumor, que se me rompan los huesos… Me pregunto si sentiré dolor, y si Joel estará presente.

Cierro los ojos unos instantes en un intento por tranquilizarme. «Para. Solo estás conmocionada. La inquietud se te pasará. El miedo desaparecerá».

—Oye, Cal —me llama Liam mientras se baja su visera y se prepara para la próxima tala—. No le des más vueltas, de verdad. Nos pasa a todos.

Liam está siendo considerado, pero últimamente estoy muy nerviosa, y me pregunto si, tal vez, sería mejor sentarme con Joel y pedirle que me lo cuente todo. Pero entonces me recuerdo que una cuenta atrás permanente será muchísimo peor que ver la muerte de cerca alguna vez. Sería un péndulo funesto que contaría las puestas de sol que me quedan, los veranos, cada beso.

Entiendo por qué se dice que la ignorancia da la felicidad. Porque si se te revelara que el final es inminente, o atroz, o ambos a la vez, sé que no podría vivir con ese miedo.

Unos minutos después, Liam y yo nos apartamos para observar cómo cae, por fin, el árbol. Es un roble que está enfermo, es peligroso y está cerca de un sendero público, así que había que talarlo. No decimos nada mientras desciende como un rey en un viejo campo de batalla. Vio la luz del sol por primera vez en la época victoriana, su bellota se abrió camino entre la tierra para convertirse en un plantón verde intenso bajo la mirada de Charles Dickens y George Eliot. Y ahora, casi dos siglos después, el susurro de las hojas va en aumento hasta convertirse en un rugido cuando choca con el suelo con un golpetazo que resuena más que un trueno. Noto que la historia exhala un suspiro, diezmados ahora miles de secretos bien guardados, y, de pronto, me siento abrumada.

—Es horrible, ¿no te parece? —le digo a Liam cuando en el pantano vuelve a reinar el silencio y la tormenta de maleza revuelta escampa. Las aves han salido volando de las ramas de los árboles que aún están en pie, como semillas que salen despedidas de un diente de león—. Ver cómo algo tan antiguo es destruido.

—Sí y no. —Liam se quita el casco y se sacude el serrín del pelo—. Sería peor si una rama cayera y matara a alguien.

No digo nada.

Mientras Liam y yo empezamos a cortar el roble caído para convertirlo en leña, trato de imaginar cómo sería mi vida si dejara que Joel me contara lo que sabe. Aunque en realidad no tiene culpa de nada, me pregunto si llegaría un momento en el que acabaría resentida con él por llenar el único vacío que todos damos por supuesto, por acabar con la agradable sensación de un abanico de posibilidades, por haberme dado un punto final que nunca he querido.

Pero estamos donde estamos, y tal vez lo quiero lo suficiente como para superar todo eso. Grace solía decir: «O encuentro la manera, o me la invento».

Llego tarde a casa tras quedarme a ayudar a transportar los troncos en *quad* hasta el patio. Aunque encuentro a Murphy en su lugar de siempre, junto a la chimenea, el apartamento da la sensación de estar vacío, inmóvil como un reloj que se ha detenido.

Veo que hay una nota apoyada sobre el hervidor en la encimera de la cocina.

«He ido a Newquay y pasaré allí un par de noches. Te lo explico mejor cuando vuelva. Besos.»

Me siento en el sofá, vacilante, sin poder apartar la vista del trozo de papel que sostengo como si fuera la nota de rescate de un secuestro. Murphy mete el hocico suavemente en mi regazo y me mira con unos ojos inundados de congoja.

Sé que Newquay es la zona del prefijo del número de teléfono que Joel encontró en el libro. Solo me queda esperar que quien sea que viva allí pueda ayudarnos antes de que sea demasiado tarde.

62

Joel

El hombre es igual que yo, pero veinte años mayor. En él reconozco el hoyuelo de mi propia barbilla, las patas de gallo y el arco de Cupido. Sus ojos son oscuros como galaxias.

—Tranquilo, tranquilo... Oye, ¿estás bien? —Debe de pensar que estoy a punto de desmayarme, porque ha puesto esa expresión que pone la gente cuando ven cómo se despliega un desastre natural en las noticias. Me agarra del codo y me conduce dentro.

El salón me recuerda al de Callie cuando la conocí. Está repleto de cosas y de colores vivos. Hay plantas de interior, tapices y fotografías de olas; tres tablas de surf se apoyan sobre un armario; la manta que hay sobre el sofá parece salida de un zoco; un aparato estéreo antiguo se alza junto a una pila de CD y hay una lámpara de lava auténtica.

—Siéntate aquí. ¿Quieres un té?

Aunque logro asentir, él vacila.

—¿Te pasa a menudo?

—¿Lo de presentarme en la puerta de desconocidos? Estoy intentando que no se convierta en algo habitual.

—No, me refería al color de la piel. Te has quedado un poco pálido.

—Si le añades un chorrito de *brandy* al té, tal vez lo arregle. —Agacho la cabeza entre las rodillas, como si estuviera rezando por algo. Tal vez sea el caso.

Me da unas palmaditas en el hombro. No aparta la mano de inmediato, la deja unos segundos.

—Enseguida te lo traigo.

Se llama Warren Goode, me dijo por teléfono. Es todo lo que sé. Llamé al teléfono que encontré dentro de la novela de suspense de mi madre en cuanto volví de la universidad. Mantuvimos una corta conversación y luego me subí al coche y me fui directo a Newquay. A lo largo de todo el trayecto, lo único que me ocupaba la cabeza era Callie.

Todo encajó durante la reunión con Diana y no podía esperar más. Al fin y al cabo, el tiempo juega en mi contra.

Me trae una taza de té con un chorrito de *brandy* y un vaso de *brandy* solo para él. Con aire vacilante, toma asiento en el sillón que queda enfrente.

Doy un sorbo al té. Dejo que impere el silencio, así mi anuncio puede disponer de la atención que se merece:

—Creo…, creo que puede que seas mi padre.

Una mirada cristalina como la luna centellea con la curiosidad de una vida entera. Y, entonces, al final:

—Tienes razón, lo soy.

Se me acelera el pulso. La sangre se me llena de emoción.

Se aclara la garganta.

—Por teléfono dijiste que encontraste mi teléfono las Navidades pasadas.

Se produce una pausa lo bastante larga como para que me plantee si he cometido un error al venir aquí. Es evidente que espera que responda algo. Pero ¿qué? «¿Está molesto porque he tardado tanto? ¿Qué cree, que debería haberme subido al coche y venir hasta aquí el día de San Esteban?».

—Sí. ¿Por qué… estaba apuntado en el libro que mamá leía en el hospital? —(Lo mencioné por encima cuando hablé con él por teléfono, puesto que prefería oír los detalles cara a cara).

Warren mueve la cabeza como si tratara de poner los pensamientos en orden a sacudidas.

—Fui a verla, Joel, justo antes de que muriera.

—¿Por qué?

—Quería verla por última vez. Ese día me habló de ti. Y pensé que tal vez quisiera darte mi número.

—¿No sabías que yo existía?

Niega con la cabeza.

—¿Qué tuvisteis, una aventura?

—No, tuvimos una relación justo antes de que ella conociera a... bueno, a Tom.

«Tom». Entonces, Warren conoció a mi padre, también.

—¿La querías?

—Sí, mucho.

—Entonces, ¿por qué...?

—¿Te apetece tomar un poco el aire? ¿Despejar la mente?

—¿Cómo supiste que mamá estaba enferma? No mantienes contacto con mi... con Tom, ¿verdad?

—No. Me lo contó el amigo de una amiga.

Esta noche sopla una brisa fresca desde el Atlántico. Unos cuantos surfistas hacen frente a las crestas blancas, pero la mayor parte de las personas que hay prefieren mantener los pies en tierra firme. Hay quien pasea al perro y quien pasea por el cabo. El cielo de septiembre es de tonos pastel saturados, rosas y violáceos, como papel para cartas de amor.

—Bueno, ¿y a qué te dedicabas cuando conociste a mamá?

—Estaba a punto de recorrer el mundo con la autocaravana —responde Warren—. Soy surfista, ¿sabes? O lo era.

Un trotamundos. Así que somos distintos en ese aspecto, al menos.

—¿A qué te dedicas ahora?

Esboza la misma expresión que hago yo cuando me preguntan por mi trabajo.

—Enseño a surfear a niños y me gano un poco de calderilla con fotografías, aquí y allá. Traté de sacar mi propia línea de tablas, pero… —Aparta la mirada de mí y se le extravía en el mar—. El dinero se acabó.

Salimos de la playa y enfilamos la pendiente que conduce al cabo y que pasa por delante del hotel victoriano que se erige en la cima del acantilado. Es magnífico, grandioso; desprende un aire épico y romántico.

El amor. Se me antoja críptico ahora. Como un paisaje que adoraba y que ahora veo a través de un cristal empañado.

—¿Por qué rompisteis?

—Me tiraba mucho el surf. Creía que iba a ser el siguiente campeón del mundo. —Su risa es nostálgica—. Me fui y dejé a tu madre aquí, Joel. Siempre fui un imbécil egoísta. Y, poco después, conoció a Tom, tu padre.

Su sinceridad, cuanto menos, me impresiona.

—¿Y ya está?

—Más o menos —dice, pero como si deseara que no lo fuera.

—¿Te habrías quedado si hubieses sabido que estaba embarazada?

Elude la pregunta.

—Siempre le dije a Olivia que yo no quería tener hijos. Le dije que no quería esa vida. Tal vez por eso decidió no decírmelo.

«Olivia. Olivia». Un nombre que nunca oigo. El sonido aviva mi memoria como si fuera una antigua nana.

—Estar con Tom era, en realidad, lo mejor que os podía pasar a tu madre y a ti. ¿Qué vida podría haberos dado, viviendo en una autocaravana y obsesionado con buscar la ola perfecta? No tenía dinero, ni casa, ni trabajo. Nada que estuviera a mi nombre.

Pienso en mi padre, en su estricto horario de oficina, su dedicación entregada al orden y al trabajo duro. Como un soldado listo para cumplir con su servicio, todos los días de su vida.

—¿Mamá estaba embarazada de mí cuando conoció a mi padre?

—Sí. Consiguió trabajo en su empresa, según creo recordar. Pero no empezaron a salir enseguida.

Observo el promontorio y a las gaviotas argénteas que describen acrobacias a lomos de la brisa. La hostilidad perenne de papá hacia mí ha quedado explicada, al menos. Yo no fui una anomalía de contabilidad, un error de cálculo que él pudiera solucionar. Era más bien como si Warren hubiese pintarrajeado su nombre en la fachada de casa y papá se hubiese visto obligado a verlo todos los días de su vida.

—Tu madre era la mujer más fácil de querer del mundo —me dice Warren—. Todo el mundo la adoraba. Aunque, por supuesto, no era consciente de ello.

Pienso en Callie y el corazón se me inflama.

—Entonces, Doug y Tamsin... ¿son mis hermanastros? —pregunto.

—Sí.

Noto una oleada de calor en el pecho al imaginarme la expresión que pondría Tamsin si lo supiera. Siempre hemos estado muy unidos.

—Y los padres de papá... no son mis abuelos.

Tantas vacaciones a mitad de trimestre que pasé en Lincolnshire, donde siempre nos recibían con los brazos abiertos. ¿Lo sabían? ¿No sospecharon nunca, ni por un segundo, cuando ante su puerta aparecía el pequeñajo de pelo negro?

—Lo siento —dice Warren con un hilo de voz—. Mis padres, tus abuelos biológicos, murieron hace años.

Seguimos caminando con pasos idénticos. El Atlántico es ahora un horno, y el sol poniente, la cámara candente de fundición.

—¿Qué te dijo mamá cuando te presentaste en el hospital?

—Se alegró de verme. Charlamos y me pidió mi número. Al final fue un momento casi divertido, y todo.

—Supongo que se olvidó de dármelo —conjeturo al recordar cómo afectó a su memoria la quimio paliativa.

—Supongo —dice, con voz áspera.

Lo miro. Noto cómo brotan los primeros tallos de rabia.

—¿Y por qué nunca intentaste ponerte en contacto conmigo? Mamá murió hace veintitrés años.

Frunce el ceño y aprieta la mandíbula. Durante unos segundos, creo que está tratando de elaborar una excusa.

—Uf, ostras. Qué difícil.

Mi rabia aumenta.

—Dímelo a mí.

—Lo hice, Joel. Traté de ponerme en contacto contigo, más de una vez.

El corazón me da un vuelco.

—¿Cómo?

—La primera vez fue al cabo de un par de años de su muerte. En cuanto lo tuve todo claro, me puse en contacto con Tom. Por aquel entonces, tenías quince años.

Nos azotan ráfagas de viento.

—Me dijo que eras demasiado joven. Me dijo que lo volviera a intentar cuando cumplieras los dieciocho. Y eso hice. Pero insistió en que estabas muy ocupado con los exámenes, y que después lo estarías con la universidad. Volví a intentarlo, pero me dijo que ya lo habíais hablado vosotros y que le habías dicho que no te interesaba, que no querías verme.

Me quedo boquiabierto.

—¿Y te lo creíste?

—Me hizo creer que te iba a arruinar la vida, Joel. Me dijo que eras muy sensible, que te afectaría mucho y provocaría muchos problemas. Lo siento, creo que él solo intentaba protegerte. —Warren traga saliva—. Pero entonces, unos años después…, tuve un sueño. Sobre hoy.

—¿Qué tipo de sueño?

Nos detenemos para mirarnos, frente a frente. Warren no media palabra, se limita a observarme. Y, en mi interior, estoy seguro.

Me invaden unas ganas extrañas y salvajes de soltar un alarido, ¿de qué? ¿Alivio? ¿Alegría? ¿Frustración?

—Tú también los tienes. ¡Tú también los tienes!

Me agarra del brazo.

—No pasa nada.

—¿Me has estado esperando? ¿Sabías que iba a venir hoy?

Su piel se tiñe de ámbar bajo la luz del ocaso.

—Sí.

«Es hereditario».

Le doy la espalda y me encaro al viento. La sal me invade las narinas y me agarrota el pelo mientras trato de asimilarlo todo.

Pasan unos minutos hasta que siento que tengo la fuerza necesaria para seguir caminando.

—¿Desde cuándo? —Soy incapaz de digerir lo que me ha contado sobre papá.

—Desde que era niño.

—Y no has encontrado la forma de curarlo.

Warren vacila antes de contarme su particular trayectoria descorazonadora. Drogas y mucho alcohol cuando era joven, y luego un enfoque un poco más ortodoxo que el mío: diversos médicos y terapeutas. Hipnosis terapéutica, acupuntura, medicación. Pero los dos hemos acabado dándonos de bruces con la misma pared de ladrillos.

Él también tiene una puñetera libreta. Negra y de tapa dura, justo como la mía.

—¿Duermes? —le pregunto.

—Casi nunca.

—¿Tienes novia? ¿Mujer?

—Es demasiado complicado. —Me lanza una mirada—. ¿Y tú?

Me río sin ganas.

—¿Por qué crees que he venido?

—No me digas que también eres un soltero empedernido.

Pienso en Callie y en el sueño que tuve. Y, entonces, el corazón se me parte en dos de nuevo.

—Lo intenté. Pero no fui lo bastante fuerte, y cedí.

Como solo sabe la mitad de la historia, lo interpreta como una buena noticia:

—No tienes ni idea de lo feliz que me hace saberlo.

Más tarde, me ofrece una cama en la que pasar la noche. Pero no me parece apropiado, todavía no. Necesito un espacio en el que resguardarme del vendaval de pensamientos que me azotan la mente, así que llama a distintas pensiones cercanas en busca de habitaciones libres.

Mientras está al teléfono, me fijo en una fotografía enmarcada que cuelga en el pasillo. Un surfista con el pelo mojado, un traje de neopreno y un collar de flores hawaiano alrededor del cuello. Lo están alzando entre una multitud. Al principio, creo que es Warren, pero luego lo inspecciono más de cerca. Está firmada con un bolígrafo dorado. Consigo descifrar el nombre: «Joel Jeffries».

Vaya, tal vez mamá me puso este nombre en honor al surfista favorito de Warren. Una forma de recordarlo, quizá.

A la mañana siguiente, estoy bastante cansado tras menos de cuatro horas de sueño. Y dudo que las ventanas con visillo del comedor de la pensión consigan espabilarme demasiado. Así que me dirijo a casa de Warren con café bien cargado y rollitos de tortilla de una cafetería cercana.

Desayunamos fuera, en el jardín de Warren (que no es más que un trozo de hierba amarillenta que parece yerma y una palmera de Cornualles torcida sobre la valla). El aire llega cargado de salobre de la playa y una frazada de nubes cubre el cielo de principios de otoño.

Warren desenvuelve su desayuno.

—Hace tiempo que lo espero.

—¿Tenías hambre?

Se ríe.

—No, me refería a este momento. Es lo que soñé. Bueno, este momento y cuando apareciste ayer por la tarde.

Lo miro de hito en hito.

—¿Soñaste… lo que estamos haciendo ahora mismo?

Qué raro. Nunca me he parado a pensar en cómo me sentiría siendo el protagonista de un sueño.

—También soñé que traerías café solo.

Alzo una ceja.

Warren quita la tapa de su vaso.

—De tal palo, tal astilla. —Sonríe—. Lo bebo solo.

Entre sorbos de café y mordiscos de rollitos, le hablo a Warren de Diana. Pero evito mencionar mi sueño sobre Callie. Tal vez porque veo que tiene muchas esperanzas puestas en mi vida amorosa.

—Diana tiene razón, ¿sabes? —me dice cuando termino.

Lo miro y me fijo en los pliegues que le arrugan la piel. Se le frunce en las comisuras de los ojos. Posee ese tipo de complexión curtida que siempre trae consigo el bronceado. Incluso en pleno invierno, cuando el sol no sale en seis semanas.

—¿Sobre qué?

—Sobre que tal vez podría evitar los sueños. Tal vez. Tras pasarse años investigando y tú siendo su rata de laboratorio. Pero no puede cambiar el futuro.

—¿Qué quieres decir?

—Padecemos esta condición, Joel. Pero ahora también nos tenemos el uno al otro. Desde que soñé con este fin de semana, he tratado de enderezar mi vida. Que la casa esté un poco mejor, ir a surfear más a menudo, dejar de ser tan ermitaño. —Se da unas palmaditas en la barriga—. Perder unos kilitos.

Es una idea entrañable y, en cierto modo, extraña, que Warren se haya estado preparando para mi llegada durante todo este tiempo.

—Quiero ayudarte, si puedo, a que no cometas los mismos errores que yo: que te arruine los amigos, la carrera y...

—Llegas tarde. —Le explico la historia sobre cómo me convertí en el peor veterinario del mundo. Entonces, Warren me corresponde con el relato de su prometedora carrera como surfista, cómo la echó por la borda con alcohol y drogas recreativas.

—Pero todavía estamos a tiempo de salvarte a ti —me dice—. No es demasiado tarde.

Pienso en papá, en todo lo que me negó al ahuyentar a Warren. Warren podría haber sido mi persona de confianza todo este tiempo, me habría acompañado en algunas de las épocas más duras de mi vida.

—No estoy seguro de si seré capaz de perdonar a mi padre —observo.

—No seas muy duro con él. Seguro que tenía miedo de perderte después de la muerte de Olivia. Supongo que lo veía de una forma distinta: no había hecho todos aquellos esfuerzos para que me presentara sin invitación y me metiera de por medio.

Frunzo el ceño y tomo un sorbo de café.

—Bueno, ¿y ahora qué? —pregunta Warren.

—Lo único que siempre he querido es dejar de soñar —digo, al final—. Llevo tanto tiempo obcecado con eso...

—¿Pero ahora crees que no soportarías no saber lo que va a ocurrir?

Exhalo. Reflexiono.

—Tal vez. Retorcido, ¿eh?

—Bueno, llevas conviviendo con esto tanto tiempo que es comprensible que te cueste vivir sin ello. Como esas personas que se pasan toda la vida esperando el día de la jubilación y luego no saben qué demonios hacer cuando llega el momento.

—Entonces, ¿cuál es la solución?

—Olvídate de la ciencia y olvídate de una cura. Ve y vive tu vida. Tú y Callie. Disfrutad de la vida.

—No tengo ni idea de cómo hacerlo —reconozco. Porque la funesta sombra de mi sueño se cierne ahora sobre nosotros, y la amenaza de la desolación más absoluta se aproxima.

63

Callie

Estoy con papá en su jardín. Recogemos hortalizas para la comida de hoy domingo; hemos recuperado una tradición antigua. Mamá nos deja solos, como suele hacer (me gusta pensar que mientras nos mira desde la ventana, recuerda aquella época en la que seguía a mi padre a trompicones, ataviada con un mono, agarrando el cubo de plástico y la pala y azotada y zarandeada por la lluvia y el viento).

Tal vez es la nostalgia que emana de los recuerdos de la infancia, pero, de pronto, me pregunto si estoy siendo egoísta por elegir no saber. Quizá debería preparar a mis padres, advertir a todas las personas que me quieren. Tal vez podría incluso plantearme celebrar uno de esos funerales en vida, a los que viene todo el mundo y dicen cosas bonitas... Ay, no, qué morboso. Nadie debería tener que vivir su propio funeral. Nadie.

—¿Y adónde ha ido, entonces? —Papá me está preguntando por el viaje improvisado de Joel.

—A Cornualles.

—Y a ti te parece bien, ¿no?

—Claro, papá. No somos...

—¿Siameses? Ya, ya lo sé. Ahora la juventud hacéis las cosas diferentes.

Sonrío. Supongo que a ojos de mi padre siempre seré su niña pequeña.

Joel y yo hablamos ayer por FaceTime, y lo hemos vuelto a hacer esta mañana. Ha confirmado lo que ya sospechaba, que

Tom no es su padre biológico, y me ha dicho que se quedaría hasta el martes por la noche para tratar de descubrirlo todo. Abrumada por él, le he dicho que lo quiero, que se quede el tiempo que necesite para aclararse.

—Papá, ¿puedo preguntarte algo?

—Claro.

—¿Crees que tus pacientes...? —Trago saliva—. ¿Crees que agradecían tener tiempo para prepararse antes de morir?

—A veces —responde, franco, mientras arranca una zanahoria—. A veces se alegraban de poder disponer de ese tiempo, y, a veces, no.

—Quienes preferían no tenerlo, ¿por qué no querían?

—Bueno, por distintas razones. Cada cual es distinto. Pasar por un proceso interminable hasta morir no es lo que uno consideraría la mejor forma de irse. La gente a menudo piensa que preferiría tener tiempo para prepararse, pero al final siempre acaba pasando los últimos meses y semanas que le quedan de vida paralizada por la tristeza y el miedo. No siempre es como lo pintan en los artículos de las revistas.

—Te refieres a que no acabas haciendo *puenting* y recorriendo los Estados Unidos en autocaravana.

Papá esboza una sonrisa triste.

—Casi nunca, cariño. No todo el mundo se siente con la capacidad emocional necesaria para cumplir listas de propósitos, aunque físicamente sí que puedan. Yo no podría.

Seguimos recogiendo vegetales unos minutos más. Se oye el leve batir de la maquinaria agrícola de los campos cercanos mientras que, en un extremo del jardín, una bandada de vencejos sobrevuelan el seto. Aquí siempre se está tranquilo: no hay tráfico ni bocinazos, ni el rugido estereofónico de la vida urbana.

—¿Y tú qué preferirías? —le pregunto—. ¿Irte rápido, o...?

Me mira con una mancha de barro en la mejilla izquierda que mamá reprobará más tarde.

—Callie, esta conversación empieza a preocuparme.

—No tienes por qué —replico enseguida—. Es solo curiosidad.

—Me lo dirías, ¿verdad? Si…

—Papá, no es nada, de verdad. De hecho, mira, olvida que he dicho nada. —Me incorporo e inspiro el aire limpio—. ¿Qué más?

—Perejil, por favor —me responde, pero no se lo ve convencido.

Más tarde, mientras me preparo para irme, digo, sin querer:

—Papá, ¿cuánto crees que deberías sacrificar por alguien a quien quieres?

—Eso depende de lo que estés sacrificando —contesta.

—Bueno, si fuera algo que haría feliz a la otra persona pero que a ti te haría la vida mucho peor, ¿deberías hacerlo?

Papá frunce el ceño.

—No sé qué responderte, Callie, sin conocer las circunstancias.

«Pues son las peores», pienso. «Las peores que puedas imaginarte».

—¡Lo encontré! —grita mamá desde arriba, donde lleva un rato buscando un recorte de periódico que guardó para mí.

Me estiro para darle un beso.

—Ya te dejo en paz. Te quiero, papá.

—Al final, supongo, depende de si Joel también te quiere.

Pillada. Clavo los ojos en la moqueta.

«Me quiere, papá. Solo que no es capaz de decirlo».

64
Joel

Warren y yo estamos sentados en la terraza de un bar con vistas a la playa Fistral, con una pinta cada uno y una ración de nachos en medio. El cielo y el mar relucen, y el surf abunda.

Aunque es primera hora de la tarde de un lunes, hay mucha gente. Charlan en la arena o se acercan a nuestra mesa vestidos con pantalones cortos y chanclas para darle la mano a Warren y comentar cómo están hoy las olas. Empiezo a sentirme aburguesado, aquí sentado con zapatillas de deporte y vaqueros. Aunque encajo en el sentido de que no tengo que estar en ningún otro sitio, supongo.

Así es como hemos pasado los últimos dos días. Sobre todo fuera, contemplando un variado abanico de vistas espectaculares, conociéndonos poco a poco, tratando de encontrarle un sentido a todos los años que hemos perdido.

No me presenta a nadie como hijo suyo. Solo dice: «Este es Joel». Y la gente me da la mano y me pregunta cómo me va.

—¿Lo saben? —le pregunto ahora.

Warren moja un nacho metódicamente en crema agria, guacamole y salsa.

—¿Quiénes saben qué?

—Tus amigos, tus conocidos. Si saben lo de los sueños.

Se encoge de hombros mientras mastica.

—Algunos sí, otros no.

Me quedo mirándolo de hito en hito, presa de la incredulidad.

—¿Y qué les parece?

—Tendrías que preguntárselo a ellos.

—No quiero. Te lo estoy preguntando a ti.

—Creo que algunos piensan que estoy como una cabra; otros, me creen. A la mayoría les da lo mismo. —Saca otro nacho de la pila, acompañado de un hilo de queso que se estira hasta que se corta—. Una de las cosas que aprendes cuando te haces mayor, Joel, es que a las personas les importa menos tu vida privada de lo que crees.

—Pero… ¿por qué? ¿Por qué se lo contaste?

Sonríe.

—Porque un día decidí que es más fácil eso que llevar solo el peso de esta carga eternamente.

Doy sorbos a mi cerveza rubia y contemplo las olas. Entonces, le cuento la historia de lo que me ocurrió con el médico de la universidad y le explico lo críticos que pueden llegar a ser mi padre y mi hermano.

Warren fija la vista en el mar mientras me escucha.

—La gente es un poco más abierta de mente ahora —comenta, cuando he terminado—. Mira a Callie. Y a tu amigo… Steve era, ¿no?

Frunzo el ceño y no digo nada.

—O tal vez es que la gente con la que me junto es así. Las cosas que hacen algunos de ellos… Una vez has surfeado una ola de doce metros, empiezas a ver la vida de otra forma. Es una especie de narcótico, y la mayoría de las personas que conozco lo consumen. No pensarán más de dos segundos en mí y la locura de los sueños.

—¿Has surfeado olas de doce metros? —pregunto, al cabo de unos segundos.

Suelta una carcajada.

—Yo no. Las grandes olas y los viejos no nos llevamos bien. Tú, en cambio…

—Estás loco.

—Exacto, Joel. —Se inclina hacia adelante—. Si hay algo que he entendido en estos últimos años es que dejar de mirarse el ombligo de vez en cuando va de maravilla; hacer algo distinto, confiar en el mundo que te rodea.

—Ahora no me vendrás con que el surf lo cura todo, ¿no?

Se ríe.

—Ja. No me tientes.

—¿Pero de verdad eres feliz? —insisto—. No estás…

—¿Con nadie? —Se recuesta en la silla—. Hay más formas de ser feliz en esta vida, Joel.

Yo también sonrío. No me queda otra. Porque, a pesar de todo, qué bien sienta poder hablar con alguien que de verdad lo entiende; saber que, por primera vez en mi vida, no estoy solo en esto.

—¿Sabes qué, Warren? Creo que eres un poco *hippie*.

—¿Es un cumplido?

Alzo las cejas y me hago con el último nacho.

—Todavía no lo he decidido.

Tras pasar cuatro noches en Cornualles, subo al coche y vuelvo a casa. De madrugada, me detengo en una estación de servicio y tomo un café en la peculiar cafetería-anfiteatro que tienen. Trato de descansar los ojos antes de hacer el último esfuerzo hasta Eversford.

En una mesa cercana, una mujer consuela a su bebé. Su pareja está a su lado, zampándose un dónut mientras parpadea bajo una luz tan brillante que podría ser la del sol. Pero quien más me interesa es la mujer. Tiene los ojos cerrados y, aunque está tratando de mecer al bebé para que se duerma en una estación de servicio a las dos de la madrugada, parece feliz. Tranquila y satisfecha, como si estuviera escuchando un concierto de arpa o recibiendo un masaje.

Me recuerda a Callie. Tiene el mismo rostro con forma de corazón, el mismo pelo oscuro y largo. El mismo perfil, cuando vuelve la cabeza. El parecido es tan sorprendente que no puedo dejar de mirarla (hasta que empieza a parecer que su pareja se va a levantar y darme, lo que es comprensible, y sé que es el momento de irme).

Me incorporo a la M4 de nuevo e inicio el último tramo de trayecto que me conducirá a Eversford. Pero la doble de Callie con el bebé en brazos no deja de aflorar en un rincón de mi mente. Y, poco después, me asalta un pensamiento: si esta afección es hereditaria, entonces no debo tener hijos. A pesar de ese precioso momento efímero de hace meses, cuando imaginé a Callie embarazada… Sería incapaz de imponerle la misma vida que llevo yo a una personita inocente.

Pero eso, ¿qué implica para Callie? Aunque nunca ha dicho demasiado al respecto, estoy bastante seguro de que quiere tener hijos. O, al menos, nunca me ha dado razones para pensar que no quiere. Sus padres han hecho algún comentario al respecto. Además, tiene un don natural y poco común con los niños que hace que se le agarren a las piernas y lloren cuando se va. La recuerdo jugando con mis sobrinos, enseñando a bailar a todo un grupo de pequeños menores de diez años en la boda de Hugo. Pero si incluso se planteó estudiar educación infantil, por Dios. Y si lo que quiere es formar una familia, no puedo ser la persona que trunque su deseo.

¿Y adoptar? No sé por qué, pero me imagino a mi hermana sugiriéndolo, preocupada, como siempre, de que me esté privando de las alegrías de la vida. Pero la adopción no es algo que me apetezca plantearme. Porque yo sería el mismo: obsesionado con los sueños, siempre preocupado por Callie. Y aunque nadie habría heredado mi afección, arruinaría al pequeño, estoy seguro. Le contagiaría mis neurosis, los infectaría de ansiedad.

Imagino cómo pasan los años, Callie y yo estancados mientras voy contando los días que faltan para su muerte. En la agonía que me atormentó cuando supe que mamá padecería cáncer antes de que ella misma lo supiera, lo único en lo que pensaba era en cómo serían las cosas al cabo de cuatro años. La vida perdió todo el color, se fue volviendo cada vez más gris. ¿Cómo seré capaz de volver a pasar por esto y seguir haciendo feliz a Callie? Es imposible. Imposible.

Recuerdo, entonces, lo que me dijo cuando volvíamos a casa el día de San Esteban del año pasado. Que me tomara los sueños como un don. Y me vuelve a invadir la pena, porque ahora sé que para mí siempre serán una maldición.

Son casi las cuatro cuando llego. No quiero despertarla, así que me quedo en el salón con Murphy.

Me siento en el sofá y busco en Google «Joel Jeffries». Es inglés, de la misma edad que Warren. Pero, a diferencia de Warren, Joel es un campeón de torneos de surf con un estilo de vida a la altura de todo lo que ha ganado: una casa en la playa, esposa, hijos, amigos. Mi primera reacción es sentir pena por Warren, pero entonces recuerdo lo que me dijo ayer en el bar de la playa:

«Hay más formas de ser feliz en esta vida».

65

Callie

Me despierto a las cinco y media, justo cuando la luz empieza a filtrarse por las rendijas de las persianas. Algo me dice que Joel está en casa, así que me enfundo la camiseta del tractor que me regaló por Navidad y me dirijo al salón.

Me lo encuentro en el sofá. Tiene la cabeza echada hacia atrás, sobre los cojines, y está mirando el techo, completamente inmóvil.

—Hola —susurro mientras me siento a su lado y le agarro la mano—. ¿Qué haces aquí?

La expresión que adopta su rostro es suficiente para derrumbarme.

—Lo siento. No quería despertarte.

—¿Cómo ha ido por Cornualles? —Alargo el brazo para rascarle las orejas a Murphy—. Te hemos echado de menos.

—Yo también.

Nuestros ojos se encuentran justo cuando, cerca de la ventana abierta, un pájaro ejecuta un solo.

—Dime qué pájaro es —murmura Joel.

—Un petirrojo. Ha estado toda la noche cantando.

—¿Toda la noche?

Asiento.

—Cree que es de día por culpa de las farolas.

—Me parece injusto que no pueda dormir.

—Tú tampoco lo haces, trasnochador.

Transcurren unos segundos.

—Solo viven dos años, ¿lo sabías? —digo.

—¿Quiénes?

—Los petirrojos.

Se inclina hacia adelante y me besa, y es un beso por todos esos sentimientos a los que las palabras no hacen justicia. Sabe a agotamiento y a café. Cuando sigue por mi cuello, con esa boca cálida y húmeda, me asalta un hambre casi voraz por él, una necesidad de demostrarle lo mucho que me importa, lo mucho que odio que estemos separados. Y él debe de sentirse igual, porque nuestros besos pronto se vuelven apremiantes y los movimientos, frenéticos. Nos quitamos las camisetas y tiemblo al sentirlo sobre mi piel desnuda; él también parece vibrar de deseo cuando mete la mano entre nuestros cuerpos para bajarme la ropa interior. De pronto, lo siento dentro, me mira a los ojos y solo disfruto de este momento, de ver su rostro y de oír cómo jadea mi nombre.

Después, cuando nos desplomamos, enrojecidos y desnudos, uno junto al otro, el mundo se detiene. La luz está suspendida sobre nuestra piel y la mañana contiene el aliento.

Mientras tomamos café, Joel me cuenta más cosas sobre Warren y sus padres, su trágica historia. Me revela que Warren sufre la misma afección, que ha pasado por todo lo que ha pasado Joel. Tamsin y Doug son sus hermanastros, me explica, Tom había conseguido que no supieran nada hasta ahora.

Me imagino conociendo a Warren en Cornualles en circunstancias más afortunadas. Tal vez nos habría enseñado a Joel y a mí a hacer surf. Imagino olas y sol, agua salada que choca con las rocas, y me embarga el pesar.

—Son muchas cosas que asimilar —digo, cuando termina, y le agarro la mano.

—Puedo encontrar la forma de gestionarlo, Callie...

«De lo demás no soy capaz».

—¿Le contaste a Warren lo que soñaste de mí?

—No, no pude. Creo…

Espero.

—… que lo habría destrozado.

—Lo entiendo. A mí también me destrozaría.

Clava la vista en su regazo.

—La cuestión es que después de ver a Warren, no puedo dejar de pensar en mi madre, en cómo me miró cuando nos dijo que tenía cáncer.

—¿Cómo? ¿Cómo te miró?

—Como si hubiese preferido que se lo dijera antes. Es de lo que más me arrepiento en la vida, Cal, de habérmelo callado, de no haberle dado más tiempo para prepararse.

Aunque el estómago se me encoge de lástima, mi determinación es inquebrantable.

—Pero no sabes lo que me ocurrirá a mí. No hay nada que podamos hacer.

—Pero sí sé cuándo.

—No. —Nunca he estado tan segura de algo. Miro a Joel y dejo que mis ojos surquen las suaves sombras de su rostro—. No hay indicios ni pistas. Ya te dije que no quería saberlo, y sigo sin querer saberlo. No podría seguir con mi vida si…

—Callie, por favor, solo…

—No. Una vez lo dices, no puedes retirarlo. Todo cambia para siempre.

Asiente despacio.

—Pero no estoy seguro de poder vivir con esto —dice— y no darte nunca una pista o decirte algo que tú interpretes como tal.

Me pregunto si tendrá razón, si empezaré a ver señales por doquier ahora: un ánimo más decaído, una lágrima derramada, una pausa más larga de lo habitual. ¿Nuestra vida juntos está destinada a convertirse en una larga sucesión de dudas?

La estancia se sume en un silencio ensordecedor.

—No tienes que seguir —dice, al final.

Las lágrimas se agolpan en mis ojos.

—¿Contigo?

Asiente.

—No es lo que…

—Ya lo sé. Pero necesito que sepas que… no tienes por qué.

—Quiero seguir contigo, Joel. Porque te quiero.

Compartimos una mirada eterna.

Y entonces:

—Yo también te quiero —susurra.

Lo miro de hito en hito. Tras todos estos meses, por fin me lo ha dicho.

Aunque tiene la mirada vidriada, no la aparta.

—Tienes razón —dice—. ¿Qué es lo peor que podría ocurrir ahora? He sido un estúpido por no decírtelo antes. Te quiero, Callie. Te quiero muchísimo. Siempre te he querido.

Me rodea con los brazos, hunde la cara en mi cuello y no deja de murmurarlo una y otra vez sobre mi piel ruborizada.

Esa misma noche, en la cama, mis manos lo buscan, desesperadas por evitar que nos alejemos en direcciones opuestas. Su boca se posa sobre la mía de inmediato, frenética y tierna a la vez. Pero es una ternura triste, la que verías en una película en blanco y negro. Como si nos besáramos a través de la ventana abierta de un tren que ya humea, antes de que suene el silbato de partida.

66

Joel

Estamos a principios de octubre, han pasado quince días desde mi regreso de Cornualles. Callie ha salido a cenar con Esther, Gavin y Ben.

Me he echado atrás en el último minuto, alegando un dolor de cabeza que ella no se ha tragado ni por un nanosegundo. Pero llevo mal todo el día. Aparte de todo lo demás, me ha afectado un sueño que tuve hace unas noches: salía Buddy, y se caía de la bicicleta.

—Seguimos siendo una pareja, ¿no? —me ha preguntado, media hora antes de irse de casa. Estaba medio vestida, delante del espejo, con la cabeza llena de rulos. Yo estaba sentado en la cama, a su espalda. No le habría tenido en cuenta que se cuestionara, al mirarme a los ojos, si lo que teníamos no era más que una ilusión, algo que veíamos pero que al tocarlo se desvanecía.

—Pues claro —he murmurado. Sin embargo, ¿qué indicaban los hechos? Cada día espero y ansío que algo cambie, que aparezca una solución por sí sola. Pero nunca surge nada.

—Entonces, me quedaré en casa contigo.

—No, quiero que vayas. —Porque de verdad quería. Quería que se lo pasara bien, que se olvidara de todo lo que está sucediendo. No quería arrastrarla al pozo conmigo.

Supongo que debe de estar pasándoselo bien. Es medianoche y todavía no hay ni rastro de ella, ningún mensaje en el que diga que pronto volverá a casa.

Estoy temblando en el jardín mientras hablo por teléfono con Warren, con la vista puesta en el piso. Nuestro piso, donde hemos empezado a crear recuerdos juntos. Hay una única luz encendida en la cocina, un naranja que palpita como una llama moribunda. En el piso de encima, las ventanas de Danny están a oscuras y en silencio.

—Tuve un sueño con Callie.

—Lo siento —dice Warren.

—Y no es nada bueno.

Warren se aclara la garganta.

—¿Sabes cuándo va a...?

—Dentro de ocho años —logro articular, antes de perder por completo la compostura.

Me deja llorar un poco y me apoya en silencio como un voluntario que trabaja en asistencia telefónica.

Cuando me recupero, me pide detalles. Poco más le puedo decir.

—No sé cómo ocurre —acabo diciendo—. No tengo ninguna pista. Y no saberlo...

—Es lo peor —resume Warren.

Coincido con él y le explico la férrea resistencia de Callie a cualquier tipo de intervención.

—¿Y su padre?

—¿Qué pasa con su padre?

—¿No me dijiste que era médico?

—Ya no. Está jubilado. Pero tampoco puedo pedirle que me ayude.

—¿Por qué no?

—¿Me estás diciendo que se lo cuente? ¿Todo?

—No todo. Tú tantéalo. Podrías intentar averiguar si hay antecedentes médicos familiares que pudieran ser importantes. Hay formas de encuadrar las cosas.

—No estoy seguro. —El padre de Callie es muy listo. Hace el crucigrama críptico cada día, nada más levantarse. Me descifraría en cuestión de segundos.

—Tienes que intentarlo todo, tío.

Es ese inofensivo «tío» la gota que colma el vaso, que me llena de rabia de golpe. «Ojalá te hubiera tenido a ti», quiero gritarle con furia. «Ojalá te hubiera tenido a ti para que me ayudaras a sobrellevar esto todos estos años».

Pero no lo hago. Me limito a echar la cabeza hacia atrás y mirar el cielo, apuntalado con miles de estrellas.

—Soñé que mamá se moría —le digo, al cabo de unos segundos—. Sabía que se iba a morir de cáncer y nunca dije nada. Es de lo que más me arrepiento en esta vida.

—No eras más que un niño, Joel —me dice, con suavidad.

—Pero el modo en que me miró cuando se enteró...

—Decirle a Callie cuándo se va a morir no te va a devolver a tu madre, Joel.

—¿Qué quieres decir? —Pero creo que en el fondo lo sé.

—Que si Callie tiene claro que no quiere saberlo, entonces deberás respetarlo.

—No. No puedo vivir sabiendo esto. No puedo cargar con esto cada día y aun así hacerla feliz. Es imposible.

Se produce un largo silencio.

—Bueno, en tal caso, quizá ya no seas el hombre que la pueda hacer feliz.

Es como un puñetazo telescópico directamente desde Cornualles. La confirmación de mis peores miedos.

—No era eso lo que quería oír.

Suspira.

—Lo sé. Si lo que querías eran palabras vacías, te has equivocado de número.

Furioso, cuelgo la llamada.

«No, Warren», pienso, a mi pesar. «No voy a darme por vencido».

Horas más tarde, vuelvo a tener un sueño. Ocurrirá dentro de tres años, y veo a Callie paseando por una playa, de la mano con... Oh.

Aunque es oscuro, parece que haga calor y que se avecine una tormenta. Hay palmeras y arena blanca, un paisaje que me resulta familiar… ¿Será Miami? (No es que haya estado. Netflix es lo más cercano que he estado de un viaje transatlántico).

Callie parece feliz. Se ríen de algo, con las cabezas inclinadas, en una sintonía que me atormenta.

Y, entonces, veo el anillo que brilla en su dedo y la oscuridad se apodera de mi alma.

67

Callie

Los días se convierten en semanas y pronto llegamos a finales de octubre. El aire se vuelve más frío y los días se acortan, como si el mundo estuviera reuniendo el valor para encarar el invierno. Joel y yo nos encontramos en un punto muerto, incapaces de seguir avanzando.

Esther sabe que ocurre algo y más de una vez me ha preguntado si todo va bien. Tal vez sospechara algo la noche que Joel se escaqueó de la cena. O quizá ha hablado con Ben y este le ha contado lo del mensaje de voz que le dejé a Grace. Pero claro, no puedo explicárselo, así que cada vez que me lo pregunta acabo farfullando algo sobre que solo estoy cansada del trabajo.

La situación ya no admite discusión: hablar del tema es como estar estancado en un atasco, avanzando lentamente solo para llegar al destino equivocado cada vez. Pero me he dado cuenta de que Joel ha adoptado una determinación tranquila, cierto aire resuelto que despierta mi curiosidad.

Me da la sensación de que se trae algo entre manos, pero no sabría decir de qué se trata.

Ayuda el hecho de que lo quiero con locura. No tengo ni idea de qué nos deparará el futuro, pero si cierro los ojos y solo pienso en el presente, estamos superándolo poco a poco. Seguimos siendo pareja (no podemos darnos por vencidos y dar la espalda a lo mejor que nos ha ocurrido en la vida), lo que significa que seguimos saliendo, seguimos acostándonos, seguimos riéndonos hasta que nos duele el estómago. Pero en cierto modo es como sostener un techo con las manos: solo tiene que cambiar un poco el viento para que, de pronto, ya no tengas la fuerza suficiente.

Hemos pasado el día en casa de Tamsin, celebrando su cumpleaños. Doug y Lou han traído una tarta muy elaborada con forma de unicornio que ha sido más para los niños que para Tamsin, pero también se han preparado cócteles sin alcohol y hemos jugado a juegos de toda la vida, que eran más para nosotros que para los niños. Ha sido un día lleno de alegría y diversión, un día que me ha recordado todo lo que Joel y yo podemos ser.

He tenido un momento de vacilación donde no he sabido si servirme más tarta o no. He estado dándole vueltas al tema de comer más sano, dejar de tomar vino, filtrar el agua y probar el yoga. Es lo que hace la gente, supongo, cuando se les recuerda su mortandad: ofrecen a sus cuerpos la mejor oportunidad de sobrevivir. Tal vez debería tener una charla sutil con papá y pedirle algunos consejos de salud.

Pero, de repente, Amber ha aparecido con un trozo de tarta en un plato de papel.

—Te he guardado el cuerno del unicornio, tía Callie —me ha susurrado—. Si te lo comes, vivirás para siempre.

He notado los ojos de Joel clavados en mí desde el otro lado de la mesa, pero he sido incapaz de alzar la vista. De haberlo hecho, me habría puesto a llorar.

—¿Sabes? —reflexiono en voz alta mientras volvemos caminando a casa entre el olor a leña que impregna el aire de finales de la tarde—. Ha pasado casi un año desde la noche de Guy Fawkes.

Me estrecha la mano enguantada.

—Así es.

—Aquella noche supe que me gustabas. Estaba un poco colgada de ti.

—¿Solo un poco?

—Vale, mucho.

—Comprensible, era un buen partido.

—Un partidazo. —Las entrañas se me encogen cuando lo digo. «Por favor, créetelo. Por favor, créete lo mucho que aún te quiero».

Damos unos cuantos pasos más, entre hojas caducas, en perfecta sincronía. Ayer por la noche, el reloj se atrasó y la luz ya está desapareciendo del cielo.

—Bueno, ¿y tú?

—Yo, ¿qué?

—Si estabas colgado de mí también.

—Un caballero como Dios manda no reconoce esas cosas.

—Ya, pero a mí me lo puedes contar.

Su mano se contrae alrededor de la mía.

—Decir que estaba colgado se queda corto, Callie. Lo supe desde el principio. Nunca tuvo sentido que me resistiera.

Seguimos caminando en silencio. Estamos en la zona en la que murió Grace, aunque no he pasado por la calle en la que se produjo el accidente desde aquel día. Dudo que nunca llegue a hacerlo. Durante unos segundos, me pregunto si me espera el mismo destino; pero Joel dijo que no sabía cómo ocurría, lo que significa que no vio ningún coche, ni curiosos, ni asfalto…

Pero justo cuando mis pensamientos empiezan a concatenarse, Joel me trae de vuelta al presente. Me tira de la mano y me señala algo que queda a la derecha.

—Mira, Callie —me dice, con urgencia—. Mira.

Está señalando el muro que hay ante una casa abandonada, en medio de una terraza en la que se indica que se va a demoler. La puerta principal y las ventanas están tapiadas con tablones aglomerados y grafiteados, y las malas hierbas serpentean como tentáculos alrededor de los canalones y los ladrillos.

Tras el muro, sobresale un rabo marrón totalmente inmóvil.

Antes de poder pestañear, Joel ya se ha alejado.

Lo sigo, aprensiva.

—Lo han abandonado. —Joel se ha arrodillado y acaricia el pelaje de un perro blanco y marrón que parece joven. Me agacho a su lado. El perro no reacciona a la mano de Joel.

—¿Qué le pasa? —pregunto, esforzándome por contener las lágrimas.

Joel comienza a examinarlo.

—No estoy seguro. Tiene algún tipo de infección. Está muy mal. Tiene las encías muy pálidas, ¿lo ves, ahí? Y está frío. Tenemos que ayudarlo enseguida. —Se pone en pie a toda prisa, marca un número y murmura algunas palabras al teléfono. Oigo que indica la dirección en la que nos encontramos—. Kieran está en camino —anuncia, después de colgar, antes de volverse a arrodillar a mi lado—. Por ahora, vamos a mantenerlo caliente.

Entre los dos colocamos al perro, con cuidado, encima de su regazo. Joel se quita la chaqueta y yo, el abrigo, y lo envolvemos con ellos para darle calor. Sigue sin haber ninguna reacción por su parte: está impasible y flácido, como si ya se estuviera muriendo.

—¿Se pondrá bien? —le pregunto a Joel.

Me mira a los ojos.

—Lo siento, Cal. No pinta bien.

Me muerdo el labio y trato de no echarme a llorar.

Kieran nos lleva en coche a la clínica donde trabajaba Joel, este y yo estamos sentados en los asientos de atrás con el perro estirado sobre nuestros regazos. Mientras Joel comparte con Kieran su valoración, apenas oigo algo de unas vías intravenosas, anemia, hemorragia interna. Entonces, Kieran llama a alguien de una organización benéfica, que acepta hacerse cargo de los gastos del tratamiento, y luego ambos empiezan a debatir la mejor forma de proceder.

Cuando entramos en el aparcamiento, me fijo en que el collar del perro yace abierto en el asiento. No hay ninguna placa con un nombre o un número de teléfono, nada que pueda ayudar a identificarlo. Agarro el collar y me lo meto, sin decir nada, en el bolsillo.

—Vete a casa —me dice Joel cuando salimos del coche—. Puede que tardemos un buen rato.

Es de noche cuando Joel regresa al piso. Me encuentra en la bañera y se apoya en el borde, cansado. Desprende un leve aroma a desinfectante.

Me incorporo y derramo un poco de agua por los lados.

—¿Cómo ha ido?

—Bien, creo. Tenía una infección parasitaria grave en los intestinos. Le hemos hecho una transfusión de sangre y le hemos dado antibióticos. Está crítico, pero Kieran se lo va a llevar a casa a pasar la noche.

—Gracias a Dios que lo has visto.

—Justo a tiempo. Ahora solo queda esperar.

Le agarro la mano. La noto flácida, y tiene la mirada vidriosa, desenfocada.

—¿Estás bien?

Se pasa la otra mano por la cara. Está pálido, como si hubiera envejecido.

—Solo estoy agotado.

—Lo has hecho genial. Tan sosegado… ¿Lo echas de menos?

Mira por la ventana, donde las luces de otras casas son bombillas que brillan en la oscuridad.

—Echo de menos ayudar a los animales.

—Entonces, tal vez podrías…

—No estoy capacitado.

—Sí que lo estás, Joel. Hoy lo has demostrado.

—Ha sido una vez, Cal. No es nada comparado con hacerlo a jornada completa.

Sé que no debería insistir, lo sé. Pero quiero que Joel vea lo que yo veo: su increíble talento y su corazón de oro, su alma tierna, cálida y amable.

—Joel, lo que has hecho hoy…

—Cualquier veterinario habría hecho lo que he hecho yo.

Bajo la mirada y arrastro un poco de espuma con olor a fresa con la mano.

—¿Por qué haces eso?

—¿El qué?

—Quitarle importancia a todo, decir que no eres un buen veterinario.

—Pues porque no lo soy. No ejerzo desde hace casi cuatro años.

—Pero se te dan muy bien los animales.

—Ser veterinario es mucho más que eso, Cal.

—¿Por qué lo dejaste en realidad?

Se produce una pausa, rota solo por el crepitar de las burbujas, como un champán olvidado cuando ya ha terminado una fiesta que ha sido un desastre.

—¿Joel?

—Cometí un error garrafal, Callie, y creí que no merecía seguir siendo veterinario, ¿de acuerdo?

—No, no estoy de acuerdo —digo, con delicadeza—. Nunca me lo has contado.

—Lo siento. Pero me cuesta hablar de esto.

—Por favor, cuéntamelo.

Aparta la mano y articula los dedos.

—¿Qué quieres saber?

—Quiero saber qué ocurrió.

La oscuridad de sus ojos parece ennegrecerse todavía más.

—Cometí un error y las consecuencias fueron… tan catastróficas como te puedes imaginar.

—¿Qué error cometiste?

Al final, me cuenta que trabajaba distraído. Por aquella época, estaba a media jornada en un intento por recuperar algo

308

de cordura mientras atravesaba una mala racha tras haber tenido una serie de sueños alarmantes. Siempre tenía resaca y no dormía, no hacía ejercicio ni se cuidaba, de forma que llegaba agotado al trabajo.

—Tenía un cliente que se llamaba Greg. Sufría depresión y su perro era su vida. Hablaba conmigo siempre que venía. Yo me limitaba a escucharlo. Creo que lo ayudaba un poco. Me explicó que había estado a punto de suicidarse más de una vez, pero pensar en lo que le ocurriría entonces al perro lo había frenado. A veces, ese perro era la única razón que Greg tenía para vivir.

No digo nada, me limito a escuchar.

—Bueno, la cuestión es que Greg trajo al perro un día. Tenía diarrea y estaba un poco aletargado. Yo estaba seguro de que no había de qué preocuparse, pero debería haber hecho mucho más. Debería haber hecho un seguimiento y análisis de sangre, pero lo mandé a casa, le dije a Greg que lo vigilara de cerca y lo volviera a traer si empeoraba.

—Me parece... —Quiero decir «lógico». «Parece una reacción lógica». Pero ¿qué sabré yo?

—Ahora, en retrospectiva, sé que lo hice sentir como si me estuviera haciendo perder el tiempo. Recuerdo que fui brusco con él. No a propósito, pero... no fui mejor que el médico que me atendió en la universidad. Le hice a Greg lo mismo que ese médico me hizo a mí.

—¿Qué ocurrió? —pregunto con un hilo de voz.

—Trajo al perro al cabo de una semana, y para entonces ya no pude hacer nada. El hígado ya no le funcionaba y era por mi culpa. Pasé por alto síntomas clave.

—Estoy segura de que hiciste lo que pudiste. No puedes culparte...

—Callie, fue culpa mía. Ni siquiera le hice un análisis de sangre. No estaba concentrado, no prestaba atención. Y el perro sufrió por mi culpa.

—Joel —empiezo, mientras alargo el brazo para volver a agarrarle la mano—, no te machaques por eso, por favor. Todo el mundo puede cometer errores.

Mi mira fijamente. Tiene los ojos redondos como mirillas.

—No lo entiendes.

—No tengo que ser veterinaria para saber que si…

—Greg se suicidó un par de semanas después —dice, de pronto—. El perro era su razón para vivir y yo se la arrebaté por ser un puñetero incompetente.

La sorpresa me enmudece. Durante unos segundos, no sé qué decir mientras el agua de la bañera se enfría a mi alrededor.

—Lo siento mucho.

—Soy el responsable de la muerte de Greg —concluye, con una voz atiplada e irreconocible—. Así de simple.

Comienzo a temblar.

—No, no es así de simple.

—Querías saber por qué digo que no soy un buen veterinario. Ahí lo tienes: porque no merezco decir que lo soy. —Baja los ojos para encontrarse con los míos—. Y si quieres saber por qué tengo que contarte lo que soñé, es porque no puedo pasarme el resto de la vida sabiendo que podría haber hecho más. No me va a pasar contigo, Callie. Soy incapaz de quedarme de brazos cruzados cuando se trata de ti.

—No, por favor —le digo, con un nudo en la garganta—. No es justo.

—No sé si me importa ya lo que es justo y lo que no. Me importa qué es lo correcto.

Entonces se pone en pie, me da la espalda y se va.

Me quedo en la bañera, tal vez media hora más. Las lágrimas me arden sobre la piel mientras el agua se enfría.

68

Joel

La mañana del día de Halloween llamo a Warren mientras estoy paseando a los perros.

Cuesta creer que ya haya pasado un año desde el día en que saltaron chispas entre Callie y yo en la tienda del barrio. Hemos ganado tantas cosas a lo largo de este año... Pero ¿lo habremos perdido todo, también?

Cada mañana, cuando abro los ojos, espero encontrar la forma de seguir adelante, una epifanía. Que la nula visibilidad se haya convertido, de alguna forma, en un rayo de sol. Pero nunca ocurre.

—Bueno, hice lo que me dijiste —le comunico.

—¿Qué te dije?

—Que... ¿Dónde estás? ¿Por qué oigo gritos?

—Estoy en la playa, no lo sé... Hay algo en la arena y el agua que hace que los niños se pongan a gritar.

—¿Qué? Pero si estamos en octubre.

—Es el último fin de semana de las vacaciones de medio trimestre. —Me lo imagino encogiéndose de hombros. Se encoge mucho de hombros, mi padre biológico.

—¿Y se supone que estás ahí en calidad de supervisor o...?

—Doy clase en diez minutos. ¿Qué pasa?

—Fui a ver al padre de Callie para descubrir si había algunos antecedentes familiares que debieran preocuparme.

—¡Bien! ¿Y hay algo?

No fue tan incómodo como podría haber sido. Lo esperé ante la puerta de su casa mientras Callie estaba trabajando y nos sentamos en la cocina. Le farfullé algo vago, que había tenido una pesadilla, que no quería preocupar a Callie. Y entonces, así sin más, me dio la información que necesitaba. (No es que me haya sido de ayuda. Un historial de salud limpísimo, toda la familia Cooper).

Me aseguró que nuestra conversación no pasaría de ahí, todo un detalle por su parte. Sabía que si Callie se enteraba, podría pensar que la había traicionado, que había advertido a sus padres. Y habría muchas posibilidades de que no volviera a confiar en mí.

En fin.

—Nada.

—Ah.

—Sí, así que no ha servido de nada.

Se produce una pausa acompañada del tosco grito de las gaviotas. Me pregunto si debería explicarle a Warren el sueño que tuve de Callie en una playa de Florida. He sido incapaz de sacármelo de la cabeza.

Pero la idea de compartirlo con él me sulfura, no sé por qué. Tal vez sea porque no quiero darle la razón en su teoría de que ya no soy el hombre que hará feliz a Callie.

Doy unos pasos más y me imagino a Callie en casa. Aún caliente tras salir de la ducha, se pasa un peine por el pelo, la piel húmeda le centellea. Me invade el deseo de acercarme a su cuello y oír el brillante timbre de su voz.

Y sin embargo…

—Crees que debería dejarlo, ¿verdad? Dejar que Callie se marche y viva su vida, que encuentre a alguien que la pueda hacer feliz. Es eso lo que dicen, ¿no? Si quieres a alguien, lo quieres libre.

Los segundos se alargan.

—Eso es lo que dicen.

—Ya está, entonces.

—Aún no. No necesariamente. No te precipites.

—El tiempo no juega a mi favor, ¿recuerdas?

—Sí. Pero, oye, si hay que llegar a eso, sabrás cuándo es el momento adecuado.

—Bueno, gracias por tu ayuda.

—Siento no poder darte una solución, Joel.

—Tuviste la oportunidad de solucionarlo hace treinta y siete años.

—¿Qué quieres…?

Soy incapaz de callarme. Es frustración pura y dura:

—Podrías haberlo solucionado antes de que empezara, si no te hubieras enrollado porque sí con mi madre.

—No fue porque sí.

—La cambiaste por una tabla de surf. ¿Qué más puede haber que demuestre que fue porque sí?

Esa noche, vuelvo a soñar con Callie, dentro de menos de un año. Está arrebujada en una manta ante el frío que hace en alguna parte, no estoy seguro de dónde. Pero se trata de un lugar remoto y extenso, justo el tipo de paisaje espectacular que a ella le encanta. Parece apasionada y viva de una forma en que hace tiempo que no la veo. Lleva unos prismáticos colgando del cuello y una cámara en la mano. Oigo cómo silba el viento y veo un cielo azul prístino. Y en el horizonte se alza un volcán, tan imponente como una catedral.

Estoy temblando cuando me despierto. Salgo de la cama y agarro la libreta, y cuando llego al umbral de la puerta, me vuelvo para mirarla como siempre hago. Está hecha un ovillo sobre el colchón como si fuera una coma, con el rostro sobre mi almohada.

Una coma. Una pausa para recobrar el aliento. La oportunidad de darle sentido a las cosas.

—Te mereces mucho más —le susurro, desde la puerta—. No quiero que te pierdas nada.

Recuerdo lo que me dijo Warren: «Quizá ya no eres el hombre que la hará feliz».

Volvemos al punto inicial en el que debería haber seguido a la razón y no al corazón. Ahora lo sé, igual que lo supe entonces. Tendría que haber sido yo quien apretara el freno en cuanto vi que la razón estaba perdiendo la batalla. Podría haber sido listo y ahorrarnos la agonía. Porque ahora que he visto todo lo bueno que el destino le tiene preparado, no soy capaz de privarla de todas esas cosas.

Callie aún tiene tiempo para seguir adelante, forjarse una vida propia, hacer todo lo que siempre ha querido hacer. Me doy cuenta de que puede ser la persona que solo puede ser a medias si está conmigo.

69

Callie

—¿Has visto esto? —Liam me pasa una postal mientras estamos limpiando las motosierras en el taller.

Me limpio las manos y la agarro. Es de parte de Dave, una vista panorámica de la selva amazónica en la parte de delante y un resumen de sus últimas aventuras en el dorso. Se me acelera el corazón al imaginarme su vida ahora, cerca del ecuador: el paisaje canicular y los descubrimientos exóticos, la selva centelleante y salvaje.

—Qué raro, ¿no? —dice Liam.

—¿El qué?

Se encoge de hombros como si fuera evidente.

—Que hace un año Dave estaba pululando por aquí, comiendo patatas y haciendo el tonto con el *quad,* y ahora está en la otra punta del mundo. Me juego lo que quieras a que no va a volver nunca.

Giro la postal.

—Ya. Es raro. Pero parece que se lo está pasando en grande.

Liam retira el marco del motor de la motosierra y lo coloca en el banco.

—No es lo mío, pero sí.

Me río.

—Ya lo sé. Pasar seis meses en la selva sería un infierno para ti.

Se estremece como si de verdad estuviéramos hablando de instrumentos de tortura.

—Pero me sorprende que tú no lo hayas hecho aún.

Sonriendo, vuelvo a girar la postal.

—¿Hecho qué?

—Viajar —responde, tan franco como siempre—. Siempre estás hablando de viajar. Deberías irte a Chile a buscar ese pájaro.

Evoco a Grace expresando algo similar y ofrezco una sonrisa a Liam.

—Creo recordar que dijiste que antes vería una pantera de las nieves.

Esboza una media sonrisa.

—Bueno, estoy seguro de que te lo pasarías muy bien buscándolo. ¿Qué te retiene?

Me encojo de hombros y giro sobre los talones mientras farfullo algo sobre el tiempo. El trastorno monosilábico de Liam debe de ser contagioso.

—Ahora tendrás tiempo, ¿no? —me replica—. Tu contrato debe de estar a punto de terminarse.

Es cierto: termina dentro de unas semanas y todavía no se sabe nada del dinero que se necesita para renovármelo. Fiona me ha asegurado que quieren mantenerme, pero falta saber cuándo y cómo. En todo caso, me ha dicho que, de forma provisional, pueden ofrecerme un trabajo desbrozando la maleza, lo que es mejor que nada.

—Dentro de un mes —lo informo.

—¿Te han dicho qué va a pasar?

—No. Estoy esperando.

Liam frunce el ceño.

—¿No acaban de recibir una nueva asignación de fondos gracias al sistema de subvenciones? Juraría que vi un correo electrónico ayer por la noche en el que lo decían. Podrías irte y viajar, y luego…

Y es justo en ese momento, con una sincronización impecable, cuando la puerta del taller se abre y Fiona asoma la cabeza.

—Callie, ¿podemos hablar?

70

Joel

Me siento a la mesa de la cocina de papá y trato de recordar cuánto tiempo hace de la última vez que los dos hemos tenido una conversación seria. Tal vez fue cuando dejé el trabajo. Empezó a sermonearme en el jardín de atrás, ayudado por la señora Morris, la vecina (que había estado escuchándolo todo y dio la casualidad de que estaba de acuerdo en que yo no era más que un irresponsable).

Qué buena época.

Con la piel sonrosada y todavía con los pantalones cortos que lleva siempre en su sesión de bádminton del lunes por la mañana, papá me ofrece un café. Me fijo en que lleva una de esas cintas en las gafas para aguantarlas en la cabeza mientras hace actividades deportivas.

Durante unos segundos, me pregunto si es cruel por mi parte sacarle este tema sin previo aviso. Pero los indicios empiezan a acumularse, y a toda velocidad. La semana pasada estaba aquí cuando mi teléfono sonó en el salón y Amber se puso a chillar el nombre de Warren. Volví al salón de inmediato, con el estómago revuelto, pero, gracias a Dios, papá justo había subido a la planta de arriba a buscar algo. Sin embargo, tarde o temprano va a deducir lo que pasa.

—Vaya, qué agradable sorpresa —dice papá, lo que es la peor predicción jamás hecha.

Me tomo unos segundos para echar un vistazo a la cocina, como si pudiera ser la última vez. Hay plátanos demasiado maduros, el paño de Bella, un ramo de caléndulas abierto sobre el grifo. Lo miro todo como si nada fuera a volver a ser como antes una vez haya pronunciado las palabras. Supongo que, en muchos sentidos, será así.

—Sé que no soy hijo tuyo, papá. Sé lo de Warren.

El color desaparece de su tez. No dice nada, ni siquiera mueve la boca.

—Papá. —Me inclino sobre la mesa—. No pasa nada. Lo sé todo.

Las agujas del reloj de la cocina siguen avanzando entre el silencio. Papá se ha convertido en una figura de cera, tan inmóvil que no parece de carne y hueso.

Al final, recupera el habla.

—¿Cómo?

—¿Importa?

Exhala un suspiro que interpreto como un no.

—No trató bien a tu madre, Joel.

—Ya lo sé.

Se le salen los ojos de las órbitas.

—¿Lo has visto?

—Una vez. Vive en Cornualles.

Chasquea la lengua, como si Warren fuera un evasor de impuestos mujeriego y Cornualles fuera el nombre en clave de las islas Bermudas.

—Deberías habérmelo dicho, papá, que trató de ponerse en contacto conmigo.

Papá hace una mueca.

—Me entró miedo. No quería que entrara otra vez en nuestras vidas. No tenía ningún derecho sobre ti. Absolutamente ninguno.

«Más allá de ser mi padre biológico, querrás decir».

—Pero tú tampoco tenías derecho a no decírmelo.

Suspira. Se aprieta las sientes. Sé que esta conversación va a poner a prueba su empeño de no comunicarse.

—Supongo que creía que algún día lo descubrirías. Quizá solo trataba de retrasar lo inevitable.

Dejo que el reloj siga marcando los segundos. ¿Qué le puedo decir? Aún no se lo puedo perdonar, pero quiero oír su versión.

—Tu madre trató de decirle que estaba embarazada. Pero Warren le dijo que se había ido a ver mundo antes de que pudiera abrir la boca.

—Y, entonces, interviniste tú.

Suspira.

—Al principio, no. Tu madre no quiso ni tener una cita conmigo hasta que cumpliste un año. —Esboza una leve sonrisa—. Por eso creo que siempre estuvisteis tan unidos. Pasasteis todo ese tiempo solos, juntos, en la habitacioncilla amueblada donde vivía.

Dibujo un corazón sobre la mesa con el dedo índice. Siempre tuve una relación especial con mamá. Bailaba conmigo en brazos por el salón, me susurraba historias cuando mis hermanos se habían ido a la cama. Me confiaba cosas como si fuera un viejo amigo. Siempre creí que se debía a que yo era su primogénito. Pero ahora, saber que habíamos pasado mi primer año de vida solos, juntos, me parece un tesoro. Algo valioso y preciado que acaba de ser desenterrado de la tierra revuelta.

Doy un sorbo de café.

—Entonces, ¿tuvisteis una cita y…?

Indeciso, se aclara la garganta:

—Se mudó conmigo poco después y se quedó embarazada de tu hermano. Nos casamos y luego llegó Tamsin.

—¿Por qué no me lo dijisteis? Antes, digo, cuando era más pequeño.

—Era la idea. Pero cuando tu madre murió, me dio la sensación de que no me correspondía a mí. Supongo que, en parte, por eso me enfadé tanto cuando Warren apareció. Tienes que entender, Joel, que habíamos construido toda una vida juntos. Nunca supimos nada de él. Y yo no quería volver a hablar de ese tema. —Frunce el ceño. Juguetea con las gafas—. Tal vez algunas de mis decisiones no fueron perfectas. Pero, al final, tu madre y yo estuvimos casados doce años. Teníamos tres hijos, una casa, dinero, amigos… Y creo, de verdad, que tu madre era feliz.

¿Sinceramente? Yo también lo creo.

—Bueno, quizá no me quería de la forma… alocada y salvaje en la que quería a Warren. Pero cuando tu madre os tuvo…, fue una forma distinta de amor alocado y salvaje. Mejor. Y Warren nunca quiso tener una familia, fue una de las primeras cosas que le dijo cuando se conocieron. Al menos, era honesto.

Coincido con la postura de Warren. Pero por suerte para mí, supongo, fracasó estrepitosamente en lo de no ser padre.

—Sabía lo que había perdido, también.

Asiento.

—Debe de ser por lo que se esforzó tanto por ponerse en contacto conmigo.

—No, mucho antes. Cuando tu madre empeoró, la última vez, lo vi cuando salía de su habitación del hospital. Era evidente que se arrepentía de algunas cosas.

—¿Lo viste?

—Sí. Lo habría reconocido en cualquier parte. Es curioso, por eso.

—¿Qué?

—Que la habían ingresado esa misma mañana y yo no se lo había dicho a nadie. Supongo que tu madre se puso en contacto con él. Porque, a ver, el hombre será muchas cosas, pero vidente seguro que no.

De repente, las piezas encajan.

Papá se encoge de hombros como si no tuviera ninguna importancia que la antigua pareja de su esposa se presentara en su lecho de muerte.

—Bueno, ¿y cómo crees que irán las cosas entre vosotros?

—Eh… No lo sé. ¿Te importa que mantenga el contacto con él?

—No. —Es todo el apoyo que está preparado para ofrecerme—. Pero ten cuidado. Es lo único que te diría.

Una oleada de cariño, reconfortante como un baño de agua caliente:

—Siempre serás mi padre.

Su ceño fruncido se acentúa.

—Lo mismo digo. Siempre serás mi…

No termina la frase. Pero que lo haya intentado para mí es suficiente.

—El amigo de una amiga, los cojones.

—¿Joel?

Me encuentro en mi nuevo refugio favorito, el jardín, contemplando los tejados bordeados de escarcha. El aire esta noche es gélido, pero no me he molestado en ponerme el abrigo.

—No te enteraste de que mamá se moría por el amigo de una amiga. Lo soñaste, nada más empezar con ella. Soñaste que se iba a morir de cáncer y la dejaste porque querías que viviera tranquila lo que le quedaba.

Suspira.

—Supongo que tarde o temprano lo tenías que adivinar. Eres mucho más listo que yo, gracias a Dios.

—Que sí, que sí. Ahora dime la verdad.

—Soñé… que estaba en el hospital. Y luego, al cabo de dos noches, soñé con su funeral.

—Entonces sabías que tendría hijos y una vida plena. No fuiste un imbécil egoísta; al contrario: la dejaste porque querías que fuera feliz.

Un silencio pausado.

—Sí, ¿de acuerdo? —dice, al final—. Sí. Le quedaban catorce años de vida y sabía que con todos mis problemas, mi falta de dinero y la bebida, no iba a hacerla feliz, al menos no a corto plazo.

Exhalo mi dolor en el aire gélido, observo cómo se expande y se transforma en nubarrones tormentosos.

—Por eso me has dicho que deje que Callie sea feliz.

Warren suspira. La línea crepita.

—Cuando fui a ver a tu madre al hospital, supe que había hecho lo correcto. Que había tenido una buena vida. Que se moría feliz. Opté por no arruinarle el tiempo que le quedaba y, por si te interesa, creo que tomé la decisión acertada.

De improviso, noto que la culpabilidad con la que cargo se aligera un poco. No demasiado, pero lo suficiente como para notarlo. «Warren también lo sabía, mamá».

Tal vez, de forma inconsciente, yo tampoco quise arruinarle el tiempo que le quedaba a mamá.

—Solo para que lo sepas, Joel, lo que teníamos tu madre y yo era amor de verdad. Como persona era un inútil, pero quería a tu madre. Y cuando nos cogimos de la mano y nos miramos por última vez, supe que todo había valido la pena y que había sido feliz.

Pienso en Callie, arrebujada en la cama. Pienso en su presente, en su futuro y en su final. Pienso en todas estas cosas. Y entonces, sé qué es lo que debo hacer.

71

Callie

Al día siguiente de la noche de Guy Fawkes, llamo a Joel mientras estoy en el pantano, con el agua hasta las rodillas, para preguntarle si le apetece cenar en el nuevo restaurante de tapas que han abierto.

Durante los últimos días, le he estado dando vueltas a una cosa, y ahora estoy emocionada y animada. Llevo toda la tarde caminando con dificultad con un mono de pescador y botas de agua mientras la lluvia no cesa, y me imagino explicándole mi plan con una sonrisa tonta en la cara. Me imagino asegurándole que esto (¡esto!) es la razón por la que no decírmelo fue lo correcto: porque ahora soy capaz de planear un futuro por el que no me estaría ni molestando, de haberlo hecho.

Al final, no saco el tema hasta que llega el postre.

Joel parece muy apagado esta noche, distraído. Tiene la cabeza en otra parte, y empiezo a preocuparme por si me habré equivocado de momento. Sé que últimamente casi no duerme: esta semana ha estado muy agotado, como nunca lo había visto.

Pero la noche se nos escapa entre los dedos y ya no puedo esperar más.

—El lunes tuve una reunión con Fiona.

Joel dirige sus ojos negros hacia mí y mis nervios se disipan. A pesar de sus pocos ánimos, su expresión sigue siendo de amor.

—¿Sobre tu contrato?

—Me han ofrecido un trabajo fijo.

—Cal, qué... qué maravilla. ¿El lunes? ¿Por qué no me lo has dicho antes?

—Bueno, es que... resulta que me ha explicado que hay una casita en un extremo de Waterfen que se podrá alquilar. Era la vieja casita del cortador de juncos. Ayer me acompañó a verla. Es preciosa, Joel. Podríamos vivir allí, los dos juntos, y estaríamos en la reserva, rodeados por los árboles, las aves, los juncos...

Me encuentro con sus ojos, pero no soy capaz de interpretar esa expresión. ¿Está emocionado porque está orgulloso o es por algo más triste?

—Fiona me ha dicho que podría darme unas semanas libres entre un contrato y otro, además. —Sonrío y bajo la vista a mi postre a medio terminar—. No necesitan que se les convenza para ahorrar un poco de dinero.

Su expresión me pide que sea más explícita.

«Allá vamos».

—¿Te acuerdas de Dave, el chico que se fue poco después de que yo empezara, y que se mudó a Brasil? Pues nos ha mandado una postal. —La dejo encima de la mesa y se la acerco—. Y me ha dado por pensar...

Joel recoge la postal y le echa una ojeada rápida.

—¿Quieres hacerlo? ¿Ir a Brasil?

—No. He pensado que podría ir a Chile, al Parque Nacional Lauca, a ver si encuentro a ese pájaro.

Joel me regala una sonrisa (puede que sea la primera de la noche) y da un trago de la copa.

—Creo que es una idea fantástica.

Me llevo una cucharadita de crema catalana a la boca. Me alegro de haber optado por tres platos (porque, a ver, hay nonagenarios que han comido queso y bebido *whisky* y fumado como carreteros toda la vida, y llegan a esa edad, igualmente).

—Y he pensado que, cuando vuelva, podemos mudarnos a la casita de Waterfen y yo seguir trabajando en la reserva.

Asiente, pero tan despacio que casi parece innecesario.

—Bueno, tal vez no deberías volver, Cal.

Mi mente reacciona tarde.

—¿Qué?

Da otro sorbo de vino.

—Creo… que deberías irte a Chile y quedarte allí tanto tiempo como quieras.

—Sí, unas cuantas semanas, como ya…

—Y después, deberías seguir adonde te lleve el viento.

—Bueno —digo, con nerviosismo—, el viento me llevará aquí de vuelta, contigo.

—No. —Aunque categórico, la palabra no parece la adecuada. Es como si estuviera sacada de contexto. Como la llamada de un ave migratoria que no sigue el rumbo.

—No, ¿qué?

—Tienes que vivir tu vida, Cal.

—Pero ya lo estaría…

—No, cuando digo vivir, digo vivir de verdad. Olvídate de mí. Haz todo lo que quieras hacer y más, incluso.

Se me escapa la risa.

—¿De qué estás hablando? No quiero olvidarme de ti.

—Es lo mejor.

—Joel, no… ¿Qué?

—Lo… lo nuestro no va a funcionar, Cal.

Aunque el restaurante está lleno y el ambiente es cálido y agradable, nuestra mesa, de pronto, se ha tornado gélida.

—Joel —jadeo—. Tenemos que intentarlo, al menos. Si no lo hacemos, es como si nos estuviéramos rindiendo.

Su expresión se me clava en las entrañas y me las remueve.

—Ya está. —Me doy cuenta despacio, mientras las lágrimas se me agolpan en los ojos—. Ya te has rendido. ¿Te has rendido?

—He… aceptado la realidad. Que lo nuestro… no podemos hacerlo funcionar, por mucho que queramos.

Le agarro la mano encima de la mesa.

—No, esto no… No. Estamos hechos el uno para el otro, Joel. Nadie… me hace reír como me haces reír tú. Me hace feliz levantarme a tu lado cada día. Nadie me había hecho sentir que tengo el mundo a mis pies y que todo es posible, como has hecho tú. Si no te hubiera conocido, lo más probable es que aún trabajara en la cafetería, viendo la vida pasar. Has hecho que vuelva a emocionarme el futuro. Podemos superarlo… Sé que podemos.

Niega con la cabeza.

—Lo único que haré yo es frenarte, Callie. No quiero que dejes de vivir la maravillosa vida que te mereces.

—No. ¡No! La maravillosa vida que dices es la que tengo contigo.

Sus ojos reflejan que, en su interior, se ha cerrado una puerta. Me fijo en que aprieta los dedos alrededor del pie de la copa de vino. Apenas ha tocado el postre.

—No si no puedo hacer lo que necesitas que haga.

—¿Qué necesito que hagas? —Pero, en realidad, ya lo sé.

—Necesitas que siga como si no hubiese ocurrido nada, que viva con lo que soñé cada día fingiendo que no lo soñé. No puedo, Cal. Es que… no puedo. —Exhala esas palabras como si fuera el estertor de un moribundo—. Tienes que olvidarme. Vete de aquí y vive.

Quiero responderle «¿cómo?». Pero, en realidad, digo:

—Te equivocas.

—Habrá… otro que podrá darte mucho más de lo que puedo darte yo.

Inspiro bruscamente y me asusto solo de pensarlo.

A Joel se le esquirla la voz:

—No puedo privarte de un futuro, Callie, de las posibilidades que puede depararte. Nada me haría más feliz que saber que eres feliz. Y mientras cada día vivamos con lo que soñé, no serás feliz nunca. Lo sabes, ¿verdad?

Pedacito a pedacito, esta conversación me está desgarrando. Siento los dedos de las manos y de los pies entumecidos, agarrotados. Pero voy a seguir luchando por nosotros:

—No. Te quiero, Joel, y sé que tú me quieres. Lo nuestro vale demasiado la pena como para rendirnos. Tiene que haber una manera en la que podamos… ¿Por qué no vuelves a ver a Diana? —digo, desesperada—. Dijo que tal vez podía ayudarte.

—Pero no puede cambiar el futuro, Callie —susurra, con los ojos cargados de tristeza. Y mientras lo dice, el peso de sus palabras me hunde, porque sé que está escribiendo nuestro punto final aquí, ahora, esta noche.

—Esto no servirá de nada —protesto, en un último intento para que me escuche—. Porque incluso aunque me dijeras lo que sabes, nuestra vida no mejoraría. Empeoraría. Contármelo no es la solución.

—Entonces, no hay nada más que podamos… —Pero se atraganta con las palabras y no termina.

Sigo mirándolo, en silencio, y, al cabo de un rato, las lágrimas son demasiadas para contenerlas. Porque, tal vez, si lo que dice es cierto (si de verdad no puede vivir con esa carga), entonces sí que no hay forma de seguir adelante.

Quizá no hay manera.

—Algo tiene que cambiar, Cal —observa él, al final, con un hilo de voz—. Y uno de los dos tenía que decirlo.

Niego con la cabeza. No porque todavía crea que puedo hacerlo cambiar de opinión, sino porque me he quedado sin respiración; estoy conmocionada.

—No… no me lo puedo creer.

Su expresión revela que él tampoco. Tan repentino y cruel, como un ataque al corazón o un accidente de coche.

Cuando empiezo a derramar lágrimas, la llama de las velas parece titilar y compadecerse de mí.

—He vivido el mejor año de mi vida —digo, porque necesito que lo sepa.

—Creo que, para ti —susurra—, lo mejor todavía está por llegar.

—Ojalá no hubieras tenido ese sueño. —Mis palabras son una oleada de pesar—. No sabes lo mucho que me gustaría que no lo hubieras tenido.

Me encuentro con sus ojos.

—Me esforcé tantísimo por no quererte, Callie. Pero fue imposible, porque… Bueno. Eres tú.

Noto la mirada de los comensales de alrededor, que se vuelven hacia mí, uno por uno, y empiezo a secarme los ojos con la servilleta. A estas alturas, ya debo de tener rímel por toda la cara.

Tal vez por instinto, Joel se inclina sobre la mesa para ayudarme, lo que me hace llorar aún con más ganas, y le sujeto la mano.

—¿Cómo puede terminar así? —pregunto cuando sus dedos tocan los míos, quizá por última vez—. Lo nuestro no ha acabado todavía.

—Lo sé. —Sus ojos se aferran a mí—. Por eso cuesta tanto.

Pero tiene razón. Ahora lo veo. Nos hemos quedado sin camino que seguir, y no hay forma de volver atrás.

Suelto un suspiro y trato de prepararme para la parte más dura, la que no estoy segura de poder obligar a mi cuerpo a hacer. Logro ponerme en pie, aunque me tambaleo un poco.

No puedo mirarlo, porque si lo miro, no seré capaz de hacerlo.

—Esta noche me quedaré en casa de Esther…

—No, no. Ya iré yo a casa de Tamsin.

Me detengo entonces, porque no puedo irme para siempre sin decírselo.

—Confía en que la gente te quiere, Joel. Porque hay personas que te quieren, y muchísimo.

Y cruzo la puerta principal y consigo sortear la carretera, de algún modo, sin que me importe el frío que hace. Cuando llego a la acera contraria, logro volverme y observar el restaurante entre pestañeos, como si quisiera comprobar que sigue ahí, con la leve esperanza de que todo haya sido una ilusión pasajera, un espejismo creado por un rayo de luz que caía en un ángulo extraño.

En nuestra mesa, dando la espalda al ventanal, Joel ha agachado la cabeza. El tráfico calla a mi alrededor y la calle se esfuma. Solo estoy yo, mirando a Joel a través de un cristal, como si fuera un artefacto, un objeto que quiero pero que nunca volveré a tocar.

Y entonces me envuelve el chirrido de los frenos del autobús y el silbido del viento. La gente se abre paso a empellones y el sonido me vuelve a rodear. El mundo me insta a moverme, una corriente me tira de los pies.

Inspiro, espiro, doy un paso y dejo que la corriente se me lleve.

Solo cuando caigo al suelo ante la puerta de Esther, veinte minutos después, me doy cuenta de que sigo aferrada a la cucharilla de postre.

72
Joel

Después de que Callie se haya ido del restaurante, me quedo donde estoy tal vez treinta minutos más, una hora. Llega un momento en el que la vela de la mesa se extingue. Pero ninguno de los camareros se acerca. Deben de haber visto lo que ha ocurrido: una relación hecha añicos, aquí mismo, en su restaurante.

No puedo apartar los ojos de su plato vacío.

Al final, el camarero deja que me lo lleve a casa. He venido con la única mujer a la que de verdad he amado y me voy solo, al cabo de dos horas, con un postre y el corazón roto.

No hemos llegado ni al año. Ya no digamos una vida.

Cuarta parte

73

Callie

«La vida es muy distinta, ahora. Siempre que me paro a pensarlo, me cuesta creer lo mucho que ha cambiado desde la última vez que te vi.

Pero ¿cuándo fue la última vez que me viste, Joel? ¿Todavía me ves en sueños? A veces me pregunto cuánto sabes de la vida que llevo ahora, las cosas que conoces, los detalles, los matices. He pensado mucho en lo que me dijiste: "Creo que para ti lo mejor aún está por venir", y durante mucho tiempo me he preguntado cuánta importancia debo darle. Si mi tristeza es injustificada. Si tendría que sentirme optimista.

Sé que lo único que querías es que fuera feliz. Pero también sé que para que eso ocurra tendré que aprender a olvidarte.

Lo estoy intentando, Joel. Recoger los pedazos de mi corazón, recordar con cariño lo que fuimos y superarte, por fin.

Quiero que sepas que lo intento cada día».

74

Joel

Seis meses después

Tengo la espalda fatal y una contractura permanente en el cuello de tantas noches revueltas en el sofá. Llevo durmiendo aquí desde que Callie se fue. Es poco sacrificio a cambio de no tener que tumbarme junto al hueco vacío en el que, en otra vida, debería haber estado ella.

Una semana después de que se fuera, vinieron Esther y Gavin a recoger sus pertenencias. No me vi capaz de estar ahí, así que agarré los perros (excepto a Murphy, evidentemente) y me fui a dar un paseo de dieciséis kilómetros. Cuando regresé, el apartamento volvía a estar vacío, sin vida; apenas un eco de lo que había sido. Justo como estaba antes de que ella se mudara.

Al principio creía que me ayudaría no estar rodeado de todas sus cosas. Tenía la esperanza de que el vacío pudiera sofocar los recuerdos. Pero había rastros de ella por toda la casa. Sigue habiéndolos: gomas de pelo bajo cojines del sofá, en los cajones, enganchadas en los pomos; calcetines desparejados escondidos entre mis cosas; las macetas del patio, inútiles y llenas de hierbajos. Su forro polar favorito del trabajo (Esther se olvidó de llevárselo) sigue colgando junto a la puerta principal y satura mi pasillo con una leve fragancia de hoguera. Filamentos de juncos cortados que se le desprendían de las botas están ahora en el zócalo de la cocina, porque todavía no soporto barrerlos.

La semana pasada, pisé un pendiente que formaba parte de un par que le había comprado yo.

Ni siquiera me importó hacerme sangre.

La echo tanto de menos que es como si me la hubieran arrebatado. Como si en plena oscuridad me hubieran robado algo irreemplazable. Desde aquella noche en el restaurante, he sido incapaz de pasar por delante de la cafetería o de acercarme mínimamente a Waterfen. Ni siquiera soy capaz de llegar hasta el final de la calle donde está la pastelería siciliana. No pude celebrar la Navidad, y me pasé la noche de San Valentín mirando películas de acción, una tras otra. Vivo a base de paquetes de cereales, sobrevivo de un paseo con los perros al siguiente. De vez en cuando, resurjo para saber cómo está Tamsin, Amber y Harry, que ahora tiene cinco meses, y luego vuelvo al piso para seguir contemplando mis cuatro paredes.

Suerte que solo tengo un vecino fantasma al que tener en cuenta. Como Danny casi no está por casa, no me siento obligado a preocuparme por lo que pueda pensar de mí ahora mismo. No tengo que darle conversación, ni fingir que estoy bien. Y, lo mejor de todo, no tengo que repetir tonterías como «Es lo que hay» y «De verdad que creo que es lo mejor» (que es todo lo que fui capaz de decirle a mi familia durante las primeras semanas).

Papá y Doug, aunque les gustaba mucho Callie, no parecieron sorprenderse por nuestra ruptura. Pero Tamsin se quedó destrozada. Y nunca olvidaré la forma en que se le descompuso el rostro a Amber cuando le dije que no volvería a ver a la tía Callie. Me pareció la crueldad más absoluta.

Cuando llegué a casa aquella noche, me eché a llorar.

Una tarde de principios de mayo, resuena el timbre de mi interfono. Llevo más de diez minutos con los ojos fijos en el trozo de suelo junto a la chimenea donde solía tumbarse Murphy, evocando la calidez de su cuerpo al apoyarse en mi muslo, el brillo de la sonrisa de Callie a mi lado.

Son las pequeñas cosas las que me desmoronan. Como volver la cabeza para hablar con ella antes de recordar que ya no está; preguntarme qué le apetecerá para cenar; encontrarme una taza que se ha dejado cuando enciendo el hervidor para preparar un té. Revivir nuestros besos. Aquellas veces en las que solo con tocarla me elevaba a la estratosfera.

Y Murphy... Cómo me seguía por la casa, siempre con la esperanza de que cayera algo de queso o unas palabras que pudiera entender. Unido a mí como si fuera mi sombra, dócil como un cordero, de una lealtad incuestionable.

Al cabo de veinte segundos, más o menos, el timbre se extingue y lo sustituye el fastidioso sonido del móvil. Miro la pantalla y me inquieta ver el nombre de Warren.

Me estiro para mirar por una rendija de la persiana de la ventana en saliente. El tío está delante de la puerta de mi apartamento. Me ve de inmediato.

—No puedes quedarte aquí —es lo único que le digo cuando abro la puerta. Lleva maleta y todo.

—Me tienes preocupado.

—Por favor, ahora no.

—Pero si no tienes que hacer nada. Déjame entrar, así al menos no estás solo.

Sin previo aviso, eso me conmueve. Me derrumbo bajo un torrente de lágrimas, de los que hacen que todo tu cuerpo se sacuda. Y Warren me abraza y me mece hasta que ya no puedo derramar ni una lágrima más.

Más tarde, sale a comprar buñuelos de piña y patatas fritas. Es la primera comida caliente que tomo en unos quince días, porque, la verdad, ¿qué sentido tiene cuando puedes comer cereales a puñados? Comemos apoyados en las rodillas, uno junto al otro, como ancianos en la playa, con los dedos brillantes de grasa y los labios escociéndonos por el vinagre.

—Has perdido peso —observa—. Y estás pálido.

¿Por qué la gente no deja de repetírmelo? Como si no lo supiera ya o no tuviera al alcance ningún espejo.

—Cuando me separé de tu madre, aplacé el viaje un tiempo —dice Warren—. Me limité a quedarme sentado en la habitación que tenía y me olvidé hasta de comer durante un mes. Perdí el contacto con los amigos. Lo pasé muy mal.

«Ya, y mientras, ella estaba embarazada de mí», pienso. «¿Te has parado a pensar en cómo se sintió ella?».

—Y, entonces, me di cuenta —prosigue—. ¿Sabes qué lo soluciona todo? El agua salada.

Lo miro de hito en hito, sin comprender, medio preguntándome de qué intenta convencerme.

—Tienes que montar unas cuantas olas, tío. Ven a hacer surf conmigo. Te ayudará, te lo prometo. Te sentirás como nuevo. Siempre que tengo un problema, el mar lo arregla.

Ahora mismo, no quiero que Warren se convierta en mi colega ni sentirme como nuevo. Quiero volver a la noche en que tuve el sueño y consumir cantidades tan ingentes de cafeína que podrían truncar un coma.

—Ven a Cornualles, quédate ahí un tiempo. Te enseñaré a surfear y te ayudará a superarlo.

—No estoy listo para superarlo.

Warren se limpia la sal de los dedos.

—Esto no te está haciendo ningún bien. Mírate: te estás poniendo enfermo. Tienes que salir más, ver gente…

—Hay un hotel decente junto al río. No es demasiado caro. Voy a llamar.

Warren suspira con pesadez.

—De acuerdo. Me trasladaré allí mañana, si insistes.

—Insisto.

—Pero esta noche me quedo aquí. —Da unas palmaditas a un cojín del sofá—. No te voy a molestar.

Tal vez el edredón arrugado debería haberle dado alguna pista.

—De hecho, aquí es donde duermo yo ahora.

Me mira con los ojos cargados de compasión.

—Venga ya, Joel.

—Mira, no te ofendas, Warren, pero no eres quién para decirme cómo vivir.

—Hiciste lo correcto, ¿sabes?, dejándola ir.

Pienso en mi madre, en la decisión que tomó Warren y que le permitió a ella vivir su vida.

Aun así.

—Que sea lo correcto no hace que sea fácil.

—Lo sé. Pero estoy seguro de que Callie no querría que…

Es la gota que colma el vaso.

—Tal vez deberías irte.

Me mira, impotente.

—¿De verdad es lo que quieres?

«Confía en que la gente te quiere, Joel».

—Ahora no puedo con esto. —Es todo lo que replico.

Después de irse, me siento en el sofá, en mitad de un ambiente espeso y saturado de la grasa de la fritura. Trato de imaginar qué estará haciendo ahora Callie, y me pregunto si llegará el día en que deje de sentirme así. Pienso en ella hasta que el corazón se me inflama y la mente se me enciente, y luego apago las llamas con un chupito doble del mejor *whisky* escocés.

75

Callie

Seis meses después

Los meses han ido saltando hasta llegar mayo, pero nunca me he sentido tan apagada, tan gris, tan sola.

Los viernes por la noche son lo peor. Ese momento de la semana que en otra época excelente venía de la mano de un alivio supremo, similar al de meterse en una bañera caliente y soltar el aliento contenido. Pero, ahora, solo el hecho de llegar a casa cuando termina la semana es suficiente para provocar un alud de recuerdos de los meses que precedieron al sueño de Joel, cuando la vida (y nuestro amor) parecían infinitos.

Por aquel entonces, los viernes por la noche significaban estar con Joel, una chimenea encendida y una tentadora botella fría de vino blanco. El fin de semana nos aguardaba como un corcho que espera ser sacado, con besos largos y lentos, preludio de noches enteras haciendo el amor, con la piel sonrosada y pegajosa y el corazón a punto de estallar. Compartíamos duchas tranquilas antes de salir por la noche al centro, cenar con velas, tomar algo con amigos.

Mi cerebro filtra lo más desagradable, como cuando Joel no podía dormir o se obcecaba con el significado de un sueño. Porque los traspiés no importaban, en realidad. Lo quería sin condiciones, tal y como era.

Seis meses después, sigo haciéndolo.

La vida apenas ha sido vida desde que me fui del restaurante aquella noche. No pude soportar que mamá y papá experimentaran mi dolor de forma indirecta, así que me fui a casa de Esther y Gavin. Era el único sitio al que podía ir, en realidad. Porque, en mis entrañas, casi me sentía igual que cuando murió Grace.

Esther no estaba muy segura de qué hacer conmigo, al principio. Vivimos juntas las secuelas de la muerte de Grace: beber demasiado, mirarnos fijamente en silencio y, de vez en cuando, soltarnos recordatorios de que había que comer y ducharse. Y ahora ella era testigo de cómo pasaba por todo eso otra vez, y el dolor es demasiado desagradable como para ser espectadora. Apartada y excluida, no dejaba de suplicarme que la dejara ayudarme.

Hay muchas cosas que aún no sabe. Como, por ejemplo, la razón exacta por la que Joel y yo rompimos (solo le digo «No iba a funcionar» antes de verme obligada a girarme). O por qué empecé a pasar tanto tiempo en la cocina que tiene en el sótano, contemplando el lugar en el que Joel y yo estuvimos aquella noche, durante la fiesta, y nos dimos un beso que recordaré para siempre.

Al cabo de unas semanas, el desconcierto de Esther ante mi estado se convirtió poco a poco en un incentivo. Así que, al final, me fui de su casa y me mudé a la casita que se erigía en un extremo de Waterfen, porque no puedes estar deambulando como un fantasma por la casa de una amiga de forma indefinida. El pobre Gavin debió de querer dar una fiesta cuando por fin me fui.

Por aquel entonces, había aceptado el puesto a jornada completa que me había ofrecido Fiona, y le había pedido que no hubiera días libres entre un contrato y el otro, porque no era capaz de soportar la idea de subirme a un avión rumbo a Chile.

Pero ahora, en mis peores momentos, pensar en huir vuelve a seducirme. Me guiña el ojo en la oscuridad. He estado sacando las guías de viaje de las estanterías con más asiduidad; las hojeo mientras desayuno o cuando me meto en la cama.

Quizá un día, pronto, use alguna para irme lejos e intentar recomponer mi mente.

La casita es práctica y funcional, sin lujos, está rodeada de juncos y árboles altos y solo la ven cernícalos y búhos. Aquí no hay nadie que me oiga llorar, nadie que me inste a comer o que me informe de que parezco una muerta, cosa que ya sé y no me importa. Y como para acceder a la casita hay que pasar por un sendero largo y con baches que requiere de permiso para cruzar vías de ferrocarril, no tengo que preocuparme por visitas inesperadas. Gran parte de mi vida social se ha reducido a mi teléfono; está bien así.

A veces, cuando ya es de noche, doy largos paseos por la reserva, sola, acompañada tan solo de Murphy y la luna. Y a veces grito, suelto toda mi agonía bajo el cielo nocturno y luego me pregunto si me estaré volviendo loca.

Son los pequeños detalles los que desencadenan el peor tipo de soledad: sonreír cuando empiezo a pensar en el fin de semana, abrir WhatsApp para preguntarle cómo le está yendo el día, antes de que me asalte el torrente de recuerdos. Y ni siquiera puedo negar la realidad, como hice con Grace, dejándole mensajes que nunca va a recibir. Porque él sí que sigue viviendo, a la vuelta de la esquina. Solo que ya no compartimos una vida en común.

Cuando Esther fue a recoger mis cosas del piso, trajo, por error, algunas camisetas de Joel. Me he pasado tardes enteras hecha un ovillo en el sofá, abrazándolas como si estuviera abrazándolo a él. Se me llenan los ojos de lágrimas si oigo un petirrojo a través de la ventana de la cocina, insisto en encontrarme con Dot bien lejos de la cafetería siempre que quedamos, preparo *drømmekage* por tandas y luego no soy capaz de comérmelo. Miro una foto tras otra, sin cesar, en el teléfono, incapaz de apartar los ojos de su preciosa cara, resistiéndome a las ganas de llamarlo.

Siempre, siempre tengo que resistirme a las ganas de llamarlo. No sé nada de él desde el día en que me fui del restaurante, y solo puedo interpretar que eso significa que no quiere seguir en contacto.

A pesar de que Joel sea mi mayor debilidad, he sido lo suficientemente fuerte como para impedir que mi cabeza divague demasiado: cuándo, dónde y cuánto tiempo me queda. Cuando ese tipo de pensamientos aparecen, me he vuelto experta en sofocarlos enseguida. No quiero alimentarlos; si no, todo este dolor habrá sido en vano.

He añadido la cucharilla de postre del restaurante a mi pequeña colección de recuerdos, de cosas que me recordarán a nosotros para siempre: el champú del hotel de la boda de Hugo; el collar del perro abandonado que Joel salvó y que al final sobrevivió; la camiseta del tractor también forma parte de la colección, porque ya no soy capaz de ponérmela; la nota que Joel me escribió y en la que me animaba a solicitar el trabajo en Waterfen; las joyas que me ha regalado; los vasos y el escanciador que me regaló para Navidad hace dos años. Una mezcla agridulce del tiempo que hemos pasado juntos, por corto que fuera. Una historia a medio contar.

76

Joel

Once meses después

—Tienes un don innato.

—¿Tú crees?

—Mira cómo te mira —dice Tamsin—. ¿Estás seguro de que no te gustaría mudarte aquí y dejarnos dormir seis meses? Te pagaríamos.

Sonrío y sigo haciendo botar a Harry sobre mis rodillas. Ha dejado de gritar de milagro, pero todavía no podemos relajarnos. No me está «mirando». Yo diría que, más bien, me está examinando mientras decide qué hacer después. Maestros de la estrategia, los bebés.

—De hecho, Joel, sí que necesito que me ayudes con una cosa. No está relacionada con niños.

—Dime.

—Tiene que ver con lo del otro día. Cuando me llamaste y me dijiste que no cogiera el metro.

Vi la estación de metro en un sueño, con solo unas horas de anticipación. Una estampida masiva, pánico desatado, gritos. No pude discernir qué estación era, pero sabía que Tamsin iba a ver a una vieja amiga de la universidad ese día, en Londres, con Amber y Harry. (En ese momento, no tenía ni idea de qué provocaba la estampida ni cómo empezaba. No disponía de ninguna información por la que llamar a la autoridad del transporte de la capital).

—Ah, eso. —Sigo haciendo botar a Harry y le hablo directamente a él. Esbozo una serie de expresiones de asombro, como hace la gente cuando quiere hacer tiempo.

—Sí, eso. ¿Sabes? Estoy un poco confundida.

—¿Sobre qué?

—Sobre cómo pudiste saberlo. Me llamaste horas antes de que pasara.

Todos los medios cubrieron la noticia y las redes sociales se hicieron eco durante todo el día.

Noto un temblor atrapado en el pecho.

—Ya te lo dije. Fue un presentimiento.

—Venga ya, Joel.

Recuerdo, entonces, lo que me dijo Callie el día de San Esteban de hace dos años, que podía considerar que mis visiones eran un don, y sus palabras antes de que se fuera del restaurante.

«Confía en que la gente te quiere, Joel».

Lanzo una mirada a mi hermana. Hoy parece bastante seria (el pelo recogido, un vestido caqui, botas imponentes), pero las viejas costumbres no se pierden fácilmente: son años guardándome las palabras, enterrando mis secretos.

—Quiero contarte una cosa —empieza.

Trago saliva, intranquilo. «¿No debería decir yo eso?».

—Vale.

—¿Te acuerdas de cuando vine el año pasado y os conté que estaba embarazada? Justo antes de irme, fui al baño.

Alzo las cejas mirando a Harry. No digo nada.

—Bueno, pues cuando salí, estabais en el pasillo y oí que Callie te decía: «Un hermano para Amber. Y Harry es un nombre perfecto».

Clavo los ojos en el culpable de ojos azules que tengo delante. «Venga, Harry. Ha llegado tu momento. Grita, llena bien el pañal. Dispara vómito si es lo que debes hacer. Pero haz algo».

—La cuestión es que me dejó muy desconcertada. Siempre supe que si tenía un niño quería que se llamara Harry, pero nunca te lo había dicho. —Su mirada me recorre de pies a cabeza—. Así que me puse a pensar y me empezaron a cuadrar muchas cosas: tu eterna paranoia, tu ansiedad todos estos años, el hecho de que supieras el sexo y el nombre de Harry antes que yo, lo del metro, lo asustadizo que te volviste después de que muriera mamá.

—Ajá —digo, mientras masajeo los brazos rechonchos de Harry. Casi parece que esté sonriendo, el pillo mofletudo. Es evidente que no tiene ninguna intención de echarle una mano a su tío favorito—. Ajá.

—Sé que siempre te tomo el pelo diciéndote que eres un poco...

—Lo sé.

—Pero puedes confiar en mí, Joel. Puedes contarme cualquier cosa.

Me topo con sus ojos un segundo. Hace unos meses, papá y yo les explicamos lo de Warren a Tamsin y a Doug. Me abrió el alma en canal ver a mi hermana llorar como lo hizo aquel día. Ha sido uno de los momentos más duros y más extraños de mi vida, repleto de discusiones, acusaciones, preguntas. Y ahora, aquí estoy, a punto de volver a poner a prueba el amor de mi hermana.

Sin embargo, sé que el mundo de Tamsin está lleno de optimismo. Está compuesto de senderos rectos y bañados por el sol, de curvas amplias. Se niega a creer en precipicios y en callejones oscuros y sin salida. Es de la opinión de que todo es superable, y, para ella, hasta la fecha, así ha sido. Si alguna vez necesité una prueba, lo fue comunicarle que solo éramos hermanastros. Porque, al final, lo aceptó por completo y no dejó que nada cambiara entre nosotros.

Así que inspiro hondo y salto al vacío. Agarro fuerte a mi sobrino. Y empiezo a hablar:

—Veo... lo que va a ocurrir, Tam. Lo que les va a pasar a las personas a las que quiero. Lo veo en sueños. Sueño qué pasará en el futuro, con horas, días o semanas de antelación.

Harry gorjea con escepticismo, lo que me parece razonable. Pero Tamsin está sentada inmóvil. Se lleva una mano a la boca y los ojos se le anegan de lágrimas.

—Por favor, créeme —susurro. Hasta ahora no me había dado cuenta de lo mucho que necesito que me crea.

—Lo sabía —dice, despacio—. Todo este tiempo... Es que lo sabía, Joel.

—¿Cómo? —Mi voz apenas roza el aire.

Me mira boquiabierta. Se encoge de hombros, como si le acabara de pedir que me explicara por qué necesitamos oxígeno.

—Nunca te sorprende nada. Nada. Siempre estás soltando que si una advertencia sutil por aquí, una sugerencia fortuita por allá... Siempre pareces saber... cuándo hemos tenido una discusión, o si ha pasado algo. Y la semana pasada, cuando papá...

—Sí —replico, en voz baja. Tras soñar con el intenso virus estomacal (qué suerte tengo) que sufriría, el domingo le pregunté sin pensar cómo estaba, mientras comíamos. Olvidé que no nos lo había mencionado. Le quité importancia y le dije que sí que nos lo había contado, pero me di cuenta de que Tamsin se quedaba observándome.

—Todo cuadra, a lo largo de los años, y luego con lo de Harry y lo del metro...

Harry abre la estrellita de mar que tiene por mano y busca mi nariz. Agacho la cabeza y dejo que sus dedos me acaricien la cara.

—¿Es una cuestión de salud?

—Es hereditario —confieso—. Lo he heredado de Warren.

Tamsin suelta una maldición en una exhalación.

—¿Por qué narices no me lo has contado nunca, Joel? Si soy yo, por el amor de Dios. Podrías haber confiado en mí.

Me da la sensación de que, de no ser porque tengo a su hijo en brazos, ya me habría lanzado algo a la cabeza.

—No es algo que se cuente así como así, Tam. Y no quería poner en peligro mi relación contigo. No lo habría soportado, y menos después de lo de mamá. Tú y yo... siempre hemos estado muy unidos.

—Y precisamente por eso me lo tendrías que haber contado. —Tamsin rebusca en el bolso y saca un paquete de pañuelos—. Joel, ¿es por eso por lo que no funcionó con Callie?

Entre mis brazos, Harry imita a la perfección a una lombriz que se retuerce en busca de aire.

—Más o menos —respondo, porque es evidente que no puedo ofrecerle toda la historia—. Pero no fue culpa suya.

Seguimos hablando hasta que casi es de noche, hasta que Harry deja claro que le encantaría que empezáramos a cerrar el pico.

Tamsin me abraza con fuerza cuando se va, y me asegura que está ahí para lo que necesite. Me repite que siempre me va a querer. También trata de decirme que está segura de que puedo solucionar las cosas con Callie.

Es el único instante en casi tres horas en el que casi me derrumbo.

Pero no lo hago. Espero a que se vaya antes de permitirme desmoronarme.

Casi ha pasado un año ahora. Aquella noche en el restaurante tuve claro que tenía que ser la última vez que nos viéramos. Pero, en cierto modo, aún no logro creer que lo fuera de verdad; que ya no pueda darme la vuelta y rozarle el brazo en la cama; besarla en el sofá cuando dice algo bonito; notar que el corazón se hincha cuando se desternilla de la risa tras una broma que le he hecho.

Sigo dando grandes rodeos para evitar los sitios a los que íbamos. No puedo arriesgarme a toparme con ella y hacer peligrar mi determinación. Warren me ha sugerido que si ansío una forma de sentirme más cerca de ella, debería reservar una plaza en el retiro de bienestar que me regaló hace dos años. El vale está caducado, evidentemente. Pero tal vez tenga razón. Quizá ir me brindaría cierto consuelo, una conexión silenciosa con ella, como manos que se rozan en la oscuridad.

Sin embargo, sé que no estoy preparado. Tal vez lo esté algún día. Pero todavía no.

No obstante, el bienestar adopta múltiples formas. Hace un par de meses, Steve me pidió que probara entrenar con él.

Me sugirió que empezara con una de esas sesiones detestables del campo de entrenamiento que ofrece junto al río (usando frases manidas como «para todos los niveles», «a tu ritmo» y «sin juzgarte»). Después de que me diera la lata, accedí. Porque tenía que hacer algo para dejar de pensar en ella.

Fueron los ejercicios de boxeo los que mejor me hicieron sentir. Sacar la rabia a puñetazos, mover los puños con frustración. Pensaba en la increíble inutilidad de todo mientras no dejaba de dar golpes. «¿Por qué? ¿Por qué? ¿Por qué? ¿Por qué? ¿Por qué?». Luego, cuando terminé, tuve que ponerme en cuclillas para que la persona que aguantaba las manoplas no viera que estaba a punto de echarme a llorar.

Al percibir mi preferencia ligeramente disfuncional por usar los puños, Steve me invitó a ir al gimnasio. De forma que ahora, tres veces a la semana, estoy mano a mano con mi viejo amigo, soltándolo todo a puñetazos. Steve se queda ahí quieto, con las manoplas alzadas, firme como el acero.

Ayuda un poco. No solo a liberar mi angustia, sino a sentir que no estoy solo.

77

Callie

Once meses después

Al caer la tarde del primer día que he pasado en el Parque Nacional Lauca, estoy agachada y a cubierto en el suelo, acompañada por mi guía, Ricardo. Lo conocí ayer por la noche en el vestíbulo del albergue en el que me hospedo, con los prismáticos colgando del cuello, y les estaba explicando a un par de viajeros qué hacía que el parque fuera tan especial. Para mi consternación, enseguida lo dejaron de escuchar, pero yo estaba embelesada.

Así que lo intercepté cuando se iba y le pregunté por el ave que estaba desesperada por encontrar. Lo podía contratar como guía al día siguiente, me dijo, animado de pronto. Quizá tendría que ir acompañada de otros visitantes, pero sí, podía llevarme a ver esa ave y cualquier otra cosa que me llamara la atención por el camino. Me chocó la mano antes de irse, lo que habría terminado de convencerme si no fuera porque ya me había convencido del todo.

La temperatura ahora desciende y, aunque estoy arrebujada en mi abrigo y mi gorro, estoy a punto de echarme a temblar. Aunque también podría ser de la emoción, de la adrenalina, de la expectación.

Mientras contemplamos el infinito paisaje lunar y pedregoso del altiplano, entre montículos intrincados de vegetación y un horizonte espectacular, el aire se vuelve más terroso a medida que refresca.

—Ahí —dice Ricardo, bajando los prismáticos para poder señalar la dirección—. ¿Lo ves?

Una ráfaga de viento me sacude las manos cuando alzo los prismáticos hacia donde indica Ricardo y dirijo los ojos hacia el chorlitejo cordillerano posado sobre un montículo de tierra, en plena ciénaga.

Al fin, escapa de las ramas de mi imaginación. Lo habría reconocido en cualquier sitio: esa barriga blanca con las delicadas rayas negras, las alas *beige* y la cabeza negra, la franja bermellón en la espalda, como una mancha de óxido.

«Después de todos estos años».

Mi corazón alza el vuelo y se eleva. Estoy extasiada, jadeo de la alegría y los ojos se me llenan de lágrimas. Estar contemplando algo tan raro, tan preciado (vivir una experiencia tan poco común), no es equiparable a nada que me haya encontrado antes en el mundo natural.

—¿Lo ves, Callie? —repite Ricardo.

—Lo veo —susurro, con la voz entrecortada por la felicidad—. Lo veo.

—¿Quieres que saque una foto?

Pienso en Dave y sonrío. «Bueno, pues si algún día le haces una foto, mándamela».

—No —le digo a Ricardo mientras busco mi cámara—. No, ya la hago yo.

Nos quedamos sentados casi veinte minutos, haciendo fotografías e intercambiando impresiones mientras el ave empieza a moverse por la ciénaga y a bajar el pico para revolver la tierra en busca de insectos y larvas. Me da un vuelco el corazón solo de verlo, me siento empequeñecida ante este paisaje imponente: los volcanes impresionantes con la cima espolvoreada de nieve, un cielo de un azul penetrante que surcan los cóndores. La estampa parece casi cósmica, extraterrestre. Me rodea la inmensidad de la naturaleza, inspiro hondo un par de veces y trato de conservar este instante como si fuera un premio.

—¿Estás bien? —Ricardo parece preocupado. Ha estado muy pendiente del mal de altura, y lleva oxígeno en el maletero del 4x4.

Asiento.

—¿Te duele la cabeza?

—No, estoy bien, es solo… Estoy tratando de asimilarlo todo. Para no olvidarlo.

—No lo olvidarás. —Ricardo esboza una sonrisa y la acompaña de un encogimiento de hombros que dice «porque sería imposible».

Es evidente que tiene razón. Es como si el camino negro y caluroso que tomamos para llegar hasta aquí fuera una carretera directa a otro planeta, uno que existe más allá de la gravedad que nos conecta a Joel y a mí, y a todo lo que hemos perdido. Estar aquí es olvidar todo mi dolor, estar cumpliendo un sueño.

A Liam le encantaría, creo, este paisaje extremo y formidable y su coro estridente de vientos.

—¿Volvemos a buscar a los demás? —dice Ricardo, al final, con un gesto que señala al 4x4. Se refiere a los otros tres turistas de mi albergue, que querían encontrar las fuentes termales que hay más adelante, pero no mi pajarito.

No quiero irme (podría quedarme aquí toda la noche, refugiarme bajo la cúpula de estrellas), pero las fuentes termales cerrarán pronto.

—Gracias por enseñármelo —le digo a Ricardo—. Hacía muchísimos años que quería verlo.

—Si nos damos prisa —replica—, quizá aún veamos algunos flamencos.

Los días siguientes, mis expediciones con Ricardo en el 4x4 me regalan una serie de encuentros extraordinarios: vicuñas y llamas, alpacas y ciervos, un rico abanico de aves. Exploramos, almorzamos a los pies de los volcanes, caminamos hasta llegar a lagunas que nos maravillan. Se me ofrece un espectáculo de cañones enormes y ríos centelleantes, de mesetas inmensas y pintorescas, y me empapo de hasta la última gota de las explicaciones de Ricardo: siempre le estaré agradecida por todas las cosas increíbles que me ha mostrado.

Es la primera vez que salgo de Europa, y ahora he abierto los ojos al mundo.

—Bien, ¿y cuál es tu próxima parada?

Es mi última noche aquí antes de dirigirme hacia el oeste, a Arica, donde pasaré tres días, y luego partiré hacia el desierto de Atacama a través de más parques nacionales. Después iré a Santiago, donde pasaré tres noches, antes de subir al vuelo de regreso a casa. Y así terminará mi viaje de tres semanas. Ahora estoy en un bar en Putre con Aaron, otro viajero del albergue que me ha invitado a tomar algo. He accedido porque lo había visto por aquí y me parece agradable. Además, me apetecía algo de compañía.

Hemos hablado alguna que otra vez durante los últimos días. Oriundo de Ciudad del Cabo, Aaron trabaja en Río de Janeiro, pero está haciendo un viaje por Sudamérica solo, durante unas semanas. Carismático y listo, parece que le intereso, y me hace reír de verdad, pero… es, quizá, demasiado perfecto. Es alto y de constitución atlética, activo y encantador, pródigo en guiños y sonrisas, sin defectos, como me pareció que era Piers cuando lo conocí. Creo que prefiero ver los defectos de una persona. Así no te impresiona tanto cuando la fascinación de los primeros días empieza a atenuarse.

Le resumo mi itinerario y luego le pregunto qué planes tiene él. Viaja en dirección opuesta a la mía, hacia la frontera con Bolivia. Me dice que puedo acompañarlo, si quiero. Y tal vez, si las cosas fueran distintas (si aún no me doliera tanto lo de Joel), me lo plantearía y haría una locura.

Pero sé que la forma de superar a Joel no es sustituyéndolo por otro. Así que me inclino hacia adelante y le doy un beso en la mejilla a Aaron, le doy las gracias por un vino excelente y le deseo que tenga un buen viaje.

Mientras me dirigía al aeropuerto de Heathrow hace una semana, no dejaban de asaltarme oleadas de recuerdos. Lo único en lo que podía pensar era en saltar del tren e ir corriendo a casa y explicarle a Joel lo mucho que lo quiero aún. Incluso en el aeropuerto, no dejaba de buscar con la mirada, preguntándome si lo vería avanzando entre la muchedumbre para llegar hasta mí, como ocurre en las películas.

Y cuando subí al avión, durante casi todo el vuelo hacia Chile, no dejé de preguntarme qué podría haber hecho si Joel se hubiese presentado de verdad en el aeropuerto. ¿Habría sucumbido a la locura de la tentación, lo habría besado ahí mismo, en la terminal de salidas?

No obstante, al final me di cuenta de que había perdido la perspectiva. Joel no se habría presentado en el aeropuerto porque quiere que cada uno siga por su camino. Recordé la noche del restaurante, cuando me agarró de la mano y me instó a imaginar un futuro mejor. «Creo que para ti lo mejor aún está por llegar». Y aunque no logro imaginar que llegará el día en el que estar sin él no me duela, sé que lo único que él quería era que yo fuera feliz. Así que hice un pacto conmigo misma antes de aterrizar en Chile: trataría de seguir adelante, poco a poco. Las próximas semanas se centrarían en mi vida y en lo que podía llegar a hacer con ella, porque la verdad es que, por ahora, no tengo ni idea.

La cucharilla de postre del restaurante yacía en el fondo de mi mochila. Me la traje como recordatorio de que la vida (aunque me costara creerlo ahora) estaba hecha para saborearla y disfrutarla, degustarla y probarla, en tantos sabores como fuera posible.

Cuando regreso al albergue, mando un correo electrónico con la fotografía de mi pájaro a Liam, Fiona y Dave:

«¡Hoy he visto un unicornio!».

Luego, me siento en la cama y saco un bolígrafo y una postal de la mochila.

Me tiembla un poco la mano cuando escribo la primera palabra: «Joel».

A pesar de mi determinación por seguir adelante, hoy me ha asaltado un fuerte impulso de contarle cómo me siento. Me ha invadido antes, mientras estaba en una piscina termal, disfrutando como una tortuga en el agua. Estaba observando las aves rapaces que describían círculos en el cielo cuando, de repente, mi mente ha empezado a reproducir una película de recuerdos: el lago de la boda de Hugo, Joel tomándome el pelo a la mañana siguiente con nadar en la naturaleza, la huida del hotel y lo que pasó después de camino a casa.

Porque sí que encontramos un campo en el que divertirnos un poco, aquel día. Aparcamos en un área de descanso y salimos corriendo, agarrados de la mano, por el margen de un trigal, antes de caernos entre los tallos dorados; la cosecha parecía cuerda caliente que nos rozaba la piel. Después, nos quedamos boca arriba y contemplamos el cielo, donde daban vueltas unas cuantas aves rapaces.

Y eso me ha hecho pensar. Todo lo que hicimos juntos fue como un prólogo agridulce de lo que estoy haciendo ahora. Y, de alguna forma, no me parece bien no estar compartiéndolo con él. Así que eso hago. Con el bolígrafo bien agarrado, le escribo una postal a Joel.

Aunque lo más probable es que nunca la mande. Es como un beso lanzado allende del océano, directo de mi corazón al suyo.

78

Joel

Dieciocho meses después

Comando matinal. Ahora soy un surfista bastante decente. Empecé a ir a Cornualles con regularidad y Warren me arrojó a aguas rápidas y me dijo que tratara de remar y de no matar a nadie.

Dirijo la mirada lejos. Le levanto el pulgar y le ofrezco una sonrisa salada. Solo estamos a mayo, así que el mar no ha tenido tiempo de calentarse todavía. Incluso a través de cinco milímetros de neopreno, las olas encrespadas me cortan la respiración.

Pero el oleaje es abundante, y aún no se acumula la muchedumbre veraniega.

Me siento en la tabla corta y observo cómo se sucede el oleaje. Elijo mi ola, remo, me incorporo, me inclino hacia la izquierda. Vagamente consciente de que Warren está a mi derecha, durante unos segundos exultantes no tengo que pensar. El agua se transforma en un rugido ensordecedor, como un desfile aéreo militar.

Dejo que lo ahogue todo. El pasado, el futuro y todo lo que queda en medio.

Más tarde, nos encaminamos hacia el *pub*. Me pierdo entre la muchedumbre y me pongo a hablar con alguien. Acabo en su casa, una adosada anodina a kilómetros de distancia de Newquay. No tengo ni idea de si vive aquí o si está de paso como yo, pero acabamos en la cama y no está nada mal. No tiene ni punto de comparación con la magia de estar con Callie, pero está bien. Como las olas, me ayuda a olvidar.

La mañana siguiente, me la encuentro en el salón, menuda y de pelo oscuro. Toma café ataviada con una bata. Me doy cuenta de que vive aquí. Hay fotografías enmarcadas por toda la casa, flores frescas en la mesita y un par de zapatos junto al porche.

Se produce un silencio insoportable. Hacía mucho tiempo que no hacía esto.

Sonríe con timidez.

—¿Quieres café?

—De hecho, será mejor que… —Señalo con el pulgar por encima del hombro, como si hiciera autostop.

Su rostro se llena de algo que puede que sea alivio.

—Sí, quería decírtelo. En realidad no estoy buscando nada que…

—Yo tampoco —replico enseguida—. Lo siento.

—¡No! No te disculpes. Es que estoy… superando una ruptura, así que…

—Ah, bien. —Mi mente se tropieza y se detiene—. Quiero decir, no es que esté bien…

Se ríe, nerviosa. Veo que aprieta los dedos de los pies. (¿De verdad es este el efecto que ahora tengo en las mujeres?).

—No pasa nada. Sé lo que querías decir.

Echo un vistazo a las fotos que hay en la repisa de la chimenea. Llevaba el pelo largo. El corte debe de ser reciente.

—¿Es tu…?

—Hijo, sí. Ahora tiene cinco años. —Abraza con más fuerza la taza de café. Toma un largo sorbo, como si estuviera haciendo tiempo—. Estamos un poco ahora-sí-ahora-no con su padre.

—Ah. Espero no haber…

—No, para nada. Técnicamente, ya no estamos juntos, pero no consigo… olvidarlo, ¿sabes?

Noto un aguijón en el pecho.

—La verdad es que sí.

—¿Tú tienes hijos, John?

Se me escapa una leve carcajada. Estoy a punto de corregirla antes de pensármelo mejor.

—No.

Se impone el silencio. Del otro lado de la pared medianera llega el llanto de un bebé. El ritmo sincopado y apagado de una discusión.

—Lo siento —dice, al cabo de unos segundos—. Qué insensible por mi parte. Ayer me lo pasé muy bien.

La observo y me pregunto si así es como siempre será a partir de ahora. Una serie de conexiones forjadas a medias, de noches desprovistas de sentimientos genuinos; de no volver a sentirme nunca como me sentía con Callie.

—Tranquila —digo, y alargo la mano para recoger la chaqueta de donde la dejé ayer por la noche, en el sillón—. Creo que los dos pensamos igual.

Se inclina hacia adelante.

—Eres tan buena persona, John. De verdad, tendría que haber más como tú.

Me pongo la chaqueta y le dedico otra sonrisa. O, al menos, esa es la intención.

—No empieces —le digo a Warren cuando por fin llego a su casa (una larga caminata, además de un bus y un taxi).

Sonríe.

—No creía que estuvieras disponible.

—No lo estoy. ¿Disponible para qué? No lo estoy.

Warren levanta las manos como si le estuviera apuntando con una pistola.

—No he dicho nada. Oye, ¿sigue en pie lo de la semana que viene?

Warren va a venir a Eversford conmigo el próximo sábado para asistir a la barbacoa que papá por fin ha accedido a ofrecer. Por primera vez, vamos a reunirnos todos en un mismo lugar para conocernos. Toda la familia.

—Se lo recordé a papá antes de irme.

—Será muy raro conocerlo formalmente. Espero que en el buen sentido.

No informo a Warren de que, en realidad, mi mayor preocupación es Doug, dada su tendencia a comportarse como un imbécil.

Hace seis meses, animado por Tamsin y Warren, fui al fin a un visita médica. A esas alturas, sabía que no podía convertirme en el proyecto de investigación de nadie, así que había rechazado definitivamente el ofrecimiento de Diana. Pero me había dado cuenta de una sutil mejora del ánimo desde que le asestaba puñetazos a Steve varias veces a la semana. Y ahora tengo a personas a quienes se lo he contado, y me apoyan. El momento parecía el adecuado.

Mucho más comprensivo que el médico de mi universidad, este doctor me escuchó con atención. Me derivó de inmediato a un terapeuta. Y ahora, poco a poco, a través de dos sesiones semanales, he empezado a trabajar el caos que impera en mi mente, a contemplar la idea de un futuro.

Ha sido más complicado de lo que nunca hubiera imaginado. Pero, en cierto modo, así es como tenía que ser para que pudiera dejar de pensar en Callie. Su muerte es como un insecto que anida en mi cabeza, una palomilla que se revuelve ante el menor atisbo de luz. No puedo permitirme obcecarme en lo que estará haciendo. Porque, si lo hago, me destrozará pensar en perderla otra vez.

Así que me estoy centrando en mi estado físico, mi salud mental y el abanico de los consiguientes beneficios, como mejorar las cosas con mi padre y con Doug; ser un buen tío; la posibilidad de volver a ejercer como veterinario. He ido aumentando de forma gradual el tiempo que duermo cada noche, con el objetivo de no temerlo. Estoy aprendiendo a cocinar, y estoy reduciendo la cafeína.

Callie se alegraría por mí, creo. Y esa es la mayor inutilidad de todo esto. Sí, puedo tratar de llevar una vida de la que Callie estaría orgullosa. Pero siempre me romperá el corazón que el sueño que tuve abriera un abismo tan profundo entre nosotros que no había forma de salvarlo.

Porque aunque al final ella optara por no querer salvarse, yo nunca habría sido capaz de dejar de intentarlo.

Todavía la echo de menos. Los detalles. Como esperar su sonrisa cuando suelto una broma. La forma en la que hundía el rostro en el cuello de Murphy cuando llegaba de trabajar. Cómo le caía la cabeza en sacudidas cuando se quedaba dormida frente a la televisión. Esos primeros segundos emocionantes al besarla. Despertarme con su voz cantando en la ducha.

La última canción que masacró en la ducha fue «I Will Always Love You», la última mañana que estuvimos juntos. Dos días después, tras recibir el mensaje de Esther para informarme de que Callie no iba a volver al piso, me metí en el cuarto de baño y me quedé ahí, de pie. Traté de evocar el sonido de su voz. Su toalla se había caído del riel y se había convertido en un montón arrugado sobre las baldosas del suelo. Un bote de su champú favorito de coco seguía en equilibrio precario sobre el estante, tras mi gel de baño, con la tapa abierta.

Lo agarré y lo sostuve unos segundos. Inspiré hondo hasta quedar aturdido y luego cerré la tapa.

Lo hice durante meses. Cada mañana aspiraba ese aroma para empezar envuelto en ella.

79
Callie

Dieciocho meses después

Lo veo caminar por el paseo entarimado cada mañana. Nos hospedamos en el mismo lugar en el extremo noroccidental de Letonia, en unas cabañas rústicas junto al mar, donde acaban los pinares y empieza el mar Báltico. Es un lugar reducido: solo somos una docena de personas. Me di cuenta de que era británico cuando lo oí hablar con un ornitólogo una mañana, al volver de dar un paseo por la arena nada más romper el alba.

Hay muchos ornitólogos por aquí. Yo no me cuento entre ellos, *per se,* pero, a menudo, las aves migratorias descansan en los extremos más salvajes de la Tierra. Ahora entiendo por qué a Liam le encanta esto: su desolación es cautivadora, fascina por su situación remota y por sus largas extensiones de arena y densos bosques, donde el mar se une con el cielo.

Nunca he estado en el continente europeo, sin contar mi casa, durante quince días. Es el primer viaje que hago después de Chile, el otoño pasado. Quería rodearme otra vez de soledad, de las inmensas playas que he visto entre las páginas de los libros, de los pinares con los que soñaba despierta. Ricardo, mi guía en Chile, me recomendó un atlas repleto de otros destinos antes de irme de Sudamérica, pero tendrán que esperar hasta que haya llenado la cuenta corriente. Esther y Gavin esperan su primer hijo en un par de meses y me han pedido que sea su madrina, así que me he tomado unas vacaciones ahora, porque cuando nazca la criatura no querré perderme nada.

Ambos somos madrugadores, Finn y yo. Cuando ayer se presentó al hombre de la tienda de regalos, yo hacía cola tras él, y tomé nota de su nombre. Se aloja a dos cabañas de distancia de la mía, y trata de saludarme en letón cada vez que paso por delante; el revoltijo fonético que profiere es tan gracioso como el mío. Ha venido solo, o, al menos, no he visto a nadie que lo acompañe.

La penúltima noche, estoy sentada en el banco de madera que hay delante de mi cabaña, tomando una cerveza y un poco de pan y queso mientras disfruto de la vista. El cielo se extiende salpicado de nubes como algodones y el sol es una naranja que se diluye en el mar.

Justo acabo de escribirle otra postal a Joel. Se acumulan unas cuantas ya en un sobre, en casa de Esther, una cápsula del tiempo con todos mis pensamientos y aventuras. Se las he ido dando para que las guarde, por si me ocurriera algo. Porque si me pasa algo, necesito saber que Joel tendrá un modo de reencontrarse con mi corazón.

Con la postal escrita, hago una foto de la puesta de sol con el móvil y se la mando a Liam. «¿Te gustaría estar aquí?». Le añado un emoticono a propósito, porque siempre se queja de ellos.

Entonces, oigo un ruido de chancletas acercarse por la pasarela.

Me vuelvo y veo que Finn se dirige a su cabaña. Alza una mano para saludarme.

Sonrío y dejo la cerveza a un lado.

—Hola.

Con cautela, me devuelve la sonrisa.

—¿Eres inglesa?

—Sí.

—Ah, pues perdona mi letón deplorable.

Me río.

—Lo mismo digo.

Suspira y alza los ojos al cielo.

—Es una buena noche.

—Preciosa.

Y, justo cuando espero que siga adelante, me doy cuenta de que se demora.

—¿Te quedas mucho tiempo?

—Me voy pasado mañana. —Titubeo—. ¿Te apetece una cerveza?

La sonrisa se le refleja en los ojos y se acerca.

—Me encantaría, si no te molesto.

—Para nada. A no ser que tengas planes…

—Iba a hacer justo lo mismo que tú. —Suelta una carcajada—. Me encantan las puestas de sol.

Destapo una cerveza y se la ofrezco.

Me lo agradece y se sienta. Mide más de metro ochenta, es rubio y de expresión franca, y tiene unos ojos azules que te atrapan. Parece el típico playero despreocupado, ataviado con pantalones cortos, chanclas y una gorra de béisbol.

Miro mi cerveza y me sube un hormigueo por el pecho.

—Bueno…

—Callie.

—Callie. Me llamo Finn. —Nos damos la mano; la suya empequeñece la mía—. ¿Has venido por los pájaros o por la soledad?

—Un poco de ambos. No soy ornitóloga, sino más bien… una amante de los pájaros.

Se ríe.

—Buena forma de describirlo. Entonces, ¿estás de vacaciones?

—Sí. ¿Y tú?

—Igual. —Con los ojos centelleantes, asiente—. Me gusta tu camiseta, por cierto.

Es la camiseta del tractor que Joel me regaló por Navidad, hace ahora casi tres años. Por fin soy capaz de volver a ponérmela y recordar su sonrisa con otra mía. Me siento más valiente cuando pienso en él ahora.

Sigo pensando mucho en él: en qué estará haciendo, con quién pasará el rato, con qué soñará. En si tiene trabajo, o pareja, o afronta la vida de una forma distinta desde que nos separamos. Pero, poco a poco, cada vez más, los bordes afilados de mis recuerdos comienzan a suavizarse. Me hieren menos, ahora parecen más rasguños que puñaladas.

—Gracias —le digo. Y, entonces, para no tener que dar explicaciones, le pregunto—: ¿Cuánto tiempo llevas aquí?

—Casi una semana. ¿Y tú?

—Aquí, solo tres noches. He hecho una ruta por Estonia y Lituania.

Finn parece impresionado.

—Los tengo pendientes.

Sonrío y le cuento más: que vi cigüeñas en el bosque y águilas en los lagos, y que me perdí en una ciénaga en Estonia justo cuando caía la noche.

Finn se inclina hacia mí mientras hablo, escuchándome con atención, con los ojos rebosantes de buen humor.

—Madre mía, tengo que viajar más —observa, cuando termino, y da un trago de cerveza.

—¿Qué te lo impide? —Es la pregunta que me han hecho toda mi vida. Ahora se me antoja extraño estar haciéndola yo.

Esboza una mueca.

—El dinero. Las vacaciones anuales. Ser lo suficientemente organizado. Uf… Odio el mundo real. —Da otro trago de cerveza—. Pareces tener las cosas claras, Callie. Te envidio. ¿Cuál es tu secreto?

—La verdad es que para mí también es bastante nuevo. Seguro que te suena: tenía demasiado miedo como para aprovechar gran parte de mi juventud y, a medida que me acerco a los cuarenta, he empezado a entrar en pánico.

Finn me brinda otra sonrisa.

—Ah. Aquí estabas tú, disfrutando de una puesta de sol tranquila, y he tenido que venir yo a provocarte una crisis existencial. Bueno, pues rebobinemos. Cuéntame tú y no dejes que hable durante la próxima media hora.

—¿Media hora?

—Te cronometraré —comenta, y echa un vistazo al reloj—. ¿Por qué no empiezas contándome por qué conduces un tractor?

—¿Se me ha acabado el tiempo?

—No tengo ni idea.

Le centellean los ojos, como la luz de un barco en medio del océano. Está inclinado hacia adelante, con los codos apoyados en los muslos. Se ha reído de todas mis bromas, se ha interesado por todas mis historias, me ha hecho preguntas. Es divertido y autocrítico, de una belleza deslumbrante y una risa arrebatadora.

Me pregunta por mi trabajo y plantea preguntas inteligentes sobre la tala de árboles, los bosques de zonas pantanosas y la gestión del hábitat. Mientras charlamos, me doy cuenta de que no lo estoy comparando con Joel, como creía que me ocurriría. No lo comparo con nadie. Tal vez eso significa que le estoy dando una oportunidad. O, tal vez, que aún creo que Joel es incomparable.

—Bueno, ¿y tú, qué? —le pregunto a Finn, consciente de que llevo un buen rato hablando solo yo—. ¿A qué te dedicas?

Baja la vista a su regazo, solo un segundo, y luego me mira.

—Soy ecólogo. Por eso estoy aquí. Para pescar la migración y repasar mis habilidades de reconocimiento.

Lo miro de hito en hito.

—Es… Tendrías que haberlo dicho antes.

—Quería saber de ti.

Miles de preguntas se me agolpan en la cabeza.

—Entonces… ¿Qué tipo de ecólogo?

—Formo parte de una asesoría. Pasamos mucho tiempo sobre el terreno, haciendo estudios, evaluaciones, informes y todo eso.

—¿Te gusta?

—Sí —responde—. Me encanta. Es mi vocación.

«Te entiendo», pienso, mientras contemplamos el mar, ahora envuelto en la penumbra.

Me explica que nació y se crio en Brighton, en una gran familia, con muchos amigos. Le encantan los perros y las comedias románticas, y es amante del buen comer. Un desastre con la tecnología, pero se le da muy bien el bricolaje y es una persona que no se preocupa por tonterías.

—Bueno, y perdona la pregunta —empieza, con la vista clavada en las agujas de los pinos que hay en el suelo—, pero ¿hay alguien que te espere en casa?

Mi pensamiento evoca a Joel. Me lo imagino en el jardín, con las manos metidas en los bolsillos y los ojos fijos en las estrellas.

Me pregunto, solo por un segundo, si estaremos mirando el mismo punto en el cielo.

Y, entonces, dirijo la mirada a Finn.

—Ya no.

Más tarde, Finn y yo compartimos un beso, la frialdad de nuestros labios pronto se vuelve cálida sobre el telón de fondo que nos ofrece el mar Báltico. Es un beso que parece ajeno y evocador a la vez, un beso que revive mis emociones hace tiempo enterradas. No he estado con nadie desde que estuve con Joel y ahora estoy tratando de olvidarlo, la forma en que sus caricias me estremecían. Porque Finn me gusta y tengo claro que esto podría dar lugar a algo bueno.

Ha llegado el momento de seguir con mi vida. Joel me dijo que era lo que deseaba que tuviera y besar a Finn bajo las estrellas esta noche me parece una buena forma de empezar.

Y entonces, porque quiero, porque me apetece, invito a Finn a entrar en la cabaña.

Hubo una época en la que no era capaz de imaginarme queriendo estar con otra persona que no fuera Joel. Y eso me aterraba incluso más que la idea de seguir con mi vida. Me daba miedo que me persiguieran para siempre unas comparaciones inconscientes que nunca sería capaz de acallar, porque ¿cómo iba alguien a besarme como lo hacía Joel?

Pero estar con Finn me recuerda que hay miles de formas de sentirse increíble. Pronto descubro que está seguro de sí mismo, a medida que nuestros besos se intensifican. Todo esto se le da muy bien: es atrevido, no se deja intimidar, es energético, vocal. Y al final es su seguridad la que nos salva, porque Finn está buenísimo, no puedo ignorarlo, y eso extingue cualquier pensamiento que podría haber tenido respecto a Joel. No nos detenemos ni un solo segundo para recobrar el aliento y supone una sorpresa emocionante que Finn me despierte cosas que creía que había perdido para siempre.

A la mañana siguiente nos despertamos al alba, nos sentamos en las rocas que hay sobre una parcela de arena. Estamos solos contemplando cómo el día se torna de un tono albaricoque a medida que el sol asciende. Es como si hubiésemos naufragado en nuestra propia isla privada.

En el cielo, un torrente de aves migratorias pasa volando sobre nuestras cabezas, una corriente vertiginosa de alas batientes. Finn me indica las distintas especies a medida que van pasando. Apenas puedo seguirle el ritmo, y no solo por las aves: me aturde y me llena de emoción que este hombre esté a mi lado, tan carismático y atento, con la mano cálida agarrando la mía y una sonrisa deslumbrante. Me ha despertado esta mañana con besos, unos besos que solo han tardado unos segundos en convertirse en algo más.

Pasamos la mañana en la playa, paseando agarrados de la mano como si lleváramos años siendo pareja. Nos lanzamos miradas furtivas, nos robamos besos contra los árboles. Al mediodía conducimos hasta una cafetería local donde Finn trata de pedir la comida en el mostrador en letón.

—¿Qué has pedido? —le susurro, cuando regresa a la mesa que he conseguido.

Se ríe.

—No tengo ni idea.

Al final, resulta que la comida es excelente: dos ensaladas copiosas, bebidas y pasteles llenos de nata. Le sigue (tal vez una imprudencia por nuestra parte) un chapuzón de tarde en un río cercano. Y cuando la luz empieza a atenuarse, nos adentramos en el corazón del pinar en busca del urogallo, con las ventanas del coche bajadas. Y aunque no encontramos el ave que buscamos, casi nos quedamos atascados al girar, y no podemos parar de reír y no puedo evitar pensar «Podría enamorarme de ti».

Con todo, aún me esfuerzo por no esperar nada, porque hay una diminuta parte de mi corazón que siempre ocupará Joel.

Veinticuatro horas después, en el aeropuerto de Riga, me invade la euforia cuando echo un vistazo al teléfono y me encuentro con un mensaje de parte de Finn:

«Hola, Callie. Hace tiempo que no hago esto (¡ah!) así que no estoy muy seguro de qué debería hacer... Pero déjame decirte que ha sido una maravilla conocerte y me encantaría, de verdad, volver a verte. Si te apetece».

Luego, aparece otro mensaje:

«Para mí ha sido... Bueno, alucinante».

Y otro:

«(Debería añadir que si para ti no lo ha sido, ¡no pasa nada de nada! Pero espero que no.) Un beso».

Y luego otro más:

«Vale, me voy a callar ya. Dejaré que cojas el avión tranquila. Que tengas un buen vuelo, viaje y todo. Hablamos pronto, espero. Un beso».

Me planteo apagar el teléfono, esperar a llegar a casa y que pasen unos días antes de responderle. Pero tras pasarme unos cinco minutos sonriendo y releyendo los mensajes, me doy cuenta de que no quiero esperar tanto.

Así que mientras anuncian mi puerta, escribo la respuesta:

«Ha sido una maravilla conocerte. Me parece bien volver a quedar. ¿En tu casa o en la mía? Un beso».

80

Joel

Dos años después

Kieran se detiene junto al muro de un jardín, no sé si para recobrar el aliento o para vomitar. Supongo que estoy a punto de descubrirlo.

—¿Qué demonios te ha pasado? —dice, entre jadeos.

Aprovecho la parada. Me inclino sobre las rodillas y dejo que se me llenen los pulmones. Me arden un poco, pero es ese ardor bueno, como el que te asalta cuando lloras de felicidad o te ríes hasta que duele.

Esta noche es la primera vez que corremos, pero espero que se convierta en un hábito de los miércoles por la noche. Kieran ha venido acompañado de Feliz, el perro que salvamos y que Kieran acabó adoptando. (Por desgracia, mis otras obligaciones caninas son demasiado viejas para seguirnos el ritmo).

Echo un vistazo a Kieran.

—Podría decirte lo mismo.

—Vaya, gracias. Eso, acaba de rematarme. —Tiene la cara roja como el ruibarbo y la piel resbaladiza del sudor—. Me estoy muriendo, tío.

Me hago eco de las palabras de Steve:

—El dolor no es más que la debilidad del cuerpo, ¿sabes?

—Mira, te voy a decir lo que sé —boquea—. Eres un arrogante...

Me río.

—Lo siento, no he podido evitarlo.

Retomamos la marcha. Yo podría ir mucho más rápido: ahora como mejor y el ejercicio con Steve y la práctica regular de surf con Warren me han ido de maravilla para mi sistema cardiovascular. Pero estoy disfrutando del ritmo tranquilo de esta noche, porque me brinda la oportunidad de hablar con Kieran.

Steve, Tamsin, Warren y mi terapeuta coinciden en que ha llegado el momento.

—He estado pensando en una cosa que me dijiste hace mucho tiempo.

—¿Fue cuando accedí a venir a correr contigo? —gruñe Kieran—. Porque lo retiro.

Llegamos al final de la calle. Acaba en un aparcamiento con vistas y es tarde, de modo que no hay nadie. Hay un banco cerca desde el que se ve Eversford. Desde aquí se ve el río y las agujas de la iglesia. Entre la marea de tejados hay algunas ventanas de áticos iluminadas como si fueran diminutos botes salvavidas.

Aunque es noviembre y el aire es glacial, ambos estamos lo bastante acalorados como para tomarnos cinco minutos. Así que me siento junto a Kieran, que ya se ha tumbado sobre el banco como si le hubiesen disparado.

Feliz se acomoda en el suelo a nuestro lado. Apenas jadea, el cabrón está en forma.

—He estado pensando en volver a la clínica —digo, con cautela—. Si quieres, claro.

Kieran se incorpora.

—Fantástico. Claro. Es una noticia estupenda.

—Tendré que mirarme una capacitación.

—Ya está hecho, tío, hace mil. Te lo mandaré por correo. ¿Qué te ha hecho cambiar de opinión?

Este verano acabé contándoles lo de mis sueños a Kieran y Zoë mientras tomábamos unas pintas en el *pub*. Estaba muy nervioso y tenía las manos húmedas del sudor, me daba miedo decir algo que luego no pudiera desdecir. Pero parecieron aceptarlo de buena gana (y cualquier duda que les pudiera quedar desapareció cuando les presenté a Warren). El alivio que me embargó fue visceral.

Observo Eversford. Es un mapa de luces móviles y humaredas brillantes que emanan de las chimeneas industriales.

—Hacer ejercicio, dormir mejor, dejar de obsesionarme. Darme cuenta de que esconderme no ayuda.

Sin embargo, me duele que Callie y yo no podamos estar juntos aquí sentados. Puedes mejorar hasta ser perfecto, pero si la persona a la que quieres no está a tu lado, siempre tendrás la sensación de que te falta algo.

Aunque tampoco es que yo fuera lo importante. Lo único que importa es que Callie sea feliz ahora y no contemple el destino que le espera.

Kieran sonríe con timidez.

—Entonces no… Quiero decir, ¿no tiene nada que ver con una mujer?

—Qué va.

—¿Cuánto tiempo hace ya? ¿Dos años?

—Sí.

—¿Has sabido algo más? De Callie.

Niego con la cabeza.

—¿La has espiado?

—Eh…

—Por internet, digo —añade enseguida Kieran.

—Ah, no.

—Ya, puede que sea lo mejor. —Clava los ojos en el pueblo—. Solo serviría para torturarte. Y ese es el problema ahora. Que nunca puedes huir de tu pasado porque está ahí, en internet, cada día, delante de tus narices. Entonces, ¿vas buscando?

—¿Qué?

—A alguien. Puedo presentarte a alguien, si quieres. Zoë conoce a mucha gente.

—Gracias —replico, un tanto perplejo—. Pero estoy bien así.

—Joel —me dice—, ¿hasta cuándo vas a esperar?

«Seis años, Kieran», podría contestarle. «A Callie le quedan seis años. Todavía no puedo ni plantearme volver a quedar de forma habitual con alguien. Tal vez nunca sea capaz».

Pero ¿cómo explicas que los rollos y las aventuras pasajeras son lo único que eres capaz de sobrellevar sin parecer una víbora?

A mi lado, Kieran respira con dificultad.

—No me creo que por fin pueda dejar de preocuparme por cuándo va a volver mi mejor veterinario.

—Por cuándo vas a volver a respirar bien, ¿dices?

Kieran resopla.

—Ja. El trabajo comporta unas condiciones también.

—¿Como cuáles?

—Como no hacer comentarios sarcásticos sobre el hecho de que tu jefe corra más despacio que cualquier nonagenario.

—Eso lo podemos arreglar —le comento—. Sé de un tío…

Esa misma noche, vuelvo a soñar con Callie. Y es un sueño que me llena de alegría y me hace despertar poco a poco con una sonrisa en la cara.

Dentro de tres años, una mañana pronto. Callie está sentada en un banco en medio de un paseo marítimo, los ojos le brillan bajo el borde de un gorro de punto. Tiene la mirada perdida en el horizonte y va dando sorbos a una taza.

Parece un pueblo costero. Hay un hotel en un extremo, con bombillas colgando entre las farolas. Debe de vivir allí, supongo, a no ser que esté en casa de alguien. Pero no lleva maletas y está sola.

Con la excepción de Murphy, que está a su lado, y el doble cochecito que tiene delante.

Lo mece con suavidad y una sonrisa me revela que es feliz.

Y, al saberlo, yo también.

81

Callie

Dos años después

—Detesto tener que irme —digo con un suspiro mientras me preparo para ir a buscar el tren que me llevará de vuelta a Eversford una lluviosa noche de domingo de finales de noviembre.

—Pues no te vayas. —Finn está desnudo de cintura para arriba en la cama, recién salido de la ducha, y huele a jabón cítrico. Apoyado sobre un codo, finge que observa cómo preparo la maleta, aunque la mirada que me dedica es toda una invitación. Me siento medio tentada de ceder y arrodillarme a su lado para besarlo antes de recordar que debo irme de verdad. Besar a Finn en una cama sin que dé pie a nada más es, hasta la fecha, inaudito.

Se incorpora.

—Te lo digo en serio. Múdate aquí conmigo, Cal. Tú y Murphy. Venga, es una locura tanto ir de acá para allá. Múdate a Brighton. Te quiero. ¿Por qué no?

Creo que «¿Por qué no?» sería el epitafio de Finn. Así es como lo han criado. «¿Qué es lo peor que puede pasar? Ya te preocuparás por ello después. Es mejor pedir perdón que permiso». Accede a todo, rechaza muy pocas cosas. Es tan distinto de Joel, tan tranquilo, reservado y discreto.

Y muy distinto de mí también: Finn es mi polo opuesto en muchos aspectos, pero estar con él me ha hecho más atrevida por defecto, creo. Siempre estamos fuera y gastamos más de la cuenta en nuestras aventuras, como hacer paracaidismo o ir a conciertos o que nos inviten a bodas en el extranjero. Una vez vino a verme una mañana en medio de la semana y me organizó una fiesta sorpresa de cumpleaños cuando solo hacía unas semanas que salíamos juntos. Finn tiene una larga agenda de contactos y es capaz de hacer amigos en una sala vacía.

La gente no deja de decirme que está bien salir con alguien que te compense. No podéis ser los dos iguales, me dicen. Y estoy segura de que tienen razón.

A veces me pregunto qué ocurriría si Joel y Finn se conocieran, si recelarían el uno del otro o si se harían amigos enseguida.

Pero, igual que Joel, Finn también es atento y siempre está interesado en lo que pueda decirle. Me escucha con atención, me masajea los pies mientras hablo y se acuerda de los detalles (que prefiero el café después de la leche, que me encantan las frambuesas y Ryan Gosling, que siempre me dejo el paraguas y que no tolero el tequila).

Todas las cosas en las que me recuerda a Joel me reconfortan y todas las cosas en las que no, me fascinan. Como su inesperada pasión por la música *acid house,* la colección de libros sobre naturaleza que tiene y que es incluso más grande que la mía, de forma que ocupa casi todo su salón, el hecho de que no soporta las gorras escocesas sin hacer una mueca. Tiene un don para saber de qué ave se trata en pleno vuelo (de verdad, cualquier ave), además de una habilidad secreta e infravalorada para hacer pasteles. Le apasiona la política local y regional de una forma que me recuerda a Grace.

No es la primera vez que Finn me pide que me mude con él. Su argumento es que él es propietario de su apartamento, de forma que tiene más sentido que yo viva aquí. Está apartado del paseo marítimo, en la planta más alta de un bloque de pisos de la época de la regencia. Las proporciones son minúsculas, pero estamos a solo unos minutos de distancia del mar. De hecho, se ve desde dos habitaciones.

La verdad es que me encanta estar aquí. Me encanta abrir las ventanas y oír las gaviotas y respirar el aire salado. Mis recuerdos de los primeros fines de semana que pasé aquí son salvajes y placenteros: casi no salimos del dormitorio, solo para comer o beber, ir al baño o ducharnos. Consumimos todo lo que había en el apartamento (¿por qué íbamos a perder el tiempo comprando o comiendo fuera?), nos dimos baños de espuma, repasamos todo lo que había en el iTunes de Finn, nos tumbamos con la cabeza en el regazo del otro y hablamos del futuro.

Solo han pasado seis meses, así que sí, estamos yendo muy rápido. Pero rápido también puede ser emocionante, como cuando un avión está a punto de despegar o cuando bajas por una montaña rusa. Da miedo, pero es excitante. Finn me dijo que me quería al cabo de tan solo quince días, así que cuando planteó la idea de vivir juntos unas pocas semanas después, no debería haberme sorprendido.

Todavía pienso en Joel a veces, sobre todo cuando vuelvo a Eversford. Me he atrevido a ir a la cafetería en alguna ocasión, me he sentado en su sitio junto al ventanal y he pedido una buena ración de *drømmekage*. He pensado en cómo estará, en si será feliz, qué estará haciendo, si sus sueños habrán cambiado de alguna forma. Dot me ha asegurado que no ha pasado por la cafetería ni una sola vez desde que rompimos, así que no debo temer encontrármelo por casualidad. Mejor, porque no tengo ni idea de cómo reaccionaría ni qué le diría si me topara con él.

De vez en cuando me pregunto si hice lo suficiente, si debería haberme esforzado más por defender nuestra relación. Quizá Joel necesitaba más por mi parte y le fallé cuando más importaba.

Pero entonces repaso todas las razones por las que lo dejamos y trato de estar en paz. Dejo que se aplaque la tristeza que duerme en mi alma.

Me doy cuenta de que, poco a poco, Joel se va alejando. Y en su lugar se alza Finn, un hombre seguro como un faro, determinado a quererme al cien por cien.

—¿Champán? —me ofrece Finn desde la cocina.

La botella que hay en la nevera es cara, un regalo de cumpleaños para Finn de parte de una acaudalada amiga de la universidad que siempre compra en tiendas libres de impuestos.

Me mudo a Brighton. Le he dicho que sí. Al final, no se me ha ocurrido ninguna razón por la que seguir negándome. Seis meses es suficiente, me he recordado, y Finn dice que tiene muchos contactos que podrán ayudarme a conseguir trabajo (y no lo dudo en absoluto). Echaré de menos a papá y mamá, claro, y a Esther y a Gavin y a su preciosa hija, Delilah Grace. Pero todos adoran a Finn, así que estoy segura de que les hará mucha ilusión. Y, en realidad, Finn tiene razón: tanto ir de acá para allá empezaba a ser una locura. Porque quiero estar con él. De verdad. Las emociones que me despierta… Son demasiado fuertes para ser solo fruto de la química.

Así que le he dicho que sí y la alegría de su expresión podría haber iluminado un continente entero.

Reaparece por la puerta del dormitorio con una camiseta, como si pensara que la ocasión merece ese nivel de formalidad como mínimo. Ha traído la botella y dos copas, la descorcha. El champán sale a chorro sobre la moqueta y me río mientras él suelta una maldición; le lanzo una toalla de la pila que hay en la cama. Murphy, que me acompaña siempre que me quedo aquí unos días, olisquea la mancha con recelo.

—Bueno —dice Finn cuando me pasa la copa llena—, solo diré que estoy muy contento de haberme topado contigo en una playa de Letonia, Callie Cooper.

Brindamos y doy un sorbo. Está frío de la nevera, es todo un lujo.

Miro esos ojos azules.

—Yo también. Fuiste todo un descubrimiento, Finn Petersen.

—Estos últimos seis meses han sido los mejores de mi vida —confiesa con una sonrisa infinita.

Le devuelvo la sonrisa.

—Brindemos por eso.

En las primeras horas de la madrugada del lunes, algo me despierta de un sobresalto. Anoche tuve que coger el último tren de regreso a Eversford porque, hasta que no me mude a Brighton, la vida sigue.

Me pongo una sudadera con capucha y salgo al jardín de la casita acompañada de Murphy, pestañeo ante la densa oscuridad del cielo. Esta noche no se ven estrellas, tal vez debido a la contaminación lumínica o porque estará nublado.

Mi mente también está nublada. No es exactamente culpabilidad, sino cierto desasosiego.

Nunca he traicionado a Joel contándole a Finn lo de su sueño y no tengo intenciones de hacerlo. Pero si vamos a crear una vida en común, no puedo evitar preguntarme si Finn tiene derecho a saberlo.

Trato de imaginar cómo reaccionaría y creo que le quitaría importancia entre risas. No es que fuera a banalizarlo, más bien no se obcecaría con algo que no puede cambiar. Su percepción de la vida es el *laissez faire,* a nivel filosófico. No se preocupa en demasía por el dinero o por ser puntual o por lo que los demás pensarán de él. Sé que no vería ninguna necesidad de llegar al fondo de la cuestión e investigar todos sus recovecos. Desde el principio él ha aceptado que no hay ninguna respuesta o, que si la hay, es tan efímera como la brisa.

Podría quedarme un año o diez o cincuenta. Finn y yo estamos forjando nuestro futuro y eso eclipsa todo lo demás. El sueño de Joel ya ha empezado a disiparse, a diluirse entre las sombras de mi memoria.

No. No preocuparé a Finn con algo que cada vez parece menos palpable con cada día que pasa.

Cuando nos conocimos, Finn me preguntó por qué Joel y yo habíamos cortado. Le dije, con sinceridad, que queríamos cosas distintas. Finn sonrió al sentirse identificado, me dijo que le había ocurrido lo mismo con su ex. Y seguimos caminando y nunca volvimos a sacar el tema.

82
Joel

Tres años después

—¡Dos más!

—No. Te odio.

—¡Dos más! ¡Venga!

Sé que Steve no me soltará los tobillos hasta que haya hecho dos abdominales más. Con el torso ardiendo, obedezco. Y luego me derrumbo en un charco de sudor y resentimiento y me pongo a gruñir que voy a dejar de ser socio.

—Que sí, que sí. —Steve me coloca una botella de agua en la cara—. ¿Quieres que sea fácil? Pues no salgas de la cama.

—Ojalá lo hubiera hecho —protesto. Rechazo el agua y me doy la vuelta. Me esfuerzo por no vomitar.

Steve accede a postergar el sadismo cinco minutos mientras recobro la respiración.

—¿Y cómo ha ido? —me pregunta.

—¿Cómo ha ido el qué?

—El balneario, idiota.

He vuelto esta mañana del retiro de bienestar que Callie me regaló, cuyo vale hace tiempo que caducó. El lugar funciona como la seda, se exprimen zumos para personas con malos hábitos, masajean sus órganos vitales. Ofrecían yoga y meditación, acupuntura y algunos cánticos, ceremonias que implicaban pies descalzos y un repicar poco entusiasta.

Tenía la sensación de que se lo debía a Callie, en cierto modo. Incluso a pesar de todo el tiempo que había pasado, como mínimo debía honrar su consideración, la amabilidad que demostró aquella Navidad, la esperanza que albergaba por mí y que a veces ahora incluso yo me atrevo a sentir, a pesar de saber lo que nos depara el futuro.

—Están un poco chalados —le explico a Steve—. Pero me ha ido bien, por extraño que parezca.

—¿Te han hecho dormir como un bebé?

—Nunca he entendido esa expresión, si todo el mundo sabe que los bebés duermen fatal. Hablando de bebés, ¿cómo va con Elliot?

Steve y Hayley tuvieron su segundo bebé, un niño, hace dos meses.

—Sigue siendo un tirano, es un monstruo con pelele. No creo que haya cerrado los ojos más de cinco minutos desde el día en que nació. Lo quiero con locura, por eso —añade, con una sonrisa. Y entonces—: ¿No habrás...?

—No, claro que no.

Steve y yo tenemos un acuerdo: si alguna vez tengo un sueño sobre mis ahijados, será el primero en saberlo. «Sea lo que sea, bueno o malo, me lo dirás de inmediato». Tengo el mismo acuerdo con Tamsin y con Warren. A la mayoría de la gente, al parecer, le gustaría saberlo.

Me pregunto por un instante, como hago a veces, cómo habrían salido las cosas si Callie hubiera querido saber la verdad. ¿Estaríamos casados y con hijos ahora, habríamos formado una familia? ¿Habría tenido la oportunidad de cambiar el rumbo de...?

—De acuerdo —dice Steve y se pone en pie de un salto—. A hacer *burpees*. Venga.

—¿Qué? Pero si no han pasado ni cinco minutos.

—Joel, ¿qué te digo siempre? No te duermas en los laureles —me espeta con énfasis.

No fuese caso que no me hubiese quedado claro tras los miles de veces que me lo ha dicho.

No me hicieron dormir como un bebé en el retiro, en realidad, a pesar de la acupuntura y la reflexología, y la nauseabunda cantidad de aceites esenciales. Últimamente estoy mejor en ese sentido, pero todavía me pongo nervioso cuando paso la noche fuera de casa.

La intranquilidad me provocó unas ganas locas de emborracharme hasta la inconsciencia, pero no quería recurrir a eso. Me recordaba demasiado a mi pasado, a una época muy oscura. Tenía que dejar de ir al supermercado abierto las veinticuatro horas que me quedara más cerca. Así que empecé a pasear por los jardines por la noche, envuelto en un abrigo grueso, una bufanda y un gorro.

La última noche que pasé allí, cuando la ansiedad ya había desaparecido, me topé con alguien que hacía lo mismo que yo.

—¡Lo siento! Ay, lo siento.

Soltó una palabrota y se bajó los auriculares al cuello.

—Me has dado un buen susto.

Pasaba de la medianoche y la temperatura era bajo cero. La mujer llevaba solo una camiseta y un pantalón de chándal y la chaqueta de punto más fina que había visto.

—Lo siento, no esperaba… encontrarme con nadie.

Me había cruzado con ella un par de veces durante el desayuno (suplicaba café en voz baja, se preguntaba en voz alta dónde estaban los *croissants),* una en meditación y dos en yoga, donde me encontré con su mirada mientras hacíamos una invertida y a los dos nos costó no echarnos a reír.

—Bueno, ¿y por qué estás aquí? —le pregunté.

Se apoyó en la pared de ladrillos ante la que nos habíamos chocado.

—Una larga lista de pecados.

Sonreí.

—Parece grave.

—Eso me dicen. —Fue contando con los dedos de la mano—. No tomo las cinco piezas de fruta y verdura al día, soy adicta a la cafeína, he llegado a los treinta sin ningún conocimiento de yoga, y se ve que ahora es un delito. ¿Y tú?

La observé con detenimiento. Pelo rubio que le rozaba los hombros, ojos azules, labios añil del frío.

—Ah, bueno… Le prometí a alguien que vendría. Así que…

Sonrió y no insistió.

—Me llamo Rose, por cierto.

—Joel.

Nos dimos la mano, mirándonos a los ojos.

—Bueno, Joel, ¿estás tomando el aire?

—En realidad he estado resistiéndome a las ganas de pillarme una buena borrachera. ¿Y tú?

Se volvió a reír y señaló los auriculares.

—No puedo dormir, así que… Escucho frases motivacionales.

Le sonreí y recordé la época en la que trataba de librarme de los sueños. Decidí no compartir con ella mis continuados fracasos.

Pero resultó que tampoco lo necesitaba:

—Es todo un poco raro, ¿no? —dijo—. Repetirme lo mucho que me quiero in sécula seculórum. De hecho, acaba teniendo el efecto contrario si lo escucho mucho rato.

Solté una carcajada.

—Sí, juega un poco en contra.

Se pasó una mano por el pelo.

—Ah, seguramente no te obligarán a hacerlo. Comparado con la mayoría de los que estamos aquí, pareces la salud personificada.

El halago me pilló desprevenido.

—Añadiré que soy plenamente consciente de que soy justo la antítesis de la salud ahora mismo. Parezco una muerta. Y no voy ni abrigada porque la verdad es que nunca había estado en un sitio tan frío. —Alzó los ojos al cielo, le castañeteaban los dientes—. No calculé bien.

Le ofrecí una sonrisa.

—Qué curioso, te iba a preguntar justo por eso. —Entonces me quité el abrigo y se lo coloqué sobre los hombros—.
Toma. No quiero que esos mantras no sirvan de nada.

Me miró de hito en hito. Se le escapó un estremecimiento
cuando tiré de las solapas. El cuello le echó el pelo hacia adelante y le cubrió la cara.

—Buenas noches, Rose. Ha sido un placer conocerte.

Me alejé por el jardín, inmerso en la tranquilidad de la
noche. Esperaba que se me contagiara algo y me aplacara el
pensamiento.

83

Callie

Tres años después

Hemos estado de viaje por Florida (otra de las recomendaciones de Ricardo) durante quince días, explorando los humedales y las reservas naturales, bañándonos en playas de arena blanca y pasándolo bien con la gente que habíamos conocido por el camino. He perdido la cuenta de las conversaciones que ha entablado Finn mientras hemos estado aquí, el carisma es instintivo para este hombre. Sigue haciendo amigos cuando va de viaje, una facultad que perdí en cuanto llegué a la adolescencia.

Tras cenar al aire libre en nuestro nuevo restaurante cubano favorito, Finn sugiere que demos un paseo, nuestra última oportunidad de disfrutar de una noche sofocante antes de volver mañana a nuestro acostumbrado clima frío. Así que ahora caminamos agarrados de la mano por Miami Beach, en dirección a la playa.

—… vuela, ¿verdad, Cal?

Durante unos segundos creo que se refiere a un pájaro (la costumbre de las dos últimas semanas) y entonces me doy cuenta de que se refiere a las vacaciones.

—No puedo creer que el lunes ya haya que ir a trabajar.

—Que tampoco es que me importe. Tras pasar un par de meses buscando, el amigo de un amigo de Finn nos informó de un puesto de trabajo en una reserva natural situada a treinta minutos de Brighton. Me encanta trabajar allí, casi tanto como disfrutaba en Waterfen.

Sentí cierto alivio, solo en parte, al irme de Eversford y abandonar mi miedo perenne a toparme con Joel. Siempre me daba miedo no saber qué decir si me lo encontraba, poder sentir algo que no quería sentir. Alguna vez pensé si me habría visto mientras estaba sentada en su antigua silla en la cafetería o si cuando llevaba unos pendientes que él me hubiera regalado, él pensaría que no lo había superado del todo. Y entonces empezaba a preguntarme si habría estado en lo cierto.

Finn tiene tantas cosas como yo (más, si cabe), así que no me sentí tan cohibida por todos mis trastos cuando me mudé con él como me ocurrió con Joel. Tampoco es que a Joel le importara que mis cajas entorpecieran las puertas ni que las cosas estuvieran desparramadas por toda la casa. Con todo, esta vez me importó menos al mudarme con Finn. Metimos tantas cosas como pudimos en cajones y armarios antes de la fiesta de bienvenida que Finn había organizado para esa primera noche (aunque, técnicamente, no era una fiesta de bienvenida). A finales de la tarde, la mitad de Brighton parecía estar apiñada en el piso, bebiendo, fumando y bailando como si volviésemos a ser estudiantes. En mitad de la fiesta, mientras Finn cautivaba a un grupo de más de diez personas contándoles la historia de cómo nos conocimos, lo miré y pensé: «No puedo creer que hayas hecho todo esto por mí».

Lo mejor de Florida ha sido poder pasar tiempo de calidad con Finn. Aunque ahora está pasando por un periodo de tranquilidad en el trabajo (la temporada de estudios se incrementa durante la primavera y el verano y su horario se vuelve más dilatado y menos sociable), parece que nunca paramos durante nuestro tiempo libre. Finn es una persona extrovertida y siempre hay gente que se presenta en nuestro piso o nos invita a tomar algo en el bar más cercano. Tenemos los fines de semana llenos de reuniones familiares porque Finn tiene dos hermanos y una hermana y una cantidad interminable de primos. Nos pasamos las noches de entre semana con amigos, en *pubs* y restaurantes y locales con música en directo, y apenas nos tomamos descansos entre un compromiso y otro. Pero desde el principio hemos funcionado así (siempre hacia adelante, sin detenernos, echando solo una mirada para comprobar que el otro nos sigue el ritmo antes de seguir avanzando).

No me importa: un hombre con una vida tan plena rara vez será algo malo; pero a veces me gustaría que solo fuéramos nosotros dos, disfrutando de la compañía del otro como hicimos durante aquellas maravillosas primeras treinta y seis horas en Letonia. Porque Finn es una persona que vale mucho la pena saborear. Es generoso, divertidísimo, sensato y de férreos ideales y a veces no me apetece compartirlo. Pero sé que eso sería egoísta y Finn no suele ser así y, de todas formas, la vida no funciona así.

—Cal —me susurra ahora Finn, cuando llegamos a la playa. Guiados por el instinto, nos inclinamos para sacarnos las chanclas y dejar que nuestros pies bronceados se hundan en la arena—. Hay una cosa que quiero preguntarte.

Cuando me vuelvo para mirarlo, baja una rodilla y saca una cajita de un bolsillo. Me llevo la mano a la boca mientras, cerca, oigo un grito y luego una ovación proferida por un grupo de transeúntes.

—No tengo ni idea de cómo hacer esto —musita—. Así que he pensado que a la vieja usanza será lo mejor. Callie, te quiero hasta los confines de la Tierra. ¿Quieres casarte conmigo?

—Sí. —Quiero que el tiempo se detenga y se acelere a la vez—. Sí, sí, sí.

Y allí mismo, delante de los rascacielos y las palmeras, bajo el cielo más tormentoso y espectacular que he visto nunca, Finn y yo decidimos que esto sea para siempre.

84

Joel

Cuatro años después

Me encuentro en una estación de servicio de la M25 nada menos cuando me doy de bruces con mi pasado.

—¿Joel?

Me vuelvo y me invade una repentina oleada de alegría al ver a Melissa.

—Hola.

Me analiza unos segundos y luego me presenta al Adonis que la acompaña.

—Leon, te presento a Joel.

Con recelo, le ofrezco la mano y me pregunto si preferirá darme un puñetazo en vez de estrechármela. Pero no lo hace. Me saluda con una media sonrisa, que es bastante más de lo que me merezco.

Melissa se ríe. Lleva el tipo de pintalabios rosa chillón que exige tener una dentadura impecable.

—No pasa nada. Le he hablado muy bien de ti, por supuesto.

Dirijo una mirada a Leon que tiene la intención de comunicarle: «Puedes darme un puñetazo en cualquier otro momento, te lo prometo».

—Voy a buscar café —dice—. Enseguida vuelvo.

Nos quedamos mirándonos en medio de la calle. Un torrente de gente apresurada nos rodea.

—¿Estás...? ¿Cómo has estado?

—Bien. —Sonríe—. De hecho, justo estamos yendo a Heathrow.

—Qué suerte. ¿De vacaciones?

—A Barbados. —Estira la mano para que pueda ver el anillo—. De luna de miel.

—Vaya, qué... Felicidades.

Ahora lleva el pelo corto y me fijo en el mono floral que se intuye bajo el abrigo y la bufanda. Lista para Barbados, típico de Melissa. Me alegro de verla enamorada y radiante de una forma en la que nunca la vi cuando estaba conmigo.

Parece que quiera decir algo más, pero no encuentra las palabras. Así que yo, caballero de pies a cabeza, intervengo primero.

—Leon está bien, ¿no?

—Bueno —replica ella—, es más detallista que tú.

—Bien. Algo es algo.

—Es broma. Es fantástico, de verdad. —Mira con nostalgia hacia la concesión de la cafetería donde se ha dirigido él—. Bueno, ¿y tú adónde vas?

—Ah, a Cornualles. No es tan exótico como Barbados.

—Unas vacaciones son unas vacaciones.

—Eh... No. De hecho, me mudo allí. Una nueva vida.

—Ah. Creía que ibas a vivir en tu piso hasta el día en que te murieras, no te lo tomes mal.

Su habitual falta de tacto casi me despierta cierta nostalgia.

—No me lo tomo mal.

—¿Qué te ha hecho mudarte?

—Asuntos familiares. Es una larga historia.

Inclina la cabeza.

—Entonces, ¿ya no estás con la chica que vivía arriba?

«La chica que vivía arriba».

—No. Está... Con otra persona ahora. Casada, creo. —(De hecho, lo sé. Doug me lo dijo: resulta que tiene un conocido en común con Gavin).

Melissa asiente. Y, tal vez por primera vez en la historia de nuestra relación, no se le ocurre ningún chiste que hacer.

—¿Tienes trabajo allí, entonces? En Cornualles, digo.

—Pues sí.

—¿Vuelves a ser veterinario?

—Sí.

Asiente de nuevo, más despacio esta vez. Me mira a los ojos y me sostiene la mirada.

—Bueno, felicidades.

No esperaba que su respuesta me conmoviera.

—Gracias.

Pasan unos segundos y luego alarga los brazos para darme un abrazo de despedida. Es extraño volver a notar sus brazos alrededor de mi cuerpo. Es como redescubrir una prenda de ropa que era tu favorita y aspirar su aroma tan familiar.

—¿Y qué van a hacer todas esas viejas chifladas sin ti?

Trago saliva. No ha sido un buen año en materia de mortalidad.

—Por desgracia, ahora ya solo queda una. —(Iris aún resiste, tenaz como siempre).

Melissa se aparta.

—¿Y no estás con nadie? —Como si no terminara de creerse que pueda tener otras razones para mudarme a Cornualles.

Suspiro.

—Me encantaría, Melissa, pero tú estás de luna de miel.

Se ríe con voz ronca, una risa que podría decirse que he echado de menos.

—¿Sabes? Es una pena que nunca pudiéramos ser amigos.

—Yo creo que somos amigos.

No se va todavía y me doy cuenta de que le está costando despedirse.

—Bueno, cuídate mucho. Y trata de encontrar a una buena chica.

—Ya lo hice. Y no funcionó.

Me guiña el ojo por última vez con picardía.

—Ay, Joel, ¿qué te voy a decir? Ahora soy una mujer casada.

He alquilado una casa a diez minutos de distancia de la de Warren, en Newquay; tiene un jardín pequeño y una habitación para invitados. Me detengo en un centro de jardinería justo después de pasar por Devon y compro una cesta llena de plantas de interior para mi nuevo salón. También he comprado una jardinera como la que teníamos. Porque incluso aunque me he mudado aquí para empezar de cero, sigo sin poder vivir sin algo que me recuerde a Callie.

A principios de la tarde estoy más o menos sereno, así que me dirijo a casa de Warren.

—¿Han sido complicadas las despedidas? —me pregunta.

—Tamsin estaba destrozada. Quiere venir el próximo fin de semana con los niños.

—Te irá bien verla —observa Warren—. ¿Cómo te hace sentir estar aquí?

—Nervioso, pero en el buen sentido.

—Ese es el mejor sentido. No he estado nervioso en el buen sentido demasiadas veces a lo largo de mi vida. —Sonríe—. ¿Lo tienes todo preparado para el lunes?

—Creo que sí. —Desde hace un año, he estado trabajando a media jornada con Kieran. Tengo intenciones de pasar los próximos seis meses entre mi nueva consulta en Cornualles y cursos de actualización en Bristol.

—No estoy seguro de si te lo he dicho ya, pero estoy orgulloso de ti, tío. Has sido capaz de darle la vuelta a la tortilla.

—Gracias.

—Y que ahora estés aquí, conmigo… Bueno, significa mucho para mí. De verdad.

Asiento.

—¿Habrá buenas olas?

Warren mira el reloj.

—¿Ahora?

—Sí.

—Pues sí.

—¿Te apetece ir un rato?

—Eso siempre.

Esa noche sueño con Callie.

Me despierto justo cuando le estaba diciendo que la quiero.

Tengo el rostro surcado de lágrimas y me tiemblan los hombros de la tristeza.

85

Callie

Cuatro años después

Finn y yo nos casamos en verano, tras decidir que pasar mucho tiempo prometidos no era lo que queríamos. La cantidad de personas que querían desearnos buena suerte en nuestra nueva vida exigía una celebración mucho mayor de la que podía permitirse nuestro presupuesto, de forma que, al final, la hermana de Finn, Bethany, que vive en una granja, nos ofreció sus terrenos. Colgó banderines entre las vigas del granero, esparció flores silvestres sobre la paja, nos preparó un pastel lleno de flores comestibles. Había animales por doquier, hacía un día cálido y cuando cayó la noche, doscientas personas bailaban y reían bajo guirnaldas luminosas de bombillas, colgadas entre las tejas.

Durante la cena, el discurso que dio Finn sobre cómo me conoció en Letonia y todo lo que había ocurrido en los dos años siguientes fue como leer una carta de amor en voz alta. Orador innato, conmovió a todos los presentes y los hizo reír (y ver a todo el granero emocionado de esa forma es algo que nunca voy a olvidar). Entre eso, la alegría de mis padres, el precioso discurso que dio Esther sobre Grace y el lote que se dio Dot, borracha, con el padrino hizo que la felicidad de ese día fuera la más pura y perfecta.

Sin embargo, aún quiero tener tiempo para bajar el ritmo de vez en cuando. Para poder detenerme a saborear el presente en vez de saltar siempre de una cosa a otra. Quiero pasar más tiempo dando paseos, cogidos de la mano, por la playa o besándonos en el sofá o incluso caminando juntos por el pueblo. Así era con Joel y a veces me entristece el hecho de que parece que con Finn nunca es así.

Estamos en Australia de luna de miel. Finn tiene familia en Perth, así que hemos pasado la última semana aquí con ellos. Nos hemos empachado de sol, hemos nadado en el mar, hemos disfrutado de los espacios verdes y las impresionantes playas. En casa es invierno y, aunque esta estación siempre tendrá cierto atractivo a mi parecer, no puedo negar que cambiar la bufanda por los pantalones cortos y las chanclas ha sido toda una alegría (sobre todo cuando pasé los últimos días en el trabajo luchando contra los elementos con el mono y las botas de agua).

Esta mañana me he despertado pronto. Finn seguía durmiendo y no quería despertarlo. Parecía tan tranquilo y estaba tan guapo, moreno y desnudo a mi lado en el colchón…

Así que me he ido en silencio hacia el baño, donde, al cabo de cinco minutos, en silencio, he derramado lágrimas de felicidad.

Digerimos el desayuno dando un paseo junto al río Swan. Esta mañana todo parece refulgir con un tono azul vívido (el cielo, el agua, las caras acristaladas de los rascacielos). Finn habla de llevar a cenar a toda su familia a algún restaurante como forma de agradecerles su hospitalidad antes del vuelo de regreso a casa. Lo estoy escuchando, pero también divago, prestando atención a ratos, con dificultad para concentrarme.

—Finn —digo, cuando llegamos a la ribera.

Lleva una gorra de béisbol y gafas de sol y va pensando opciones de restaurantes para más tarde. Se vuelve hacia mí.

—Sí, tienes razón. Puede que sea demasiado marisco. ¿Podríamos ir al griego, quizá?

—Finn, tengo que decirte una cosa.

Tal vez por instinto, me agarra la mano. Me gusta notar el anillo de bodas que lleva en el dedo (para mí, todavía es una novedad ser la señora Callie Petersen y llevar un anillo en el dedo).

—Cal, ¿qué pasa?

—No es nada malo —digo, con un hilo de voz—. Estoy embarazada.

Ahoga un grito, me regala un cálido beso, se le llenan las mejillas de lágrimas y le tiemblan los hombros de la incredulidad. Me agarra entre sus brazos y nos quedamos abrazados durante unos minutos mientras a nuestro alrededor la vida se transforma, se tiñe de nuevos colores y se llena de luz.

Se separa con cuidado y baja el rostro hacia el mío, se saca las gafas para que pueda mirarlo a los ojos.

—¿Cuándo…? ¿Cuándo lo…?

—Esta mañana. Tenía náuseas.

Llené la maleta de tests de embarazo cuando nos fuimos de Reino Unido, por si acaso.

Hemos hablado de este tema desde el principio. Finn tiene una gran familia bien avenida y nunca ha ocultado su deseo de tener hijos. Yo siempre he querido tenerlos también, pero me preocupaban cosas en las que él no veía ningún problema, como por ejemplo cómo llevaría él alejarse de nuestra vida social, cómo meteríamos un bebé en el piso diminuto en el que vivimos, si Murphy llevaría bien el cambio. Eso sin contar si llegaría a quedarme embarazada teniendo en cuenta que se acercan los cuarenta (había leído muchísimas historias terroríficas sobre el temible reloj biológico). Llevamos cinco meses intentándolo, así que el alivio y la gratitud que me embarga ahora son inmensos. Todo ha salido bien. Ahora solo me queda esperar que podamos adaptarnos al cambio, a la vida tan distinta que nos espera.

—Callie… Te quiero tanto. Qué grandísima noticia.

—Yo también te quiero. Estoy emocionada.

—¿Te encuentras bien? ¿Seguro que quieres seguir caminando? Hace mucho calor. Podemos irnos y…

—Estoy bien. —Me río—. De hecho, el aire fresco me va bien.

—No puedo creer que no me haya dado cuenta.

—Solo han sido estos últimos días. Tampoco quería que te hicieras ilusiones, por si no era.

Sonríe.

—Bueno, habrá que hacer planes. Aunque… ¿cuáles? No tengo ni idea de qué hay que hacer ahora.

—Yo tampoco. Creo que es parte de la gracia.

—¿Hacemos un Skype con todo el mundo? ¿Se lo decimos?

«Quiero decírselo a Joel». El pensamiento es repentino e inquietante, hasta que de pronto me doy cuenta: Joel ya lo sabe. Hace años que lo sabe.

«Creo que para ti lo mejor aún está por venir».

—¿Callie?

Relego a Joel al fondo de mi mente y le estrecho la mano a Finn.

—Esperemos a volver a casa. Me gusta la idea de que sea nuestro secreto, aunque solo sea por un tiempo.

Sonríe y me rodea los hombros con un brazo.

—Bueno, al menos deberíamos celebrarlo. ¿Qué puedes comer? ¿Pastel?

Sonrío.

—Todavía estoy llena del desayuno. Y tengo un poco de náuseas, la verdad.

—¿Es raro? —me pregunta Finn, al cabo de unos segundos—. Quiero decir, aparte de las náuseas, ¿cómo estás?

No tengo ni que planteármelo.

—Eufórica.

Y ya está: es el mejor y el único modo de describirlo.

86

Joel

Cinco años después

—Y, por último, me gustaría dar las gracias a mis tres hijos. Hacéis que me sienta orgulloso cada día. Los tres.

La estancia se llena de murmullos de aprobación. Se alzan copas en nuestra dirección.

Es el septuagésimo cumpleaños de papá, y lo estamos celebrando en el sórdido y antiguo club de *rugby* que hay cerca. La fiesta tiene todo lo que uno esperaría de una fiesta en un sórdido y antiguo club de *rugby:* un DJ que tiene pinta de estar harto y que gestiona la lista de reproducción que Doug le ha pasado y que se centra sobre todo en los Beatles, un bufé mustio conformado por atún y pollo (con un poco de salchichitas, que no falten) y muchas personas de pie en grupo que tratan de hacer que la bebida les dure más. Sé, con solo mirarlo, que el vino blanco no está frío y que el ochenta por ciento de las conversaciones giran en torno al mundo de la contabilidad. Al fin y al cabo, es la fiesta de papá y la ha organizado Doug. Era imposible que hubiera cócteles de infarto y tener a Idris Elba paseándose por cubierta.

O tal vez todo me parece muy predecible porque ya lo he soñado. Hace dos semanas, en un sueño que pareció durar una vida entera.

Después de los discursos, me encuentro con Tamsin en una mesa cerca de un extremo con Harry y Amber. Harry, que ya tiene casi cinco años, está absorto en un libro. Amber, que tiene doce, lleva los auriculares puestos.

Chica lista.

Le llamo la atención y le musito:

—¿Todo bien?

Alza la vista del iPad y se encoge de hombros.

—Un aburrimiento.

—Eso se lo dices a tu otro tío —articulo, señalando a Doug. Ella sonríe.

Me reclino en la silla y agarro un puñado de cacahuetes tostados.

—¿Cómo va, hermanita?

Tamsin se muerde el labio y se recoloca el vestido verde marino a la altura del hombro.

—Es todo un éxito, ¿verdad? Se lo está pasando bien, ¿no?

Echo un vistazo a papá. Está contando algo a un grupo de sus amigos de bádminton y parece que estos están embelesados con la historia. Quién sabe cuál será. ¿Aquella vez que casi perdió el volante?

—Sin ninguna duda. Míralo. No lo había visto tan animado desde el presupuesto de 2010.

Tamsin sonríe y da un sorbo de vino. Hace una mueca.

—Dios, esto está tibio.

—¿Cómo estás, Harry? —le pregunto a mi sobrino.

—Bien —responde, con docilidad. (No le falta razón: Harry es el niño más angelical que nunca he tenido el placer de conocer. No me extraña que solo estemos medio emparentados)—. Ya casi estoy. —Levanta el libro con actividades para que lo vea. Trata del espacio exterior, parece tan científico que da miedo.

—Qué interesante —le digo, animándolo, y luego dirijo una mueca a mi hermana—. Por favor, Tam, pero si eso casi son deberes.

Levanta las manos.

—A mí no me mires. Ha sido él quien ha querido traerlo. No lo deja ni un segundo.

—Has parido a un genio —le susurro—. ¿Por qué no lo explotamos en YouTube y luego nos jubilamos?

Me da un empujoncito en el brazo.

—Qué bien que Kieran y Zoë hayan podido venir.

Miro a mi amigo y a su mujer, que están encandilando a una pareja que les dobla la edad. Incluso han venido Steve y

Hayley (aunque me da la sensación de que Steve anda a la caza de clientes. Antes lo he pillado retando a dos octogenarios a que se tocaran la punta de los pies).

—Hola. —Warren se sienta a mi lado y me da unas palmaditas en la rodilla.

Me alegra que papá haya invitado a Warren. Pensé que tal vez no querría, pero al final se encogió de hombros y dijo que de acuerdo, como si estuviéramos debatiendo sobre un conocido de hace tiempo. Ni él ni Warren parecen tener ganas de competir por mamá o por mí. Es tan agotadora, la rivalidad: sinceramente, creo que ni el uno ni el otro van a molestarse.

Al final, también le conté a papá y a Doug lo de los sueños. Fueron los últimos en saberlo (tampoco es que lo supieran ni que les hubiera importado). Fue una conversación corta y forzada, y no hemos vuelto a sacar el tema desde entonces. ¿Quién sabe si me creyeron siquiera? Pero he sido sincero con ambos, al menos, tal vez por primera vez en mi vida. Sobrevivir a la ruptura con Callie me ha hecho ser valiente en muchos sentidos, y quizá un tanto imprudente. He descubierto que ahora hay muchas cosas que ahora son minucias después de haber pasado por eso.

«Confía en que la gente te quiere, Joel».

Mientras Warren se pone a hablar con Harry sobre el sistema solar, Amber se apoya en mí sin pensar. La rodeo con un brazo y le planto un beso en la coronilla. Y, por una vez, no finge que vomita ni me aparta.

Le ofrezco una sonrisa a Tamsin y esta me la devuelve. «Todo ha salido bien», nos decimos. «Todo nos va bien».

Tras la fiesta, Warren regresa a Cornualles. Pero yo me quedaré unas noches más. Al día siguiente, hago un trayecto de una hora con el coche hasta la zona rural, donde he quedado con alguien.

Diviso su cabellera rubia desde el otro lado del *pub*. Ha logrado hacerse con el mejor sitio del local, cerca de la chimenea.

Sonríe cuando me acerco y me inclino para abrazarla. Me parece lo correcto, no incómodo como me preocupaba que sería.

—Lo siento, ¿llego tarde?

Sus ojos son azules como el Ártico, pero tiene una risa plena y cálida. Tiene un aire informal con esa camiseta con un texto que no puedo leer a menos que me quede mirándola y una chaqueta ancha del color del tofe.

—Para nada. He llegado yo antes.

Rose se puso en contacto conmigo a través de la consulta hace unos meses y me preguntó si la recordaba. Evidentemente que sí. Le propuse quedar cuando estuviera por su zona.

—¡Salud! —Entrechocamos los vasos; ella, vino blanco; yo, agua con gas y limón.

—Bueno, ¿y al final te sirvió el retiro? —le pregunto. La mañana después de conocernos, me fui antes de que saliera el sol. Había vuelto a ponerme a pensar en Callie y quería irme a casa.

—Bueno, he seguido practicando yoga. Y he reducido la cafeína a un café al día.

—Es impresionante. ¿Y las frutas y las hortalizas?

Se pasa la mano por el pelo. El aire de pronto se llena de la dulzura de su perfume.

—En eso sigo fatal. ¿Y tú?

—Bueno, mis problemas eran más... —No continúo. Sé que sería capaz de abrirme ante Rose de una forma para la que aún no me siento del todo preparado. ¿Qué le digo?

—¿Psicológicos?

Asiento y doy un trago.

Se produce una pausa. Tiene unos ojos cautivadores.

—Bueno, supongo que todos los que estábamos allí teníamos nuestros problemillas, fueran del tipo que fueran.

—Cierto.

—O, como me dijo mi exmarido cuando volví: «A esos sitios vas a que te arreglen, no de vacaciones».

Sonrío.

—Uf.

Hace una mueca y luego se echa a reír.

—Ha sido… una forma muy patosa de decir que estoy divorciada.

—Ah, lo siento.

—No, no lo sientas. —Toma un sobro de vino—. La gracia está en que ir al retiro fue justamente lo que me hizo ver la luz.

Alzo una ceja.

—¿El poder de las frases motivacionales?

—¡Exacto! Brindo por eso.

Volvemos a entrechocar los vasos.

—Y eres veterinaria —comento.

—Sí. ¿Te gustó mi mentirijilla?

Cuando escribió a la consulta, hizo ver que nos habíamos conocido en un congreso del que nunca había oído hablar. Una búsqueda rápida en Google me confirmó que se lo había inventado. Pero también me reveló que Rose Jackson era veterinaria.

Charlamos un rato sobre nuestro trabajo, el tiempo que me tomé de descanso y el periplo para volver, de su consulta y de la mía, de los pros y los contras de externalizar las horas extra (su clínica lo hace, la mía no), del cansancio emocional, de tratar animales salvajes, de estar disponible en Navidad. Me gusta su franqueza, su agudo sentido del humor. La forma en la que me toca el antebrazo de vez en cuando cuando la hago reír, la calidez de su sonrisa.

—Bueno, ya sabes que estoy divorciada —dice, cuando se produce un paréntesis en la conversación—. ¿Y tú qué?

—Estoy soltero, pero…

Va dando empujoncitos a un posavasos por la mesa con los dedos.

—No buscas nada.

Frunzo el ceño.

—Lo siento, es complicado.

—¿Hay alguien más?

Pienso en Callie.

—No —respondo con sinceridad—. Pero no estoy seguro de si estoy listo para volver a conocer a alguien… En ese sentido, al menos.

Sonríe.

—Entiendo. Gracias por ser honesto.

Bebemos. Rose me dice que tiene entradas para un espectáculo de monólogos y que se había planteado que quizá podía invitarme. Y tal vez la habría acompañado si no me hubiera preguntado tan directamente cuál era mi situación amorosa. Pero me doy cuenta de que me alegro de que se termine aquí.

Porque me gusta. Me atrae de una forma en la que nadie me ha vuelto a atraer después de Callie. Y no quiero estropearlo y convertirlo en una relación de usar y tirar por falta de cuidado.

Y si eso significa que pierdo el tren de estar con ella, es una posibilidad que debo aceptar.

—Me gustaría que mantuviéramos el contacto —le digo, cuando nos preparamos para irnos.

Rose sonríe.

—¿Quieres que nos mandemos cartas?

Hago una mueca.

—Lo siento. Qué triste ha sonado.

—Bastante —coincide—. Por suerte para ti, eres un encanto, ¿eh?

Dudo que «encanto» sea la forma en la que yo mismo me describiría ahora mismo. Pero como su halago es muy generoso, lo acepto sin rechistar.

—Ay, casi me olvido —dice, al ponerse en pie—. Esto es tuyo.

Me da el abrigo que le ofrecí en el retiro hace dos años. Lo ha tenido todo el rato enrollado en la silla de al lado. Ni siquiera me había dado cuenta.

—Quédatelo —le propongo.

Parpadea unas cuantas veces y luego alarga la mano. Una despedida formal.

—De acuerdo. Pues… Llámame. Si quieres que te lo devuelva, claro.

—Hecho. —Le estrecho la mano. La miro a los ojos y le sonrío.

87

Callie

Cinco años después

Tras la primera toma del día de los gemelos, cuando Finn se ha ido ya a trabajar, salgo a la calle con el cochecito y Murphy para caminar por el paseo marítimo.

Nos ha llevado un tiempo lograr el milagro de gestionar a dos bebés que se alimentan y duermen más o menos a la vez, pero por fin empezamos a levantar cabeza tras el caos de los primeros meses. Estamos agotados y bastante aturdidos (a ver, casi no nos hemos recuperado de la conmoción que supuso que fueran gemelos), pero, de alguna forma, lo hemos superado.

Euan y Robyn cumplen hoy los cinco meses. Todavía no me lo creo. Sigo alargando la mano para tocarlos mientras me pregunto si son nuestros de verdad.

Cuando nacieron, el enorme entramado social de Finn se desplegó. Amigos y familia nos ayudaron por turnos, cocinaban, esterilizaban instrumentos, limpiaban y paseaban al perro. Y ahora que hemos superado esos primeros meses, cada vez me siento más rodeada de amor, ungida de buena suerte. Cuando me llevo a mis pequeños al pecho y noto cómo su cuerpecito se alza y desciende conmigo, me invade la sensación de que el corazón me late fuera del cuerpo.

La calle sin salida en la que ahora vivimos es angosta y está repleta de coches y durante el día va cargada de tráfico, pero una vez llego al paseo solo tengo que mirar el mar para que me invada una calma absoluta.

Por suerte, mi banco de siempre no está demasiado húmedo. Es el mismo en el que Grace y Ben se sentaron una mañana después de conocerse la noche anterior por Brighton, con té caliente y sándwiches, emocionados y aturullados. Lo sé porque Grace se hizo una foto y la colgó en Facebook unos meses después («El día después de conocernos») y recuerdo el hotel que salía en el fondo.

Me siento con el descafeinado que Finn me ha preparado esta mañana antes de irse a trabajar. Lo hace cada día, porque es más fácil eso que yo trate de entrar como pueda con el doble cochecito en la cafetería que hay al final de la calle. También me he traído un trozo de *drømmekage*, porque si no puedes tomar tarta para desayunar cuando has acabado de ser madre, ¿cuándo lo vas a hacer? Ahora la tomamos muy a menudo, desde que Finn encontró mi receta y me la preparó por sorpresa una tarde, cuando yo no estaba. No tuve el valor de contarle la historia que había detrás.

Mezo el cochecito con el pie, le hago muecas a los pequeños y les recoloco los gorros y los calcetines. Tomo un sorbo del termo y ataco el pastel, pero separo un trozo para Murphy.

Y, entonces, me invade la sensación... De que está cerca, de alguna forma. Es una sensación tan fuerte que me giro a un lado y otro y examino la gente que camina por la acera, buscando su rostro.

Me vuelvo hacia los gemelos y los miro. «Estás loca. Joel no está aquí. ¿Por qué demonios iba a estar aquí?». Hacía semanas que no pensaba en él (no en profundidad). Tal vez sea por la falta de descanso que me nubla la mente y me la embruja.

Cuando estaba embarazada, sufrí un insomnio terrible, cada noche era como un lago infinito de minutos que no transcurrían y que tenía que cruzar. Para dejar de quedarme mirando el techo, salía de la cama y daba vueltas por el piso, vestida en pijama, mientras Finn dormía y Murphy trotaba tras de mí como si supiera que su apoyo moral me ayudaría.

A veces, nos sentábamos junto al ventanal del salón juntos, desde donde me ponía a hablar con Grace en mi cabeza. Y a veces (solo a veces) me imaginaba que Joel también estaba despierto y que estábamos contemplando, desde distintas ventanas, el mismo mosaico abrumador de estrellas.

Pero por el bien de los bebés que llevaba en el vientre y por el de Finn, acurrucado en nuestra cama, no podía permitir que mis pensamientos se centraran demasiado en el futuro. Si los últimos años me habían enseñado algo era que vivir el presente es lo único que importa.

Finn y yo tomamos algo ayer por la noche (por primera vez desde que tuvimos a los gemelos). Finn quería que fuera toda una celebración, así que escanció una buena botella de vino tinto en el escanciador que Joel me regaló por Navidad hace seis años. Lo tomamos en los vasos del mismo conjunto (y, durante un segundo, me permití evocar la sonrisa de Joel y cómo dijo «Para que siempre puedas estar en una terraza en algún punto del Mediterráneo»).

Finn debió de presentir qué deriva tomaban mis pensamientos, porque me dio un empujoncito con el pie y me preguntó si estaba bien. Le sonreí y le respondí que sí, porque, en efecto, así era. Lo habíamos logrado. Habíamos superado la dureza de los primeros días de paternidad y empezábamos a ver la luz. Había que brindar por ello. Y me pareció oportuno recordar a Joel en ese momento también, brindar por él en mi mente y agradecerle todo lo que me había regalado.

88
Joel

Seis años después

—Ayer por la noche soñé con Warren —comento a Kieran
y a Zoë mientras desayunamos. Han venido a pasar el fin
de semana en Cornualles y han dejado a sus hijos (ahora ya
adolescentes) cómodamente instalados en casa de los padres
de Kieran.

—Cuéntanoslo todo —me ordena Zoë. Parte un *croissant*
y asalta la mantequilla. Acabada de duchar y arreglada, es una
de esas personas tan irritantes que son totalmente inmunes a
las resacas.

Kieran, en cambio, parece que sufra de malaria.

—Espera —tercia—. ¿Fue bueno o malo?

—Bueno. —Bajo la voz—. Va a conocer a alguien.

—¿Conocer... en serio? —pregunta Zoë.

—Sí. —Sonrío—. Parecía maja. Estábamos en la playa y se
reía de sus bromas. Y se cogían de la...

—Buenos días. —Warren aparece con la piel grisácea. Esta
noche se ha quedado aquí, prefirió dormir en el sofá que tratar
de llegar a su casa.

—Joel tiene algo que decirte —comenta Zoë. Ella y Warren están cortados por el mismo patrón, la verdad sea dicha. Se
terminan las frases el uno al otro, comparten el mismo sentido
del humor. Aunque la tolerancia de Zoë a aguantar una buena
noche supera de mucho la de Warren.

—Ah, ¿sí? —pregunta Warren—. ¿Tienes…?

—En la cafetera. —Le señalo los fogones. (Me estoy tomando un té verde. Sigo tratando de controlar mi adicción a la cafeína).

—Seguid —farfulla en tono grave. Se llena una taza de café, no le añade nada más. Se deja caer a mi lado y hunde la cabeza entre las manos.

—¿Lo estás pasando muy mal? —le pregunta Kieran, con una sonrisa.

—Y por esta razón ya no bebo —dice Warren del tirón.

—Ya, las bombas esas de Jägermeister deberían tener un límite de edad —comento—. O, al menos, debería estar prohibido pedir tantísimas.

Warren hace un gesto con la mano, supongo que quiere olvidar su actuación de anoche.

—¿Y qué tenías que decirme?

—Está relacionado contigo, de hecho. Ayer soñé que conocías a una chica.

Alza la mirada.

—¿Qué?

—Bueno, a una mujer. Tienes seis meses para adecentarte.

A su pesar, sonríe.

—Por Dios. ¿Y cómo es?

—Parecía maja. Al menos estaba dispuesta a reírse de tus bromas.

—¿Es de por aquí?

—No lo sé. Pero estábamos en la playa.

Gruñe.

—Ha pasado mucho tiempo. Lo más seguro es que no dure mucho.

Me aclaro la garganta y bajo la voz:

—Discrepo… Os cogíais de la mano.

Zoë suelta un hurra. Warren hace una mueca.

—¿Estás seguro de que era yo?

—Sí. —Me termino el *croissant* y el té y me divierte ver la resaca común que impera en la cocina. Ayer dormí más de lo que he dormido en años—. Bueno, un motivo de ilusión, ¿no? En fin. ¿Alguien quiere acompañarme a correr?

Me echan de la cocina entre abucheos.

Dirijo mi adicción al ejercicio hacia la costa. Noto el ardor de la cuesta en las pantorrillas y los pulmones. El viento es una hoja afilada que atraviesa el aire y mis pies chapotean por el barro.

Mis pensamientos se centran en Callie. Me la imagino desayunando, los niños en sus tronas. Estará riéndose con su marido de algo, limpiando manchas de comida de las barbillas de los gemelos, con el rostro radiante, bañada por el sol que entrará por una ventana.

El estómago se me revuelve de celos por no poder ser yo quien la acompañe. Pero entonces recuerdo todas las razones por las que no puedo. Al menos de esta forma es feliz y por ahora yo he encontrado cierto equilibrio.

Al final, sé que no podríamos haber estado juntos.

Me lleno los pulmones del aire gélido del Atlántico y sigo corriendo.

89

Callie

Seis años después

Tengo los ojos clavados en la invitación que sostengo en la mano.

—No puedo creer que Ben se vaya a casar.

—¿Será muy raro para ti?

Sonrío y dejo que la punzada de tristeza se desvanezca.

—Cuando se casen, hará nueve años que Grace nos dejó. Y creo que eso es aún más raro, no sé si me entiendes.

—Sí. Pero Mia es fantástica.

—Me encanta Mia. Y Grace también la habría adorado.

Euan y Robyn, que ahora tienen casi dieciocho meses, están apoyados entre nosotros sobre los cojines del sofá, hechizados por el canal infantil. Bajo la mano y, sin pensar, le acaricio el pelo a Euan.

—Y la boda tiene muy buena pinta —comenta Finn.

Se celebrará en un edificio con arcadas del barrio de Shoreditch, barra libre. Mia trabaja en el mundo de la publicidad y se codea con gente muy moderna.

—Puede que aproveche la oportunidad para ir a ver a mis padres unos días cuando subamos. Así podrán disfrutar de Euan y Robyn. —Mamá siempre me está insistiendo en que vaya a verlos más a menudo y ellos vienen a Brighton tanto como pueden.

Finn sonríe, se coloca a Robyn sobre el regazo y se inclina para darle un beso en la cabeza.

—Perfecto. A tu madre le encantará.

Vuelvo a mirar la invitación.

—Me sorprende que dejen que vengan niños, la verdad. ¿No saben que los niños están obligados por ley a fastidiar los votos?

—Creo que Esther fue bastante categórica con Ben.

Me río y me estiro para acariciar a Murphy. Está apoyado en mi rodilla y reposa la barbilla en mi muslo.

—Puede ser.

—Independientemente de los niños, no estoy seguro ni de si nos dejarán entrar en la boda. ¿Somos lo bastante guays?

No hay nada como tener hijos para que sientas que te has hecho mayor. Nuestra trepidante vida social, nuestras vacaciones (todas esas marcas de una vida exenta de niños) ahora parecen haber formado parte de la vida de otra persona.

Poco después de que nacieran los gemelos, a veces me ponía a mirar nuestras fotografías, solo para recordarme que todo había ocurrido de verdad. Después de confesárselo a Finn, cuando una noche volví al piso me encontré con que había imprimido nuestras mejores fotos en blanco y negro, las había enmarcado y las había colgado en las paredes. Nuestro primer *selfie,* tomado ante un amanecer, la mañana que me fui de Letonia. Los dos en una pasarela de una reserva natural de Florida, con la piel morena y radiante, alzando el pulgar y mirando a la cámara. Nuestro último desayuno en Miami (tortilla y café) la mañana después de que me pidiera matrimonio. Haciendo rápel cerca de Tunbridge Wells. Riéndonos con un grupo de amigos, en la zona de The Downs. Pero en un lugar preponderante, Finn había colocado la fotografía que hice antes de todo eso: mi chorlitejo cordillerano, al pie de los volcanes de Chile.

—Quiero decir, ¿cómo te vistes para una boda así? —prosigue Finn—. ¿Tengo que llevar un traje o la gente llevará pijama o algo?

Espero que se ponga traje (tiene uno que solo se pone para bodas, de color gris plomo). Lo suele combinar con una camisa floral, a veces con alguna lisa y le queda… Bueno, si se pudiera ir más guapo que el novio, estoy seguro de que Finn lo haría en todas las bodas.

—Es parte de la gracia con eventos tan guays. Seguro que nos podríamos presentar con las botas de agua y parecer que estamos creando una moda.

—No puedo creer que definamos la boda de Ben como un «evento» —observa Finn.

—Habrá tipos con pinganillo.

—Controles de seguridad.

—Estará prohibido colgarlo en las redes sociales.

—Te quiero —dice Finn, de pronto, por encima de las cabezas de los gemelos.

Sonrío.

—Yo también te quiero.

—No sé si… —Enmudece y baja la mirada.

—¿Qué? —pregunto, sorprendida por este repentino arranque de cariño. Hemos tenido muy poco tiempo para estas cosas últimamente. Ahora solemos hablar sin terminar las frases («¿Has hecho…?», «Tengo que…», «¿Y si nos damos prisa…?») y, aunque nuestra vida sexual está intentando resurgir, es un secreto a voces el hecho de que, si se presentara la oportunidad, tanto él como yo preferiríamos cerrar los ojos antes que abalanzarnos sobre el otro cuando nos metemos en la cama al fin por la noche.

—No sé qué haría si no te hubiera conocido, Cal. Eres lo mejor que me ha pasado en la vida, tú y los gemelos.

Me inclino hacia adelante y lo beso en los labios. Me despierta cierto hormigueo en el vientre y pienso que quizá esta noche sí que preferiré abalanzarme sobre él.

Más tarde, nos desvestimos y terminamos ese beso, apremiantes bajo las sábanas, las manos cálidas y húmedas en la frialdad del dormitorio. Tal vez porque han pasado unas cuantas semanas desde la última vez o porque ahora estamos obligados a hacerlo todo a toda velocidad, nos embarga la urgencia y el frenesí. Tanto calor y energía me recuerdan esa primera noche en Letonia.

Después, me giro hacia Finn y estoy a punto de susurrarle que deberíamos intentar hacer esto más a menudo cuando resuena la estridencia del llanto de un bebé desde la habitación contigua.

Finn se echa a reír.

—Ay, por una vez, pequeño —murmura, jadeando todavía, con la piel perlada del sudor—, has elegido el momento a la perfección.

90
Joel

Seis años y medio después

Me dirijo a Nottingham con Doug para encontrarnos con nuestro primo Luke y otros familiares.

Recuperé el contacto con Luke hará ahora dos años. Reconectar me hacía sentir bien y quería hacerlo más. Me sorprendió que, a pesar de ser un gruñón por naturaleza, mi hermano tenía tantas ganas como yo.

Luke nunca volvió a la escuela después de que lo atacara aquel perro. Su familia se mudó a la región central de Inglaterra al cabo de aproximadamente un año del incidente, para darle la oportunidad de huir de los recuerdos que lo perseguían. Ahora es un chef reconocido que ha logrado que dos restaurantes consiguieran estrellas Michelin. Hemos comido dos veces donde trabaja actualmente y pasamos una noche saliendo por ahí solo los hombres.

Todavía no le he contado lo de mis sueños. O, más bien, lo de ese sueño en particular. He estado conociéndolo primero, forjando una relación antes de abrirme en canal.

Sin embargo, hace un mes soñé con esta noche. (Lo más destacado es que Luke nos llevará a un bar de *blues* en el que nos tratarán como a VIP y que Doug acabará borracho como una cuba).

Mientras esperamos el tren, mi hermano empieza a ponerse nervioso. Lleva su uniforme de fin de semana, que consiste en unos vaqueros que creo que habrá planchado y una camiseta que le va un pelín estrecha.

—Me muero por fumarme un piti.

—No me digas que aún fumas.

Se encoge de hombros.

—Solo soy fumador social.

—Pero ahora te «mueres» por fumar.

Doug resopla.

—Bueno, es una forma de decirlo. Por cierto, papá está preocupado por ti.

Sonrío y me pregunto si Doug siempre responderá a las críticas contraatacando.

—¿Y eso?

—Dice que estás demasiado delgado. —Me lanza una mirada de desdén—. Y yo pienso lo mismo.

—Ah, no es nada.

Pero la verdad es que no he estado muy bien últimamente. El tiempo avanza muy deprisa, los años pasan a la misma velocidad que el paisaje tras la ventana del tren. He estado pensando mucho en Callie, atormentado por las dudas. ¿Hice lo correcto? ¿Debería ponerme en contacto con ella, intentar salvarla por última vez?

He tenido un sueño recurrente, es la primera vez que me ocurre. Es el sueño en el que Callie muere, y cada vez se va volviendo más verosímil. Siempre me levanto bañado en sudor, gritando su nombre.

Doug desvía la mirada.

—Es bueno saberlo. Justo se lo comentaba a Lou el otro día, que por fin estás empezando a comportarte como una persona normal por primera vez en tu vida.

Dedico una leve sonrisa a la nuca de mi hermanastro. Somos tan diferentes... Y, aun así, por extraño que parezca, no lo cambiaría por nada del mundo. Saber que siempre puedo contar con su mala educación me reconforta en cierto modo. Y más cuando pienso en la tempestad que se avecina.

91

Callie

Seis años y medio después

Está de pie en el andén contrario junto a su hermano, con la barbilla hundida en el collar de la chaqueta como solía hacer tan a menudo y las manos metidas en los bolsillos.

Se lo ve delgado, pienso. Un tanto angustiado, no parece él.

O, al menos, el él que yo había conocido. Han pasado casi siete años. Pero el tiempo que ha pasado se ha disipado y solo soy capaz de verlo como la última vez que lo vi, mirándome al otro lado de la mesa del restaurante. «Olvídate de mí. Haz todo lo que quieras hacer y más, incluso».

Con el corazón en un puño, rezo para que alce la vista y me vea.

Me he tomado unos días de vacaciones para la boda de Ben, pero Finn ha estado trabajando en Ipswich esta semana, así que iré a Londres sola con los gemelos desde casa de mamá y papá. Nos encontraremos con Finn en Blackfriars y ya estoy impaciente: por reunirnos tras tres noches separados y por contar con otro par de manos. Es la primera vez que viajo sola con los gemelos, así que llevo a Euan en brazos y a Robyn en un cochecito individual a mis pies.

No quiero asustar a mis niños (ni al resto del andén) poniéndome a gritar. Joel está absorto en una conversación y justo cuando ya empiezo a pensar que nunca va a levantar la vista, lo hace y su mirada magnética me inmoviliza de nuevo.

413

«Nunca te he olvidado, Joel».

El mundo se esfuma. El ruido se torna eco; mi alrededor, neblina. Solo puedo ver a Joel y sentir cómo se me encoge el estómago mientras nos miramos.

Pero en cuestión de minutos resuena el rugido hidráulico de mi tren que se acerca y un destello de luz.

«No, no, no. Por una vez llega puntual y ¿tiene que ser hoy?».

Musito «Joel», pero entonces el tren nos separa y la muchedumbre que me rodea se pone en marcha. Yo también debo moverme: los trenes que parten en dirección a Londres solo pasan cada treinta minutos y ya vamos con el tiempo justo, atrasarme comportaría hacer esperar a Finn y tener que correr para encontrar un taxi, asustarnos por si llegamos tarde a la boda y la posible humillación de que un grupo de porteros que parecen modelos de Tom Ford no nos dejen pasar.

No me queda otra opción: tengo que subirme al tren.

La temperatura del vagón es sofocante, como si no funcionara el aire acondicionado. Por suerte, nuestros asientos están en una mesa de cuatro, en la que la única otra pasajera es una jubilada que parece agradable y no se va a poner a chasquear la lengua si mis hijos de dos años arman un escándalo. Después de preguntarle, me levanto y abro la ventanilla de arriba antes de acomodar a Euan en el asiento a mi lado y subirme a Robyn en el regazo.

Pero todo el rato he estado buscándolo, desesperada por ver si puedo divisar a Joel afuera. Al principio, solo me encuentro con desconocidos, hasta que al final mis ojos localizan a Doug y me sobresalto al ver que ahora está de pie solo.

Y entonces oigo unos golpecitos en la ventanilla que tengo detrás.

Me vuelvo, es él. Él, tan encantador y radiante. Debe de haber cruzado corriendo el desnivel.

Los ojos se me llenan de lágrimas mientras articulo un «Hola».

«¿Estás bien?», articula a su vez.

Asiento con vehemencia. «¿Y tú?».

Asiente también y luego titubea. «¿Eres feliz?».

Me trago las lágrimas y sostengo el aliento solo unos segundos. Y, entonces, vuelvo a asentir.

Porque ¿cómo puedo ofrecerle una imagen fidedigna a la verdad, las raíces enterradas de la verdad, a través de una ventana mientras resuena el silbido que indica que mi tren está a punto de salir? ¿Qué puedo decirle en tan solo cinco segundos que exprese todo lo que siento, delante de mis hijos y una desconocida curiosa?

Al otro lado de la ventana, Joel coloca la mano sobre el cristal. Alargo el brazo y hago lo mismo y de pronto estamos juntos pero divididos, como siempre pareció que estábamos.

Entonces, llega el aguijón de angustia del silbido antes de que muy despacio, a una velocidad desesperante, nuestras manos empiecen a separarse. Joel se pone a correr, en un intento por mantener el ritmo, pero es evidente que no puede. Mi corazón está atado a él, un hilo que en cuestión de segundos va a partirse. Y, entonces, en el último segundo, alza la mano y lanza algo por la ventanilla abierta de arriba. Cae entre remolinos sobre mi regazo como una semilla de arce blanco.

Lo agarro y alzo la vista con apremio, pero la estación ya se ha convertido en la fachada mugrienta del almacén de ferrocarriles. Joel se ha esfumado, quizá por última vez.

Miro a Robyn, que está en mi regazo. Tiene la cara alzada hacia mí, como si estuviera tratando de decidir si debería echarse a llorar y entonces se me ocurre que para ella habrá sido un tanto espantoso ver a una persona desconocida ante la ventana con expresión acuciante y la voz apagada. Así que la abrazo y le agarro la manita con la mía y se la estrecho para tranquilizarla.

—Te quiero —le susurro sobre sus rizos brillantes de pelo oscuro.

—¿Estás bien? —me pregunta la señora mayor, con los ojos arrugados en una expresión compasiva.

Asiento, pero soy incapaz de mediar palabra. Temo perder los papeles si lo hago.

—¿Lo que podría haber sido y no fue? —Es lo único que añade, con voz tenue.

Observo a Euan, que está a mi lado. Está mirando la ventana contraria, ensimismado con la vida que pasa a toda velocidad.

«Ay, y tan rápido que pasa».

Parpadeo solo una vez y por mis mejillas resbalan un par de lágrimas calientes. Y la señora asiente despacio porque ambas sabemos que no hay nada más que decir.

Segundos antes de que entremos en Blackfriars, despliego la servilleta de papel.

Dentro, escritas a bolígrafo, solo hay cuatro palabras:

SIEMPRE TE QUERRÉ, CALLIE

92

Joel

Ocho años después

La espero en el meandro del río, junto al viejo sauce torcido que vi en el sueño. Aunque el aire hoy es frío y tonificante, la luz es delicada, profética, cargada de compasión, como si supiera lo que va a ocurrir.

Alzo los ojos al árbol frondoso, imponente como si de un monumento se tratara. Recuerdo la curva de la C de Callie tallada sobre la corteza. Me imagino la evolución de la letra en los años venideros: calentada por la luz del sol, cubierta por la escarcha, hasta que llega el momento en el que se esfuma bajo capas de liquen.

No he hablado del día de hoy con ningún amigo o familiar de Callie. Lo único que esta me pidió fue que no le contara a ella el sueño que tuve, y no podía arriesgarme a que alguien se fuera de la lengua. Aunque ha sido un suplicio para mí, respetaré su deseo hasta el final. De no hacerlo, los últimos ocho años habrán sido en vano.

Supongo que habrá venido de visita a casa de sus padres, para que los niños puedan estar con sus abuelos. Estoy seguro de que siempre que vuelve a Eversford va a Waterfen, atraída hacia la reserva como una ave migratoria.

Desde el día que la vi en el tren hace dieciocho meses, siempre la he tenido presente en mis pensamientos, un susurro arrastrado por la brisa en mi memoria.

El día se vuelve sombrío mientras espero, el paisaje rezuma humedad como si fueran lágrimas. El frío me aguijonea la piel mientras el cielo se va encapotando poco a poco. En la ribera opuesta, los árboles desnudos inclinan la cabeza.

Durante muchos años he rezado porque el sueño se equivocara. Que Callie no apareciera. Que me quedara aquí de pie, solo, hasta que caiga la noche, cada vez más eufórica con cada rayo de luz que se desvanece.

Porque aunque estemos separados, no logro imaginarme que mañana me despertaré sin el consuelo de que ella vive en otra parte del mundo; sin saber que es feliz y lleva una vida plena y colorida. Cuando la vi en el tren aquel día, me entraron ganas de romper la ventana y meterme dentro del vagón, decirle que nunca había dejado de quererla, que me era imposible imaginar un mundo en el que ella no estuviera.

Cuento los minutos mirando el reloj. No puedo hacer que la Tierra deje de girar ni detener el tiempo.

«Por favor, que me haya equivocado. Por favor».

Se produce un cambio en el ambiente, el ruido sordo y húmedo de pasos. Y el corazón se me desgarra, porque ha venido.

Va tarareando mientras recorre el último meandro siguiendo el río. Absorta en el paisaje, va arrebujada en su abrigo y su bufanda, como si solo fuera una caminante invernal más, como si hoy solo fuera un día más de noviembre.

Pero no lo es, claro. Porque ya oigo la ambulancia aérea que se acerca entre los pantanos, las palas del helicóptero baten como alas de libélula. He llamado hace unos minutos, para no malgastar ni un segundo. Tenía que estar seguro de haber hecho todo lo que podía.

Incluso ahora, cuando se detiene para disfrutar del rápido movimiento de un martín pescador, tiemblo con la esperanza de que se va a girar, suspirará y seguirá caminando.

«Gírate, Callie. Aún hay tiempo. Pero tienes que hacerlo ahora».

—¿Joel? —Me ha visto.

El corazón se me parte en dos cuando nos miramos frente a frente. Por un instante que parece durar una hora, me aferro a la visión que supone tenerla delante y me niego a soltarla.

Pero sus ojos ya me lo están preguntando. Y así, con toda la gentileza de que soy capaz, asiento. «Lo siento mucho, Callie».

Una sonrisa leve y un susurro:

—Oh.

Y, entonces, estira la mano.

Los segundos se detienen cuando, por última vez, rodeo sus dedos con los míos y noto la calidez de su piel a través de la lana del guante. El otro brazo lo cierro sobre su espalda y la atraigo hacia mi pecho. Sin decir nada, apoya la mejilla sobre mi hombro, tal vez buscando consuelo. Y entonces le beso la coronilla y le digo, una última vez, que siempre la querré.

Después, ya no queda nada que decir. Pero en otra vida, nos volvemos y seguimos caminando por el sendero juntos, agarrados de la mano, hacia un atardecer que nos conduce hasta casa.

Y ahora sí, ocurre: se arquea en mis brazos, boquea en busca de aire aunque más bien parece una tos. Con tanta delicadeza como soy capaz, la bajo hasta el suelo y le aparto el pelo del rostro. Le aflojo la bufanda y mis lágrimas se pierden entre sus pliegues.

Tras todo este tiempo, sigo sin estar listo para despedirme.

«Diez».

Mi corazón palpita contando los segundos.

«Nueve».

—Callie —susurro—, sigo aquí. No voy a irme a ninguna parte, ¿vale? No me dejes.

«Ocho».

«Siete».

Desesperado, le quito un guante y le froto la mano con la mía, como si eso fuera a evitar que se marchara.

«Seis».

Tal vez funcione.

—Venga, Callie. No te rindas. Sigo aquí, no me dejes.

«Cinco».

Y entonces… Tal vez son imaginaciones mías, pero juraría que noto cómo ella trata de agarrarme la mano. Como si estuviera luchando por aferrarse a la vida.

«Cuatro».

El corazón me da un vuelco y las lágrimas se redoblan. Pero sigo susurrándole, estrechándole la mano.

—No me dejes, Callie. Ya viene la ambulancia. No te vayas, ¿vale?

«Tres».

«Dos».

«Uno».

Pero llega el momento en el que lo sé. No puede responderme porque ya se ha ido. Así que trato por todos los medios de revivir su corazón mientras, en algún lugar cercano, aterriza un helicóptero sanitario.

Minutos más tarde, el helicóptero se transforma en un pájaro que surca el cielo por encima de los árboles y se la lleva.

He hecho todo lo que he podido. Lo único que queda ahora es aguardar. Y mantener viva la esperanza con tanta fuerza que duele, y rezar para que lo consiga.

Epílogo

93
Joel

Callie murió ese día de un paro cardíaco. No encontraron indicios de una afección cardíaca subyacente *post mortem,* así que la causa de la muerte fue el síndrome de arritmia súbita mortal.

No dejé ningún rastro con mi llamada a emergencias y no di mi nombre a los paramédicos, así que nadie supo que estuve con Callie en sus momentos finales, pero se mencionó en varias noticias que un transeúnte se la había encontrado. Unos días más tarde, Kieran me mandó el enlace a un artículo del periódico local. Finn imploraba que quien fuera que había llamado a la ambulancia se diera a conocer para poder darle las gracias en persona por el esfuerzo.

Conservé mi anonimato, claro. No quería darle a Finn ninguna razón para que sospechara que Callie y yo habíamos mantenido el contacto mientras ellos habían estado juntos. Callie le había sido fiel hasta el final, por supuesto. Lo quería.

No sé si alguien me ha visto entrar en la iglesia. Ocupo un lugar *in extremis,* en el último banco, y acabo sentado junto a Ben y su mujer, Mia. Ahora tienen un bebé y dirigen su propia agencia de publicidad en Londres. Ben y yo acabamos abrazándonos desde la mitad del primer cántico, que es «All Things Bright and Beautiful».

Hago todo lo que puedo para no encontrarme con los ojos de Finn. No podría haberme imaginado un hombre mejor con el que acabara el amor de mi vida. Está destrozado, como es lógico. Lleva todo el rato sentado, con la cabeza hundida entre las manos. Los padres de Callie están a su lado, igual de devastados.

Finn ha traído a Murphy consigo, atado a una correa. Ahora es viejo y sufre una leve artritis. Se mueve con rigidez y le cuesta tumbarse, pero sus ojos peludos son tan fieles como siempre.

Tengo que apartar la vista del perro o voy a derrumbarme.

Al final, Finn se adelanta hasta la parte delantera de la iglesia para ofrecer un discurso. Le lleva un buen par de minutos serenarse, una vez sube ahí. Se atraganta con las palabras y al principio no es capaz de pronunciar una. Pero cuando lo consigue, inunda la iglesia de luz. Nos explica cómo se conocieron él y Callie. Habla de lo bien que se lo han pasado, de la maravillosa vida que han compartido, con sus dos hijos magníficos.

—Dicen que hay una persona para cada uno —concluye, con voz temblorosa—. Y para mí, esa persona fue Callie.

Salgo de la iglesia antes de que entonen el último himno, sin ningún ápice de duda de lo plena que había sido la vida de Callie estos últimos ocho años, de lo mucho que la habían querido.

Mientras los presentes empiezan a dirigirse hacia el crematorio, doy una vuelta a la manzana. Quiero evitar encontrarme con los padres de Callie, Dot o cualquiera de sus amigos. Luego, me dirijo hacia los tejos, donde Esther me ha pedido que me encontrara con ella.

Se acerca sola. Su rostro está eclipsado por unas enormes gafas de sol. Nos abrazamos.

—Lo siento mucho. —Es lo primero que digo y luego—: Ha sido una ceremonia muy bonita.

—Gracias. Creo que a Callie le habría gustado.

Evoco las flores que llenaban la nave. Estaban trenzadas con el mimbre del ataúd y desparramadas por la parte superior. El ambiente estaba saturado de su perfume, endulzado por el amor de todos los presentes.

—¿No vas al crematorio? —le pregunto a Esther.

—No. Cal lo habría entendido. Me afecta demasiado. —Suelta un suspiro forzado—. Primero Grace y ahora…

—Lo sé —digo, con un hilo de voz—. Lo siento.

Detecto una sonrisa valiente bajo el borde de las gafas.

—De hecho, hay algo que tengo que darte. —Saca un grueso sobre del bolso y me lo ofrece—. Callie te escribió postales, Joel, después de que cortarais. Me las dio a mí para que se las guardara. La cuestión es que me pidió que te las diera. Si moría.

La boca se me tuerce en muecas insonoras. El sobre me pesa tanto como un ladrillo.

—Quería que supieras… Bueno, lo feliz que era.

Toqueteo el sobre. Debe de haber… ¿Qué? ¿Veinte postales? ¿Treinta?

—Lo volvería a repetir todo —añado entonces—. Incluso aunque no pudiera cambiar nada. La volvería a querer, en un abrir y cerrar de ojos. —Entonces se me rompe la voz y no puedo decir nada más.

Nos sumimos en un largo silencio, interrumpido solo por la canción de los pájaros.

—Bueno, el transeúnte misterioso nunca apareció —dice Esther, al final.

Afianzo mi compostura.

—No.

Se sube las gafas a la cabeza.

—Me gusta saber que alguien estuvo allí, con ella, en sus últimos minutos de vida.

Me encuentro con sus ojos húmedos, asiento una sola vez. Y ya está.

—¿Vendrás al velatorio?

Sacudo la cabeza.

—Creo que aquí es donde debo irme.

—De acuerdo. —Se detiene—. Gracias, Joel.

—¿Por qué?

Se encoge de hombros, como si esperara que yo lo supiera.

—Por lo que hiciste.

Me quedo en el cementerio durante unos minutos después de que Esther se aleje. El cielo está encapotado, de luto. Pero justo cuando estoy a punto de irme, un rayo de sol se abre camino.

Mientras la tierra se ilumina a mis pies, un petirrojo se posa en la lápida que hay a mi lado y ladea la cabeza.

—Siempre te querré, Cal —susurro.

Entonces me meto el sobre en la chaqueta, me vuelvo y me dirijo a casa.

94

Callie

«Esta mañana me he puesto a pensar en el día en que te conocí. ¿Te acuerdas? Aquel día te olvidaste de pagar y te di un trozo de tarta y me puse a hablar como una cotorra y me flaquearon las rodillas.

En fin. Ahora comemos *drømmekage* cada dos por tres, Finn y yo y los gemelos. Es una tontería, ya lo sé, pero me gusta encontrar formas de recordarte.

Deberías saber que Fin... Es una persona maravillosa, Joel. Se me hace extraño decírtelo. Pero de verdad, no te lo digo para hacerte daño. Solo quiero que sepas que soy feliz, que estoy segura de que tomamos la decisión correcta hace ocho años, por muy desgarradora que fuera y por mucho que pareciera la equivocada en aquel momento.

La cuestión es que he pasado el fin de semana en Eversford y justo ahora iré a Waterfen. Pensaré en ti mientras paseo junto al río.

Porque aún te quiero, Joel. Hay una parte de mi corazón que ocuparás siempre. Incluso cuando ya no esté, ocurra cuando ocurra».

Agradecimientos

Me gustaría dar las gracias a mi magnífica agente, Rebecca Ritchie, de AM Heath, por todo lo que ha hecho por mí. Cualquier escritor tendría suerte de contar contigo. Gracias.

Estoy inmensamente agradecida a todos los que conforman la editorial Hodder & Stoughton, por haberme hecho sentir tan bien recibida y por apoyar este libro con tanta pasión. En particular, a Kimberley Atkins, por su entusiasmo, su edición tan acertada y por preocuparse tanto por mis personajes como yo. ¡Perdón por hacerte llorar! Quiero dar las gracias también a Madeleine Woodfield, así como a Natalie Chen, Alice Morley, Maddy Marshall y Becca Mundy. Y al increíble equipo de derechos, sobre todo a Rebecca Folland, Melis Dagoglu, Grace McCrum y Hannah Geranio; de verdad que me ha dejado anonadada todo lo que habéis hecho para acercar *Cuando soñé contigo* a lectores de todo el mundo. También a Carolyn Mays, Jamie Hodder-Williams, Lucy Hale, Catherine Worsley, Richard Peters, Sarah Clay, Rachel Southey, Ellie Wood, Ellen Tyrell y Ellie Wheedon. Y a Hazel Orme, por su corrección hecha con ojos de lince.

De la editorial Putnam, me gustaría dar las gracias a Tara Singh Carlson y Helen Richard, por sus correcciones meticulosas y esclarecedoras: ha sido todo un placer trabajar con vosotras. Y un agradecimiento también para Sally Kim, Ivan Held, Christine Ball, Alexis Welby, Ashley McClay, Brennin Cummings, Meredith Dros, Maija Baldauf, Anthony Ramondo, Monica Cordova, Amy Schneider y Janice Kurzius.

También debo dedicar un enorme agradecimiento a Michelle Kroes, de CAA.

De la misma forma, le estoy muy agradecida a Emma Rous, por leer a toda velocidad y por su experto asesoramiento en todo lo que atañe al mundo veterinario. Cualquier error que se haya podido cometer es responsabilidad mía, por supuesto.

Y, finalmente, gracias a mis amigos y a mi familia, y sobre todo a Mark.

Lira Ediciones le agradece la atención
dedicada a *Cuando soñé contigo,*
de Holly Miller.
Esperamos que haya disfrutado de la lectura
y le invitamos a visitarnos
en www.liraediciones.com,
donde encontrará más información
sobre nuestras publicaciones.